L'INSOUMIS

Du même auteur :

Chez Robert Laffont :

Le Droit de tuer
La Firme
L'Affaire Pélican
Le Client
L'Héritage de la haine (Le Couloir de la mort)
L'Idéaliste
Le Maître du jeu
L'Associé
La Loi du plus faible
Le Testament
L'Engrenage
La Dernière Récolte
Pas de Noël cette année
L'Héritage
La Transaction
Le Dernier Match
Le Dernier Juré
Le Clandestin
L'Accusé
La Revanche
Le Contrat
L'Infiltré
Chroniques de Ford County
La Confession
Les Partenaires
Calico Joe
Le Manipulateur

Chez Lattès :

L'Allée du sycomore
L'Ombre de Gray Mountain

Chez Oh ! Éditions / XO :

Théodore Boone : Enfant et justicier
Théodore Boone : L'Enlèvement

Chez XO Éditions :

Théodore Boone : Coupable ?
Théodore Boone : La Menace

www.editions-jclattes.fr

John Grisham

L'INSOUMIS

Roman

*Traduit de l'anglais (États-Unis)
par Dominique Defert*

JC Lattès

Titre de l'édition originale :
ROGUE LAWYER
publiée par Doubleday, une division de
Penguin Random House LLC, New York.

Maquette de couverture : Atelier Didier Thimonier

ISBN : 978-2-7096-5069-4

Copyright © 2015 by Belfry Holdings, Inc.
Tous droits réservés.
© 2016, éditions Jean-Claude Lattès pour la traduction française.
Première édition avril 2016.

I

OUTRAGE À MAGISTRAT

1.

Je m'appelle Sebastian Rudd. Je suis un avocat bien connu en ville, et pourtant on ne me voit jamais sur les panneaux publicitaires, ni sur les affiches des abribus, pas même dans les pages jaunes, à l'inverse de mes confrères qui y vont tous de leur slogan agressif. Je ne paie pas pour être vu à la télé, même si on m'y voit souvent. Mon nom ne figure dans aucun annuaire. Je n'ai pas de cabinet traditionnel. Je porte une arme, dûment déclarée parce que j'ai tendance à agacer des types qui ont aussi des armes et qui n'hésitent pas à s'en servir. Je vis seul, dors seul, la plupart du temps, et n'ai ni la patience ni l'empathie nécessaires pour tisser des liens d'amitié. La justice est ma compagne, toujours chronophage, parfois source de satisfaction. Je ne dirais pas, comme cet auteur oublié, qu'elle est une « maîtresse jalouse ». Elle serait plutôt une épouse possessive qui contrôle tout, jusqu'à mon carnet de chèques. Une épouse qu'on ne peut quitter.

Ces derniers temps, je me retrouve à dormir dans des motels miteux. Et chaque semaine, je dois en changer. Ce n'est pas pour faire des économies ; mais pour rester en vie. Il y a plein de gens qui aimeraient me tuer, et quelques-uns ont été très explicites sur ce point. Quand on est étudiant en droit, aucun professeur ne vous dit qu'un jour on risque de défendre une personne accusée d'un crime si odieux que les braves citoyens, d'ordinaire paisibles et débonnaires, vont sortir les fusils pour tuer l'accusé, l'avocat, toute sa clique et même le juge.

Mais ce n'est pas la première fois qu'on me menace. Cela fait partie du boulot, un effet secondaire d'une profession que j'ai plus ou moins choisie il y a dix ans. Quand je suis sorti de la fac de droit, mon diplôme en poche, les offres d'emploi étaient rares. À contrecœur, j'ai travaillé à mi-temps dans un service d'aide juridique de la ville. Puis j'ai atterri dans un petit cabinet privé qui ne s'occupait que de dossiers au pénal. Après quelques années, la boîte a fait faillite et je me suis retrouvé livré à moi-même, à battre le pavé comme beaucoup d'autres confrères pour gagner quelques dollars.

Une affaire m'a mis sur le devant de la scène. Pas jusqu'à me rendre célèbre, bien sûr. Comment un avocat pourrait-il devenir une vedette dans une ville d'un million d'habitants ? Nombre de mes collègues, toutefois, se prennent pour des stars. Ils sourient sur les affiches, fanfaronnent dans des pubs télé, en faisant mine de se soucier des problèmes de leur prochain, mais eux, ils payent pour passer dans les médias. Pas moi.

Je change de motel toutes les semaines. Je suis en plein procès et les audiences ont lieu dans un trou perdu appelé Milo, à deux heures de route de la ville où j'habite. Je défends un attardé mental de dix-huit ans, accusé d'avoir tué deux petites filles – un double meurtre particulièrement horrible et pourtant j'en ai vu d'autres. Mes clients sont presque toujours coupables, alors je ne me ronge pas les sangs à me demander s'ils ont eu ou non ce qu'ils méritent. Dans cette affaire, toutefois, Gardy n'est pas coupable, mais c'est un détail. Pour tous c'est un détail. Ce qui importe à Milo, c'est que Gardy soit condamné à mort et exécuté le plus vite possible pour que la petite bourgade retrouve sa sérénité et puisse aller de l'avant. Aller de l'avant ? Pour aller où au juste ? Foutaises ! Cette ville ne fait que reculer. Depuis cinquante ans, c'est le grand retour en arrière, et condamner un innocent ne la sauvera pas de cette boucle infernale. On lit partout que Milo veut « en finir et tourner la page ». Il faudrait être idiot pour croire que cette ville va d'un coup grandir, prospérer, et devenir plus tolérante dès que Gardy aura eu son injection.

Ma tâche est complexe et en même temps très simple. Je suis payé par l'État pour fournir une défense de première classe à un prévenu accusé de meurtre, mais j'ai beau tempêter et m'époumoner dans la salle d'audience, personne ne veut rien entendre. Gardy a été condamné le jour même de son arrestation, et son procès n'est qu'une formalité. Ces abrutis de flics ont proféré des accusations forgées de toutes pièces et fabriqué des preuves. Le procureur le sait mais il n'a pas de couilles et ne pense qu'à sa réélection l'année prochaine. Le juge roupille. Les jurés sont globalement de braves gens, dociles et consciencieux, tout prêts à gober les mensonges que leurs chers représentants de la loi débitent sur le banc des témoins.

Milo, bien sûr, a sa propre collection d'hôtels bon marché mais je ne peux y descendre. J'y serais lynché, bastonné et brûlé vif sur le parking ou, sort éminemment préférable, un sniper, à la sortie de ma chambre, me descendrait d'une balle entre les deux yeux. La police de l'État me fournit une protection pendant la durée du procès, mais j'ai la désagréable impression que mes gardes du corps ne sont pas très motivés. Comme la plupart des gens, ils ne m'aiment pas. Ce qu'ils voient, c'est une tête brûlée aux cheveux longs qui défend des tueurs d'enfants et autres monstres.

Mon hôtel actuel est un Hampton Inn, situé à vingt-cinq minutes de Milo. Je débourse soixante dollars la nuit mais l'État me remboursera. Partner dort dans la chambre voisine. C'est un grand gaillard, lourdement armé, en costume et lunettes noirs comme dans *Men in Black* et il me suit partout. Partner est mon chauffeur, mon garde du corps, mon confident, mon assistant, mon caddie, et mon seul ami. J'ai gagné sa fidélité indéfectible quand un jury l'a déclaré non coupable. Il était poursuivi pour le meurtre d'un membre de la brigade des stups infiltré dans un réseau de drogue. On est sortis du tribunal, bras dessus, bras dessous, et depuis on ne s'est plus quittés. À deux reprises, au moins, des flics ont tenté de le tuer. Et ils s'en sont pris à moi une fois.

On est toujours debout. Même si on marche en rentrant la tête dans les épaules.

2.

À 8 heures, Partner toque à ma porte. C'est l'heure d'y aller. On se souhaite le bonjour et nous montons dans mon véhicule : un fourgon Ford noir, personnalisé selon mes besoins. Puisque ce van me sert de bureau, les sièges arrière ont été repositionnés autour d'une petite table qui se replie dans la paroi. Il y a un canapé où j'ai souvent dormi. Les vitres sont teintées et à l'épreuve des balles.

Outrage à magistrat

Il y a aussi une télévision, une chaîne hifi, Internet, un réfrigérateur, un minibar, deux pistolets et des vêtements de rechange. Je suis à l'avant avec Partner. On déballe nos friands à la saucisse en quittant le parking. La police, dans une voiture banalisée, ouvre la marche. Une autre ferme le convoi pour le trajet jusqu'à Milo. La dernière menace de mort date de deux jours – par e-mail.

Partner ne parle que si on lui pose une question. Ce n'est pas moi qui ai imposé cette règle, mais elle me convient à merveille. Les silences ne le gênent pas, et c'est pareil pour moi. Après des années, on communique par hochements de tête, clins d'œil et non-dits. À mi-chemin de Milo, j'ouvre un dossier et commence à prendre des notes.

Le double meurtre est si horrible qu'aucun avocat du coin n'a voulu y toucher. Puis Gardy a été arrêté et il fait un coupable tout à fait convaincant : cheveux longs, teints d'un noir de jais, collection impressionnante de piercings au-dessus du cou, et autant de tatouages dessous, boucles d'oreilles, yeux pâles et froids, et une moue tenace qui semble dire : « D'accord, c'est moi qui l'ai fait, et alors ? » Dans son tout premier article, le journal de Milo a dit qu'il était « membre d'une secte satanique ayant déjà été arrêté pour atteinte sexuelle sur mineur ».

Le parfait exemple d'un journalisme honnête et impartial ! Gardy n'a jamais été membre d'un quelconque groupe satanique, quant au délit « atteinte sexuelle sur mineur », ce n'est pas du tout ce qu'on croit. Mais avec cet article, Gardy est passé pour un pervers sexuel et a été déclaré *de facto* coupable. Je n'en reviens pas que nous ayons pu tenir le coup aussi longtemps, car depuis des mois tout le monde veut le pendre haut et court.

Inutile de dire que tous les avocats de Milo se sont terrés et mis aux abonnés absents. Il n'y a pas de cabinet d'aide juridique dans cette ville – elle est trop petite – et les pauvres se retrouvent seuls devant le juge. Une loi tacite, non écrite, veut que les jeunes avocats se chargent de ces affaires pourries : 1. parce qu'il faut bien que quelqu'un le fasse et 2. parce que les anciens avocats l'ont fait avant eux. Mais personne ne voulait défendre Gardy et, pour être honnête, on les comprend. C'est leur ville, leur vie dans ces murs, et se frotter à des affaires aussi sordides pourrait entacher définitivement leur carrière.

La société dit : quelle que soit la gravité du crime, le prévenu a droit à un procès équitable. Mais les choses se corsent quand il s'agit de lui trouver un bon avocat pour assurer sa défense. Les avocats comme moi connaissent cette litanie : « Comment peut-on prendre la défense d'une ordure pareille ? »

« Parce que quelqu'un doit le faire. » Voilà ce que je réponds, avant de passer à autre chose.

Veut-on vraiment des procès équitables ? Bien sûr que non. Nous voulons la justice, et vite. Et la justice, c'est une notion fluctuante, adaptable au cas par cas.

À quoi bon chercher à avoir des procès équitables puisqu'on s'arrange pour qu'ils ne le soient pas. La présomption d'innocence est devenue la présomption de culpabilité. Le poids de la preuve est un leurre parce qu'aujourd'hui la preuve ment souvent. L'intime conviction, désormais, c'est juste : « Puisqu'il l'a peut-être fait, alors mettons-le à l'ombre. »

Les avocats ont donc pris la poudre d'escampette et Gardy n'a personne. C'est à cause de ma réputation, qu'il faille ou non le déplorer, qu'ils m'ont finalement téléphoné. Dans ce coin reculé de l'État, tout le milieu juridique sait que si l'on ne trouve personne il faut appeler Sebastian Rudd. Il est prêt à défendre n'importe qui !

Lorsque Gardy a été arrêté, une foule s'est massée devant la prison, réclamant justice. Quand on l'a escorté jusqu'au fourgon pour l'emmener au palais de justice, la foule l'a hué et lui a lancé des tomates et des pierres. L'événement a été raconté en détail dans le journal local et même repris dans le JT du soir de la chaîne régionale (il n'y a pas de station de télévision à Milo, juste un service de câble de bas étage). J'ai demandé un changement de lieu pour la tenue du procès et plaidé ma cause auprès du juge : il était crucial que les audiences soient organisées à plus de cent kilomètres d'ici, qu'on ait une chance de trouver des jurés qui n'aient pas déjà déclaré Gardy coupable, ou maudit son existence à chaque dîner. Mais ma requête a été rejetée. Comme toutes les autres.

Encore une fois, la ville réclame justice. Elle veut en finir.

On s'engage dans la petite allée derrière le tribunal. Il n'y a pas de foule haineuse pour nous accueillir, mais les plus motivés sont toujours là. Ils se pressent derrière les barricades de la police, placées un peu trop près de nous à mon goût, brandissent leurs pancartes qui énoncent de grandes pensées, telles que : « Pendez le tueur de bébés », « Satan t'attend ! » et « Rudd = ordure ». Ils sont une petite dizaine à faire le planton pour me huer et, plus important, pour montrer leur haine à Gardy qui va arriver par le même chemin dans cinq minutes. Durant les premiers jours du procès, cette petite foule a attiré les caméras. Quelques-uns ont été interviewés ou photographiés avec leurs pancartes. Cela les a bien sûr encouragés à poursuivre leur effort ; ils sont donc là chaque matin, fidèles au poste. Fat Susie agite le « Rudd = ordure » et semble prête à me tirer dessus. Bullet Bob est là aussi. Il prétend être de la famille d'une des deux petites assassinées et il a dit à la presse que le procès était une perte de temps.

Et j'ai bien peur qu'il ait raison sur ce dernier point.

Sitôt le van arrêté, Partner se précipite pour m'ouvrir la porte en compagnie de trois policiers du même gabarit que lui. Je sors et, sous leur protection, me faufile dans le palais de justice par la porte de derrière pendant que Bullet Bob me traite de sale pute. Ça y est, je suis entré. Sain et sauf ! Je ne connais pas d'avocat qui se serait fait abattre au moment d'entrer au tribunal. Mais je n'ai aucune envie d'être le premier de l'histoire !

On grimpe un petit escalier qui est *terra interdicta* pour le commun des mortels. On me conduit dans une pièce aux murs aveugles où autrefois les prisonniers attendaient de voir le juge. Quelques minutes plus tard, Gardy arrive. Partner sort de la pièce et ferme la porte derrière lui.

— Comment va ?

Il sourit et se frotte les poignets, enfin sans menottes pour quelques heures. Je fais les questions et les réponses :

— Tu n'as pas beaucoup dormi, c'est ça ?

Et il ne s'est pas lavé non plus, parce qu'il a peur dans les douches. Les rares fois qu'il y est allé, les gardiens n'ont pas voulu lui ouvrir l'eau chaude. Alors Gardy sent la sueur et les draps sales. Heureusement qu'il se trouve loin des jurés. La teinture s'efface peu à peu. Chaque jour ses cheveux sont plus clairs et sa peau plus pâle. Ce changement de couleur devant le jury est un autre signe de son côté bestial et satanique.

— Il va se passer quoi aujourd'hui ? demande-t-il, avec une curiosité enfantine.

Il a un QI de soixante-dix. À quelques points près, il ne pouvait être jugé et encore moins condamné à mort.

— Plus ou moins la même chose, Gardy. Pareil.

— Vous pouvez pas les faire arrêter de mentir ?

— Non, je ne peux pas.

Le ministère public n'a pas de preuve impliquant Gardy dans les meurtres. Rien. Alors, plutôt que de partir de cette absence de preuves et de réviser son jugement, l'accusation est retombée dans son travers habituel : elle a recours aux mensonges et fabrique des preuves pour étayer sa théorie.

Gardy a passé deux semaines dans la salle d'audience, à écouter ces affabulations, les yeux fermés, en secouant lentement la tête. Il peut dodeliner du chef comme ça pendant des heures et les jurés doivent se dire qu'il est fou. Je lui ai dit d'arrêter, de s'asseoir bien droit, de prendre un stylo et de gribouiller ce qu'il veut sur son calepin comme s'il avait un cerveau et qu'il préparait sa défense, qu'il écrivait sa riposte, son plan pour la victoire. Mais c'est plus fort que lui et je ne veux pas me disputer avec mon client devant tout le monde. Je lui ai dit aussi de se couvrir les bras et le cou pour qu'on ne voie pas ses tatouages, mais ils sont sa fierté. Et aussi de retirer ses piercings, mais il ne veut rien changer à son apparence. D'ordinaire, les piercings sont interdits à la prison de Milo, à moins bien sûr de s'appeler Gardy et d'être attendu au tribunal. Garde donc toutes tes breloques, vas-y, et passe pour un junkie sataniste ! Comme ça personne n'aura de scrupules à te déclarer coupable !

Un cintre est accroché à un clou avec la même chemise blanche et le même pantalon de toile qu'il arbore tous les jours. C'est moi qui ai payé ces habits. Lentement, il ouvre le zip de sa combinaison orange et s'en extrait. Il ne porte pas de sous-vêtements. J'ai remarqué ce détail dès le premier jour du procès et, depuis, j'essaie de ne plus y faire attention. Il s'habille. Ça prend un temps fou.

— Il y a tant de mensonges, dit-il.

Il a raison. Le ministère public a appelé dix-neuf témoins pour l'instant et beaucoup en ont rajouté, ou ont carrément fabulé. Le médecin légiste qui a pratiqué les autopsies a expliqué aux jurés que les deux victimes étaient mortes noyées, mais que « le trauma crânien consécutif d'un coup avec un objet contondant » avait pu être un facteur aggravant. C'est tout bénef pour l'accusation si le jury croit que les fillettes ont été violées et battues avant d'être jetées dans l'étang. Il n'y a aucune preuve physique qu'elles aient subi des sévices sexuels, mais cela n'a pas empêché le procureur d'ajouter cette charge. J'ai travaillé au corps le médecin pendant trois heures, mais il est toujours difficile de coincer un expert, même incompétent.

Puisque le ministère public n'a pas de preuve, il est contraint d'en forger quelques-unes. Le témoignage le plus immonde, c'est celui d'un détenu nommé Smut, un sale type qui porte bien son nom. Smut est un menteur professionnel qui témoigne régulièrement dans les tribunaux et est prêt à dire ce que le procureur lui demande. Smut est de retour en prison pour trafic de drogue et risque dix ans de réclusion. Les flics avaient besoin d'un témoin, et ô miracle, Smut s'est proposé. Ils lui ont donné tous les détails du crime, puis ont transféré Gardy de la prison d'État à celle du comté où Smut est incarcéré. Gardy ne savait pas du tout pourquoi on le changeait de prison et ne pouvait se douter qu'on lui tendait un piège. (Ces faits sont arrivés avant que je ne m'occupe de son affaire.) Ils ont mis Gardy dans une petite cellule avec Smut qui brûlait de parler et d'aider son codétenu. Il disait détester les flics et connaître de bons avocats. Smut avait lu la presse au sujet du meurtre des deux petites filles et prétendait savoir qui les avait vraiment tuées. Comme Gardy ignorait tout des meurtres, il n'avait rien à ajouter à ce sujet. Et pourtant, vingt-quatre heures plus tard, Smut déclare avoir recueilli une confession complète de l'accusé. Les flics le font sortir de cellule et Gardy n'a plus jamais de nouvelles de lui – jusqu'au procès. Pour sa prestation de témoin, Smut s'est mis sur son trente et un. Il porte une chemise et une cravate, a les cheveux coupés court, et cache ses tatouages. Avec des détails étonnants, il raconte les meurtres, rapportant les paroles de Gardy. Gardy a suivi les fillettes dans les bois, les a fait tomber de vélo, ficelées et bâillonnées, puis les a torturées, violées, frappées avant de les jeter dans l'étang. Dans la version de Smut, Gardy était défoncé et écoutait du hard rock.

Quelle comédie ! Je savais que c'était un mensonge, comme Gardy et Smut, comme les flics et l'accusation ; même le juge avait des doutes. Et pourtant, les jurés ont tout gobé sans sourciller en jetant des regards haineux à mon client qui, les yeux fermés, secouait la tête, non, non, non. Le récit de Smut était si horrible, débordant de précisions sordides qu'il était difficile, sur le coup, de croire que tout était inventé. Personne ne saurait mentir aussi bien !

J'ai croisé le fer avec Smut pendant huit heures d'affilée. Une journée exténuante. Le juge était agacé, les jurés n'en pouvaient plus, mais je ne voulais rien lâcher. J'étais prêt à l'interroger une semaine entière s'il le fallait. Combien de fois avait-il témoigné dans des procès ? Deux fois, a-t-il répondu. J'ai sorti son dossier pour lui rafraîchir la mémoire. Et j'ai énuméré un à un les neuf procès où il avait réalisé la même prestation pour d'autres procureurs, tous intègres, qui ne cherchaient eux aussi que la vérité et la justice. Une fois sa mémoire ravivée, je lui ai demandé combien de fois sa peine avait été réduite par les procureurs après avoir fait de faux témoignages. Jamais ! s'est-il défendu. Alors j'ai passé en revue les neuf procès. J'ai décortiqué tous les comptes rendus. Et j'ai démontré à tous, en particulier aux jurés, que Smut était

L'insoumis

un mouchard en série, doublé d'un menteur, qui troquait de faux témoignages contre la clémence de la justice.

D'accord... ça m'a rendu fou de rage et c'est souvent contre-productif. J'ai perdu mon calme devant Smut. Je l'ai tellement harcelé que certains jurés ont commencé à le prendre en pitié. Le juge finalement m'a ordonné de passer à la suite mais j'ai continué à frapper. Je déteste les menteurs, en particulier ceux qui jurent de dire « la vérité et rien que la vérité » et qui font de faux témoignages pour faire condamner mes clients. Je me suis mis à hurler, le juge aussi, et pendant un moment tout le monde s'est énervé. Tout ça n'a pas aidé Gardy.

Peut-être que le procureur n'allait pas pousser le bouchon plus loin et produire enfin un témoin digne de ce nom ? Mais pour cela, il lui aurait fallu le sens de la mesure. Le témoin suivant était encore un codétenu, un autre trafiquant qui a déclaré que sa cellule se trouvait dans le même couloir que celle de Gardy et qu'il avait entendu la confession qu'il avait faite à Smut.

Des mensonges sur des mensonges...

— S'il vous plaît, faites-les arrêter, me supplie Gardy avant d'entrer en scène.

— J'essaie. Je fais tout mon possible. Allez, c'est l'heure.

3.

Un policier nous conduit dans la salle d'audience, qui est encore une fois bondée. La tension y est palpable. C'est le dixième jour d'audience des témoins. C'est la preuve qu'il ne se passe absolument rien dans ce trou perdu ! Nous sommes la seule distraction en ville. Le tribunal est plein du début à la fin de la séance. Les gens se pressent contre les murs. Heureusement qu'il ne fait pas trop chaud dehors sinon cette salle serait une vraie fournaise.

Dans les procès pour meurtre, la loi exige que l'accusé soit défendu par deux avocats. Mon collègue, appelé avocat de « seconde chaise », est Trots, un garçon pas très éveillé qui aurait dû brûler son diplôme de droit et maudire le jour où il a rêvé de siéger dans une salle de tribunal. Il est originaire d'une petite ville à cinquante kilomètres d'ici, assez loin, supposait-il, pour ne pas se retrouver victime lui aussi de la folie suscitée par le procès de Gardy. Trots s'est proposé de se charger des audiences préliminaires, en se disant qu'il quitterait le navire dès que le procès commencerait. Mais cela ne s'est pas passé comme prévu. Il a été lamentable, pire qu'un débutant, puis il a voulu sortir du terrain. Pas question, a répondu le juge. Trots s'est alors dit qu'il pouvait tenter d'assumer la position de second couteau. Cela lui ferait une expérience, connaître la pression d'un vrai procès, etc., mais recevoir des menaces de mort l'a tétanisé et il a cessé de faire le moindre effort. Les menaces, moi, c'est mon quotidien, comme le café le matin et les mensonges des flics !

À trois reprises, j'ai tenté de convaincre le juge de renvoyer Trots. Demandes toutes rejetées, évidemment. Gardy et moi sommes donc coincés avec cet abruti à notre table, qui est plus une nuisance qu'une aide. Trots se tient au plus loin de notre client, et vu l'état d'hygiène de Gardy, je le comprends.

Gardy m'a raconté que Trots, lors de leur premier entretien plusieurs mois auparavant, avait été surpris de l'entendre clamer son innocence. Il n'y croyait pas. Le ton était même monté à ce sujet. Drôle de façon de commencer une relation avec son client.

Alors Trots se tient en bout de table, feignant de prendre des notes, ne voyant rien, n'entendant rien. Tout ce qu'il perçoit, ce sont les regards haineux de la foule assise derrière nous et qui rêve de nous pendre tous les trois ensemble à un arbre. Ce crétin pense que ça va passer et qu'il pourra reprendre sa petite vie quand le procès sera terminé. Mais il se met le doigt dans l'œil. Dès le verdict rendu, je vais déposer une plainte contre mon second avocat auprès du barreau pour « insuffisance professionnelle » pendant et avant le procès. Je l'ai déjà fait et je sais comment le prouver. Je me suis battu suffisamment comme ça avec le barreau et je connais les règles du jeu. Quand j'en aurai fini avec Trots, il voudra démissionner et devenir revendeur de voitures d'occasion.

Gardy s'installe au milieu de la table. Trots n'a pas un regard pour notre client. Ni une parole.

Huver, le procureur, s'approche et me tend un papier, sans un bonjour ni mot de bienvenue. Les simples formules de politesse sont déjà de l'histoire ancienne. Même un grognement pour se saluer est inenvisageable. Je déteste ce type et l'inimitié est réciproque. Mais à ce petit jeu, j'ai un avantage. Tous les mois, j'ai affaire à des procureurs qui mentent, trichent, dissimulent, piétinent l'éthique, et sont prêts à tout pour obtenir une condamnation, même quand ils savent qu'ils ont tort. Je connais mon ennemi, une sous-espèce de magistrats qui se croient au-dessus des lois parce qu'ils en sont les représentants. Huver, de son côté, n'est pas habitué aux électrons libres comme moi. Il a rarement des procès qui défraient la chronique et encore moins souvent un accusé défendu par un pitbull. S'il avait affaire plus souvent à des avocats enragés, il aurait appris à nous haïr. Chez moi, la haine, c'est une seconde nature.

Je prends le bout de papier.

— Alors, Huver ? Qui allez-vous nous présenter comme fabulateur aujourd'hui ?

Il ne répond rien et retourne à sa table, où ses assistants l'attendent, dans leurs beaux costumes, en prenant de grands airs pour impressionner le public. Ils jouent à domicile. Et c'est là leur moment de gloire, l'apogée de leur carrière dans ce bled. Tous les employés du service du procureur en capacité de marcher et d'aligner deux mots ont été priés de prendre une mallette, une cravate, et d'aller faire de la figuration à la table de l'accusation !

L'huissier aboie, je me lève et le juge Kaufman fait son entrée. Gardy refuse de se lever à l'arrivée du grand homme. Au début, cela mettait Son Honneur dans tous ses états. Le premier jour du procès – qui paraît remonter à une éternité ! – il s'en était pris à moi : « Maître Rudd, voulez-vous demander à votre client de se lever ? »

Je l'ai fait et Gardy a refusé. Cela a jeté un froid. J'ai été convoqué dans le bureau du juge. Il a menacé de le poursuivre pour outrage à la cour et de le laisser en cellule pour toute la durée du procès. Je l'ai mis au défi de le faire. En appel cette réaction disproportionnée de sa part serait mentionnée.

« Qu'est-ce qu'ils peuvent me faire de plus ? » demanda Gardy à juste titre. Et donc, chaque matin, le juge

Kaufman ouvre l'audience en lançant un regard noir à mon client, qui est le plus souvent avachi sur sa chaise, à tripoter son piercing dans le nez ou à dodeliner de la tête les yeux clos. Il est difficile de dire qui, de Gardy ou moi, Kaufman méprise le plus. Comme tout Milo, il est convaincu depuis longtemps que mon client est coupable, et comme toute l'assistance dans la salle, il m'a détesté dès le premier jour.

Peu importe. Dans le métier, on se fait rarement des amis.

Depuis qu'il fait, comme Huver, campagne pour sa réélection l'année prochaine, Kaufman ne se départ plus de son sourire cajoleur, et souhaite la bienvenue à tout le monde pour cette nouvelle journée d'un procès palpitant à la recherche de la vérité. Selon mes estimations, effectuées lors d'une pause déjeuner, trois cent dix personnes sont assises derrière moi. À l'exception de la mère et de la sœur de Gardy, tout le monde espère une condamnation à mort, avec une exécution dans la foulée. C'est au juge de la prononcer. C'est ce même juge qui a autorisé l'audition de tous ces faux témoignages. À croire qu'il a peur de perdre une voix ou deux s'il acceptait la moindre de mes objections.

Quand tout le monde est en place, on appelle les jurés. Ils sont quatorze à s'installer dans le box – les douze choisis plus deux suppléants au cas où l'un d'eux tombe malade ou fasse quelque chose d'interdit. Ils ne sont pas séquestrés ici (même si j'ai demandé à ce qu'ils le soient), ils peuvent rentrer chez eux la nuit et déblatérer contre Gardy pendant le dîner. À la fin de chaque journée d'audience, Son Honneur leur rappelle qu'ils n'ont pas le droit de parler du procès, mais je les entends d'ici jacasser quand ils seront au volant. Leur avis est arrêté. S'ils devaient voter maintenant, avant que nous

Outrage à magistrat

présentions notre premier témoin, ils déclareraient Gardy coupable et exigeraient son exécution immédiate. Puis ils rentreraient chez eux en héros, le cœur léger, et parleraient de leur grande aventure pour le restant de leur vie. Au moment de l'exécution de Gardy, ils seront tout fiers d'avoir contribué à faire éclater la vérité. Ils seront les champions de Milo. Récompensés, félicités. On leur demandera des autographes, ils seront montrés du doigt avec envie à l'église.

Toujours avec son sourire de politicien en campagne, Kaufman leur souhaite la bienvenue, les remercie pour leur sens civique et, avec solennité, leur demande si quelqu'un a tenté d'entrer en contact avec eux pour les influencer. Évidemment, j'ai droit à quelques regards noirs dans ma direction, comme si j'avais le temps, l'énergie et la bêtise, de battre les rues de Milo la nuit pour suivre les jurés et 1. les soudoyer, 2. les intimider ou 3. leur faire entendre ma cause. Il est bien connu que je suis le seul personnage véreux dans cette salle de tribunal, malgré tous les péchés déjà commis par la partie adverse.

En vérité, si j'avais de l'argent, du temps, et du personnel, oui, j'aurais tenté d'acheter les jurés, ou de les intimider, tous autant qu'ils sont. Quand le ministère public, avec ses ressources sans limite, se lance dans un procès biaisé, triche à tous les étages, alors la forfaiture devient légitime. Il n'y a pas de règles sur le terrain. Pas d'éthique. Dans ces conditions, le seul moyen équitable de sauver un client innocent est de tricher aussi.

Cependant, si l'avocat est pris à ce jeu-là, il sera sanctionné par la cour, réprimandé par le barreau, voire radié. Mais si un procureur fait la même chose, il sera soit réélu, soit promu juge. Le ministère public n'exige pas la probité de ses représentants.

Les jurés rassurent Son Honneur : RAS.

— Maître Huver, vous pouvez appeler votre témoin suivant, annonce-t-il avec emphase.

Il s'agit d'un prédicateur fondamentaliste qui a transformé la vieille concession Chrysler en église – le World Harvest Temple – et qui attire les foules lors de ses prêches quotidiens. Je l'ai vu une fois sur la chaîne câblée du coin. C'était une fois de trop. Sa mission du jour : raconter son altercation avec Gardy pendant une messe. Selon lui, Gardy portait un T-shirt à l'effigie d'un groupe de heavy metal avec un message satanique. Et par ce T-shirt, le diable venait pervertir l'office. Dieu n'aime pas ce genre de provocation. Guidé par la main divine, l'évangéliste finit par localiser la source du mal dans son assemblée, arrête la musique, fonce sur Gardy et le sort de son temple à coups de pied aux fesses.

Gardy ne sait même pas où se trouve cette église. De plus, il n'a jamais mis les pieds dans le moindre édifice religieux. Sa mère le confirme. Les gens du coin le leur reprochent assez... les Gardy sont des « athées pratiquants ».

Pourquoi alors autoriser ce faux témoignage dans le cadre d'un procès pour meurtre ? C'est inconcevable, ridicule, on flirte avec les terres luxuriantes de la stupidité. S'il y a une condamnation, toutes ces sottises seront réexaminées dans deux ans au sein d'une cour d'appel, à trois cents kilomètres d'ici. Les juges là-bas ne seront pas beaucoup plus intelligents que Kaufman, mais le moindre « plus » est bon à prendre. Et ils n'apprécieront pas qu'un prédicateur de campagne ait inventé cette histoire d'altercation censée avoir eu lieu treize mois avant les faits.

J'objecte. Objection rejetée. J'insiste encore. Le ton monte. Une fois de plus, le juge me fait taire.

Outrage à magistrat

Huver tient visiblement à convier Satan dans cette affaire. Le juge Kaufman a ouvert les portes il y a plusieurs jours et il accepte n'importe quoi. Mais ce sera une tout autre histoire quand je vais appeler mes témoins. Si je parviens à leur faire dire cent mots sans être interrompu, j'aurai de la chance.

L'évangéliste a le fisc aux fesses dans un autre État. Il ignore que je le sais. Je vais donc pouvoir m'amuser un peu quand je vais l'interroger. Même si ça n'aura aucune incidence ; le jury a déjà pris sa décision. Gardy est un monstre qui mérite d'aller en enfer. Leur boulot est d'accélérer son transfert.

Gardy se penche vers mon oreille : « Monsieur Rudd, je ne suis jamais allé dans une église. Je vous le jure. »

Je hoche la tête et lui souris, parce que je ne peux rien faire de plus. Un avocat ne peut pas toujours croire son client, mais quand Gardy me dit ça, je le crois.

Le prédicateur est un colérique et j'en profite. Je me sers de cette histoire d'impôts impayés pour le faire monter en pression, et une fois qu'il est dans cet état, je l'y maintiens. Je l'entraîne alors dans une discussion sur l'exactitude des Écritures. La Trinité ? L'apocalypse ? La glossolalie ? Jouer avec les serpents, boire du poison ? L'influence des cultes sataniques à Milo ? C'est quoi toutes ces foutaises ? Huver hurle « objection » à qui mieux mieux et Kaufman les accepte toutes. À un moment, l'évangéliste, tout pieux et cramoisi, ferme les yeux et lève les mains vers le ciel. Par facétie, je me recroqueville et regarde le plafond comme si j'avais peur qu'un éclair s'abatte sur moi. Il me traite d'athée et me dit que je vais aller en enfer.

— Vous avez donc le pouvoir d'envoyer les gens en enfer ?

— Pour vous, ce sera l'enfer. C'est Dieu qui me le dit.

— Mettez-le sur haut-parleur, que tout le monde en profite !

Deux jurés rigolent. Kaufman en a assez. Il abat son maillet et lève la séance pour le déjeuner. On a gâché la matinée à écouter les bondieuseries de ce connard et son faux témoignage, mais ce n'est pas le premier notable du coin à se mouiller dans ce procès. La ville regorge de héros en herbe qui veulent tous leur part de gloire.

4.

Le déjeuner est offert. Puisqu'il est dangereux que l'on quitte le tribunal, voire la salle d'audience, Gardy et moi mangeons un sandwich à la table de la défense. C'est le même panier-repas que pour les jurés. Ils en apportent seize, tirent les nôtres au hasard, et emportent le reste dans la salle des jurés. C'était mon idée. Je préfère ça plutôt qu'être empoisonné. Gardy ne se doute de rien. Il a juste faim. Il dit que la nourriture à la prison est aussi mauvaise qu'on se l'imagine et il ne fait pas confiance aux gardiens. Il ne mange rien là-bas, et comme il ne survit que grâce au déjeuner, j'ai demandé au juge si le comté pouvait augmenter la ration pour le garçon : deux sandwichs au poulet caoutchouteux, deux mini-sachets de chips et un cornichon de plus. En d'autres termes, deux boîtes au lieu d'une. Demande rejetée.

Outrage à magistrat

Alors Gardy a la moitié de mon sandwich et mon cornichon. Si je n'étais pas aussi affamé, je lui aurais bien tout laissé.

Partner fait des allers-retours toute la journée. Il ne veut pas laisser le van toujours au même endroit : trop dangereux pour les pneus et les vitres. Il a aussi ses missions, en l'occurrence celle de rencontrer de temps en temps l'Évêque.

Dans ces cas de figure, quand je suis appelé au front, dans une petite ville qui a déjà formé les rangs et est prête à lyncher l'un des leurs pour un crime horrible, il me faut du temps pour avoir un informateur sur le terrain. Et cet informateur doit toujours être un autre avocat, un local qui, comme moi, défend des criminels et des crétins contre la police et les procureurs. Quand ce contact se montre enfin, il le fait discrètement, de crainte que toute la population le prenne pour un traître. Il sait la vérité, ou il en a une bonne idée. Il connaît les joueurs, les mauvais acteurs comme les bons. Puisque sa survie dépend de ses bons rapports avec la police, les greffiers et les petites mains du procureur, il maîtrise tous les rouages du système.

Dans le cas de Gardy, ma « Gorge Profonde » est Jimmy Bressup. On le surnomme l'Évêque. Je ne l'ai jamais rencontré. Il communique uniquement avec Partner et les rencontres ont lieu dans des endroits improbables. Au dire de Partner, l'Évêque a une soixantaine d'années, des cheveux longs et gris et une mauvaise haleine. Il est habillé comme l'as de pique, a le verbe caustique et est très porté sur la bouteille.

— Comme moi, en plus vieux ?

— Il ne faut rien exagérer, patron.

Partner est toujours prudent dans ses réponses. Malgré toutes ses fanfaronnades, l'Évêque a peur de se mouiller avec les avocats de Gardy.

L'Évêque dit que Huver et sa bande sont certains aujourd'hui de se tromper de coupable, mais ils sont allés trop loin pour admettre leurs erreurs. Il paraît qu'on sait, depuis le premier jour, qui est le vrai tueur.

5.

On est vendredi et tout le monde dans la salle d'audience est épuisé. J'ai passé une heure à interroger un fils à papa boutonneux qui prétend avoir été dans l'église quand Gardy aurait convoqué Satan à l'office et fait scandale. J'ai connu mon lot de mauvais faux témoignages, mais celui-là est le pire de tous. Non seulement c'est cousu de fil blanc, mais il est complètement incohérent. Il n'y a que Huver pour oser le présenter. Et que le juge Kaufman pour l'accepter. Enfin, la séance est levée pour le week-end.

Je retrouve Gardy dans la salle de détention où il remet son uniforme de détenu. On s'échange les banalités d'usage, on se souhaite un bon week-end. Je lui donne dix dollars pour les distributeurs de snack. Il me dit que sa mère va lui apporter des cookies au citron, ses favoris. Parfois les gardiens les lui passent. Parfois ils les gardent pour eux. C'est la loterie. Les geôliers pèsent en moyenne le quintal et demi, cela explique sans doute pourquoi ils ont besoin de détourner des calories. Je

Outrage à magistrat

demande à Gardy de prendre une douche ce week-end et de se laver les cheveux.

— Monsieur Rudd, si je trouve un rasoir, j'en finis avec tout ça.

Et il passe son index en travers de son poignet pour être plus clair.

— Gardy, allons.

Il me l'a déjà dit et il est sérieux. Le gamin n'a aucune raison de vivre et il sait ce qui va arriver. Un aveugle le verrait ! On se serre la main et je sors du palais de justice par-derrière. Partner et des policiers m'attendent au bas des marches et me font vite monter dans le van. Encore une sortie réussie !

Une fois loin de Milo, je pique du nez. Dix minutes plus tard, mon téléphone vibre. Je réponds. On suit la voiture de patrouille jusqu'à notre motel. On récupère nos bagages et on règle la note. Nous voilà de nouveau seuls. En route vers la grande ville et la maison.

— Tu as vu l'Évêque ?

— Oui, me répond Partner. Le vendredi, je pense qu'il commence à picoler à partir de midi. Mais seulement de la bière. Il a bien insisté sur ce point. Je lui ai donc apporté un pack de six et on a roulé. Le bar en question est un vrai trou à rats, à l'est, juste à la sortie de la ville. Il dit que Peeley y est un habitué.

— Donc tu t'es déjà enfilé quelques canettes. Je ferais peut-être mieux de conduire.

— Juste une, patron. Je l'ai fait durer. Elle était toute tiède dans ma main à la fin. L'Évêque, de son côté, a eu des bien fraîches. Trois au total.

— Et tu le crois ?

— Je fais juste mon boulot. D'un côté, il est crédible parce qu'il a vécu ici toute sa vie et qu'il connaît tout le monde. Et de l'autre, il dit tellement de conneries qu'on a envie de tout jeter en bloc.

— On verra bien.

Je ferme les yeux. Il m'est quasiment impossible de dormir pendant un procès, et j'ai appris à piquer un petit somme à la moindre occasion. J'ai ainsi volé dix minutes de sommeil sur un banc du tribunal pendant la pause déjeuner. C'était utile parce qu'à 3 heures du matin je marchais de long en large dans ma chambre d'hôtel. Il m'arrive souvent de ne pas finir mes phrases quand Partner est au volant et que je suis bercé par le ronronnement du van.

Et alors que nous retournons vers la civilisation, je m'endors.

6.

Nous sommes le troisième vendredi du mois et j'ai rendez-vous avec une femme. Pour boire deux verres dans un bar. Mais cela n'aura rien d'agréable. C'est davantage comme un rendez-vous chez le dentiste. Cette femme ne sortirait pas avec moi, pas même sous la menace d'un fusil, et les sentiments sont mutuels. Mais on a un passé commun. On se retrouve au même bar, dans le même box où on a dîné pour la première fois ensemble, dans une autre vie. Ce n'est pas de la nostalgie ; juste une question pratique. L'ambiance n'est pas si mal dans ce bar d'hôtel en centre-ville et c'est animé le vendredi soir.

Judith Whitly est déjà là et m'attend. Elle est arrivée il y a seulement quelques minutes mais elle commençait déjà à s'impatienter. Judith est toujours à l'heure, en toutes circonstances, et considère le moindre retard comme la marque d'une faiblesse morale. Et selon elle, je cumule les signes en ce sens. Judith est avocate ; c'est comme cela que l'on s'est rencontrés.

— Tu as une sale tête, dit-elle sans une once de compassion.

Son visage aussi porte des stigmates de fatigue, même si à trente-neuf ans, elle est encore d'une beauté saisissante. Chaque fois que je la vois, je me souviens pourquoi j'ai craqué.

— Merci, et toi tu es magnifique, comme toujours.

— Merci.

— Dix jours d'audience et on va droit dans le mur.

— Aucun espoir ? demande-t-elle.

— Rien pour l'instant.

Elle connaît l'affaire Gardy dans les grandes lignes, et elle me connaît. Si je crois le gamin innocent, ça lui suffit. Mais elle s'occupe de ses propres clients, des clients qui, comme les miens, lui font perdre le sommeil. On commande à boire : son chardonnay du vendredi soir et moi mon bourbon sour.

On descend deux verres en moins d'une heure, et ce sera tout jusqu'au mois prochain.

— Comment va Starcher ?

J'aimerais bien pouvoir prononcer le prénom de mon fils sans avoir un sursaut de dégoût, mais ce jour n'est pas encore arrivé. Mon nom figure sur son certificat de naissance, mais je n'étais pas là quand il est né. Et donc, c'est Judith qui a choisi ce prénom ridicule. On dirait plus un nom de famille.

— Il va bien, répond-elle avec son petit air suffisant, parce que c'est elle, et pas moi, qui s'occupe du petit. J'ai vu son institutrice la semaine dernière et elle était contente de ses progrès. Elle a dit qu'il était un élève de CE1 normal qui lit très bien et est plein de joie de vivre.

— C'est une bonne nouvelle.

« Normal » est le mot-clé à cause de notre histoire. Starcher n'est pas élevé d'une façon normale. Il passe la moitié de son temps avec Judith et sa compagne du moment et l'autre moitié chez ses grands-parents maternels. À sa sortie de la maternité, elle a emmené Starcher dans l'appartement qu'elle partageait avec Gwyneth, la femme pour qui elle m'a quitté. Puis elles ont passé trois ans à tenter de l'adopter légalement, mais je me suis défendu bec et ongles. Je n'ai rien contre les couples gays qui adoptent. C'est juste que je ne pouvais pas blairer Gwyneth. Et j'avais raison. Elles se sont séparées peu après. La rupture a été sanglante et j'ai regardé le pugilat de loin avec un immense plaisir.

On sent tous les deux la tension qui monte. Les verres arrivent. Pas de « à la tienne » ou « à ta santé ». Pas de temps à perdre. Il nous faut de l'alcool, maintenant, tout de suite.

J'ouvre le bal des mauvaises nouvelles :

— Ma mère vient la semaine prochaine et elle aimerait voir Starcher. C'est quand même son petit-fils.

— Je le sais, lâche-t-elle. C'est ton week-end. Tu peux faire ce que tu veux.

— Certes, mais tu as l'art de tout compliquer. Je veux juste m'assurer qu'il n'y aura pas de problèmes.

— Le problème, c'est ta mère.

C'est une évidence et je hoche la tête, fataliste. Dire que Judith et ma mère se sont détestées dès le premier round est un doux euphémisme. Ma mère m'a même menacé de me rayer de son testament si j'épousais

Judith. À l'époque, je commençais, en secret, à avoir de sérieux doutes sur l'avenir de notre relation, mais cette menace a été le déclic. Même si je souhaite à ma mère d'être centenaire, hériter de ses biens serait bien agréable. Un garçon comme moi, avec mes revenus, a besoin de rêver. Le bémol dans cette histoire, c'est que ma mère a souvent recours au chantage à l'héritage pour faire pression sur ses enfants. Ma sœur a épousé un républicain et s'est exclue *de facto* du gâteau. Deux ans plus tard, le républicain, qui s'est révélé finalement un gentil gars, a été le géniteur de la petite-fille la plus parfaite de la terre. Aujourd'hui, ma sœur est donc de retour dans le testament, du moins c'est ce qu'on se dit, elle et moi.

Bref, j'allais rompre avec Judith quand elle m'a annoncé la grande nouvelle : elle était enceinte. Vu son ton, je devais être le père, mais je n'ai pas osé lui poser ouvertement la question. Ce n'est que plus tard que j'ai appris la dure réalité, à savoir qu'elle fréquentait déjà Gwyneth. Un coup de couteau dans le ventre ! Forcément, il avait dû y avoir des signes avant-coureurs que ma petite amie était lesbienne mais, à l'évidence, je les avais tous ratés.

On s'est donc mariés. Maman a déclaré qu'elle modifiait son testament et que je n'aurais pas un dollar. On a vécu plus ou moins ensemble pendant cinq mois de tourmente. On est restés officiellement mariés quinze mois de plus puis on s'est séparés pour notre bien commun. Starcher est arrivé au plus fort de la bataille, une victime collatérale dès la naissance, et depuis la guerre n'a pas cessé. Ces retrouvailles rituelles une fois par mois pour boire un verre, c'est notre façon de nous montrer civilisés.

Je suppose que ma chère maman m'a remis à nouveau dans son testament.

— Et que compte faire ta mère avec mon fils ? demande-t-elle.

Ce n'est jamais « notre » fils. Elle ne peut pas s'empêcher d'envoyer des piques, là où ça fait mal, des coups puérils. Elle remue le couteau dans la plaie à chaque occasion, par pure méchanceté. Ne pas répondre à ces sarcasmes est un défi surhumain, mais avec le temps j'ai appris à tenir ma langue. D'ailleurs, elle en est toute meurtrie.

— Je crois qu'ils vont aller au zoo.
— Elle l'emmène toujours au zoo !
— Je ne vois pas ce qu'il y a de mal à ça.
— La dernière fois, il a fait des cauchemars à cause des pythons.
— D'accord. Je lui dirai de l'emmener ailleurs.

Et voilà, les problèmes commençaient. Je ne voyais pas où était le mal d'emmener au zoo un gamin de sept ans ! Pourquoi continuions-nous à nous voir ? Pourquoi cette mascarade ?

— Comment ça se passe au cabinet ?

Je lui pose cette question avec une curiosité morbide, comme si je regardais un accident de voiture. C'est irrésistible.

— Ça va bien. La folie habituelle.
— Il vous faut des hommes dans votre boîte.
— On a assez de problèmes comme ça !

La serveuse, remarquant nos verres vides, vient à notre table prendre la nouvelle commande. La première tournée est toujours vite engloutie.

Judith est l'une des quatre associées dans un cabinet de dix femmes, toutes lesbiennes militantes. Elles sont spécialisées dans le droit gay : discrimination à l'embauche, à l'accès au logement, à l'éducation, aux soins. Et ont rajouté dernièrement une nouvelle corde à leur arc : le divorce gay. Ce sont de bonnes avocates et des pitbulls

Outrage à magistrat

en négociation, toujours au front et souvent dans les JT. Le cabinet donne l'impression d'être en guerre contre la société entière et de ne jamais baisser les armes. Mais les combats à l'extérieur sont beaucoup moins savoureux que les crêpages de chignon *intra-muros*.

— Je pourrais vous rejoindre comme associé senior, dis-je pour détendre l'atmosphère.

— Tu ne tiendrais pas dix minutes.

Aucun gars ne pourrait tenir. En fait, les hommes les fuient comme la peste. Il suffit de prononcer le nom de ce cabinet, pour que tous les mâles détalent comme des lapins. On a vu de braves types, qui les avaient sur le dos, préférer se jeter du haut des ponts.

— Tu as sans doute raison. Cela ne te manque pas le sexe hétéro ?

— Sérieusement, Sebastian, tu veux vraiment parler de ça après un mariage raté et un enfant non désiré ?

— Le sexe hétéro, j'aime bien. Pas toi ? Jamais ? Pas une seule fois ? C'est pourtant pas l'impression que j'avais.

— Je simulais.

— Non. Et tu étais plutôt douée et enthousiaste si je me souviens bien.

Je connais deux gars qui ont couché avec elle avant mon entrée en scène. C'est après moi qu'elle a filé dans le giron de Gwyneth. Je serais donc aussi nul que ça au lit ? Au point de lui donner envie de virer sa cuti ? Cela me paraît peu probable quand même. Je dois reconnaître qu'elle a bon goût. Je ne supportais pas Gwyneth, et c'est toujours le cas, mais tout le monde s'arrêtait sur son passage, voitures comme piétons. Et sa copine actuelle, Ava, est un ancien mannequin lingerie. Je me souviens encore avec émotion de ses photos dans le *Sunday*.

Notre deuxième tournée arrive.

— Si tu commences à parler de sexe, je m'en vais, lance-t-elle, mais sans véritable colère.
— Excuse-moi, Judith. Mais chaque fois que je te vois, j'ai des pensées lubriques. C'est mon problème, pas le tien.
— Va voir un psy.
— Je n'ai pas besoin d'un psy. J'ai besoin de sexe.
— C'est quoi là ? Une proposition ?
— Tu penses que ce serait une bonne idée ?
— Non.
— Je suis de ton avis.
— Tu as des combats ce soir ? demande-t-elle, tentant changer de sujet.
Et je cède.
— Oui.
— Tu es un grand malade, tu le sais. C'est un sport de barbare.
— Starcher a envie de venir.
— Si tu laisses Starcher s'approcher de cette cage aux fauves, tu ne le reverras plus jamais.
— Du calme. C'était pour rire.
— C'est ça, plaisante, tu n'en restes pas moins un vrai malade.
— Merci. Un autre verre ?
Une Asiatique en minijupe moulante passe à côté de notre table et nous la regardons tous les deux avec envie.
— Prems' ! m'écrié-je.
L'alcool fait son effet (ça prend plus longtemps chez Judith parce qu'elle est austère par nature) : elle esquisse un sourire. Le premier de la soirée. Et c'est peut-être bien son premier de la semaine !
— Tu vois quelqu'un en ce moment ? me demande-t-elle d'un ton soudain plus doux.
— À part toi, personne. Je ne fais que bosser.

Ma dernière petite amie m'a quitté il y a trois ans. J'ai parfois quelqu'un dans mon lit, mais je ne cherche pas de relation sérieuse. C'est la stricte vérité. Il y a un long silence. On se met chacun à s'ennuyer. Quand nous avons vidé nos verres, nous recommençons à parler de Starcher, de ma mère, et du week-end que nous redoutons à présent tous les deux.

Nous quittons le bar ensemble, on se fait la bise sur le trottoir et on se dit au revoir. Un autre devoir accompli.

Je l'ai aimée, beaucoup, puis je l'ai détestée. Aujourd'hui, elle m'est presque sympathique. Si nous continuons à nous voir comme ça tous les mois, on pourrait peut-être devenir amis. C'est mon objectif, parce que j'ai vraiment besoin d'amis. Il y a si peu de personnes qui puissent comprendre ce que je fais et pourquoi je le fais.

Et ce serait beaucoup mieux pour notre fils.

7.

J'habite au vingt-cinquième étage dans le centre-ville, dans un appartement avec vue sur le fleuve. J'aime vivre ici parce que l'endroit est calme et sûr. Si quelqu'un veut incendier mon appartement ou le faire sauter, cela risque d'être compliqué à moins de détruire tout l'immeuble. Il y a des crimes dans le centre, alors nous avons un système de caméras de surveillance et des vigiles armés dans le hall. Bref, je me sens en sécurité.

Ils ont tiré au fusil sur mon ancien appartement, un duplex en rez-de-chaussée, et ils ont fait exploser une bombe incendiaire dans mon bureau il y a cinq ans. On n'a jamais trouvé les coupables et j'ai eu la nette impression que les flics n'ont pas beaucoup cherché. Comme je l'ai déjà dit, mon secteur d'activité m'attire beaucoup d'antipathie et ils sont nombreux à me vouloir du mal. Et parmi ces personnes, certaines portent un badge de la police.

L'appartement fait quatre-vingt-dix mètres carrés. Il y a deux petites chambres, et une cuisine plus petite encore – que j'utilise rarement –, un séjour où tient tout juste mon seul meuble digne de ce nom. Je ne sais pas si on peut considérer un billard ancien comme une pièce de mobilier, mais je suis chez moi et je donne à mes affaires l'appellation que je veux. La table fait deux mètres cinquante-quatre de long, la dimension standard. Elle a été construite en 1884 par la société Oliver L. Briggs de Boston. Je l'ai gagnée à un procès. Je l'ai fait restaurer à l'identique et remonter au beau milieu de mon salon. D'ordinaire, quand je ne suis pas en exil dans quelque motel miteux, assailli de menaces de mort, je joue deux ou trois fois par semaine et m'entraîne pendant des heures. Jouer au billard contre moi-même est une échappatoire, un remède anti-stress et une thérapie bon marché. Cela me rappelle aussi les années lycée quand je traînais au Rack, le bar du coin, une institution depuis des décennies. C'était une académie de billard à l'ancienne, avec des rangées de tables, un nuage de fumée de cigarettes, des crachoirs, de la bière bon marché, quelques tables de poker, et des clients qui jouent aux méchants mais qui savent se tenir. Curly, le propriétaire, un vieil ami aujourd'hui, est toujours aux commandes du navire.

Quand les insomnies attaquent et que j'étouffe chez moi, on peut me trouver au Rack à 2 heures du matin, à jouer tout seul, perdu dans un autre monde, et parfaitement heureux.

Mais pas ce soir. J'entre chez moi, un peu flottant à cause du bourbon, et enfile rapidement ma tenue pour les combats : jean, T-shirt noir plus une veste jaune pétard qui s'arrête à la taille, un machin qui brille quasiment dans le noir où il y a écrit dans le dos, en grosses lettres, « Tadeo Zapate ». Je rassemble mes cheveux qui grisonnent en catogan et les cache sous mon T-shirt. Je change de lunettes et en choisis une paire bleu ciel. J'ajuste ma casquette – jaune aussi comme la veste – avec écrit « Tadeo Zapate » cette fois sur le devant. Déguisé comme il se doit, la soirée s'annonce bien. Là où je vais, les foules se fichent des avocats aux angoisses existentielles. Il y aura beaucoup de vauriens, des tas de gens ayant des soucis avec la justice, ou en passe d'en avoir, mais ils ne sauront pas qui je suis.

C'est un autre aspect pathétique de mon existence : souvent je quitte mon appartement à la tombée de la nuit, travesti – nouvelle casquette, nouvelles lunettes, les cheveux cachés. Parfois même, je visse un Borsalino sur ma tête.

Partner m'emmène au vieux palais des sports de la ville, à un kilomètre de chez moi, et me lâche dans une ruelle derrière le bâtiment. Il y a déjà foule devant les portes principales. Des basses de rap résonnent de l'autre côté de la place. Les projecteurs balayent les immeubles alentour. Des panneaux lumineux annoncent le programme du soir.

Tadeo passe en quatrième, le dernier combat pour chauffer la salle avant la grande rencontre. Ce soir, il s'agit d'un combat poids lourds qui fait salle comble parce que le favori est un ancien footballeur, un dingue bien connu du circuit. J'ai vingt-cinq pour cent de part dans la carrière de Tadeo, un investissement qui me coûte trente mille dollars par an. Mais il n'a pas perdu une seule fois depuis que je suis dans la partie. Je prends aussi des paris annexes et ça marche bien. S'il gagne ce soir, il touchera six mille dollars. La moitié s'il perd.

Dans un couloir, quelque part sous l'arène, j'entends deux vigiles discuter. L'un d'eux dit que la salle est pleine. Cinq mille fans. Je leur montre mon accréditation et ils me laissent passer. Je franchis une porte, puis une autre encore. Je pénètre dans un vestiaire où la tension est palpable comme un mur de brique. Ce soir, on a droit à la moitié d'une grande pièce ! Tadeo fait peu à peu son trou dans le monde du free-fight, et on sent tous que c'est le début de quelque chose d'énorme. Il est allongé sur la table, sur le ventre, en slip. Il n'y a pas une once de gras sur son corps nu. Soixante-cinq kilos de muscles. Son cousin Leo lui masse les épaules. La lotion fait luire sa peau café au lait. Je rase les murs et vais parler à Norberto son manager, Oscar son entraîneur, et Miguel son frère et sparring-partner. Ils sont tout sourires quand ils parlent avec moi parce que je suis le gringo solitaire et le financier de l'équipe. Je suis aussi l'agent de Tadeo, le gars qui a des relations et un cerveau, et qui emmènera Tadeo jusqu'au saint graal de l'UFC, l'Ultimate fighting championship, s'il continue de gagner comme ça. Deux autres membres de sa famille sont au fond du vestiaire. Ils traînent là, sans fonction bien précise. Et je n'aime pas ces pièces rapportées car elles finissent toujours par demander de l'argent. Mais bon, après sept victoires d'affilée, Tadeo a envie d'avoir sa cour. Et ce n'est pas les prétendants qui manquent.

Outrage à magistrat

À l'exception d'Oscar, ce sont tous des membres du même gang, un groupe de Salvadoriens jouant les intermédiaires dans le commerce de cocaïne. Tadeo fait partie du gang depuis l'âge de quinze ans, mais il n'a jamais voulu monter en grade. Au lieu de ça, il a trouvé de vieux gants de boxe, déniché une salle, et découvert qu'il avait l'uppercut véloce. Son frère Miguel boxait aussi, mais pas aussi bien. Miguel dirige le gang et a une belle réputation dans la rue.

Plus Tadeo gagne, plus il empoche, et plus je m'inquiète de la présence de ce gang.

Je me penche vers Tadeo et demande doucement :

— Comment va mon champion ?

Il ouvre les yeux, relève la tête, me fait un grand sourire et retire ses écouteurs. Il interrompt le massage en s'asseyant sur le bord de la table. On discute un moment et il m'assure qu'il a l'œil du tigre. Tant mieux ! Il ne s'est pas rasé depuis une semaine – un élément de son rituel d'avant match – et avec ces poils sur les joues et sa touffe de cheveux de jais, il me fait penser à Roberto Durán. Mais les racines de Tadeo sont au Salvador, pas au Panama. Il a vingt-deux ans, c'est un citoyen américain, et son anglais est presque aussi bon que son espagnol. Sa mère a des papiers et travaille dans une cafétéria. Elle habite un appartement empli de marmots et de cousins et j'ai l'impression que les gains de Tadeo sont divisés en bien des parts.

Chaque fois que je parle à Tadeo, je me félicite de ne pas l'avoir en face de moi sur le ring. Il a des yeux féroces, comme s'ils disaient « vas-y cogne, fais couler le sang ». Il a grandi dans la rue, s'est battu avec tous ceux qui s'approchaient un peu trop près. Son frère aîné est mort dans une bagarre au couteau, et Tadeo a peur de mourir aussi. Quand il monte sur le ring, il est convaincu que quelqu'un va faire le grand saut et il ne veut pas que ce soit lui. Ses trois seules défaites étaient aux points. Personne ne l'a fait tomber. Il s'entraîne quatre heures par jour et il est en passe de devenir un maître de jiu-jitsu.

Sa voix est grave, son débit lent : signe de son anxiété d'avant match où la peur embrume les pensées et noue l'estomac. Je le sais. Je suis passé par là. Il y a longtemps, j'ai fait cinq matchs aux Golden Gloves. J'en étais à une victoire pour quatre défaites avant que ma mère ne découvre le pot aux roses et n'arrête le massacre. Mais je l'ai fait. J'ai eu le cran de monter sur le ring et de me faire tabasser.

Pourtant j'imagine mal le courage qu'il faut pour entrer dans la cage avec un autre combattant aussi motivé que soi, un type affûté et surentraîné, affamé de victoire, méchant et farouche, dont le seul objectif est de vous démettre une épaule, vous casser les genoux, vous défigurer ou vous donner un coup qui vous enverra au tapis pour de bon. Voilà pourquoi j'aime ce sport. Il faut du cran, des tripes, plus que dans toute autre discipline depuis que les gladiateurs ont cessé de se battre à mort. Bien sûr, beaucoup de sports sont dangereux : le ski alpin, le football, le hockey, la boxe, la course automobile. Beaucoup de gens meurent d'une chute de cheval tous les ans, bien plus que dans toutes autres activités. Mais ces sportifs n'entrent pas en scène dans le but exprès de prendre des coups. Quand on pénètre dans la cage, on va être blessé, et ça peut être terrible, douloureux, voire mortel. Il n'y aura peut-être pas de prochain round. Jamais.

C'est la raison pour laquelle le compte à rebours est atroce. Les minutes passent et les combattants luttent contre leurs nerfs, leurs intestins, leurs peurs. L'attente, c'est ce qu'il y a de pire. Je m'en vais quelques minutes plus tard, pour que Tadeo puisse retourner dans sa bulle.

Outrage à magistrat

Il m'a dit un jour qu'il visualisait le combat, qu'il se représentait l'adversaire au tapis, ensanglanté et implorant pitié.

Je m'enfonce dans le labyrinthe de couloirs dans les profondeurs de l'arène et j'entends les clameurs de la foule, réclamant du sang. Je trouve enfin la bonne porte et entre. C'est un petit bureau qui a été investi par mon petit gang à moi. On se retrouve avant les combats pour placer nos paris. On est six, et pas davantage, car on ne veut pas de fuites. Certains utilisent leur véritable nom, d'autres pas. Slide s'habille comme un mac et a été condamné pour meurtre. Nino importe de la meth et a fait de la prison pour trafic de stupéfiants. Johnny n'a aucun casier judiciaire (pas encore) et possède la moitié des parts de l'adversaire de Tadeo ce soir. Denardo ne cesse de parler de ses liens avec la mafia mais je doute que son activité criminelle soit aussi organisée que ça. Son rêve est de monter à son tour des rencontres de free-fight et de vivre à Las Vegas. Frankie est un vieux, une figure de la scène des sports de combat depuis des années. Il reconnaît qu'il aime la violence de la cage et que maintenant il s'ennuie dans les matchs de boxe, trop plan-plan à son goût.

Voilà donc mon équipe. Je n'aurais jamais confiance en ces zouaves dans la vie normale, mais ce que nous faisons ici c'est du hors-piste. On abat nos cartes et on mise. Je sais que Tadeo va massacrer le poulain de Johnny, et évidemment, Johnny s'inquiète. Je propose cinq mille dollars sur Tadeo et personne ne veut suivre. Trois mille ? Toujours personne. Je m'agace, les insulte, les traite de femmelettes, mais ils savent que Tadeo est dans une bonne passe. Johnny doit parier quelque chose. Je parviens à le convaincre de me suivre pour quatre mille en proposant un nouvel enjeu : son protégé doit tenir jusqu'au troisième round. Denardo veut sa part du gâteau et met quatre mille aussi. On arrête les paris et Frankie, notre scribe, note les mises. Je quitte la pièce avec douze mille dollars en jeu, sur quatre combats différents. On se retrouvera ici à la fin de la soirée, on fera les comptes et tout sera payé en liquide, évidemment.

Les combats commencent. Je déambule dans l'arène, pour tuer le temps. La tension dans le vestiaire est insupportable. Impossible de rester là tandis que les secondes s'égrènent. En ce moment, je le sais, Tadeo est étendu sur la table, immobile, sous une couverture, et fait ses prières à la Vierge Marie tout en écoutant cette daube de rap latino. Les dés sont jetés. Alors je trouve un endroit sur un balcon, haut au-dessus du ring, et je regarde le spectacle. La salle est pleine effectivement, le public est bruyant, déchaîné comme jamais. La cage de combat réveille les instincts les plus sauvages, y compris chez moi. Nous sommes tous là pour la même raison : voir un lutteur en terrasser un autre. On veut des yeux en sang, des entailles dans les arcades, des étranglements, des clés de bras, des coups violents, des KO qui affolent les soigneurs. Tout ça mêlé à une marée de bière bon marché, et voilà cinq mille maniaques affamés qui réclament leur part du festin.

Finalement, je reviens au vestiaire, où ça s'anime un peu. Les deux premiers combats se sont terminés rapidement par KO. La soirée avance donc vite. Norberto, Oscar et Miguel enfilent leur veste jaune canari, la même que la mienne, et l'équipe Zapate est prête pour le long chemin jusqu'à la cage. Je me tiendrai dans l'angle, avec Norberto et Oscar, quoique mon rôle ne soit pas très important. Je m'assure que le gamin a de l'eau pendant que Norberto beugle ses instructions en espagnol dans un staccato d'une rapidité inouïe. Oscar s'occupe des blessures au visage, s'il y en a. Dès que nous arrivons au niveau de l'arène, tout se brouille. Dans le tunnel, des

Outrage à magistrat

supporters ivres essaient de toucher Tadeo et hurlent son nom. Les flics repoussent la foule. Le bruit est assourdissant et les cris ne sont pas uniquement pour Tadeo. Ils en veulent encore, tout simplement. Ils réclament un autre combat, de préférence avec un mort.

Au pied de la cage, l'arbitre vérifie les gants de Tadeo, applique de l'huile sur son visage, et lui donne le feu vert. Le speaker crie son nom au micro et notre champion grimpe dans la cage tout de jaune vêtu. Son adversaire du soir se fait appeler « le Chacal ». On ignore son véritable nom mais cela n'a aucune importance. C'est un spécialiste de l'immobilisation, un grand blond qui ne paraît pas très costaud, mais il ne faut jamais se fier aux apparences. Je l'ai vu combattre trois fois ; il est rusé et adroit. Il joue la défense et cherche le combat au sol. Son dernier adversaire, il l'a tordu comme un bretzel. En ce moment, j'exècre ce Chacal, mais au fond de moi je l'admire. Tous ceux qui grimpent dans la cage sont des surhommes.

La cloche retentit. Premier round. Trois minutes de furie. Tadeo, boxeur dans l'âme, fonce tête la première et fait reculer le Chacal. Pendant la première minute, c'est attaque défense – ils se bloquent mutuellement. Comme les autres cinq mille fans, je crie à tue-tête, sans trop savoir pourquoi. Les conseils ne servent à rien à ce stade, et Tadeo ne nous écoute pas de toute façon. Ils tombent au sol lourdement et le Chacal le prend en ciseaux. Pendant une minute, il n'y a plus d'action sinon les tortillements de Tadeo qui tente de s'extraire de la prise. On retient tous notre souffle. Finalement, il parvient à se libérer et passe un direct dans le nez du Chacal. Ça y est, il y a du sang. Mon champion est meilleur, ça ne fait aucun doute, mais il suffit d'une erreur et on se retrouve le bras pris dans une clé, vrillé jusqu'au point de rupture. À la fin du round, Norberto lui déverse un flot d'instructions, mais Tadeo est dans sa bulle. Il sait se battre, mieux que nous autres, et il a déjà jaugé son adversaire. Quand la cloche sonne la reprise, je lui attrape le bras et lui hurle dans l'oreille : « Si tu te le fais à ce round, il y a une prime de deux mille dollars. » Ça, Tadeo l'a entendu.

Le Chacal a perdu le premier round aux points, alors, comme beaucoup de boxeurs, il attaque au deuxième. Il veut aller au contact, refermer ses longs bras en une prise mortelle, mais Tadeo le lit parfaitement. Il ne s'est pas écoulé trente secondes que mon poulain passe une gauche-droite-gauche, et le Chacal se retrouve le cul par terre. Malheureusement Tadeo commet l'erreur classique : il se jette sur lui comme un idiot, une descente en piqué sur sa cible. Le Chacal parvient à frapper du pied droit. Le coup brutal atteint Tadeo un peu au-dessus de l'entrejambe. Il parvient tout juste à rester debout, et le Chacal en profite pour se relever. Pendant un instant, les deux combattants restent figés de douleur. Puis ils s'ébrouent et commencent à se tourner autour. Tadeo retrouve ses réflexes de boxeur et use le Chacal par des séries de directs. Il lui ouvre l'arcade au-dessus de l'œil droit et l'entaille ne cesse de s'agrandir à chaque coup. Le Chacal a une manie : il fait mine de vouloir frapper du gauche et plonge pour tenter d'attraper les genoux. Il essaie cette tactique une fois de trop. Tadeo anticipe, dans un timing parfait, et réalise sa « spéciale » : un coup de coude en rotation. Il faut du cran pour tenter ça parce que l'espace d'une seconde on se retrouve dos à son adversaire. Mais le Chacal est trop lent et le coude de Tadeo trouve la mâchoire droite. Trente-six chandelles. Le Chacal est KO avant même d'avoir touché le sol. Le règlement autorise Tadeo à lui donner quelques coups au visage pendant qu'il est à terre, histoire de le finir, mais à quoi bon ? Tadeo reste au milieu du ring, les bras levés, contemplant son œuvre, le Chacal gisant à ses pieds, tel un cadavre. L'arbitre arrête aussitôt le combat.

Avec une certaine nervosité, on attend. Les soigneurs tentent de ranimer le combattant. La foule veut une civière, une victime, quelque chose à raconter demain au bureau, mais le Chacal revient finalement à la vie et retrouve l'usage de la parole. Il s'assoit, et on se sent soulagés. Du moins on essaie. C'est difficile de se détendre après un tel accès de sauvagerie, quand il y a de l'argent en jeu, et cinq mille personnes tapant des pieds.

Le Chacal se met debout. Les fous le huent.

Tadeo s'approche de son adversaire, lui dit quelques mots gentils, et les deux hommes font la paix.

Nous quittons la cage. Je suis Tadeo, tout sourires, pendant qu'il tape dans la main de ses fans et savoure sa nouvelle victoire. Il a fait deux mouvements stupides qui auraient pu lui être fatals face à un adversaire de taille, mais quand même ce combat est de bon augure. Je tente de savourer le moment et pense à l'avenir, aux gains futurs. Peut-être pourrons-nous même trouver des sponsors ? Tadeo est le quatrième combattant sur lequel j'investis et c'est le premier à me rapporter de l'argent.

Au moment où nous allons entrer dans le tunnel pour quitter la salle, quelqu'un m'appelle. Une voix de femme.

— Monsieur Rudd ! Monsieur Rudd !

Il me faut une seconde ou deux pour réagir parce que personne dans cette foule ne peut me reconnaître. Je porte la casquette officielle de l'équipe Zapate qui me donne des airs de rappeur, cette horrible veste, des lunettes différentes et mes cheveux longs sont cachés sous mon T-shirt. Mais le temps que je m'arrête et me retourne, elle m'a déjà rejoint. Une femme obèse, avec des cheveux violets, des piercings et deux énormes seins qui martyrisent son haut trop serré. La fan typique des combats en cage. Je la regarde en haussant les sourcils.

— Monsieur Rudd, répète-t-elle. C'est bien vous, l'avocat ?

J'acquiesce. Elle s'approche d'un pas encore.

— Ma mère est dans le jury.

— Quel jury ?

Je sens la panique me gagner. Il n'y a qu'un seul jury, évidemment.

— On est de Milo. Le procès Gardy Baker. Maman est jurée.

Je regarde autour de moi, comme pour dire : ne parlons pas ici. Quelques secondes plus tard, nous avons quitté l'arène et marchons dans un couloir étroit. Au-dessus de nous, tout autour, les parois vibrent sous les clameurs de la foule.

— C'est quoi son nom ?

Du coin de l'œil, je surveille tous les gens que nous croisons.

— Glynna Roston. La numéro huit.

— Oui, je vois.

Je connais chaque juré – nom, origine ethnique, profession, niveau d'études, situation familiale, domicile, expérience dans un jury, casier judiciaire, s'il y en a un. J'ai œuvré à leur sélection. J'en voulais certains, mais dans leur grande majorité, ils sont non désirés. Cela fait deux semaines que je me retrouve avec eux dans une salle pleine à craquer, et je n'en peux plus de voir leurs têtes. Je sais leur inclination politique, leur religion, leurs préjugés, et leurs avis sur la justice de ce pays. Et dès qu'ils ont pris place dans le box, j'ai compris que Gardy Baker était condamné à mort.

J'avance sur des œufs :

— Et comment va votre maman, ces jours-ci ?

Elle pourrait avoir un micro sur elle. Je m'attends à tout.

— Elle se dit qu'ils mentent comme ils respirent !

On continue à marcher lentement, sans but, s'évitant mutuellement du regard. Je n'en reviens pas d'entendre ça. À en juger par sa gestuelle, et connaissant son passé, j'aurais parié que Glynna Roston aurait été la première à crier « coupable ! ».

Je regarde derrière moi pour m'assurer qu'il n'y a pas de témoins, puis je dis :

— Eh bien, votre mère a du bon sens, parce que oui, ils mentent tous. Ils n'ont aucune preuve.

— Vous voulez que je lui dise ça ?

— Dites-lui ce que vous voulez.

Je m'arrête et attends que l'un des deux combattants poids lourds passe avec sa suite. J'ai parié deux mille dollars sur ce gars. J'ai six mille dollars dehors ce soir et je me sens en veine. Et cerise sur le gâteau, j'apprends contre toute attente que les jurés ne sont pas tous des ânes morts.

— Elle est toute seule à penser ça ou il y en a d'autres ?

— Ils ne discutent pas de l'affaire.

Je manque d'éclater de rire. S'ils n'en parlent pas, comment cette mignonne sait-elle ce que pense sa mère ? À ce moment même, je ne respecte pas l'éthique et deviens à mon tour hors la loi. Il s'agit d'un contact avec un juré et c'est interdit. Même si l'approche est oblique et nullement à mon initiative, je suis certain que ce sera très mal vu par le barreau. Et le juge Kaufman va péter un plomb.

— Dites-lui de ne pas baisser la garde parce qu'ils ont arrêté le mauvais type.

Sur ce, je m'en vais.

Je ne sais ce qu'elle voulait et je ne peux rien lui dire de plus. Je pourrais prendre dix minutes pour lui détailler les failles de l'accusation, mais il faudrait encore qu'elle retienne tout et répète ça mot pour mot à sa mère. Un doux rêve. Cette fille était là pour les combats.

L'insoumis

Je prends le premier escalier menant au niveau inférieur. Une fois suffisamment éloigné d'elle, je m'engouffre dans des toilettes pour me rejouer la scène. Je n'en reviens toujours pas. Le jury, comme toute la ville, a condamné mon client dès le premier jour. Cette Glynna Roston paraissait la citoyenne typique de Milo – sans instruction, étroite d'esprit, et déterminée à être le porte-étendard de sa communauté. Cela risque d'être intéressant lundi matin. Quand l'audience des témoins reprendra, j'aurai l'occasion d'observer le jury. Jusqu'à présent Glynna n'a jamais eu peur de soutenir mon regard. Cette fois, il y aura dans ses yeux un message pour moi... mais lequel ?

Je me secoue. Revenons au présent. Le combat des poids lourds a duré quarante secondes et mon favori est toujours debout. J'ai hâte de rejoindre ma petite bande. On se retrouve dans la même pièce obscure, avec la porte verrouillée. Les vannes et insultes fusent en tout sens. On sort nos liasses de billets. Frankie a tenu les comptes à la perfection. Mes paris du soir m'ont rapporté huit mille dollars, moins deux mille pour la prime improvisée pour Tadeo. Mais je les retirerai officiellement de mon pourcentage. Ce sera toujours ça de moins à déclarer aux impôts. Parce que l'argent de ce soir, le fisc n'en verra pas la couleur, évidemment.

Tadeo empoche huit mille dollars pour ses efforts, une bonne recette qui lui permettra de s'offrir les services d'un nouveau membre dans sa suite. Il paiera quelques factures, gardera sa famille à flot, et ne mettra rien de côté. Je lui ai déjà donné des conseils pour gérer son argent, mais il ne veut rien entendre.

Je fais un saut au vestiaire, lui donne les deux mille, lui dis que je l'aime, et quitte la salle des sports. Partner et moi allons dans un bar tranquille boire quelques verres. Il m'en faut bien deux pour que la pression redescende. Quand on est aussi près de l'action, que l'on a son poulain dans la cage, un gamin qui peut, à tout moment, se faire assommer ou casser en deux, et que cinq mille crétins hurlent et braillent tout autour, on a le cœur qui bat à cent à l'heure, l'estomac en vrille, et les nerfs en pelote. Nulle part ailleurs, on ne reçoit un tel shot d'adrénaline.

8.

Jack Peeley est un ex de la mère des deux fillettes Fentress. Leur père était parti depuis longtemps à son arrivée et l'appartement maternel était devenu porte ouverte pour tous les zonards et vauriens du coin. Peeley a duré un an et s'est fait éjecter quand la mère a rencontré un revendeur de tracteurs, ayant un peu d'argent devant lui et une vraie maison sans roues. Elle a donc déménagé et Peeley s'est retrouvé dehors, le cœur brisé. Il est la dernière personne à avoir vu les deux gamines vivantes. Quand j'ai demandé à la police pourquoi ils ne le considéraient pas comme suspect, ou pourquoi, du moins, ils n'enquêtaient pas davantage, ils ont eu cette réponse pathétique : « On tient notre homme. » Gardy était déjà en cellule et avouait effectivement ce qu'ils voulaient.

Pour ma part, je soupçonne Jack Peeley d'avoir assassiné les deux petites Fentress pour se venger de la mère. Et, si les flics n'étaient pas tombés sur Gardy, ils auraient fini par interroger Peeley. Mais Gardy, avec son apparence inquiétante, ses penchants gothiques, sa réputation désormais de pervers sexuel, était le parfait prétendant. Et Milo n'y a pas regardé à deux fois.

Selon l'Évêque et ses sources des bas-fonds, Peeley traîne quasiment tous les samedis soir dans un bar, le Blue & White, à environ deux kilomètres à la sortie est de Milo. C'est un ancien relais routier, aujourd'hui un bouge pour péquenauds sans le sou, avec de la mauvaise bière, des billards, et un concert de country les week-ends.

Ce samedi soir, on pénètre sur le parking de gravillons vers 22 heures. L'endroit est plein, rien que des pick-up en rang d'oignons. Nous aussi, on est dans un Dodge Ram avec de gros pneus. Il est peut-être un peu trop neuf et propre pour l'endroit mais c'est un véhicule de location. C'est Hertz le propriétaire, pas moi. Au volant, Partner fait semblant d'être un gros abruti de cul-terreux, mais il n'est pas très crédible. Il a troqué son costume contre un vieux jean et un T-shirt des Cowboys de Dallas. Mais ça ne le fait pas du tout.

— C'est parti ! dis-je assis sur le siège passager.

Tadeo et Miguel, sur la banquette arrière, sautent de la cabine et s'en vont d'un pas nonchalant vers le bar. Ils sont accueillis par un videur qui leur réclame dix dollars chacun en droit d'entrée. Il les regarde de la tête aux pieds. Visiblement, il n'apprécie pas ce qu'il voit. Ce sont des Hispaniques basanés. Au moins, ils ne sont pas afro-américains. Au dire de l'Évêque, le Blue & White peut tolérer quelques Chicanos, mais la présence d'un Noir provoquerait dans l'instant une émeute. Mais c'est un point purement hypothétique. Aucun Noir ayant un peu de jugeote ne se montrerait dans ce genre de bouge.

Et pourtant du grabuge, c'est ce qu'ils vont avoir ce soir. Tadeo et Miguel commandent une bière au bar bondé et s'efforcent de se mêler à la foule. Ils écopent de quelques regards hostiles, mais rien de plus. Si ces péquenauds racistes savaient... Tadeo aurait pu en mettre cinq KO comme un rien. Miguel, son frère et sparring-partner, aurait pu en étaler quatre. Après avoir observé les clients et repéré les lieux pendant un quart d'heure, Tadeo fait signe à un serveur et demande avec un fort accent latino :

— Dites, je dois donner du fric à un gars nommé Jack Peeley. Mais je ne vois pas qui c'est.

Le serveur, qui a d'autres chats à fouetter, désigne les box du côté des billards.

— La troisième table. Celui avec une casquette noire.
— Merci.
— Pas de quoi.

Tadeo et Miguel commandent une autre bière et laissent passer un peu de temps. Peeley est avec deux femmes et un autre gars. La table est jonchée de canettes vides et le groupe grignote des cacahuètes. Au Blue & White, la tradition veut qu'on jette ses cosses par terre. Au fond de la salle, le groupe de country commence à jouer et quelques personnes se dirigent vers la piste. À l'évidence, Peeley n'est pas porté sur les pas de deux. Tadeo m'envoie un SMS. « P repéré. On attend le bon moment. »

Partner et moi on reste dans la voiture, nerveux. On ne sait jamais comment ça peut tourner dans une salle pleine de viande ivre, dont la moitié doit être membre de la NRA.

Peeley et son pote se dirigent vers un billard et installent les boules pour faire une partie. Leurs copines restent assises, à se gaver de cacahuètes et à picoler. « Maintenant », annonce Tadeo en quittant le bar. Il se faufile entre les tables, dans un timing parfait, et heurte violemment Peeley qui était occupé à enduire de craie l'embout de sa queue. « Hé, bordel ! » Peeley n'est pas content. Il est tout rouge, prêt à botter le cul du malotru. Mais avant qu'il ait le temps de bouger, Tadeo lui assène un enchaînement de trois directs. Gauche-droite-gauche, chaque coup touchant les arcades, où la peau se fend facilement et saigne beaucoup. Peeley se retrouve par terre et il y restera un petit moment avant de reprendre ses esprits. Les femmes hurlent, la foule s'agite. Le copain de Peeley met du temps à réagir. Enfin, il relève sa canne de billard pour frapper Tadeo à la tête. Mais Miguel intervient et lui assène une manchette à la base du crâne. Et le gars rejoint son pote au sol. Tadeo donne encore quelques coups sur le visage de Peeley, puis se redresse et file vers les toilettes. Une canette de bière se fracasse sur le mur juste au-dessus de sa tête Miguel est sur ses talons. Il y a des cris. On les poursuit. Ils ferment la porte, puis escaladent une fenêtre pour s'échapper. Quelques secondes plus tard, ils sont dans le pick-up. On quitte les lieux comme si de rien n'était.

— C'est bon, je l'ai, annonce Tadeo avec solennité.

Il montre sa main droite et, effectivement, elle est couverte de sang. Le sang de Peeley. On fait une halte dans un fast-food et je récupère avec soin le précieux fluide.

On est de retour en ville avant minuit.

Outrage à magistrat

9.

Avec les lacets de leurs chaussures, le tueur a ficelé ensemble les chevilles et les poignets des petites Fentress, avant de les jeter dans l'étang. L'autopsie de Jenna a révélé un cheveu brun coincé dans l'un de ses lacets. Les deux gamines étaient blondes. À l'époque Gardy avait de longs cheveux noirs – même si la couleur a passé depuis – et, bien entendu, l'expert du ministère public a certifié que le cheveu en question « correspondait » à ceux du suspect. Depuis plus d'un siècle, de vrais experts ont établi que l'analyse capillaire est très imprécise. Mais elle est toujours utilisée par les autorités locales, même par le FBI, quand il n'y a pas d'autres preuves et que le suspect doit être arrêté. J'ai supplié le juge Kaufman de demander un test ADN, mais il a refusé. Trop cher. Pourtant, la vie d'un homme est en jeu.

Quand on m'a enfin autorisé à voir les pièces de l'accusation, je me suis débrouillé pour subtiliser un centimètre de ce cheveu brun. Personne n'a rien vu.

Le lundi matin, à la première heure, j'envoie en colis express le cheveu et l'échantillon de sang de Jack Peeley pour un test ADN comparatif dans un laboratoire californien. Cela va me coûter six mille dollars. Mais je suis sûr que je vais tenir mon coupable.

10.

Partner et moi filons vers Milo pour entendre une nouvelle semaine de fabulations en tout genre. Je suis impatient de retrouver Glynna Roston, la jurée numéro huit, et de voir si ma conversation avec sa fille a eu des effets. Mais, évidemment, rien ne se passe comme prévu.

La salle d'audience est encore une fois pleine à craquer, je n'en reviens toujours pas. Pour la onzième journée d'affilée, Julie Fentress, la mère des jumelles, est assise au premier rang, juste derrière la table de l'accusation. Elle est avec son groupe de soutien et ils me regardent tous comme si j'avais tué de mes mains les deux petites.

Quand Trots arrive enfin et ouvre sa mallette, pour faire mine de relire des papiers importants, je me penche vers lui et lui dis : « Surveille la jurée numéro huit, Glynna Roston, mais discrètement. »

La discrétion et Trots, ça fait deux. Il devrait pourtant ne faire que ça – observer le jury, noter leurs réactions, évaluer leur langage corporel, déterminer s'ils sont attentifs, intéressés, ou agacés. C'est le b. a.-ba quand on est curieux de connaître l'inclination du jury, mais Trots a jeté l'éponge depuis des semaines.

Gardy est plutôt de bonne humeur. Il m'a dit qu'il aime bien venir au procès car ça le fait sortir de sa cellule. Il est en quartier de confinement, seul, souvent laissé dans le noir parce que les gardiens savent qu'il a tué Jenna et Raley Fentress et que sa condamnation est imminente. De mon côté aussi, je suis dans de meilleures dispositions – Gardy a pris une douche ce week-end.

Outrage à magistrat

On tue le temps, en attendant l'arrivée du juge Kaufman. À 9 h 15, Huver, le procureur, n'est toujours pas à sa table. Sa bande des jeunesses hitlériennes a l'air plus belliqueuse que de coutume. Il se passe quelque chose. Un huissier vient me murmurer à l'oreille : « Le juge Kaufman veut vous voir dans son bureau. » C'est quasiment tous les jours. Une véritable manie. Chaque fois que Huver veut rendre public une pièce ou un témoignage litigieux, on se retrouve dans le bureau du juge pour batailler. Mais à quoi bon ? Depuis deux semaines, Huver peut faire passer n'importe quoi. Il a Kaufman dans la poche.

C'est une embuscade qui m'attend. La greffière est là, prête à noter tout ce qui va se dire. Le juge Kaufman marche de long en large, en chemise et cravate, sa robe encore accrochée à la patère. Huver se tient adossé contre la fenêtre, avec son petit air narquois. L'huissier referme la porte derrière moi et Kaufman lance des papiers sur la table.

— Lisez ça !
— Bonjour, monsieur le juge. Bonjour, Huver.

Ils ne répondent pas. C'est une déposition de deux pages où la déclarante, en l'occurrence une menteuse, prétend être tombée par hasard sur moi vendredi soir lors d'une soirée de free-fight, que j'ai parlé avec elle de l'affaire et lui ai demandé de dire à sa mère, membre du jury, que l'accusation n'avait pas de preuve et que tous leurs témoins mentaient. Elle a signé Marlo Wilfang devant un agent assermenté.

— C'est vrai, monsieur Rudd ? grogne Kaufman.
— Il y a un peu de vrai. Mais juste un peu.
— Vous voulez peut-être nous donner votre version des faits ? lance-t-il en laissant entendre qu'il n'en croira pas un traître mot.

Dans son coin, Huver marmonne, juste assez fort pour que tout le monde l'entende :

— Un cas patent de subornation de juré...

Je contre-attaque :

— Vous comptez écouter ma version ou me condamner d'avance, comme Gardy ?

— Ça suffit, intervient Kaufman. Taisez-vous, Huver.

Je raconte mon histoire, dans le détail, sans le moindre embellissement. J'explique bien que je ne connaissais pas cette femme, qu'elle a débarqué de nulle part, qu'elle a cherché délibérément à entrer en contact avec moi et qu'elle semblait pressée de rentrer à Milo pour avoir sa part dans le procès.

Comme on dit, il faut tout un village pour pendre quelqu'un...

En haussant la voix, j'ajoute :

— Elle dit que c'est moi qui suis allé la trouver ? Comment aurais-je pu faire ça ? Je ne connais pas cette femme. Elle, elle me connaît, parce qu'elle s'est trouvée dans la salle du tribunal, à suivre le procès. Elle savait qui j'étais. C'était facile. Mais moi, comment aurais-je pu la reconnaître ? Ça ne tient pas debout !

Évidemment, Kaufman et Huver ne sont pas de cet avis. Et ils vont camper sur leur position, persuadés qu'ils sont de m'avoir coincé. Ils me détestent tant, moi et mon client, qu'ils ont des œillères.

— Elle ment ! C'est un coup monté. Elle m'a coincé, a lancé cette conversation et puis a rédigé cette déclaration, sans doute dans votre bureau, Huver. Un tissu de mensonges ! Il s'agit de parjure et d'outrage à la cour. Il faut sanctionner ça, monsieur le juge.

— Je n'ai pas de leçon à recevoir de vous.

— Bougez votre cul et faites votre boulot pour une fois, ça nous changera !

Outrage à magistrat

— Ça suffit, monsieur Rudd, lance-t-il, tout rouge, prêt à me coller son poing sur la figure.

Je veux obtenir un vice de procédure sur cette affaire. Et je suis prêt à provoquer ces deux-là jusqu'à ce qu'ils fassent quelque chose de stupide.

Je hausse le ton :

— Je veux une confrontation. Faites sortir le jury, et appelez cette charmante dame au box des témoins pour que je puisse l'interroger. Elle voulait participer au procès ? Très bien, alors amenez-la-moi. Quant à sa mère, visiblement, c'est une personne partiale et malhonnête. Il faut l'exclure du jury.

— Que lui avez-vous raconté ? insiste Kaufman.

— Juste ce que je vous ai dit, mot pour mot. À savoir la même chose que je dirais à n'importe qui sur terre – vous n'avez rien contre mon client, hormis une série de témoins qui mentent comme des arracheurs de dents, et pas la moindre preuve tangible.

— Vos demandes sont insensées ! lance Huver.

— Je veux une confrontation ! (Je crie presque.) Je veux que cette femme soit exclue du jury et je ne poursuivrai pas ce procès tant que ce ne sera pas le cas.

— C'est une menace ? s'offusque Kaufman.

La situation part en vrille.

— Non, monsieur le juge. C'est une promesse. J'arrête tout.

— Alors ce sera un outrage à la cour et je vous enverrai en prison.

— Ce ne sera pas la première fois. Allez-y, et on aura un ajournement. On se reverra dans six mois et on reprendra tout de zéro.

Ils ne savent pas trop si j'ai déjà fait de la prison mais, sur le coup, ils se disent que ce n'est pas du bluff. Un franc-tireur comme moi flirte toujours avec les limites. Passer quelque temps au trou est carrément une distinction honorifique. Tant pis si je dois irriter le juge ou l'humilier.

On reste silencieux quelques minutes. La greffière regarde ses pieds, comme une sprinteuse dans les starting-blocks, prête à sortir en courant de la pièce. Sur le coup, Huver est terrifié à l'idée d'annuler toute la procédure, de voir son magnifique verdict jeté aux oubliettes par une cour d'appel qui ordonnerait la tenue d'un nouveau procès. Il n'a aucune envie de vivre à nouveau ce supplice. Ce qu'il veut, c'est savourer son jour de gloire où, dans sa voiture, sans doute en compagnie d'un journaliste, il roulera vers Big Wheeler, la prison où l'État garde ses condamnés à mort. Il sera traité comme un roi, le vrai héros du jour, le justicier qui aura envoyé Gardy Baker au trépas, et donc permis à Milo d'en finir et de tourner la page. Il aura droit à une place au premier rang, quand le bourreau tirera le rideau avec emphase pour montrer Gardy étendu sur une civière, avec des tubes dans les bras. Après l'injection, Huver le Grand trouvera quand même le temps de parler avec gravité à la presse, et décrira toute l'importance de sa fonction. Il n'a encore jamais assisté à une exécution, et dans cet État pro-peine de mort, c'est une infamie pire encore que d'être puceau à trente ans. *L'État contre Gardy Baker* sera son jour de gloire. Sa carrière sera lancée. On l'invitera aux colloques avec les autres procureurs du pays. Et il sera réélu.

Mais pour l'heure, il sue à grosses gouttes parce qu'il a poussé le bouchon trop loin.

Ils étaient convaincus de me tenir par les couilles, ces cons ! Me coincer avec ce piège, cette histoire de subornation de juré. Mais cela n'a pas l'effet escompté. C'est en train de se retourner contre eux. Gardy est quasiment condamné et exécuté, mais il leur fallait me prendre aussi une livre de chair !

Outrage à magistrat

— Cela ressemble quand même à un contact prohibé, monsieur le juge, insiste Huver voulant se donner une contenance.

— C'était le but, dis-je.

— On reparlera de tout ça plus tard, réplique Kaufman. Le jury attend.

Pas question de lâcher :

— Vous êtes sourds ou quoi ? Je ne continue pas tant que je n'ai pas ma confrontation. Et je veux que ce soit inscrit au dossier.

Kaufman regarde Huver. Les deux hommes semblent vaciller. Ils me savent assez dingue pour faire grève, pour refuser de poursuivre les audiences. Et si je fais ça, c'est l'annulation du procès qui leur pend au nez. Le juge me lance un regard noir.

— Je vous inculpe pour outrage à la cour !

— Allez-y, dis-je d'un air de défi. (La greffière consigne chacun de mes mots.) Envoyez-moi donc en prison.

Mais il ne peut pas. Il doit prendre une décision, et s'il fait le mauvais choix, il ruine tous leurs efforts. Si je vais derrière les barreaux, c'est tout le procès qui se retrouve sur la sellette, et sans moyen de le sauver. Il y aura une cour d'appel, sans doute au niveau fédéral. Ils éplucheront tous les faits et gestes de Kaufman, et ses erreurs se verront comme le nez au milieu de la figure. Gardy doit avoir un avocat, un vrai – c'est la loi – et si je suis en prison, ils sont totalement bloqués. Ces deux idiots m'ont fait un cadeau.

Quelques secondes passent. Les esprits s'apaisent.

D'un ton conciliant, presque compatissant, je dis :

— Monsieur le juge, vous ne pouvez me refuser cette confrontation. Si vous vous obstinez, vous me donnez des armes pour l'appel, carrément des scuds.

— Qu'est-ce que vous voulez au juste ? lâche-t-il.

— Je veux voir cette femme, cette Marlo Wilfang, dans le box des témoins. Une audience à huis clos. Vous vouliez me coincer pour subornation de juré, alors allons jusqu'au bout. J'ai le droit de me défendre. Renvoyez le jury dans ses pénates et réglons ça aux poings.

— Je ne renverrai pas les jurés, réplique-t-il en se laissant tomber dans son siège.

— Très bien. Alors enfermez-les dans la salle des délibérations. Je m'en fiche. Cette fille vous a menti et *de facto* elle s'est immiscée dans le déroulement du procès. Sa mère ne peut plus faire partie du jury. La défense peut demander l'annulation pour ça. Et on rejouera le tout dans cinq ans, dans le meilleur des cas. Allez-y messieurs, choisissez votre poison.

Ils sont tout ouïe, terrorisés et pris de court. J'ai déjà obtenu des annulations de procès. Des ajournements. Bien des fois je me suis retrouvé au centre de l'arène, avec la vie de mon client entre les mains, sachant qu'à la moindre erreur tout était fini. Mais eux, ce sont des novices. Kaufman a présidé deux procès pour meurtre en sept années d'exercice. Huver n'a envoyé qu'un seul accusé dans le couloir de la mort, et c'est un score honteux pour un procureur dans le coin. Il a si mal géré une affaire pour meurtre, il y a deux ans, que le juge (qui n'était pas Kaufman) a dû annuler le procès pour vice de procédure. Et plus tard, toutes les charges ont été levées. Cette fois, ils ont poussé le bouchon bien trop loin et joué très mal le coup.

J'enfonce le clou :

— Qui a préparé cette déposition ?

Pas de réponse.

— C'est visiblement de la prose de juriste. Personne ne s'exprime comme ça. C'est vous qui avez rédigé ça, Huver ?

Outrage à magistrat

Le procureur tente de rester impassible, mais visiblement c'est panique à bord. Acculé, il sort une absurdité, même aux yeux de Kaufman :

— Monsieur le juge, nous pouvons poursuivre le procès avec Trots si Rudd est en prison.

J'éclate de rire. Kaufman est sonné par une telle énormité.

Comment ne pas le narguer ?

— Super idée, Huver ! Continuez à saboter ce procès. Encore un petit effort et vous allez offrir à Gardy une magnifique annulation !

— Non, réplique Kaufman, M. Trots ne s'est pas une seule fois exprimé en audience. Il vaut mieux pour tout le monde que ce garçon continue à ne rien dire et reste sur sa chaise, avec sa tête d'ahuri.

Même si je trouve la remarque amusante, je jette tour à tour un regard noir à Kaufman et à la greffière. Tout va bien, elle a tout noté.

— Rayez ça, vous ! aboie Kaufman.

Quel minable. Un procès ressemble souvent à un vaudeville, avec ses crises de nerfs et ses quiproquos. Ils pensaient pouvoir me coincer, m'humilier.

Je ne veux pas que Huver trouve une autre idée – même si je ne risque pas grand-chose avec lui – alors je continue à cogner pendant qu'il est à terre :

— De toutes les inepties que vous avez pu dire pendant ce procès, celle-ci tient le haut du pavé. Bennie Trots ? Elle est bien bonne celle-là !

— Qu'est-ce que vous proposez, monsieur Rudd ? intervient Kaufman.

— Je vous l'ai dit. Je refuse de reprendre les audiences tant que je n'ai pas eu une discussion avec la jurée numéro huit, cette Glynna Roston. Je veux mettre au clair cette accusation de subornation de juré. Mais si je suis réellement accusé d'outrage à la cour, alors mettez-moi en prison tout de suite. Ne vous gênez pas. Comme vous le savez, une annulation de procès me ferait plus plaisir encore qu'un triple orgasme !

— Inutile d'être grossier.

Huver, inquiet, piaffe.

— Monsieur le juge, on peut certainement discuter plus tard de cette affaire de subornation et d'outrage à la cour... après le procès par exemple ou quelque chose comme ça ? En l'état actuel, je préfère continuer à appeler mes témoins. Tout cela semble quelque peu prématuré.

— Dans ce cas, pourquoi tout ce ramdam, Huver ? Pourquoi vous vous êtes excités comme ça pour cette histoire de contact avec un juré, alors que vous saviez parfaitement bande d'abrutis que cette Marlo Wilfang mentait ?

— Ne me traitez pas d'abruti, grogne Kaufman.

— Excusez-moi, monsieur le juge. Je ne disais pas ça pour vous, je parlais des abrutis à la table de l'accusation, en y incluant bien sûr monsieur le procureur.

— Pourrions-nous élever le débat ? réplique Kaufman.

— Je vous présente mes excuses.

Je dis ça, mais le sarcasme est ostensible.

Huver s'éloigne vers la fenêtre, pour contempler les enfilades d'immeubles décrépis qui composent la grande rue de Milo. Kaufman prend la tangente et se réfugie derrière son bureau où il fait mine de regarder ses livres dans sa bibliothèque, des ouvrages qu'il n'a jamais ouverts. Le silence est lourd et épais. Il faut prendre une décision et elle est importante. Le temps presse. Et si Son Honneur se trompe, il en subira les conséquences pour des années.

Finalement, le juge se tourne vers moi.

Outrage à magistrat

— Nous devrions peut-être, en effet, interroger la jurée numéro huit, mais nous allons le faire ici, pas en salle d'audience.

Il s'ensuit le genre de contretemps qui a le don d'agacer parties, jurés et public. On passe le reste de la journée dans le bureau du juge à discuter, de façon souvent plus que vive, des conditions de mon prétendu contact illicite avec un juré. Glynna Roston est convoquée, placée sous serment. Elle est si terrorisée qu'elle arrive à peine à parler. D'entrée de jeu, elle ment quand elle soutient qu'elle n'a pas parlé de l'affaire avec sa famille. Pendant mon contre-interrogatoire, je l'attaque de front, avec une brutalité qui prend de court Kaufman et Huver. Elle quitte la pièce en pleurs. Puis, ils font venir la fille, Marlo Wilfang, qui répète ses affabulations sous les questions maladroites de Dan Huver, qui est vraiment de plus en plus mauvais. Quand c'est mon tour, je la laisse gentiment s'enfoncer sur sa route de brique jaune, puis je lui tranche la gorge, d'une oreille à l'autre. En dix minutes, elle est en larmes, suffocante, et regrette amèrement ce qui s'est passé. Il devient évident qu'elle a menti dans sa déposition. Même le juge s'en mêle : « Dans une salle de cinq mille personnes, comment M. Rudd a-t-il pu vous trouver alors qu'il ne vous a jamais vue auparavant ? »

Merci, juge. C'est La grande question !

Selon ses dires, elle est rentrée chez elle après les combats tard le vendredi soir. À son réveil le samedi matin, elle a appelé sa mère qui, immédiatement, a prévenu M. Huver, et celui-ci a pris aussitôt les choses en main. Ils se sont rencontrés le dimanche après-midi dans son bureau pour travailler à la rédaction de la déposition. Et hop ! entrée en scène du procureur !

J'appelle donc Huver comme témoin. Il objecte. On bataille, mais Kaufman n'a pas d'autre choix que d'accepter. J'interroge Huver pendant une heure. Deux chats sauvages dans un sac se seraient montrés plus civilisés. L'un de ses adjoints a écrit la déposition, jusqu'au moindre mot. Une de ses secrétaires l'a dactylographiée. Une autre l'a fait enregistrer au greffe.

Puis c'est à son tour de m'interroger et la bagarre continue. Pendant tout ce temps-là, le jury attend dans la salle des délibérations et Glynna Roston a dû dire aux autres que tout est de ma faute. Plus ça dure, plus ils me haïssent. Mais je m'en fiche. Je rappelle à Kaufman et à Huver qu'ils jouent avec le feu. Si Glynna Roston reste dans le jury, je fais annuler le procès. Je ne suis pas sûr de gagner – on peut avoir de mauvaises surprises en cour d'appel – mais je sape petit à petit leur certitude et je les vois faiblir à chaque coup. Je demande encore et encore le vice de procédure. On me le refuse à chaque fois. Mais peu importe. C'est consigné dans le dossier, c'est tout ce qui compte. Plus tard dans l'après-midi, Kaufman décide de libérer Glynna Roston de ses obligations et de la remplacer par Mlle Mazy, l'une de mes préférées.

Mais il n'y a pas de quoi crier victoire. Pour le verdict, c'est du pareil au même. Personne à Milo n'est de notre côté. Sur mille, on ne pourrait trouver douze personnes qui voteraient autrement que celles-là. Alors pourquoi me suis-je battu aussi longtemps aujourd'hui ? Pour les rendre responsables, leur mettre la pression, leur ficher les jetons avec ce scénario catastrophe : à eux deux – procureur et juge, dûment élus par leurs concitoyens – ils ont saboté le procès le plus sensationnel que ce bled ait connu. Pour avoir aussi des munitions en appel. Pour me faire respecter.

Je demande que Marlo Wilfang soit poursuivie pour parjure, mais le procureur est fatigué. Je demande qu'elle écope d'un outrage à la cour, mais Kaufman s'empresse de me rappeler que c'est moi qui suis sous le coup de cette sanction. Il fait appeler un garde, un qui a des menottes sur lui.

— Pardonnez-moi, monsieur le juge, mais j'ai oublié pourquoi vous me collez un outrage. Il s'est passé tellement de choses.

— Parce que vous avez refusé de reprendre le procès ce matin, parce qu'on a perdu la journée entière ici à se bagarrer pour une jurée. Et parce que, en plus, vous m'avez insulté.

Il y a mille façons de démonter tout ça, mais je décide de laisser filer. Me mettre aux arrêts pour outrage à la cour va leur compliquer encore un peu plus l'existence, et me donner de quoi me défendre en appel. Un gros adjoint arrive et Kaufman lance : « Conduisez-le en cellule. »

Huver se tient à la fenêtre, dos tourné.

Je n'ai aucune envie d'y aller, mais je n'en peux plus de cette pièce. Cela commence à puer la sueur. Les menottes se referment sur mes poignets, et on m'attache les mains devant, pas derrière. Au moment où le policier m'emmène, je lance à Kaufman :

— Je suppose que je serai autorisé à revenir à la table de la défense demain matin ?

— Absolument.

Pour les inquiéter un peu plus, j'ajoute :

— La dernière fois qu'on m'a mis aux arrêts en plein procès, le verdict a été débouté par la Cour suprême. À l'unanimité. Vous devriez relire vos fiches, bande de charlots.

Un autre adjoint rejoint mon escorte. Ils me conduisent vers l'arrière. Bizarrement, on fait une halte en chemin et mes gardiens marmonnent des trucs dans leur radio. Quand enfin on se retrouve dehors, je découvre que la nouvelle de mon arrestation a fuité. La foule haineuse lance des hourras quand elle me voit marcher, menottes aux poings, entre deux policiers. Curieusement encore, mon escorte s'arrête à nouveau. Ils hésitent. Dans quelle voiture me mettre ? J'attends à côté d'un des véhicules, exposé et vulnérable, lançant des sourires à tous ces gens qui veulent me tuer. J'aperçois Partner et lui crie que je l'appellerai plus tard. Il semble abasourdi. Par malice, ils décident de me mettre dans la même voiture que Gardy. Avocat et client, tous deux conduits en prison. Nous partons, toutes sirènes hurlantes, pour donner à cette ville misérable son petit spectacle. Le gamin se tourne vers moi :

— Où vous étiez toute cette journée ?

Inutile de le cacher. Je lui montre mes menottes.

— À batailler avec le juge. Devine qui a gagné ?

— Ils peuvent mettre un avocat en prison ?

— Un juge peut faire ce qu'il veut.

— Vous risquez aussi la peine de mort ?

Je lâche un petit rire. C'est la première fois que je ris depuis ce matin.

— Non. Pas encore du moins.

Ce changement de routine l'amuse beaucoup.

— Vous allez adorer la bouffe là-bas.

— Je n'en doute pas.

Les deux flics à l'avant ne perdent pas une miette de notre conversation.

— Vous êtes déjà allé en prison ?

— Oh oui, plusieurs fois. J'ai le don d'énerver les juges.

— Et au juge Kaufman, vous lui avez fait quoi ?

— C'est une longue histoire.

— Bah, on a toute la nuit, non ?

Sans doute. Mais cela m'étonnerait qu'ils me mettent dans la même cellule que mon client. Quelques minutes plus tard, la voiture de patrouille s'arrête devant un bâtiment cubique des années 1950, flanqué d'excroissances hideuses comme autant de tumeurs malignes. Je suis venu deux ou trois fois ici pour parler à Gardy et c'est un endroit sinistre. On nous sort de l'habitacle, on nous pousse dans une petite pièce où des gardiens derrière leurs bureaux brassent des papiers, l'air mauvais. Gardy est emmené vers le fond de la salle et sort de mon champ de vision. Une porte s'ouvre et se referme. L'espace d'un instant, j'entends des détenus crier en arrière-plan.

Je me plante devant le geôlier qui s'approche pour m'emmener :

— Le juge Kaufman m'a autorisé deux coups de fil !

Il s'arrête, ne sachant quelle attitude adopter face à un avocat en colère arrêté pour outrage à la cour. Il recule.

J'appelle Judith. Après avoir houspillé la standardiste, sa secrétaire, puis son assistante, je l'ai enfin en ligne. Je lui annonce que je suis en prison et que j'ai besoin d'aide. Elle peste, me rappelle qu'elle est débordée, puis accepte. Je téléphone ensuite à Partner pour lui donner des infos.

Les gardiens me remettent une combinaison orange estampillée « Prison municipale de Milo », en lettres noires dans le dos. Je me change dans des toilettes crasseuses, en accrochant avec soin ma chemise, ma veste et ma cravate à un cintre. Je le tends au maton.

— S'il vous plaît, ne les froissez pas. J'en ai besoin pour demain.

— Vous voulez qu'on vous les repasse ? demande-t-il.

Tout le monde éclate de rire. Mais oui, elle est bien bonne... je souris pour me montrer beau joueur. Quand ils ont bien rigolé, je leur demande :

— Qu'est-ce qu'il y a pour le dîner ?

— On est lundi. C'est le jour du jambon en boîte.

— J'en salive d'avance.

Ma cellule est un cube de ciment de trois mètres sur trois qui empeste l'urine et la sueur. Sur les couchettes, deux jeunes Noirs. L'un lit, l'autre dort. Il n'y a pas de troisième lit. Je vais donc devoir dormir sur la chaise en plastique, qui est maculée de taches brunes. Mes deux nouveaux compagnons n'ont pas l'air très amical. Je ne veux pas de bagarre, mais un avocat qui se fait tabasser en cellule, au beau milieu d'un procès, et c'est l'annulation immédiate. C'est tentant.

Comme ce n'est pas la première fois que je me fais arrêter, Judith sait quoi faire. À 5 heures du matin, elle dépose une requête en habeas corpus au tribunal fédéral, en demandant une audience de toute urgence. Ils m'ont à la bonne là-bas – enfin, la plupart du temps.

Elle envoie également une copie de la requête à mon journaliste préféré. Je veux faire autant de ramdam que possible. Kaufman et Huver ont été trop loin et ils vont me le payer. Le gars qui lisait sur la couchette du bas décide qu'il veut parler, alors je lui explique pourquoi je suis là. Il trouve ça drôle, un avocat en prison parce qu'il a énervé un juge. Le dormeur, sur la couchette du haut, passe la tête au-dessus du matelas et veut participer à la rigolade. Et rapidement, je me retrouve à donner des conseils juridiques à ces deux-là qui en ont bien besoin.

Une heure plus tard, un gardien vient m'annoncer que j'ai une visite. Je le suis dans un dédale de couloirs et je me retrouve dans une petite pièce équipée d'un éthylomètre. C'est là qu'ils gardent les conducteurs saouls. L'Évêque est là. Nous nous serrons la main. On s'est déjà parlé au téléphone, mais on ne s'est jamais vus. Je le remercie d'être venu mais lui rappelle que ça peut être dangereux pour lui. Il s'en fiche. Il n'a pas peur des gens du coin. En plus, il sait passer sous les radars. Il connaît aussi le chef de la police, les adjoints, le juge... tous les notables de cette petite bourgade. Il a voulu appeler Huver et Kaufman pour leur dire qu'ils avaient fait une grosse erreur, mais il n'a pas réussi à les joindre.

Il a insisté auprès du chef de la police pour que j'aie une meilleure cellule. Plus il parle, plus j'aime ce type. C'est un gars de terrain, un vieux de la vieille qui croise le fer avec les flics depuis des dizaines d'années. Il n'a pas gagné un sou mais il s'en fout. Je me demande si je serai effectivement comme lui dans vingt ans.

— Des résultats du test ADN ? demande-t-il.

— Le labo aura les échantillons demain. Ils ont promis de faire vite.

— Et si c'est Peeley ?

— Alors ça va être chaud.

Ce gars est de mon côté, mais je ne le connais pas. On parle pendant dix minutes puis on se dit au revoir.

Quand je regagne ma cellule, mes deux nouveaux amis ont dit à tout le monde qu'ils ont un avocat avec eux. Bientôt, je me retrouve à crier mes conseils à travers les barreaux pour chaque détenu du couloir.

11.

Prudence et mesure ne sont pas mon fort, mais je choisis néanmoins de ne pas déclencher une bagarre avec Fonzo et Frog, mes deux codétenus. Je m'installe donc sur la chaise en plastique pour la nuit et tente de dormir. Mais c'est impossible. Je refuse le jambon en boîte au dîner, comme les œufs pourris et les toasts froids du petit déjeuner. Par chance, personne ne parle de douche. On m'apporte mon costume, ma chemise, ma cravate, mes chaussettes et je m'habille rapidement. Je salue mes compagnons, qui vont rester derrière les barreaux plusieurs années, malgré les conseils brillants que je leur ai dispensés.

Cette fois, Gardy et moi faisons le trajet jusqu'au tribunal dans des voitures différentes. Une foule plus compacte encore que la veille vocifère des injures quand je sors de l'habitacle, menottes toujours aux mains. Une fois à l'intérieur, et loin des photographes, on retire mes liens. Partner m'attend dans le couloir. J'ai droit ce matin à un article dans le *Chronicle*, le quotidien régional. En troisième page de la section « Vie locale ». Pas de quoi faire la Une. Sebastian Rudd est en prison, encore une fois.

Comme on me l'a ordonné, je suis un gardien qui me conduit au bureau du juge. Kaufman m'y attend en compagnie de Huver. Les deux ont un petit air narquois. Ils brûlent de savoir comment j'ai survécu à cette nuit derrière les barreaux. Mais je ne leur lâche rien. Pas un mot sur le manque de sommeil, sur le fait que je n'ai pas mangé ni pu me laver. Je suis en vie, en un seul morceau, et j'ai hâte de commencer. Et ça, ça les agace. On joue au chat et à la souris, alors que la vie de Gardy est en jeu.

Je suis dans le bureau de Kaufman depuis à peine deux minutes qu'un autre garde arrive :

— Veuillez m'excuser, monsieur le juge, mais un marshal vous attend. Il dit que vous êtes convoqué à la cour fédérale à 11 heures ce matin. Et vous aussi, monsieur Huver.

— Qu'est-ce que c'est que cette histoire ?

Toujours serviable envers mon prochain, je les éclaire :

— C'est pour l'habeas corpus, monsieur le juge. Mes avocats ont déposé un recours hier après-midi. C'est une audience en urgence pour me faire sortir de prison. Vous avez commencé ces conneries, maintenant il faut assumer.

— Il y a une assignation ? s'enquiert Huver.

Le garde lui tend un papier. Le procureur et le juge l'examinent rapidement.

— Ce n'est pas une assignation, déclare Kaufman. C'est une mise en demeure du juge Samson. Je le croyais mort. Il n'a pas le droit de me convoquer comme ça pour une quelconque audience.

— Il est à côté de ses pompes depuis vingt ans ! lâche Huver, visiblement soulagé. Je n'irai pas. Nous sommes en plein procès.

Huver n'a pas tout à fait tort au sujet du juge Samson. Si les avocats devaient élire le juge fédéral le plus toqué du pays, Arnie Samson gagnerait haut la main. Mais c'est mon ami toqué, et il m'a sorti de prison bien des fois.

Kaufman se tourne vers le messager :

— Dites à ce marshal d'aller se faire voir. S'il commence à faire du grabuge, appelez le shérif. Ça, ça le mettra vraiment en pétard. Un shérif arrêtant un marshal. Ah ! ah ! ce serait une première. Bref, on ne sort pas d'ici. On a un procès à terminer.

— Pourquoi êtes-vous allé trouver la cour fédérale ? me demande Huver avec le plus grand sérieux.

— Parce que je n'aime pas être en prison. Vous avez encore d'autres questions idiotes ?

Le garde s'en va et Kaufman reprend la main :

— Je vais lever l'outrage à la cour, ça vous va, monsieur Rudd ? Je pense qu'une nuit en cellule suffit en réparation de votre comportement.

— En tout cas, ça me suffit pour obtenir l'annulation du procès ou la cassation du jugement.

— Ne recommençons pas avec ça. Peut-on reprendre les audiences ?
— C'est vous le juge.
— Et pour cette convocation au tribunal fédéral ? me demande-t-il.

Je bois du petit-lait !
— Vous voulez un conseil juridique ?
— Bien sûr que non !
— Ignorez cette mise en demeure. Mais c'est à vos risques et périls. Le juge Samson aura peut-être envie de vous faire passer à votre tour une nuit ou deux en cellule. L'arroseur arrosé. Ce serait cocasse, non ?

12.

Finalement, nous revenons dans la salle d'audience. Il faut un peu de temps pour que tout le monde s'installe. Quand les jurés reprennent leur place dans le box, je les ignore ostensiblement. Ils savent tous que j'ai passé la nuit en prison et ils sont forcément curieux de voir si j'en porte des stigmates. Pas question de leur faire ce plaisir !

Le juge Kaufman présente ses excuses pour ce retard et annonce qu'il est temps de se remettre au travail. Il se tourne vers Huver, qui se lève et déclare :
— Votre Honneur, le ministère public en a terminé.

Outrage à magistrat

C'est encore un stratagème pour me compliquer l'existence. Je me lève, furieux :
— Votre Honneur, l'accusation aurait pu me le dire hier ou ce matin.
— Appelez votre premier témoin, réplique Kaufman.
— Je ne suis pas prêt. J'ai des requêtes à soumettre. Et je veux qu'elles soient versées au dossier.

Le juge n'a pas d'autres choix que de demander au jury de quitter la salle. Nous passons les deux heures suivantes à batailler pour établir si le ministère public a effectivement avancé suffisamment de preuves pour passer la main à la défense. Je critique à nouveau l'équité de ce procès et réitère mes demandes. Kaufman les rejette toutes. Un pur simulacre. Je veux juste que mes réserves soient consignées.

Mon premier témoin est un pauvre gamin paumé, qui ressemble beaucoup à mon client. Il se prénomme Wilson ; il a quinze ans. Il n'est plus scolarisé. Il est toxico et SDF, même si une tante l'autorise à dormir dans son garage quand il est malade. Et Wilson est notre témoin clé !

Les sœurs Fentress ont disparu à 16 heures le mercredi après-midi. Elles ont quitté l'école à bicyclette et ne sont jamais arrivées chez elles. Les recherches ont commencé à 18 heures et se sont intensifiées durant la nuit. À minuit, tout le monde était dehors, une lampe torche à la main. Leurs corps ont été retrouvés dans un étang pollué vers midi le lendemain.

J'ai six témoins. Wilson et cinq autres, qui tous attestent que Gardy était avec eux le mercredi après-midi de 14 heures jusqu'au soir. Ils étaient tous au Trou, une ancienne carrière de graviers au sud de la ville. C'est le lieu de rendez-vous des vagabonds, des zonards, des SDF, des gamins, des junkies, des petits criminels et des saoulards. On y trouve quelques voyous endurcis mais c'est essentiellement le repaire des jeunes exclus. Ils dorment sous des bâches, partagent la nourriture et l'alcool qu'ils volent, prennent des drogues avec des noms bizarres, ont des relations sexuelles, et tuent le temps comme ils peuvent, chaque jour les rapprochant un peu plus de la mort ou de la prison. Gardy était là-bas quand quelqu'un a kidnappé les deux petites et les a tuées.

Nous avons donc un alibi – les allées et venues de mon client peuvent être vérifiées. Du moins, je l'espère.

Dès que Wilson s'installe dans le box et prête serment, les jurés se renfrognent, l'air suspicieux. Il porte les mêmes habits que d'habitude – un jean crasseux avec plein d'accrocs, de vieilles Rangers, un T-shirt vert avec le nom d'un groupe de heavy metal, et un petit foulard pourpre noué autour du cou. Il a les cheveux rasés au-dessus des oreilles et une crête à l'iroquoise orange vif. Il affiche une belle collection de tatouages, de boucles d'oreilles et de piercings. Parce que c'est juste un gamin paumé et qu'il se retrouve d'un coup dans un cadre solennel et intimidant, il arbore une moue narquoise qui donne envie de lui coller des claques.

« Sois naturel », lui ai-je répété. Malheureusement, il l'est ! À la place des jurés, je ne croirais pas un traître mot de ce qu'il dit, même si c'est la stricte vérité. Comme prévu, je lui fais raconter en détail tout l'après-midi du mercredi.

Huver, évidemment, le lamine au contre-interrogatoire. Vous avez quinze ans, jeune homme. Pourquoi n'êtes-vous pas à l'école ? Parce que vous préférez fumer de l'herbe avec votre ami ici présent ? C'est ça que vous êtes venu raconter aux jurés ? Que vous passez votre temps à boire, à vous droguer. Que vous êtes juste une bande de zonards. C'est bien ça ? Wilson a du mal à le nier. Après quinze minutes d'assaut, le gamin est désorienté, apeuré, il est persuadé qu'on va l'arrêter sur-le-champ. Huver continue à cogner, à jouer les terreurs du bac à sable.

Par chance, Huver n'est pas très futé, et il en fait trop. Il a coincé Wilson dans les cordes et le sang gicle. Il le harcèle sur la date. Comment peut-il savoir que c'était ce mercredi particulier du mois de mars ? Vous avez un calendrier dans le Trou ?

— Vous ne pouvez dire de quel jour il s'agissait ! C'est impossible ! tonne-t-il.

— Si, monsieur, je le peux, répond Wilson sans aucune arrogance pour la première fois.

— Ah oui ? Et par quel miracle ?

— Parce que la police est venue. En disant qu'ils cherchaient les deux petites filles. C'est ce jour-là. Et Gardy est resté avec nous tout l'après-midi.

Pour un garçon sans cerveau, Wilson a sorti sa tirade parfaitement, comme en répétition.

Chaque fois qu'il y a un souci à Milo, le moindre délit un peu plus sérieux qu'un abandon de détritus sur la voie publique, la police débarque au Trou et accuse tout le monde, harcèle ses suspects habituels. La carrière se trouve à cinq kilomètres de l'étang où les petites Fentress ont été retrouvées. Tout le monde sait que les habitués du Trou n'ont aucun moyen de transport sinon leurs propres pieds, et pourtant, comme d'habitude, la police fait une descente pour une démonstration de force. Gardy se souvient qu'ils lui ont posé des questions sur les fillettes disparues. Les flics, évidemment, ne se rappellent pas avoir vu Gardy au Trou.

Peu importe. Le jury, de toute façon, ne croira pas un mot de ce que raconte Wilson.

Ensuite j'appelle un témoin encore moins crédible. Les autres l'appellent Lolo, et la pauvre gamine vit sous les ponts et autres abris de fortune quasiment depuis toujours. Les garçons la protègent et en retour elle les satisfait. Elle a aujourd'hui dix-neuf ans et a peu de chance de souffler ses vingt-cinq bougies, du moins pas en zone libre. Elle a le corps couvert de tatouages. À peine a-t-elle fini de prêter serment qu'elle dégoûte déjà les jurés. Elle se souvient de ce mercredi-là, de la descente des flics, et de Gardy qui était avec eux tout l'après-midi.

Dès le début du contre-interrogatoire, Huver annonce que Lolo a été arrêtée deux fois pour vol à l'étalage. Pour de la nourriture ! Que peut-on faire d'autre quand on a faim ? Mais Huver prend un air outré, comme si elle méritait la mort.

Le jeu de massacre continue. J'appelle un à un tous mes témoins, attestant l'alibi de Gardy, et Huver les fait tous passer pour de dangereux criminels. C'est là toute la folie et l'injustice du système. Les témoins du procureur, ceux à charge, sont d'une légitimité d'airain, comme s'ils avaient été sanctifiés par les autorités. Flics, experts, délateurs de la pire espèce – lavés et habillés de pied en cap pour l'occasion –, tous se présentent devant le jury pour débiter leurs mensonges dans une harmonie parfaite, tous unis dans un seul but : condamner à mort mon client. Mais les témoins qui savent la vérité, et qui la disent, eux sont rejetés dans l'instant, discrédités, ridiculisés.

Comme souvent, l'enjeu de ce procès ce n'est pas la vérité, mais la victoire. Et pour gagner, puisqu'il n'a pas de preuve, Huver doit en fabriquer et mentir, attaquer la vérité comme si c'était une bête immonde. J'ai six témoins qui jurent que mon client se trouvait loin de la scène du crime au moment des faits, et tous les six sont méprisés. Huver en produit plus de vingt, tous des menteurs patentés ; la police le sait, le ministère public aussi, et même le juge, mais les jurés gobent tout comme si on leur lisait la Bible.

13.

Je montre aux jurés une carte de leur jolie petite ville. Le Trou est loin de l'étang. Gardy ne peut s'être trouvé aux deux endroits au moment où les deux fillettes ont été assassinées. Les jurés ne veulent rien entendre parce qu'on leur a dit au début du procès que Gardy fait partie d'une secte satanique et qu'il a des antécédents de pervers sexuel. Il n'y a aucune preuve que les fillettes aient été abusées sexuellement, mais tous ces ploucs dégénérés de l'Amérique profonde pensent que Gardy les a violées avant de les tuer.

À minuit, je suis étendu sur le lit défoncé de ma chambre de motel, mon .9 millimètres à côté de moi, quand soudain mon téléphone sonne. C'est le labo de San Diego. Ils ont analysé le sang que Tadeo a brutalement prélevé sur l'arcade de Jack Peeley, ainsi que le cheveu du meurtrier retrouvé coincé dans le lacet qui a servi à ficeler Jenna Fentress. L'ADN correspond.

L'insoumis

14.

Pas moyen de dormir. Impossible même de fermer les yeux ! Il fait encore nuit quand Partner et moi quittons l'hôtel. On arrive à Milo avant les premières lueurs du jour. Je retrouve l'Évêque dans son cabinet alors que la ville s'éveille. Il appelle le juge Kaufman chez lui, et le tire du lit. À 8 heures je suis dans son bureau au palais de justice avec Huver et la greffière. Tout ce qui va se dire maintenant sera porté au dossier.

Je leur expose toutes les options qui s'offrent désormais à moi : s'ils refusent d'annuler le procès, de déclarer le non-lieu et de renvoyer tout le monde chez soi, je peux 1. assigner Jack Peeley à comparaître, le faire monter dans le box et démontrer que c'est lui le tueur, ou 2. aller trouver la presse et rendre publics les résultats du test ADN, ou 3. annoncer au jury ce que je sais, ou 4. faire le 1 plus le 2 plus le 3, ou mieux encore 5. faire le mort, les laisser obtenir leur condamnation et les massacrer en appel.

Ils veulent savoir comment j'ai obtenu un échantillon de sang, mais rien ne me force à le leur dire. Je leur rappelle que depuis dix mois je les supplie d'enquêter sur Jack Peeley, de faire un test ADN, etc., mais ils n'ont rien voulu entendre. Ils avaient Gardy, un fantassin de Satan. Pour la dixième fois j'explique que Peeley, 1. connaissait les fillettes, 2. qu'on l'a vu aux abords de l'étang au moment de leur disparition, et 3. qu'il venait de rompre avec leur mère après une liaison tumultueuse émaillée de violences.

Ils sont blêmes, frôlent l'hébétude tant la réalité les frappe de plein fouet. Leur dossier monté sur des faux et des affabulations s'écroule. Ils se trompaient de bonhomme !

Tous les procureurs, ou presque, ont le même défaut : ils ne peuvent admettre l'évidence même quand ils l'ont sous les yeux. Ils s'accrochent à leur théorie. Ils ont forcément raison puisqu'ils en sont convaincus depuis des mois, voire des années. « Je crois en mon dossier » est l'un de leurs mantras favoris, et ils le répètent inlassablement, alors que le vrai tueur est devant eux, avec ses mains pleines de sang, et avoue « c'est moi qui l'ai fait ».

Ayant connu maintes fois cette situation, j'avais tenté de deviner ce que Huver allait sortir comme connerie pour se défendre. Mais quand il a dit : « Il est possible que Gardy Baker et Jack Peeley aient fait ça ensemble », j'ai éclaté de rire.

Même Kaufman n'en revenait pas.

— Vous êtes sérieux ?

— C'est la meilleure, Huver ! Du génie à l'état pur. Deux hommes qui ne se connaissent ni d'Ève ni d'Adam, un de dix-huit ans, l'autre de trente-cinq, font équipe durant une demi-heure pour tuer deux petites filles, puis repartent chacun de leur côté comme si de rien n'était. C'est ça que vous comptez avancer en appel ?

— Cela ne me surprendrait pas, s'entête Huver en se grattant le menton, l'air pensif.

Ça y est, son cerveau bouillonne, échafaude déjà une nouvelle théorie du crime.

Kaufman, encore bouche bée après la sortie de Huver, bredouille :

— Ça ne tient pas debout, Dan.

— Au contraire. Je sais que Gardy Baker est impliqué dans ce crime.

C'est toujours pathétique de voir un homme s'enferrer dans l'erreur. Je ne peux m'empêcher de le railler :

— Laissez-moi deviner : vous croyez en votre dossier, c'est ça ?

— Évidemment que j'y crois ! Je veux poursuivre ce procès. Je peux obtenir une condamnation.

— Bien sûr que vous le pouvez, réponds-je, en gardant un calme olympien. Obtenir une condamnation est bien plus important que rendre la justice. Allez donc chercher votre victoire. Et nous batatillerons en cour d'appel pour les dix ans à venir. Et pendant tout ce temps-là Gardy moisira en prison dans le couloir de la mort et le vrai tueur sera dehors libre comme l'air. Mais un jour, c'est inévitable, un juge fédéral ouvrira les yeux et nous aurons une disculpation retentissante. Et vous, le procureur, vous, le juge, passerez pour des idiots finis, tout ça à cause de votre entêtement d'aujourd'hui.

— Je veux poursuivre le procès, répète Huver comme un disque rayé.

Moi aussi, je poursuis :

— Dans ce cas, je vais aller trouver la presse, leur montrer le test ADN. Ça va faire la une partout et vous serez ridicules. Et pendant ce temps, Jack Peeley se fera la belle.

— Comment avez-vous eu son ADN ? insiste Kaufman.

— Il s'est trouvé mêlé à une rixe samedi dernier au bar le Blue & White. Il s'est fait casser la gueule, et le type qui lui a démonté le portrait travaille pour moi. J'ai gratté le sang sur le poing de mon gars et l'ai envoyé au labo, avec l'échantillon de cheveu que j'avais déjà récupéré.

— C'est de la subtilisation de preuves ! s'exclame Huver, comme c'était prévisible.

— Allez-y, attaquez-moi, mettez-moi donc encore une fois en prison ! Le combat est terminé, Huver. Jetez l'éponge.

— Je veux voir les résultats de ce test, intervient le juge.
— Je les recevrai demain dans la journée. Le labo est à San Diego.
— Très bien. En attendant, les audiences sont suspendues.

15.

Pendant la journée, le juge et le procureur se réunissent en secret. Je ne suis pas invité. Ce genre de conciliabule est interdit, mais cela arrive. Ils ont besoin de trouver une stratégie pour sortir de cette crise la tête haute, et vite. Ils savent que je n'ai pas froid aux yeux et que je n'hésiterai pas à aller trouver les journalistes pour tout déballer. Et ils s'inquiètent davantage de leur avenir que de la vérité. Tout ce qu'ils veulent, c'est sauver la face.

Partner et moi retournons chez nous, où je passe la journée à travailler sur d'autres affaires. J'arrive à convaincre le labo d'envoyer par e-mail les résultats du test au juge Kaufman, et à midi, il sait la vérité. À 18 heures, je reçois un appel : Jack Peeley vient d'être arrêté.

Je retrouve le juge le lendemain dans son bureau, pas dans la salle d'audience, là où se trouve pourtant notre place. Prononcer un non-lieu en plein tribunal serait bien trop embarrassant pour le système. Le juge et le procureur, donc, se sont entendus pour faire ça à huis clos, et le plus vite possible. Je m'assois à une table avec Gardy et j'écoute Dan Huver lire sans conviction une requête demandant le retrait des charges. J'imagine que Huver a insisté pour poursuivre son cher procès, « son dossier » auquel il croit si fortement, mais Kaufman a dû mettre son veto. La fête est finie. Arrêtons les frais et laissons ce dingue d'avocat et son client dégénéré s'en aller.

Quand la paperasse est signée, Gardy est un homme libre. Il a passé toute une année dans une prison où la vie n'est pas facile – j'en sais quelque chose. Mais un an d'incarcération pour un innocent, c'est carrément un miracle. Combien de gars restent enfermés à tort pendant des décennies ? Des milliers. Mais c'est une autre histoire.

Gardy est stupéfait. Il ne sait trop que faire. Au sortir du bureau du juge, je lui tends deux billets de vingt dollars et lui souhaite bonne chance. Ils vont le ramener discrètement en prison pour qu'il puisse récupérer ses affaires, puis sa mère l'emmènera quelque part à l'abri. Je ne le reverrai jamais.

Il ne me dit pas merci, il ne sait pas quoi dire. Je ne veux pas le serrer dans mes bras parce qu'il n'a pas pris de douche, mais on parvient à se faire une brève accolade dans le couloir pendant que deux adjoints nous observent. Je lui répète : « C'est fini, Gardy. » Il a encore du mal à me croire.

La nouvelle s'est ébruitée et la foule m'attend dehors. La bonne ville de Milo pensera toujours que Gardy a tué les deux fillettes, quelles que soient les preuves. Voilà ce qui se passe quand les flics, se fiant seulement à leur instinct, foncent tête baissée dans la mauvaise direction et entretiennent la rumeur en embobinant la presse. Puis le procureur se joint à la fête et, en un clin d'œil, c'est un lynchage organisé.

Je sors par une porte dérobée où m'attend Partner. Nous filons, sans escorte. Alors que nous nous éloignons du palais de justice, on reçoit deux tomates et un œuf sur le pare-brise. Je ne peux m'empêcher de rire. Encore une sortie en fanfare !

Ⅱ

LE TERMINUS

1.

Les riches se retrouvent rarement dans le couloir de la mort. Link Scanlon n'a pas eu cette chance, même si on ne pourrait trouver trois personnes dans cette ville qui s'émeuvent de son sort. Et pourtant, ils sont un million à vivre ici. Quand Link a été condamné, pratiquement tout le monde a été soulagé. Le trafic de drogue avait été touché en plein cœur, même si l'hydre se remet toujours très vite de ses blessures. Plusieurs boîtes de strip-tease ont fermé, au grand plaisir des épouses. Les parents de jeunes filles se sont dit que leur progéniture était plus en sécurité. Les propriétaires de voitures de sport ont retrouvé la sérénité suite à la baisse du nombre de vols. Plus important encore : la police et les agents de la brigade des stupéfiants ont pu souffler un peu, prévoyant une baisse de la délinquance. Elle a diminué effectivement, mais pas longtemps.

Link a été condamné à mort pour le meurtre d'un juge par un jury qui s'est révélé incorruptible. Peu après son transfert dans le couloir de la mort, son avocat a été retrouvé étranglé. Le barreau de notre ville doit aussi être soulagé de savoir Link hors d'état de nuire.

L'insoumis

À bien y réfléchir, il y a peut-être quand même quelques centaines de citoyens qui ont regretté Link. Les croque-morts, les strip-teaseuses, les revendeurs de drogue, les désosseurs de voitures volées, les flics corrompus, pour n'en citer que quelques-uns. Mais tout cela est de l'histoire ancienne. Les faits remontent à six ans et Link a vite repris ses affaires en main depuis son QG en prison.

Link Scanlon rêvait de devenir gangster, un méchant à l'ancienne, comme Al Capone, et il a un vrai penchant pour le sang, la violence, et l'argent à profusion. Son père, contrebandier d'alcool pendant la prohibition, est mort d'une cirrhose. Sa mère s'est beaucoup remariée, et souvent très mal. Sans cadre familial solide, le jeune Link s'est retrouvé à traîner dans la rue à douze ans. Rapidement, il est devenu un petit prince des voleurs. À quinze ans, il avait son propre gang et vendait de l'herbe et des vidéos porno dans les lycées. Il a été arrêté à seize ans. On lui a donné une tape sur la main, et c'est ainsi qu'a commencé sa longue et tumultueuse histoire avec la justice de notre pays.

Jusqu'à ses vingt printemps, il s'appelait George Scanlon. Mais cela ne lui convenait pas. Il a essayé divers surnoms, des perles telles que Lash, ou Boss. Finalement, il a opté pour Link parce qu'il était effectivement lié à toutes sortes d'activités frauduleuses. Link lui allait donc à merveille et il a embauché un avocat pour rendre ce changement de nom officiel. Juste Link Scanlon, sans initiale au milieu, et rien à la fin. Grâce à cette nouvelle identité, il s'est senti un nouvel homme, et il a voulu le prouver au reste du monde : devenir le truand le plus impitoyable de la ville. Et il a parfaitement réussi. À trente ans, sa piétaille tuait à tour de bras pour lui assurer la domination totale du marché du sexe et la part du lion dans le trafic de drogue.

Le terminus

Link est dans le couloir de la mort depuis six ans, et son exécution est prévue ce soir à 22 heures. Six ans c'est court. En moyenne, du moins dans cet État, avec le jeu des appels, le condamné y reste quatorze ans avant sa mise à mort. Un laps de temps de vingt ans n'est pas inhabituel. Le plus court séjour a été de deux ans, mais le type en question suppliait tout le monde pour avoir son injection. De toute évidence, le cas de Link a été traité en urgence, pour ne pas dire expédié. Quand on tue un juge, les autres juges le prennent très mal. Les appels de Link ont été examinés avec une célérité remarquable. La condamnation a été confirmée et reconfirmée. Les votes ont été unanimes, pas une seule voix dissidente, que ce soit dans les instances régionales comme au niveau fédéral. La Cour suprême du pays a refusé de se pencher sur son cas. Link s'est moqué de toute la justice, et ce soir la justice se venge.

Link a tué le juge Nagy. Il n'a pas, à proprement parler, appuyé sur la détente. Mais il a fait savoir qu'il voulait sa mort. Un tueur à gages, nommé Knuckles, a pris le contrat et s'est acquitté du travail avec un certain sens du spectacle. On a retrouvé le juge et son épouse au lit, en pyjama, la tête criblée de balles. Knuckles s'en est un peu trop vanté et c'est arrivé aux oreilles des flics qui avaient placé des écoutes au bon endroit. Knuckles a séjourné dans le couloir de la mort pendant environ deux ans, jusqu'à ce qu'on le retrouve avec une bouteille de Destop enfoncée dans la gorge. Les policiers ont interrogé Link, mais il a juré ses grands dieux qu'il n'avait rien à voir avec tout ça.

Quelle était la faute de ce juge ? En tant que défenseur de l'ordre public, Nagy avait une aversion pour la drogue et ses trafiquants. Il s'apprêtait à condamner deux lieutenants de Link, ses deux préférés – dont l'un était son propre cousin. Cent ans de prison chacun, et cela agaçait Link. C'était sa ville, pas celle de Nagy. Il y avait des années qu'il voulait se faire un juge. Le haut fait ultime. Tuer un juge, en toute impunité... alors le monde saurait que Link Scanlon était au-dessus des lois.

Comme son dernier avocat a été assassiné, tout le monde m'a pris pour un fou quand j'ai accepté son affaire. À la prochaine décision de justice qui ne plairait pas à Link, on allait me repêcher au fond d'un lac. Mais c'était il y a six ans, et Link et moi on s'entend très bien. Il sait que j'ai tout fait pour lui sauver la vie. Il épargnera la mienne. À quoi bon tuer son dernier avocat ? Qu'aurait-il à y gagner ?

2.

Nous nous arrêtons, Partner et moi, devant l'entrée principale de Big Wheeler, la prison de haute sécurité où sont regroupés les condamnés à mort. Un gardien s'approche de la porte côté passager.

— Vos noms ?

— Rudd. Sebastian Rudd. Je viens voir Link Scanlon.

— Oui. Bien sûr.

Le gardien s'appelle Harvey et parfois on discute un peu, mais pas ce soir. Ce soir, Big Wheeler est fermée et il y a de la tension dans l'air. C'est un jour d'exécution ! De l'autre côté de la rue, des manifestants anti-peine de mort, des bougies à la main, chantent des hymnes à la compassion tandis que d'autres en face, des « pro » ceux-là, clament l'inverse. Il y a des vans de chaînes de télévision tout le long du trottoir.

Harvey griffonne quelque chose dans son calepin et annonce :

— Bloc Neuf.

Au moment où on s'apprête à repartir, il me demande à voix basse :

— Quelles sont ses chances ?

— Maigres.

On suit un fourgon de la sécurité, avec des gardes armés à l'arrière. Un autre véhicule ferme le convoi. Les projecteurs nous aveuglent alors qu'on longe les bâtiments. Derrière ces murs, trois mille détenus attendent que Link soit mort pour que la situation revienne à la normale. Le personnel pénitentiaire n'a pourtant aucune raison d'être sur les dents quand il y a une exécution. Tout renforcement de la sécurité est inutile. Jamais personne ne s'est évadé d'un couloir de la mort. Les condamnés sont en quartier d'isolement, seuls en cellule. Ils ne peuvent se constituer une bande d'amis qui soudain rejoueraient la prise de la Bastille pour libérer tout le monde. Mais le rituel est important pour ceux qui travaillent dans la prison et rien n'est aussi excitant qu'une exécution capitale. Leur petite vie est monotone, mais de temps en temps, ils deviennent le centre du monde quand vient le jour de tuer un tueur. Il faut en rajouter pour profiter au mieux du drame.

Le bloc Neuf est à l'écart des autres bâtiments. Tout autour, il y a assez de chaînes et de fils barbelés pour stopper le débarquement en Normandie. Nous atteignons enfin une barrière où une escouade de gardiens se précipite pour nous fouiller et quasiment vider nos mallettes. Ces gars sont bien trop excités par les festivités du soir.

Flanqués d'une escorte, nous pénétrons dans le bâtiment. Je suis conduit dans une petite pièce où McDuff, le directeur de la prison, nous attend en se rongeant les ongles, visiblement sur les nerfs. Une fois seuls, il me demande :
— Vous avez entendu ?
— Entendu quoi ?
— Il y a dix minutes. Une bombe a explosé au vieux palais, dans la même salle où Scanlon a été condamné.

Je me suis trouvé dans cette salle d'audience des centaines de fois. Donc, oui, ça me fiche un choc d'apprendre qu'il y a eu une bombe. D'un autre côté, ça ne m'étonne pas de découvrir que Link veuille tirer sa révérence avec panache.
— Il y a des blessés ?
— Je ne crois pas. Le tribunal venait de fermer.
— Ouf !
— Oui, c'est le mot. Allez lui parler et raisonnez-le.

Je hausse les épaules et lui retourne un regard fataliste. Un gangster comme Link Scanlon, par définition, n'en fait qu'à sa tête.
— Je ne suis que son avocat et...
— Et s'il blesse quelqu'un ?
— L'État l'exécute dans quelques heures. Je ne vois pas ce qu'on peut lui faire de plus.
— Je sais, je sais. Et l'appel ? demande-t-il, en s'arrachant un bout d'ongle entre ses incisives.
— Il est au quinzième circuit. C'est davantage une prière à la miséricorde divine qu'une requête juridique. C'est tout ce qui nous reste. Où est Link ?
— Dans la salle de détention. Je dois retourner à mon bureau et parler au gouverneur.
— Dites-lui bonjour de ma part. Et rappelez-lui qu'il n'a toujours pas répondu à ma demande de grâce.
— Je le ferai, répond McDuff en quittant la pièce.

Le terminus

— Merci.

Notre sémillant gouverneur adore les exécutions. Sa tactique est d'attendre le dernier moment, puis d'apparaître solennel et grave devant les caméras pour annoncer au monde qu'il ne peut pas, en toute conscience, accorder sa grâce. Au bord des larmes, il se met à parler de la victime et déclare que la justice doit être rendue.

Je suis deux gardiens en tenue de combat dans le labyrinthe de couloirs qui mène au terminus. C'est une grande cellule où le condamné est placé cinq heures avant son départ pour l'autre monde. Là, il attend avec son avocat, son guide spirituel, et peut-être quelques membres de sa famille. Les contacts sont autorisés, mais il y a des moments bien tristes quand, par exemple, la mère arrive pour serrer une dernière fois son fils dans ses bras. Le dernier repas est servi très exactement deux heures avant la marche finale. Ensuite seul l'avocat a le droit de rester.

Il y a plusieurs décennies, notre État avait recours à un peloton d'exécution. Le condamné menotté était attaché sur une chaise, avec une cagoule sur la tête et une croix rouge fixée à l'endroit du cœur. À quinze mètres de distance, cinq volontaires se tenaient derrière un rideau, armés de fusils, dont quatre seulement étaient chargés. Comme ça, personne ne savait qui avait réellement donné la mort. Il s'agissait de leur éviter d'être rongé par la culpabilité si avec le temps ils regrettaient d'avoir fait partie du peloton d'exécution. Des regrets ? Quelle rigolade ! La liste d'attente était longue comme le bras ! Ils étaient tous plus impatients les uns que les autres de loger une balle dans le cœur d'un autre homme.

Bref, la prison n'a pas son pareil pour inventer son langage et rapidement la salle où l'on fusillait les gens eut son surnom. La légende veut que les grilles d'aération étaient laissées volontairement ouvertes afin que tout le monde sache quand sonnait la fin du voyage pour le détenu. Lorsque l'État, pour des considérations humanistes, a opté pour l'injection létale, il n'y avait plus d'utilité à avoir une salle aussi grande. Le couloir de la mort a donc été réagencé et des cloisons ont été montées çà et là. On dit que la salle du Terminus se trouve à l'endroit exact où les condamnés, autrefois, attendaient de recevoir leur salve de plomb.

On me fouille à nouveau avant de me laisser entrer. Link est seul, assis sur une chaise pliante, adossé contre un mur de parpaings. La lumière est faible. Il regarde fixement une petite télévision allumée dans un coin, le son en sourdine. Il ne bouge pas à mon arrivée. Son film préféré est *Le Parrain*. Il l'a vu cent fois. Et depuis des années, il peaufine son imitation de Marlon Brando : une voix rocailleuse (un effet du tabac, selon lui), des mâchoires serrées, un débit lent, une posture froide et distante, ne laissant paraître aucune émotion.

Notre couloir de la mort est unique en son genre : il autorise le condamné à s'habiller comme bon lui semble pour son passage à trépas. C'est une liberté ridicule, car après avoir vécu dix, quinze ou vingt ans derrière les barreaux, la garde-robe des pensionnaires est réduite à peau de chagrin : leur combinaison de détenu, parfois un pantalon de toile et un T-shirt pour aller au parloir, une paire de sandales, de grosses chaussettes pour l'hiver. Mais Link a de l'argent et veut une tenue de circonstance. Il arbore une chemise noire en lin à longues manches qu'il a boutonnées au poignet, un jean noir, des chaussettes noires et des baskets noires aussi. C'est moins stylé qu'il ne l'imagine, mais vu sa situation, être à la pointe de la mode n'est pas crucial.

Enfin, il m'adresse la parole :

— Je croyais que vous deviez me sauver.

Le terminus

— Je n'ai jamais dit ça, Link. J'ai même mis par écrit que cela allait être difficile.

— Mais je vous ai payé. Grassement.

— La quantité n'est pas gage de succès. Ça aussi je l'ai écrit.

— Ah ! les avocats ! grogne-t-il.

Je ne prends pas son mécontentement à la légère. Je n'ai pas oublié ce qui est arrivé à mon prédécesseur. Il se penche, rétablissant sa chaise sur ses quatre pieds, puis se lève. Link a cinquante ans maintenant, et durant tout son séjour dans le couloir de la mort, il s'est débrouillé pour rester élégant. Il a quand même pris un coup de vieux. Mais je suppose qu'à quelques heures de son exécution un condamné se contrefiche de ses rides et ses cheveux blancs. Link fait quelques pas et éteint le téléviseur.

La pièce est un cube de cinq par cinq, avec un petit bureau, trois chaises pliantes, un lit de camp, au cas où le condamné voudrait piquer un petit somme avant de goûter au repos éternel. Je suis déjà venu dans cette pièce, il y a trois ans. Cette fois-là, mon client a été sauvé par la cour du quinzième circuit trente minutes seulement avant de recevoir l'injection.

Mais un tel miracle ne risque pas d'arriver à Link. Il s'assoit sur le coin de la table et me regarde. Il pousse un nouveau grognement.

— J'avais confiance en vous.

— Et vous avez eu raison, Link. Je me suis battu comme un lion pour vous.

— Mais je suis fou, légalement parlant. Et vous n'avez pas été fichu de leur faire admettre ça. Je suis fou à lier. C'est bien connu.

— J'ai essayé et vous le savez. Personne ne m'a écouté, parce que personne ne voulait l'entendre. Vous avez tué la mauvaise personne. Un juge. Et quand on tue un juge, on a tous les autres juges contre soi.

— Je ne l'ai pas tué.

— Le jury a décidé du contraire. C'est tout ce qui importe.

Nous avons eu cette conversation mille fois. Pourquoi pas une mille et unième ? Il lui reste cinq heures à vivre, je suis disposé à parler de ce qu'il voudra.

— Je suis fou, Sebastian. Je n'ai plus toute ma tête.

On dit que les gens perdent la raison dans le couloir de la mort. Vingt-trois heures d'isolement par jour, il y a de quoi briser un homme, mentalement, physiquement et émotionnellement. Link, pourtant, n'a pas eu à endurer ce supplice. Il y a des années, je lui ai annoncé que, selon une décision de la Cour suprême des États-Unis, un État ne peut exécuter une personne si elle n'a pas toutes ses capacités mentales ou si elle les a perdues durant son incarcération. Peu après, donc, Link a décidé qu'il deviendrait fou et depuis, il agit comme tel. Le directeur à cette époque a accepté de le transférer dans l'aile psychiatrique, où les conditions de vie sont bien plus confortables. Link y a séjourné trois années jusqu'à ce qu'un journaliste enquête et découvre des liens financiers entre des proches du directeur et une organisation criminelle. Le directeur a pris sa retraite en catastrophe, évitant de peu une condamnation. Link a alors aussitôt été renvoyé dans le couloir de la mort, où il est resté environ un mois avant d'être transféré en quartier de sûreté pour aliénés criminels. Il avait là une plus grande cellule et des privilèges. Les gardiens lui donnaient tout ce qu'il voulait parce que les gars de Link à l'extérieur arrosaient les matons en drogues et en monnaie sonnante et trébuchante. Et finalement, Link a réussi à réintégrer l'unité psychiatrique.

Le terminus

En six ans à Big Wheeler, il aura passé seulement douze mois enfermé avec les autres assassins dans le couloir de la mort.

— Le directeur vient de m'apprendre qu'une bombe a explosé au palais de justice cet après-midi. Dans la salle même où vous avez été condamné. Quelle coïncidence, non ?

Il fronce les sourcils et hausse les épaules à la Brando, sans rien révéler.

— On attend la réponse d'un appel, non ?

— Oui. Au quinzième circuit. Mais pas de faux espoir.

— Vous voulez dire que je suis sûr de mourir, Sebastian ?

— Je vous l'ai dit la semaine dernière, Link. La seringue est chargée. Les recours de dernière minute ne servent à rien. Tout a été discuté et débattu. On a tout essayé. On ne peut plus faire grand-chose, sinon attendre et espérer un miracle.

— J'aurais dû engager ce juif intégriste, comment s'appelle-t-il déjà ? Lowenstein ?

— Peut-être, mais c'est moi que vous avez choisi. Et trois clients de Lowenstein ont été exécutés ces quatre dernières années.

Je connais Marc Lowenstein. C'est un bon avocat. À nous deux, on s'occupe de tous les cas désespérés du coin. Mon téléphone vibre. Un SMS : la cour a rejeté notre appel.

— Mauvaise nouvelle, Link. Le quinzième circuit nous lâche.

Il ne répond rien et rallume la télévision. Je tourne le variateur pour augmenter la lumière.

— Votre fils passe ce soir ?

— Non.

Il n'a qu'un enfant, qui vient d'être libéré. Arrêté pour extorsion. Il a grandi au sein des affaires familiales et adore son père, mais personne ne lui reprochera d'éviter les prisons, même pour voir son vieux.

— On s'est déjà dit au revoir.

— Pas d'invités ce soir, alors ?

Il pousse un grognement, mais ne dit rien d'intelligible. Non, pas de visiteurs pour une dernière embrassade. Link a été marié deux fois, mais il déteste ses deux ex-femmes. Il n'a pas parlé à sa mère depuis vingt ans. Quant à son frère, il a mystérieusement disparu après avoir commis un loupé dans les affaires du clan. Link plonge la main dans sa poche, en sort un téléphone portable et passe un appel. Les téléphones sont strictement interdits en prison. La direction lui en a déjà confisqué une bonne dizaine. Mais les geôliers lui en fournissent en douce. Le dernier gardien à s'être fait prendre a expliqué avoir reçu mille dollars d'un inconnu sur le parking d'un Burger King.

L'appel est rapide – je n'entends pas ce qui se dit –, puis Link range son téléphone. Avec la télécommande, il change de chaîne et on regarde le JT de la télévision locale. On s'intéresse beaucoup à son exécution. Un journaliste se complaît à donner les détails du meurtre des Nagy. On montre les photos du juge et de sa femme. Elle était jolie.

Je connaissais bien le juge et j'ai plaidé plusieurs fois devant lui dans sa salle de tribunal. Il était sévère mais juste, et intelligent avec ça. Cela a été un choc quand il a été tué, mais on n'a pas été très surpris quand les soupçons se sont portés sur Link Scanlon. Ils diffusent les images de Knuckles, le tueur, quittant le tribunal menottes aux poings. Un vrai méchant.

— Vous pouvez demander un soutien spirituel, vous savez ?

Il grogne encore. Non, il n'en veut pas.

Le terminus

— La prison a un aumônier, si vous voulez vous entretenir avec lui.
— Un aumônier ? C'est quoi ?
— Un homme de Dieu.
— Et qu'est-ce qu'il pourrait bien me dire ?
— Je ne sais pas, Link. Parfois les gens, au seuil de la mort, aiment se mettre en paix avec Dieu. Confesser tous leurs péchés, des choses comme ça.
— Ce serait trop long.

La contrition est un signe de faiblesse pour un gangster comme Link. Il n'a absolument aucun remords, ni pour Nagy, ni pour les autres.

Il me regarde fixement :
— Qu'est-ce que vous faites ici, au juste ?
— Je suis votre avocat. C'est mon travail. Je suis ici pour gérer notre ultime appel. Pour donner mes conseils.
— Et votre conseil est de parler à un aumônier ?

Un coup à la porte nous fait sursauter. Le battant s'ouvre et un homme dans un costume bon marché entre, suivi de deux gardiens.
— Monsieur Scanlon, je suis Jess Foreman, l'assistant du directeur.
— Enchanté, répond Link sans quitter la télévision des yeux.

Foreman poursuit, imperturbable :
— J'ai la liste de toutes les personnes qui vont assister à l'exécution. Vous n'avez pas de témoins de votre côté, monsieur Scanlon, c'est bien ça ?
— Absolument.
— Vous êtes sûr de ne vouloir personne ?

Link ignore la question.
— Votre avocat, peut-être ? avance Foreman en se tournant vers moi.
— Oui, répliqué-je, je serai présent.

L'avocat est toujours invité au spectacle...

— Il y aura des membres de la famille du juge Nagy ?
— Ses trois enfants.

Foreman dépose la liste sur le bureau et s'en va. La porte claque derrière lui.

— Ah voilà ! lâche Link en montant le volume avec la télécommande.

C'est un flash spécial : une bombe vient d'exploser au palais de justice où siège la cour du quinzième circuit. Dehors, c'est la panique. Policiers et pompiers courent partout. Des colonnes de fumée montent des fenêtres du premier étage. Un journaliste, tout haletant, avance dans la rue avec son cameraman, à la recherche d'un meilleur angle, et raconte en direct ce qu'il voit.

Il y a une lueur dans les yeux de Link.

— Une autre coïncidence ?

Mais Link ne m'entend pas. J'essaie de rester calme et détaché, comme si ce n'était rien. Une bombe ici, une bombe là. Quelques coups de fil donnés depuis le couloir de la mort et les mèches sont allumées. Mais je suis saisi.

Quelle sera la prochaine cible ? Un autre magistrat ? Celui qui a présidé le procès en appel et l'a condamné à mort ? Le juge en question s'appelle Cone. Il a pris sa retraite depuis. Durant deux ans, pendant et après le procès, il avait des gardes du corps armés vingt-quatre heures sur vingt-quatre. Les jurés peut-être ? Ils se font très prudents depuis le verdict et les flics ont toujours l'œil sur eux. Aucun d'entre eux n'a été agressé ou menacé.

Link grogne encore.

— Où va notre appel maintenant ?

Il compte faire sauter tous les tribunaux jusqu'à Washington ? Il connaît la réponse. On en a souvent parlé.

— La Cour suprême des États-Unis. Pourquoi cette question ?

Le terminus

Il ne répond pas. On regarde les infos. CNN reprend le sujet et fidèles à eux-mêmes, ils sortent le grand jeu. Ils lancent l'alerte rouge dans tout le pays, comme si les djihadistes nous avaient envahis.

Link sourit.

Une demi-heure plus tard, entrée en scène du directeur, plus nerveux encore. Il me fait sortir de la cellule et me demande :

— Vous êtes au courant pour la cour du quinzième circuit ?

— On a vu ça à la télé.

— Il faut l'arrêter.

— Arrêter qui ?

— Ne commencez pas ! Vous savez très bien de qui je parle.

— Je ne peux rien faire. Les tribunaux ont leur planning. Les hommes de Link ont leurs instructions, à l'évidence. En plus, ce n'est peut-être qu'une coïncidence.

— Ben voyons ! Je vous préviens, le FBI arrive !

— Génial. Super idée ! Mon client va recevoir une injection létale dans exactement trois heures et quatorze minutes et le FBI espère le cuisiner sur ces bombes ? C'est un malfrat aguerri, un gangster de la vieille école. Il s'est construit à la dure. Et il ne porte pas le FBI dans son cœur. Il leur crachera au visage avant même qu'ils aient franchi le pas de la porte.

McDuff semble au bord de l'apoplexie.

— Il faut faire quelque chose ! bredouille-t-il, les yeux écarquillés de terreur. Le gouverneur vient de me passer un savon.

— Il n'a qu'à faire ce qu'il faut. La balle est dans son camp. S'il lui accorde la grâce, je pense que les attaques cesseront. Mais ce n'est pas sûr, parce que Link n'en fait toujours qu'à sa tête.

— Demandez-lui d'arrêter ça !

Je lâche un rire.

— Ben voyons, je vais avoir une discussion entre quatre yeux avec mon client, lui faire avouer ses péchés et obtenir un cessez-le-feu. Pas de problème !

Le directeur est trop paniqué pour répondre. Il s'en va, en secouant la tête, et recommence à se ronger les ongles. Encore un bureaucrate dépassé par les événements ! Je retourne dans la cellule et m'assois. Link est toujours scotché à la télévision.

— J'étais avec le directeur. Et là-haut, ils apprécieraient vraiment que vous rappeliez vos soldats.

Ni réponse, ni acquiescement.

CNN finalement fait le rapprochement, et soudain l'exécution de mon client est à la une de tous leurs bulletins. En vignette, ils diffusent une photo de Link, sa photo d'identité judiciaire, après son arrestation, où il est beaucoup plus jeune, tout en interviewant le procureur qui l'a envoyé en prison. De l'autre côté du bureau, Link lâche un juron sans se départir toutefois de son sourire. Cela ne me regarde pas, mais si j'avais envie de mettre des bombes quelque part, ce serait d'abord dans le bureau de ce proc'.

Il s'appelle Max Mancini, c'est le premier procureur de la ville. Une légende vivante, s'imagine-t-il. On l'a vu partout dans la presse depuis que le compte à rebours a commencé pour mon client. Link est sa première exécution, et c'est son grand moment de gloire. Pas question de passer à côté. Pour tout dire, je n'ai jamais compris pourquoi Link a choisi d'éliminer son propre avocat plutôt que Mancini. Mais je me garde bien de poser la question.

À l'évidence, Link et moi sommes mis dans le même sac par les médias. Au moment où le journaliste termine son interview, on entend à l'antenne un grand bruit en arrière-plan, derrière Mancini. La caméra recule et je m'aperçois que l'équipe se tenait sur le trottoir juste devant les locaux du procureur.

C'est une nouvelle explosion.

3.

La bombe dans la salle d'audience a explosé à 17 heures précises ; celle au tribunal du quinzième circuit à 18 heures ; celle dans le bureau du procureur à 19 heures.

Inutile de dire qu'à l'approche des 20 heures, nombre de gens qui ont croisé le chemin de Link n'en mènent pas large. CNN, totalement hystérique, annonce que la sécurité a été renforcée autour de la Cour suprême à Washington. Leurs envoyés spéciaux montrent en boucle quelques fenêtres éclairées du bâtiment derrière lesquelles, disent-ils, les juges débattent du cas Scanlon. C'est totalement faux. Les juges ne sont pas là. Ils sont tranquillement à table chez eux ou partis dîner en ville. C'est l'un de leurs assistants, d'un instant à l'autre, qui va rejeter notre requête.

Le palais du gouverneur grouille de policiers, certains en tenue de combat, comme si Link allait lancer une armée de mercenaires à l'assaut du bâtiment. Il y a tant de caméras, tant de tension... notre fringant gouverneur est au nirvâna. Dix minutes plus tôt, il est sorti de son bunker pour parler aux journalistes, en direct bien sûr. Pour dire qu'il n'a même pas peur, que la justice doit suivre son cours, qu'il accomplira son devoir avec courage et détermination, et blablabla, *ad nauseam*. Il fait semblant d'hésiter. Accordera-t-il sa grâce ou non ? Il ne peut le dire encore. Il réserve sa réponse pour plus tard, disons vers 21 h 55. Histoire de faire durer le plaisir le plus longtemps possible.

Je brûle de demander à Link : « C'est quoi le prochain ? », mais je m'abstiens. Nous jouons au gin-rami pendant que l'heure tourne et que, dehors, Rome brûle. Il m'a dit à plusieurs reprises que je pouvais m'en aller, mais je m'attarde. Je ne dirai pas que j'ai « envie » d'assister à son exécution, mais je tiens à être là.

Personne n'a été blessé. Il s'agit de trois bombes à essence, au dire d'un soi-disant expert que CNN est allé chercher pour avoir une caution scientifique. Des engins rudimentaires, sans doute de petite taille. Beaucoup de bruit et beaucoup de fumée.

À 20 heures, tout le monde retient son souffle. Un grand silence se fait. On frappe. Ce sont les gardiens qui apportent le dîner sur une table roulante. Pour l'occasion, Link a choisi un steak frites et un gâteau à la noix de coco, mais il n'a pas faim. Il prend deux morceaux de viande et me propose ses frites. Je décline son offre et bats les cartes. Ça me ferait bizarre de manger le dernier repas d'un homme. Une sorte de tabou. À 20 h 15, mon téléphone vibre. Notre demande a été rejetée par la Cour suprême. Je m'y attendais. C'est fini. Tous nos appels à la miséricorde ont été formulés et tous refusés.

On est en direct Live ! Devant la Cour suprême à Washington, les journalistes de CNN prient quasiment devant la caméra pour qu'une bombe explose. Des dizaines de flics patrouillent, le doigt sur la détente. Une petite foule s'est agglutinée pour assister à l'apocalypse annoncée, mais il ne se passe rien. Link trie ses cartes, tout en gardant un œil sur la télévision.

À mon avis, on n'en a pas fini...

4.

La prison a un entrepôt pour stocker la nourriture à l'extrême ouest du complexe et un garage pour la maintenance des véhicules du côté est. Près de cinq kilomètres séparent les deux bâtiments. À 20 h 30, les deux s'embrasent et c'est la panique générale. Évidemment, deux hélicoptères de CNN arrivent sur zone. Ils n'ont pas le droit de survoler Big Wheeler, alors ils tournent au-dessus des champs alentour, et grâce à leurs caméras équipées de puissants téléobjectifs, on peut suivre en temps réel toute l'agitation dans la prison.

Pendant que Link picore son gâteau et joue au gin-rami, la présentatrice s'interroge : pourquoi l'État n'avance-t-il pas l'heure de l'exécution de Link Scanlon avant que toute la prison ne se transforme en un gigantesque brasier. Un porte-parole du gouverneur explique, tout bredouillant, que la loi l'interdit. C'est à 22 heures. Point. Ou le plus vite possible après ça. Link regarde la scène avec détachement, comme s'il s'agissait d'un film sur un autre condamné à mort.

À 20 h 45, une bombe explose dans le bâtiment administratif de la prison, à deux pas du bureau du directeur.

Dix minutes plus tard, il fait irruption dans notre cellule.

— Maintenant ça suffit !

Il n'est pas content.

Link l'ignore et bat les cartes. Deux gardiens nerveux empoignent Link, le soulèvent de sa chaise et le fouillent. Ils trouvent le téléphone portable et le rassoient sans ménagement. Link reste imperturbable.

— Vous aussi, vous avez un téléphone ? m'agresse McDuff.

— Oui. Mais je ne vous le donnerai pas. C'est dans le règlement, section 2, alinéa 4. C'est vous qui l'avez écrit. Désolé.

— Espèce de salopard !

— Vous pensez que je passe des coups de fil aux méchants dehors ? Que je fais partie du complot, alors que tous mes appels peuvent être tracés ? Vous êtes perdu à ce point ?

Il est trop angoissé pour répliquer. Un gardien déboule dans la pièce :

— Il y a une émeute au bloc Six !

5.

Le soulèvement a commencé quand un détenu, un condamné à la perpétuité ayant des antécédents cardiaques, a fait semblant d'avoir un infarctus. Au début, les deux matons de garde l'ont laissé se tortiller par terre, puis ils se sont ravisés et ont ouvert la porte. Le compagnon de cellule du type a alors attaqué les geôliers avec un couteau bricolé. Ils ont subtilisé leurs Tasers, leur ont envoyé à chacun une décharge, et les ont roués de coups. Les deux prisonniers ont ensuite enfilé leurs uniformes et ont ouvert les portes de toutes les cellules de l'étage. Avec une coordination quasiment parfaite, les détenus ont gagné les autres sections du bâtiment et en quelques minutes des centaines de dangereux criminels se sont retrouvés dans les couloirs. Ils ont aussitôt brûlé des matelas, du linge, tout ce qui leur tombait sous la main. Huit autres gardes ont été tabassés ; deux ne se réveilleront pas. Trois gardiens, ayant des pistolets, se sont cachés dans un bureau et ont appelé à l'aide. Rapidement, les émeutiers ont trouvé des armes. Des coups de feu ont retenti dans l'enceinte. Dans la pagaille, quatre balances ont été pendues avec des rallonges électriques.

On ne saura ces détails que plus tard, évidemment. À ce moment-là, Link et moi on joue tranquillement aux cartes pendant que Big Wheeler connaît l'enfer. Il faut moins de cinq minutes à CNN pour relayer la nouvelle et quand on apprend ce qui se passe, on arrête de jouer pour regarder la télé. Au bout de quelques instants, la question me démange trop :

— Les émeutes de prisonniers, c'est votre domaine aussi ?
À ma surprise, il me répond :
— Oui. Du moins celle-là.
— Et on peut savoir comment vous vous y êtes pris ?
— C'est le travail de toute une équipe, m'explique-t-il comme un P-DG se la jouant modeste. Il faut avoir les bonnes personnes au bon endroit et au bon moment. Suffit de prendre trois gars du bloc Six, des condamnés à perpète sans espoir de réduction de peine, autrement dit des gars qui n'ont rien à perdre. Vous trouvez un contact extérieur qui va leur promettre toutes sortes de trucs, par exemple un van et un chauffeur qui les attend dans les bois s'ils parviennent à s'échapper. Et un tas de fric aussi. Vous leur donnez tout le temps qu'ils veulent pour préparer leur coup, et à exactement 21 heures ce soir, quand McDuff et ses sbires ne pensent qu'à une chose – me faire ma piquouse – vous lancez l'assaut. Le bloc Quatre devrait se soulever maintenant d'une minute à l'autre.
— Je ne le dirai à personne. Et les bombes ? Qui a placé les bombes ?
— Je ne peux pas vous donner les noms. Il suffit de savoir comment fonctionne une prison, et comme sont stupides ceux qui la dirigent. Tout est conçu pour nous empêcher de sortir, on se soucie beaucoup moins de ce qui entre. Ces bombes incendiaires ont été placées là il y a deux jours, bien cachées. Elles ont des minuteurs et tout ce qu'il faut. Et il n'y a pas de rondes là-bas. Un jeu d'enfant.
Enfin, il consent à me parler... Il doit avoir les nerfs en pelote, mais il paraît toujours aussi calme.
— Et c'est quoi le clou du spectacle ? Les prisonniers vont attaquer notre bâtiment et vous libérer ?

Le terminus

— Ça ne marcherait pas. L'endroit est bien trop surveillé. C'est juste pour le fun. Je suis prêt à partir en paix.

Au moment où il dit ça, CNN diffuse une autre vue de la prison en feu. Nous sommes trop au cœur du complexe pour entendre quoi que ce soit, mais à voir les images, c'est le chaos total. Des bâtiments en flammes, des millions de gyrophares rouge et bleu, des tirs sporadiques. Link ne peut s'empêcher de sourire. Juste pour le fun...

— C'est la faute de cet abruti de directeur, déclare-t-il. Pourquoi tout ce ramdam, tout ce cirque ? Juste pour une exécution ? Il a rameuté tous ses matons, leur a donné des mitraillettes et des gilets pare-balles comme si quelqu'un – moi, en l'occurrence, le pauvre gars qui va recevoir la piquouse – pouvait lancer une attaque. Il place des gardes partout. Fait allumer tous les projecteurs. Boucle toute la prison. Pourquoi ? Aucune raison. Deux gardes avec des fusils auraient suffi pour m'emmener au bout du couloir à l'heure dite et me sangler sur la table. Pas de quoi fouetter un chat. Inutile de faire toute cette mise en scène. Mais non. McDuff voulait son rituel, sa cérémonie. C'est un grand moment pour la justice, et ils voulaient fêter ça. Mais il y a un hic... comme n'importe quel idiot le sait, sauf le directeur apparemment, ils ont affaire à des hommes vivant dans des cages, des types qui détestent tout ce qui ressemble de près ou de loin à un uniforme. Ils étaient déjà bien remontés... au moindre coup de pression la marmite explosait. Il m'a suffi de donner une petite pichenette.

Il boit un Coca à la cerise et tripote ses frites. Il lui reste quarante minutes à vivre.

La porte s'ouvre à nouveau. C'est Foreman, l'assistant de McDuff, cette fois avec trois matons armés jusqu'aux dents.

— Comment ça va ici ? demande-t-il.

— Au poil, répliqué-je. (Link reste silencieux.) Et vous ? Rude journée, non ?

— C'est rien de le dire. Je voulais juste m'assurer que tout se passait bien pour vous.

Link lui lance un regard noir.

— C'est ma dernière heure. Je pourrais avoir un peu de tranquillité. Soyez gentils, barrez-vous et foutez-moi la paix.

— Je comprends. On vous laisse.

— Et emmenez-le avec vous, ajoute Link en me désignant du doigt. Je veux être seul.

— Je suis désolé, monsieur Scanlon, répond Foreman, mais votre avocat ne peut aller nulle part. Toutes les sorties sont bloquées. On est en niveau de sécurité maximale. Dehors, c'est très dangereux.

— Et moi, c'est ici que je me sens en danger ! raille Link. Allez savoir pourquoi ?

Je joue ma carte :

— À mon avis, ce serait plus sage de repousser l'exécution.

— Oh non ! c'est totalement inenvisageable, répond Foreman en reculant.

Ils s'en vont. La porte claque. Les serrures cliquettent.

Le gouverneur ressent le besoin de s'adresser à la population. En gros plan à l'écran, son visage est blême. Il est juché sur une estrade, avec devant lui une forêt de micros et de caméras. Les questions fusent. On apprend que la situation à Big Wheeler est « préoccupante ». Il y a des blessés, et même des morts. Environ deux cents détenus sont « hors de leurs cellules », mais aucun n'a pu franchir le mur d'enceinte. Les divers incendies sont maîtrisés. Oui, ces troubles semblent avoir été coordonnés de l'extérieur, et non, il n'y a aucune preuve que Link Scanlon soit derrière tout ça. Pas encore, du moins. En sa qualité de gouverneur de l'État garant de la sécurité de ses concitoyens, il a appelé la garde nationale, bien que les forces de police aient la situation sous contrôle. Et, ah oui, au fait, il ne graciera pas le condamné.

6.

Le protocole est inflexible : le condamné est menotté à 21 h 45 et escorté jusqu'à la salle d'exécution. Là, il est attaché à un chariot à l'aide de six sangles de cuir, des chevilles jusqu'au front. Pendant qu'on serre ses liens, un médecin cherche une veine sur son avant-bras et un infirmier surveille ses fonctions vitales. Trois mètres plus loin, derrière une vitre et des rideaux noirs, les témoins attendent dans deux pièces séparées, l'une pour le clan de la victime, l'autre pour celui de l'assassin.

Une perfusion est installée, l'aiguille fixée par du sparadrap. Une grosse horloge murale permet au malheureux de voir s'égrener ses dernières secondes. À 22 heures tapantes, le procureur de la prison lit l'arrêt de mort, et le directeur demande au condamné s'il a quelque chose à ajouter. Il peut dire ce qu'il veut. Ce sera consigné et consultable en ligne. Il articule donc quelques mots, peut-être pour proclamer son innocence, pour offrir son pardon à tous, pour implorer leur miséricorde. Quand il a terminé, le directeur fait un signe à un type caché dans une pièce adjacente et les produits sont lâchés dans la perfusion. Le condamné se sent flotter, son souffle ralentit. Douze minutes plus tard, le médecin prononce le décès.

Link connaît tout cela par le menu. Mais à l'évidence, il a d'autres projets. Je suis juste le gars au mauvais endroit et au mauvais moment.

À 21 h 30, toute l'électricité est coupée à Big Wheeler – un black-out total. Plus tard, on découvrira l'origine de la panne : un poteau coupé en deux à la tronçonneuse. Le groupe électrogène du bloc Neuf – celui des condamnés à mort – ne prend pas le relais parce que ses injecteurs ont été sabotés.

À 21 h 30, nous ne savons rien de tout ça. Juste que le Terminus est plongé dans le noir.

— Écartez-vous ! me lance Link en se levant d'un bond.

Il fait glisser le bureau contre la porte pour la coincer. Il y a un court instant une lumière au-dessus de nous et un bruit, une sorte de grincement. Un panneau dans le faux plafond s'ouvre et une voix lance : « Link, par ici ! » Le faisceau d'une lampe torche fouille la pièce. Une corde tombe du plafond et Link l'attrape. « On y va en douceur », dit la voix. Link est hissé, accroché à la corde comme à une ligne de vie, ce qu'elle est finalement. J'entends des bruits, des grognements, mais je ne saurais dire combien ils sont là-haut.

En quelques secondes, Link a disparu. J'aurais pu rire aux éclats, mais la stupeur m'a coupé le souffle. Et maintenant, je risque de me faire descendre. Je retire vite ma veste, ma cravate, et m'étends sur le lit de camp. Les gardiens enfoncent la porte et entrent, arme au poing, en balayant la pièce de leurs Maglite.

— Où est-il ? rugit l'un d'eux.

Je désigne le plafond.

Ils m'empoignent et me tirent dans le couloir. Des dizaines de matons, de flics, et d'employés courent en tous sens. Ça crie de partout : « Il s'est barré ! Il s'est barré ! Le toit ! Il est sur le toit ! »

Malgré le chaos ambiant, je perçois les pulsations sourdes d'un hélicoptère. Ils m'enferment dans une pièce, puis dans une autre. À un moment, j'entends quelqu'un crier que Scanlon a filé. Il faut une heure pour que le courant soit rétabli. Finalement, la police m'emmène à la prison du comté. Bien sûr, ils pensent que je suis complice.

7.

Les pièces du puzzle sont vite assemblées. Puisqu'on m'accuse d'être complice de son évasion, j'ai accès aux informations. Je ne m'inquiète pas pour moi. Les charges ne tiennent pas.

À 21 h 30, deux hélicoptères de la télé tournaient autour de Big Wheeler. La direction de la prison et la police leur avaient ordonné de rester au large, mais ils se rapprochaient toujours plus. Dans une démonstration de force, la police avait envoyé deux de ses hélicoptères pour sécuriser la zone. Cette manœuvre s'est révélée utile quand la situation a empiré. Mais a aussi offert une diversion inespérée aux fugitifs. Il y avait beaucoup de fumée au-dessus de la prison, s'élevant de six foyers différents. Les témoins disent que le bruit était assourdissant : quatre hélicoptères, des dizaines de véhicules d'intervention, toutes sirènes hurlantes, les radios qui grésillent dans tous les coins, des gardiens, des policiers qui crient, des coups de feu, des incendies partout. Et pile au bon moment, un petit hélicoptère noir surgit de nulle part, traverse le nuage de fumée et récupère son homme qui attend sur le toit du bloc Neuf. Il y a des témoins. Des gardiens et des employés de la prison ont vu l'hélicoptère s'immobiliser en vol stationnaire au-dessus du bâtiment, puis repartir dans les volutes noires, avec deux hommes accrochés à un filin. Un garde, du haut d'un mirador, leur a tiré dessus mais les a manqués.

L'un des appareils de la police les a pris en chasse, mais le modèle qu'avait loué Link était plus rapide. On n'a jamais retrouvé l'hélico, ni trace de la location. Il a volé en rase-mottes pour éviter les radars. Le contrôle aérien ne l'a pas vu. Un cultivateur à cent kilomètres de Big Wheeler a rapporté aux autorités qu'un petit hélicoptère avait atterri sur une route de campagne à un kilomètre de sa ferme. Une voiture était arrivée et quelques instants plus tard tout le monde était reparti.

L'enquête a traîné et trois responsables ont été limogés. Finalement, les points suivants ont été établis : 1. le Terminus se situe dans une partie ancienne du bloc Neuf, datant des années 1940, 2. son toit est un mètre plus haut que le reste du bâtiment, 3. entre le plafond et le toit, il y a des combles où passent tuyaux et gaines techniques, 4. ces combles se divisent et l'une de ses branches mène à une ancienne porte donnant sur le toit en terrasse de la partie récente du bâtiment, 5. les deux gardiens qui devaient être de faction sur ledit toit avaient été appelés en renfort à cause de l'émeute et donc ne se trouvaient pas à leur poste au moment où Link s'est enfui.

Et si les deux gardes avaient été présents ? Vu l'efficacité du complice de Link, il fait peu de doute qu'ils auraient été abattus d'une balle entre les deux yeux. Ce Spiderman, comme les enquêteurs le surnomment, est déjà une légende.

Il demeure beaucoup de questions sans réponse. Face à une mort certaine, Link Scanlon s'était dit qu'il n'avait rien à perdre à organiser une évasion aussi spectaculaire qu'improbable. Il avait les moyens d'engager les bonnes personnes. Et la chance a été de son côté.

On rapporte l'avoir vu au Mexique, mais cela n'a pas été confirmé.

Je n'ai plus de nouvelles de Link, et je ne m'attends pas à en avoir.

8.

Big Wheeler n'est pas la seule prison de l'État. Il y en a une dizaine d'autres, chacune ayant un niveau de sécurité différent. J'ai des clients dans quasiment tous ces établissements pénitentiaires et ils m'écrivent tous pour me demander de l'argent ou me supplier de les sortir de

L'insoumis

là. J'ai appris que répondre à ce genre de lettres incite le détenu à écrire encore, et à réclamer toujours plus. Pour les avocats qui, comme moi, défendent des criminels, il est toujours possible qu'un ex-client, après des années passées au trou, vienne me trouver parce qu'il n'aura pas été content de ma prestation à son procès. Mais il ne faut pas y penser. C'est le risque du métier, et c'est pour cela que je porte une arme.

Après l'évasion de Link Scanlon, tous les directeurs de prison m'ont déclaré *persona non grata* dans leur établissement. Ça a duré un mois entier. Mais comme il a été établi que Link avait dupé les responsables de Big Wheeler sans mon aide, ils ont fini par lever la sentence.

J'ai quelques clients à qui je rends visite de temps en temps. Ces petites virées me font quitter la ville pendant une journée. Partner et moi roulons aujourd'hui vers une maison d'arrêt de niveau de sécurité moyen, nommée Old Roseburg en l'honneur d'un gouverneur des années 1930 qui, finalement, s'est retrouvé lui-même derrière ces barreaux. Il est mort ici, dans une prison portant son nom. Cela devait faire une drôle d'impression. On raconte que sa famille a essayé d'obtenir une libération sur parole pour qu'il puisse mourir chez lui, mais le gouverneur de l'époque, son ennemi juré, a refusé. La famille a alors voulu faire changer le nom de cet établissement pénitentiaire, mais cela aurait enlevé tout le piquant de l'histoire et la justice a débouté leur demande. La prison demeure et demeura le Centre correctionnel Nathan Roseburg.

Une fois autorisés à entrer dans l'enceinte, nous allons nous garer sur le parking visiteurs. Deux gardes armés de fusils nous observent du haut du mirador, comme si j'allais faire entrer des kalachnikovs dans la prison ou des sacs de coke. Ce n'est pas l'heure de la promenade, ils n'ont donc que nous à surveiller. Nous avons toute leur attention.

9.

Quand j'ai connu Partner, il était poursuivi pour avoir tué un agent des stups. Après que j'ai obtenu son acquittement, il est venu me trouver pour me demander un travail. Je n'embauchais pas à l'époque – et n'ai plus jamais embauché depuis – mais je n'ai pas pu refuser. Il allait retourner dans la rue, et si je ne l'aidais pas c'est la mort ou la prison qui l'attendait. Contrairement à ses camarades, il avait terminé ses études au lycée et avait même fait un petit passage par l'université. J'ai payé pour qu'il reprenne le chemin de la fac, en majorité en cours du soir. Il a choisi le droit et a décroché un diplôme d'assistant juridique.

Partner vit avec sa mère dans une HLM. La plupart des appartements de l'immeuble sont occupés par des familles nombreuses, mais pas au sens habituel du terme. On est loin du modèle : papa, maman et les enfants. Tous les pères, ou presque, sont absents. Soit ils sont en cellule, soit ils sont partis, pour faire ailleurs de nouveaux rejetons. Le schéma classique ici est le suivant : l'appartement est au nom de la grand-mère, une esclave du quotidien, coincée avec une ribambelle de gosses, de son sang ou non. La moitié des mères sont sous les verrous. L'autre cumule deux ou trois boulots. Des cousins vont et viennent. Toutes ces familles sont un flux chaotique de personnes. La priorité numéro un est que les gosses aillent à l'école, de les tenir loin des gangs et, avec un peu de chance, de leur éviter la prison. Partner estime que cinquante pour cent d'entre eux sortiront du système scolaire et que la plupart finiront derrière les barreaux.

Partner a eu de la chance, parce qu'il n'y avait que lui et sa mère dans leur modeste appartement. Il a même pu se réserver une petite pièce pour faire son bureau – notre bureau. En effet, la plupart de mes dossiers et de mes archives sont stockés là-bas. Quelle serait la réaction de mes clients s'ils apprenaient que des informations confidentielles les concernant sont gardées dans une vieille armoire métallique au dixième étage d'une HLM délabrée ? Cela ne m'inquiète pas outre mesure car j'ai une confiance aveugle en Partner. Nous avons passé ensemble des heures dans cette petite pièce à éplucher des rapports de police, à élaborer mille stratégies.

Sa mère, qu'on surnomme Miss Luella, est handicapée par un diabète sévère. Elle fait un peu de couture pour des amies, brique son appartement, et cuisine de temps en temps. Mais son occupation principale, du moins en ce qui me concerne, c'est de répondre au téléphone au nom du cabinet de maître Sebastian Rudd, avocat au barreau. Comme je l'ai dit, je ne suis pas dans l'annuaire, mais le numéro de mon « bureau » est néanmoins connu. Et quand les gens appellent, ils tombent sur Miss Luella, qui a ce ton sec d'une standardiste assise derrière un beau bureau dans un immeuble cossu, gérant les appels pour une centaine d'avocats.

« Cabinet de maître Rudd. Qui demandez-vous ? » dit-elle comme si l'endroit comptait des dizaines de services

Le terminus

et de spécialités. On ne m'a jamais directement en ligne parce que je ne suis jamais au bureau. Quel bureau d'ailleurs ? Elle répond : « il est en réunion », « il auditionne un témoin », « il est au tribunal », ou, ma réponse favorite, « il est à la cour fédérale ». Une fois qu'elle a bloqué celui qui veut me joindre, elle s'intéresse à la raison de son appel : « C'est à quel sujet ? »

Un divorce ? le gars écope d'un : « Je regrette, maître Rudd ne s'occupe pas de litiges familiaux. »

Pour les faillites, résiliations de contrats, legs, testaments, une réponse identique : « Maître Rudd ne traite pas ces dossiers. »

Une affaire criminelle pourrait retenir son attention, mais elle sait que la plupart ne mènent nulle part. Très peu d'accusés peuvent payer des honoraires. Elle interrogera alors le client potentiel pour connaître ses ressources.

Il y a un blessé ? Alors là, ça nous intéresse. Miss Luella va passer en mode « empathie » et lui tirer les vers du nez. Elle ne le laissera pas raccrocher avant d'être certaine d'avoir récupéré toutes les infos et gagné sa confiance. Si les faits se tiennent et que l'affaire a du potentiel, elle annonce que maître Rudd fera un saut à l'hôpital l'après-midi même.

Si c'est un juge au bout du fil, ou quelqu'un d'important, elle se montre affable, raccroche, et m'envoie illico un SMS. Je la paye cinq cents dollars par mois en liquide, avec une petite prime de temps en temps quand je m'occupe d'un accident de voiture juteux. Partner aussi, je le paie en liquide.

Miss Luella vient d'Alabama et elle a appris la cuisine du Sud. Deux fois par mois, parfois plus souvent encore, elle me fait du poulet frit, du chou, et du pain de maïs. Je me remplis tellement la panse que je n'arrive plus à respirer. À eux deux, Partner et elle ont réussi à faire de ce vilain petit appartement, construit pour les masses, un véritable foyer, un lieu chaleureux. Il y a néanmoins de la tristesse dans l'air, un nuage qui plane, dense, et qui ne peut se dissiper. Partner n'a que trente-huit ans, mais il a un fils de dix-neuf ans à Old Roseburg : Jameel. Il a été condamné à dix ans de réclusion pour une connerie avec un gang et c'est à lui que nous rendons visite aujourd'hui.

10.

Après avoir signé la paperasse et été fouillés, Partner et moi marchons sur cinq cents mètres, dans des allées bordées de fils barbelés et de grillages pour rejoindre le bâtiment D, une unité où la vie des détenus est difficile. Nous franchissons à nouveau un sas de sécurité et avons affaire à deux gardiens revêches qui brûlent de nous jeter dehors. Partner étant assistant juridique (et il a son diplôme sur lui pour le prouver), il est autorisé à entrer avec moi. Un garde nous ouvre l'une des salles réservées aux avocats et nous nous installons devant la vitre.

Les avocats peuvent rendre visite à leur client quand ils le souhaitent, alors que les familles ne sont acceptées que le dimanche après-midi. Pendant que nous attendons, Partner, déjà guère loquace de nature, est totalement mutique. Nous venons au moins une fois par

Le terminus

mois et chaque visite est une épreuve pour mon acolyte. Parce qu'il se considère responsable des problèmes de son fils. Le gamin allait au-devant des ennuis, mais après l'acquittement de Partner, la police et les procureurs voulaient leur revanche. Quand on tue un flic, même en état de légitime défense, on se fait beaucoup d'ennemis. Aussi, quand Jameel a été arrêté, il n'y a pas eu de place pour la négociation. La peine maximale était de dix ans et l'accusation n'a pas voulu en démordre. J'ai assuré sa défense, gratuitement bien entendu, mais il n'y avait rien à faire. Il avait été attrapé avec un sac à dos plein de marijuana.

— Plus que neuf ans, murmure finalement Partner. Nom de Dieu ! Je passe la nuit le nez au plafond à me demander à quoi il ressemblera alors. Il aura vingt-huit ans. Il va se retrouver dehors. Pas de travail. Pas de diplôme, pas de talent particulier. Rien. Aucun espoir Juste un ex-taulard de plus allant droit dans le mur

— Peut-être pas, réponds-je.

Il n'y a pas grand-chose à ajouter. Partner connaît le monde de la rue mieux que moi.

— Il aura un père. Une grand-mère. Je serais là aussi, j'espère. À nous trois on trouvera bien une solution pour lui.

— Peut-être que vous aurez besoin d'un deuxième assistant ? lâche-t-il avec un sourire fugace.

— Va savoir.

Une porte s'ouvre de l'autre côté de la vitre et Jameel apparaît, suivi par un geôlier. Le garde lui retire ses menottes et nous regarde.

— Bonjour, Hank, dis-je.

— Bonjour, Rudd.

Hank est un maton sympa, au dire of Jameel. Quoi qu'on en dise, je peux être en bons termes avec certains gardiens de prison. Mais avec certains seulement.

— Prenez votre temps, dit-il avant de disparaître.

C'est Hank, et lui seul, qui décide de la durée de la visite, et puisqu'il m'a à la bonne, il nous laisse le temps que l'on veut. Je connais beaucoup de connards qui crient : « vous avez une heure max » ou « faites vite », mais pas Hank.

Jameel nous sourit.

— Merci d'être venus.

— Salut, fiston, articule Partner avec retenue.

— Salut, Jameel, dis-je. Content de te voir.

Il se laisse tomber sur une chaise en plastique. Le gamin mesure un mètre quatre-vingt-quinze, avec un corps si fin qu'on le dirait fait de caoutchouc. Partner, quant à lui, atteint le mètre quatre-vingt-sept et est taillé comme une armoire à glace. Il dit que la mère du petit était grande et toute mince. Elle a disparu depuis plusieurs années, avalée par la rue comme dans un trou noir. Elle a un frère qui jouait au basket dans une petite université et Partner est persuadé que Jameel a hérité de ses gènes. Il mesurait déjà un mètre quatre-vingt-dix à son entrée au lycée et des chasseurs de têtes commençaient à s'intéresser à lui, mais à un moment le gamin avait découvert l'herbe, le crack et totalement oublié le basket.

— Merci pour l'argent, me lance Jameel.

Je lui envoie cent dollars par mois, officiellement pour qu'il s'achète à manger, des crayons, du papier, des timbres, des sodas. Il a acheté un ventilateur. Old Roseburg n'est pas climatisé. Comme aucune des prisons du coin. Partner aussi lui envoie de l'argent. J'ignore combien. Deux mois après son arrivée ici, les matons ont fait une descente dans sa cellule et ont découvert de l'herbe sous son matelas. C'est un détenu qui l'a dénoncé – et Jameel a passé deux semaines au mitard. Partner l'aurait étranglé ce jour-là s'il n'y avait pas eu la vitre entre eux. Le gosse a juré de ne plus jamais recommencer.

On parle de ses cours. Il tente de rattraper son retard pour avoir des équivalences avec le lycée, mais au goût de Partner, les progrès du gamin sont insuffisants. Au bout de quelques minutes, je quitte la pièce. Le père et le fils ont besoin de se retrouver. C'est pour cela qu'on est ici. Les conversations entre eux tournent souvent à l'aigre, trop chargées d'émotion. Partner veut que son fils sache qu'il se soucie de lui et qu'il le surveille à distance. Old Roseburg grouille de gangs et Jameel est une proie facile. Le gamin jure qu'il n'a aucun lien avec eux, mais Partner est sceptique. Bien sûr, il veut que son fils soit en sécurité et être membre d'un gang est souvent la meilleure protection. Malheureusement cela mène aussi aux guerres, à la vengeance et au cercle de la violence. Sept détenus ont été tués l'année dernière à Old Roseburg. Et ça peut être pire ailleurs. À quelques kilomètres d'ici, il y a le pénitencier fédéral... là-bas, ils ont deux morts par mois.

J'achète un soda à un distributeur et trouve un endroit où m'installer. Je suis le seul avocat en visite aujourd'hui et l'endroit est désert. J'ouvre ma mallette et étale mes papiers sur une table jonchée de vieux magazines. Hank apparaît pour bavarder un peu avec moi. Je lui demande comment va le gosse.

— Ça va. Rien d'extraordinaire. Il survit et n'a pas été blessé. Ça fait un an qu'il est ici et il a pris ses marques. Mais il ne veut pas travailler. Je lui ai trouvé un job à la laverie. Il a tenu une semaine. Il va aux cours, du moins à la plupart.

— Il fait partie d'un gang ?

— Je ne sais pas, mais je garde un œil sur lui.

Un autre gardien arrive par l'autre porte. Hank soudain doit partir. Il ne veut pas qu'on le voie fraterniser avec un avocat. Après son départ, j'essaie de potasser un dossier, mais c'est trop ennuyeux. Je me dirige vers la fenêtre qui surplombe une cour ceinte d'une double clôture. Des centaines de prisonniers, tous en tenue blanche, tuent le temps pendant que les matons les surveillent du haut d'un mirador.

Des jeunes Noirs, pour la plupart. D'après les statistiques, ils ont été arrêtés pour trafic de drogue sans voies de fait. La peine moyenne est de sept ans. Après leur libération, soixante pour cent d'entre eux reviendront ici dans les trois ans. Évidemment ! Qu'est-ce qui pourrait les empêcher de replonger ? Ils ont fait de la prison, une étiquette qui leur collera à la peau. Les dés sont pipés pour eux et maintenant qu'ils sont estampillés criminels, la vie au-dehors serait censée leur sourire ? Ces jeunes sont les véritables victimes de nos guerres. La guerre contre la drogue. La guerre contre le crime. Des victimes collatérales de lois aveugles, votées par des politiciens tout aussi aveugles au cours des quarante dernières années. Un million de jeunes Noirs croupissent aujourd'hui dans nos prisons, à tuer le temps aux frais du contribuable.

Nos centres de détention sont saturés. Nos rues ravagées par la drogue. Où est la victoire ?

On marche sur la tête.

Le terminus

11.

Au bout de deux heures, Hank m'annonce qu'il est temps de se dire au revoir. Je retourne dans la pièce. Je toque à la porte avant d'entrer. La petite pièce est mal ventilée, et l'air y est étouffant. Jameel est assis bras croisés, tête baissée. Partner a les bras croisés lui aussi, mais il regarde fixement la vitre de séparation. Visiblement, ces deux-là ne se sont rien dit depuis un bon moment.

— C'est l'heure, annoncé-je.

Ils n'attendaient que ça. Ils parviennent à se dire au revoir avec une certaine douceur. Jameel nous remercie pour notre visite, passe le bonjour à Miss Luella et se lève au moment où Hank apparaît derrière lui.

Sur le chemin du retour, Partner ne dit rien pendant une heure.

12.

Link Scanlon n'est pas mon premier gangster. Cet honneur revient à un escroc magnifique nommé Dewey Knutt, un homme à qui je ne rends pas visite en prison.

Alors que Link aimait le sang, les os brisés, l'intimidation et la notoriété, Dewey menait sa vie de criminel le plus discrètement possible. Alors que Link rêvait de devenir un parrain de la mafia depuis tout petit, Dewey était en fait un honnête marchand de meubles qui n'a rien fait de répréhensible avant trente-cinq ans. Alors que la richesse de Link, quoique conséquente, était inestimable, un magazine d'économie avait annoncé que Dewey pesait trois cents millions de dollars avant que ne surviennent les problèmes. Link s'est retrouvé dans le couloir de la mort. Dewey a écopé de quarante ans dans une prison fédérale. Link est parvenu à s'échapper ; Dewey a les cheveux qui lui descendent jusqu'à la taille et cultive des herbes et des légumes bio dans le potager du pénitencier.

Dewey Knutt était un bon commercial. Il est parvenu à vendre des tonnes de meubles bas de gamme, et avec ses bénéfices il a acheté une maison pour la louer. Puis une autre, et d'autres encore. Il a appris à se servir de l'argent de son prochain et a développé un goût démesuré du risque. Il a investi dans des centres commerciaux, des lotissements. Un jour, durant une courte récession, une banque lui a refusé un prêt. Il a alors acheté la banque et mis à la porte tous ses cadres. Il a épluché toute la législation financière et trouvé les failles. Au cours d'une récession plus longue, il a racheté d'autres banques et des sociétés de crédit locales. L'argent était bon marché et Dewey Knutt s'est révélé un maître ès emprunts. C'est son penchant pour le double, voire le triple nantissement qui a été à l'origine de sa chute, comme nous l'apprendrons plus tard. Visionnaire au royaume des profits occultes, il a été l'un des premiers à labourer le champ miraculeux des subprimes. Adroitement, il a trouvé une voie dans le labyrinthe du crédit. Il s'est mis à arroser politiciens et législateurs. Ajoutez à ça l'évasion fiscale, le blanchiment d'argent, la fraude, le délit d'initié, et le pillage des fonds de pension. Dewey a mérité amplement ses quarante ans d'incarcération.

Aujourd'hui encore, tout le monde cherche où il a caché sa fortune. Ses ennemis, les historiques, comme ceux de circonstance, des établissements bancaires, deux tribunaux administratifs, les avocats de son ex-femme, et diverses agences fédérales, tous sont sur les dents. Mais pour l'instant, personne n'a rien trouvé.

Quand Dewey a fêté ses quarante-cinq ans, Alan, son indolent de fils, a été pris avec un pick-up plein de cocaïne. Alan avait alors vingt ans, un gamin paumé qui voulait impressionner son père en montant lui-même sa petite entreprise. Dewey était furieux. Il a refusé d'engager un avocat pour défendre Alan. C'est un ami qui me l'a envoyé. Dès que j'ai jeté un coup d'œil sur le rapport de police relatant l'arrestation, j'ai vu que les flics avaient merdé. Ils n'avaient pas de mandat ni aucune raison valable de fouiller le véhicule. C'était sans appel. J'ai déposé les recours qui se devaient, le parquet contesta sans grande motivation. La saisie de cocaïne fut déclarée illégale, les preuves irrecevables et toutes les charges contre Alan ont été abandonnées. Cela a fait couler beaucoup d'encre pendant quelques jours et j'ai eu ma photo dans le journal, pour la première fois.

Dewey a ses avocats pour ses grosses affaires, mais il a été impressionné par ma tactique. Il m'a donc donné quelques os à ronger. La plupart étaient hors de mes compétences, mais un dossier m'a intrigué et j'ai accepté de m'en occuper.

Dewey adorait le golf mais il avait du mal à trouver le temps de jouer avec son emploi du temps de ministre. En outre, il manquait cruellement de patience. Les traditions guindées des clubs l'agaçaient au plus haut point. La plupart, sinon tous, avaient du mal à accepter un hors-la-loi dans leurs nobles murs. Dewey a eu alors le projet de construire son propre parcours et de l'éclairer pour pouvoir jouer la nuit, soit seul, soit avec quelques amis. C'est devenu une obsession. À l'époque, il n'existait que trois golfs éclairés dans tout le pays, et ils se trouvaient tous à plus de mille cinq cents kilomètres d'ici. Un dix-huit trous, rien que pour lui, et bardé de projecteurs, le jouet ultime du gars riche. Pour ne pas avoir sur le dos les emmerdeurs du comité d'urbanisme, il a choisi un terrain juste au-delà des limites de la ville. Le comté a porté plainte. Le voisinage aussi. C'est donc de ce dossier dont je me suis occupé. Nous avons gagné le procès. Et Dewey a encore fait les gros titres.

Toutefois, la véritable notoriété était encore à venir. Une bulle immobilière a pété. Les taux d'intérêt ont grimpé en flèche. Une vraie tempête. Dewey ne pouvait plus emprunter assez. Et son château de cartes s'est écroulé. Dans un timing parfait, le FBI, le fisc, et la SEC, ainsi qu'un tas d'autres gars énervés bardés de badges, lui sont tombés sur le râble, tous brandissant des mandats. Les charges formaient une pile de trois centimètres d'épaisseur, toutes plus virulentes les unes que les autres, toutes désignant Dewey comme le responsable de tout. On l'a accusé d'avoir monté un vaste complot impliquant ses banquiers, ses comptables, ses partenaires, ses avocats, et même un trader ainsi que deux membres du conseil municipal. Le dossier d'accusation détaillait, en termes explicites, des dizaines de délits relevant de la loi RICO, la loi contre les mafias et le crime organisé – le plus grand cadeau que le Congrès ait fait aux procureurs fédéraux.

On a enquêté sur moi. J'étais convaincu que j'allais être condamné aussi, même si je n'avais rien fait de répréhensible. Par chance, j'étais resté en marge des affaires. Pendant un temps, la tactique des autorités a

Le terminus

été : on tire d'abord, on discute ensuite. Puis les Fed ont lâché et ne se sont plus intéressés à moi. Ils avaient de plus gros poissons à attraper.

Alan a été inculpé, sa plus grande faute étant d'être le fils de Dewey. Quand le FBI a menacé de condamner aussi sa fille, Dewey a baissé les armes et a accepté le marché. Quarante ans de prison. Les charges contre ses enfants ont été abandonnées et la plupart des co-accusés ont écopé de peines allégées. Tous ont évité les longues incarcérations. En clair, Dewey a choisi d'être un homme d'honneur et a endossé tous les torts.

Son parcours de golf était en construction quand les fédéraux ont débarqué. En quelques semaines, tout l'argent s'est évanoui et le chantier s'est arrêté au quatorzième trou.

Aujourd'hui, c'est le seul quatorze trous du pays, jouable en nocturne, du moins à ma connaissance. En clin d'œil aux malheurs de Dewey, on l'a appelé le Old Rico. Ses membres sont exclusivement ses amis ou ses ex-partenaires. Alan s'occupe du terrain, c'est son travail dorénavant, et veille à le garder praticable. Il joue non stop et rêve de devenir pro. Il rassemble suffisamment d'argent avec les entrées pour payer des gardiens, des gars qu'on ne connaît ni d'Ève ni d'Adam, et on suspecte qu'il sait où se trouve le butin de son père. Je paie cinq mille dollars par an et ce n'est pas cher quand on aime être tranquille sur un parcours. Les greens et les tertres de départ sont d'ordinaire en bon état. Les fairways peuvent parfois laisser à désirer, mais tout le monde s'en fiche. Si on veut un parcours impeccable, on n'a qu'à aller dans un vrai club. Mais aucun d'entre nous ne serait accepté dans ces vénérables institutions.

Tous les mercredis soir à 19 heures, on se retrouve pour un Dirty Game, du golf qui ne ressemble en rien à ce qu'on peut voir sur CBS ! Le projet de Dewey était de construire un parcours pour pouvoir y jouer quand bon lui semblait, auquel devait être adjoint un club-house pour y retrouver ses amis. Puisque les travaux n'ont jamais été terminés, on se retrouve pour boire et parier dans un hangar où autrefois Dewey organisait des combats de coqs – peut-être la seule activité illégale pour laquelle il n'a pas écopé d'une condamnation. Alan vit à l'étage avec deux femmes, dont ni l'une ni l'autre n'est son épouse, et organise nos parties. Les deux filles s'occupent du bar, occultent les grossièretés, et rient avec tout le monde. Le rite veut que la première pinte, servie dans des pots à confiture, soit bue en l'honneur de Dewey dont le portrait souriant – une croûte infâme – trône au-dessus du comptoir. Ce soir, nous sommes onze, un bon chiffre puisque Old Rico n'a que douze voiturettes. Alors que nous vidons notre première bière, Alan se charge d'organiser la rencontre, définissant les handicaps, et collecte l'argent. Le Dirty Game coûte deux cents dollars chacun, le gagnant empoche le tout. Ça fait une coquette somme, mais je n'ai jamais gagné.

Pour remporter la victoire, bien sûr, il faut être bon, mais avoir aussi le plus gros handicap et la possibilité de tricher sans se faire prendre. Les règles sont souples. Par exemple, un mauvais coup qui envoie la balle au-delà du fairway est toujours en jeu si on parvient à la retrouver. À Old Rico, il n'y a pas vraiment de limite de terrain. Si on trouve la balle, on la joue. Un put inférieur à un mètre est toujours accordé, sauf si votre adversaire a passé une mauvaise nuit et veut emmerder son monde. Tout joueur a le droit de demander à quelqu'un, qui il veut, de putter à sa place. Un groupe de quatre peut se mettre d'accord pour que chaque gars du peloton puisse prendre un Mulligan sur le parcours, autrement dit avoir un coup « gratuit » après un coup raté. Et si les quatre sont de très bonne humeur, ils peuvent s'accorder chacun un Mulligan pour les sept premiers trous et un autre pour les sept derniers. Inutile de dire que la flexibilité des règles conduit à bien des discussions et des conflits. Puisque quasiment aucun joueur ne connaît les règles officielles, chaque Dirty Game connaît son lot d'embrouilles, de prises de bec, voire de menaces de mort.

Partner conduit ma voiturette et je ne suis pas le seul ici à avoir un garde du corps. Puisque je suis venu seul, ce soir je fais le parcours avec Toby Chalk, un ancien conseiller municipal qui a fait quatre mois de prison après la chute de Dewey. Il conduit sa propre voiturette. Les caddies sont interdits à Old Rico.

Après une heure à boire et à discutailler, on se dirige enfin vers le parcours. La nuit tombe, les projecteurs sont allumés et on se sent effectivement privilégié de pouvoir jouer ainsi en nocturne. C'est un départ au fusil. Toby et moi avons été affectés au numéro cinq, et quand Alan crie « go ! », on fonce vers notre trou, dans nos voiturettes cahotantes, les clubs tintant derrière nous comme des cloches. On est à moitié saouls, avec nos gros cigares dans la bouche, et on pousse des cris de joie dans la nuit.

Partner, sourire aux lèvres, secoue la tête. Ces cons de Blancs...

III

FLICS-SOLDATS

1.

Voilà ce qui s'est passé :

Mes clients, M. et Mme Douglas Renfro, Doug et Kitty pour tout le monde, coulaient des jours tranquilles dans une petite rue d'une jolie banlieue. Ils étaient de bons voisins, des membres actifs de leur église et participaient à toutes les manifestations caritatives de la paroisse, toujours prêts à donner un coup de main. Ils avaient soixante-dix ans, étaient retraités, avec enfants et petits-enfants, deux chiens, et un appartement en Floride en multipropriété. Ils n'étaient pas fortunés et chaque fin de mois leurs comptes en banque étaient à zéro. Ils vivaient confortablement et étaient en bonne santé pour leur âge, même si Doug avait des problèmes de fibrillation auriculaire et que Kitty se remettait d'un cancer du sein. Doug avait passé quatorze ans dans l'armée, puis avait vendu du matériel médical jusqu'à la retraite. Kitty travaillait au service sinistre d'une compagnie d'assurances. Pour s'occuper, elle faisait du bénévolat dans un hôpital, tandis que lui taillait ses rosiers et jouait au tennis. Devant l'insistance de leurs enfants et petits-enfants, les Renfro s'étaient mis à l'informatique et avaient acheté deux ordinateurs portables, un pour chacun, mais ils passaient très peu de temps en ligne.

La maison à côté de la leur avait changé de propriétaire une dizaine de fois au fil des années. Les derniers en date étaient des excentriques qui ne se liaient pas avec le voisinage. Ils avaient un fils de dix-neuf ans, Lance, un gamin paumé qui passait son temps à jouer aux jeux vidéo ou à commander de la drogue sur Internet. Pour dissimuler son trafic, Lance se connectait au réseau wifi des Renfro – ce que le couple ignorait. Les deux seniors savaient allumer et éteindre leurs ordinateurs, envoyer des e-mails, faire des achats basiques, et consulter la météo, mais au-delà de ça, ils ignoraient tout de la technologie qui était à l'œuvre derrière la fée numérique, et s'en fichaient pour tout dire. Évidemment, ils ne se souciaient ni des mots de passe, ni des mesures de sécurité.

La police d'État avait lancé une grande opération pour lutter contre le commerce de drogue sur Internet et l'adresse IP des Renfro était sortie sur leurs ordinateurs. Quelqu'un là-bas achetait et vendait beaucoup d'ecstasy. Il a donc été décidé de faire intervenir le SWAT local. Les mandats – un pour fouiller la maison, un autre pour arrêter Doug Renfro – ont été obtenus et à 3 heures du matin, par une nuit calme et étoilée, une équipe de policiers de la ville a jailli de l'obscurité et a encerclé la maison des Renfro – huit hommes en tenue de combat, avec gilets pare-balles, uniformes de camouflage, casques « Fritz », lunettes de vision nocturne, radios tactiques, pistolets semi-automatiques, fusils d'assaut et genouillères. Certains même portaient des masques, d'autres encore avaient le visage peinturluré de noir comme des commandos. Et tout ce petit monde a pris position dans le jardin des Renfro, foulant sans vergogne les fleurs de Doug, le doigt sur la détente, impatient d'en découdre.

Flics-soldats

Dans l'équipe, deux avaient des grenades assourdissantes et deux autres des béliers.

Des flics de combat. La grande majorité du groupe, comme nous l'apprendrons plus tard, étaient dangereusement sous-entraînés, mais tous étaient très excités de connaître enfin le baptême du feu. Six, au moins, ont reconnu s'être shootés au Red Bull pour rester éveillés à cette heure indue.

Au lieu de sonner simplement, de réveiller les Renfro et d'expliquer qui ils étaient, à savoir la police, et qu'ils souhaitaient fouiller la maison et leur poser des questions, les flics ont donné l'assaut en défonçant simultanément les portes avant et arrière de la maison. Plus tard, ils mentiront et diront qu'ils ont appelé les occupants. Doug et Kitty dormaient évidemment à poings fermés. Ils n'ont rien entendu avant l'attaque.

Il faudra des mois pour établir et retracer les événements des soixante secondes suivantes. La première victime a été Spike, le labrador jaune qui dormait dans la cuisine. Spike avait douze ans, ce qui est vieux pour un labrador, et était un peu sourd. Mais il a entendu le fracas de la porte qu'on défonçait à quelques mètres de lui. Il a eu le tort de se lever et de commencer à aboyer. Il a donc été abattu de trois balles de pistolet. Pendant ce temps-là, Doug était sorti de son lit et cherchait sa propre arme, une arme de protection, parfaitement déclarée et gardée dans un tiroir. Il avait aussi un fusil Browning calibre 12 qu'il utilisait deux fois par an pour chasser l'oie sauvage, mais il était rangé dans un placard.

Pour tenter de justifier cette débauche de violence, notre chef de la police dira plus tard que l'assaut du SWAT était nécessaire parce que Doug Renfro était lourdement armé.

Doug avançait dans le couloir quand il a vu des silhouettes noires monter l'escalier. Réflexe de vétéran, il s'est couché au sol et s'est mis à tirer. Les policiers ont riposté. La fusillade a été brève et brutale. Doug a reçu deux balles, une dans le bras, une autre dans l'épaule. Un flic, un dénommé Keestler, a été atteint au cou, par Doug suppose-t-on. Kitty, qui était sortie de la chambre derrière son mari, a reçu trois balles dans le visage et quatre dans le torse, et est morte sur le coup. L'autre chien, un schnauzer qui dormait avec le couple, a aussi été criblé de balles.

Doug Renfro et Keestler ont été emmenés à l'hôpital. Kitty, à la morgue. Les voisins, bouche bée, ont regardé la nuée de gyrophares dans leur rue et le ballet des ambulances emportant les victimes.

La police est restée plusieurs heures dans la maison pour collecter le maximum de preuves, dont les ordinateurs. Dès la fin de la nuit, avant même que le soleil ne se lève, les policiers savaient que les portables n'avaient jamais été utilisés pour commander de la drogue. Ils avaient compris leur erreur, mais jouer franc jeu ne fait pas partie de leur code de conduite. La désinformation a aussitôt commencé, quand le capitaine des SWAT a déclaré d'un air grave à la presse que les occupants de la maison étaient soupçonnés de trafic de stupéfiants et que le propriétaire, un certain Doug Renfro, avait tenté de tuer plusieurs policiers.

C'est à son réveil à l'hôpital, six heures après l'assaut, que Doug apprendra la mort de sa femme. On lui annoncera également que les hommes qui avaient fait irruption dans sa maison étaient des policiers. Il n'en savait rien. Il croyait avoir affaire à une bande de cambrioleurs.

2.

Mon téléphone sonne à 6 h 45. Je suis concentré dans l'espoir de rentrer la boule numéro 9 dans la poche de coin et ainsi terminer la partie en beauté. J'ai bu trop de café ces dernières heures et raté trop de coups. J'attrape le téléphone, regarde le nom de l'interlocuteur et décroche :
— Salut, Partner.
— Vous êtes réveillé, patron ?
— Devine.

Ces derniers temps je suis toujours debout à cette heure. À l'évidence, Partner aussi.
— Vous devriez regarder les infos.
— Qu'est-ce qui se passe ?
— Nos petits soldats viennent encore de s'illustrer. Et il y a des morts.
— Merde. (Je prends la télécommande.) Je te rappelle.

Dans un coin de mon salon, il y a un petit canapé et un fauteuil. En face, j'ai un grand écran plat fixé au mur. Je me laisse tomber dans le fauteuil au moment où les premières images apparaissent.

Le soleil se lève à peine mais il y a assez de lumière pour mesurer le carnage. La pelouse des Renfro grouille de policiers et d'infirmiers. Des gyrophares balayent la nuit. Le journaliste à l'antenne raconte en haletant ce qui s'est passé. Les voisins en robe de chambre regardent le spectacle, ébahis, depuis l'autre côté de la rue. Des rubans fluo interdisent l'accès à la scène du crime. Il y a eu crime, d'accord, mais je suis déjà sceptique. Qui sont les véritables criminels ? J'appelle Partner et lui dis de filer à l'hôpital pour aller à la pêche aux infos.

Dans l'allée des Renfro, il y a un blindé, avec un gros canon, de grandes roues à la place des chenilles, des peintures camouflage, et une tourelle où se tient l'un de nos valeureux flics-soldats, le visage dissimulé par ses lunettes de soleil, jouant les sentinelles sur le qui-vive. Cet engin appartient à la police de la ville, le seul qu'ils aient et ils en sont très fiers. Ils le sortent le plus souvent possible. Je le connais bien, j'ai déjà eu affaire à lui.

Il y a plusieurs années, peu après l'attaque du 11 Septembre, notre police locale est parvenue à extorquer quelques millions de dollars au Département de la sécurité intérieure pour pouvoir s'armer au nom de la nouvelle folie du moment : la guerre contre le terrorisme. Même si notre ville est loin des grandes métropoles, qu'il n'y a pas le moindre djihadiste dans le secteur et que nos flics sont déjà armés et équipés comme des ninjas, il fallait être prêt au combat partout ! Et donc dans cette course aux armements, nos policiers municipaux ont reçu un char d'assaut. Évidemment, dès qu'ils ont appris à le piloter, ils ont eu très envie de l'utiliser...

La première victime a été Sonny Werth, un type un peu fruste qui vivait à la limite de la ville, dans un quartier à l'abandon. Sonny, sa compagne et ses deux gosses dormaient à poings fermés, quand, à 2 heures du matin, la maison a paru exploser. C'était plus une cabane qu'une maison, mais peu importe. Les murs se sont mis à trembler, et il y a eu un fracas assourdissant. Sonny a cru qu'il y avait une tornade.

Mais non, c'était juste la police. Les flics diront plus tard qu'ils ont frappé à la porte et essayé la sonnette, mais que personne n'a répondu. C'est le tank, en traversant le mur du salon, qui a réveillé tout le monde. Le chien, un

Flics-soldats

petit épagneul, a tenté de s'échapper par le trou béant mais a été abattu par l'un de nos vaillants soldats. Par chance, il n'y a pas eu d'autres victimes. Mais Sonny, ayant frôlé la crise cardiaque, a dû passer deux jours à l'hôpital avant d'être envoyé en prison. Ce n'est qu'après une semaine sous les verrous que le juge a accordé sa libération sous caution. Son crime ? Faire le bookmaker et aimer les jeux d'argent. Les flics et le ministère public prétendaient que Sonny appartenait à un cercle clandestin, voire à un réseau du crime organisé.

Au nom de Sonny, j'ai attaqué la ville pour « recours à une force excessive », et ai obtenu un million de dommages et intérêts. Pas un dollar, soit dit en passant, n'est sorti de la poche des flics qui ont organisé le raid. Comme toujours, c'est le contribuable qui a payé. Plus tard les charges contre Sonny ont été abandonnées, si bien que cette opération policière aura été un incommensurable gâchis, en temps comme en argent.

Pendant que je bois mon café et regarde la scène à la télé, je me dis que les Renfro ont eu de la chance que la police n'ait pas envoyé leur char d'assaut abattre la maison. Pour des raisons à jamais mystérieuses, ils ont décidé de poster le blindé dans l'allée. Si huit gars du SWAT ne suffisaient pas ou si les Renfro lançaient une contre-attaque, alors le blindé aurait été envoyé pour détruire le salon.

La caméra se rapproche de deux policiers. Ils se tiennent à côté du blindé, avec chacun un fusil d'assaut dans les mains. Les deux dépassent le quintal et demi. L'un a opté pour un ensemble moucheté vert et gris, comme s'il s'apprêtait à traquer le cerf dans les bois, l'autre pour des motifs bruns et beiges, comme s'il allait poursuivre des rebelles dans le désert. Ces deux clowns font le planton dans l'allée d'une maison de banlieue, à un quart d'heure du centre-ville, dans une zone urbaine d'un million de personnes, et ils sont en tenue de camouflage ! Ce qui est à la fois triste et effrayant dans cette image, c'est que ces deux gus ne savent pas qu'ils sont ridicules. Au contraire, ils sont fiers comme des paons, pleins d'arrogance. Ils sont sur scène, des durs qui pourchassent les méchants. L'un de leurs frères d'armes a été touché, il est tombé au combat, c'est un héros, et ils sont très énervés. Ils lancent des regards mauvais aux badauds de l'autre côté de la rue. Ils ont le doigt sur la détente. Un mot de travers et ils tirent dans le tas.

Puis arrive le bulletin météo. J'en profite pour filer sous la douche.

Partner passe me prendre à 8 heures et nous mettons le cap sur l'hôpital. Doug Renfro est encore au bloc. Quant à Keestler, le policier blessé, il est tiré d'affaire. Il y a des flics partout. Dans une salle d'attente bondée, Partner me désigne un petit groupe de personnes, pelotonnées épaule contre épaule, se tenant les mains.

Une fois de plus, je me pose cette question : pourquoi les flics n'ont-ils pas simplement sonné à une heure normale pour interroger Renfro ? Deux flics en civil, ou un en civil et un autre en uniforme, auraient suffi. Pourquoi ? La réponse est simple : ces guignols croient être une force d'intervention d'élite et ils veulent leur shoot d'adrénaline. Et on se retrouve, une fois encore, avec un hôpital plein d'uniformes et de victimes.

Thomas Renfro, le fils de Doug, a une quarantaine d'années. D'après les renseignements de Partner, il est opticien en banlieue. Ses deux sœurs ne vivent pas ici et ne sont pas encore arrivées. Je déglutis et m'approche. Il veut que je le laisse tranquille mais j'insiste. Il faut vraiment qu'on parle, c'est important. Finalement, il accepte d'aller à l'écart pour entendre ce que j'ai à lui dire. Le pauvre gars attend ses sœurs pour se rendre à la morgue et organiser les funérailles de leur mère. Et pendant ce temps, leur père est aux mains des chirurgiens. Je lui présente à nouveau mes excuses de l'importuner ainsi en un moment si dramatique, puis lui annonce que j'ai déjà défendu un cas similaire avec ces mêmes flics.

J'ai alors toute son attention. Il essuie ses yeux rouges.

— Votre tête me dit quelque chose.

— Sans doute aux infos. Je suis du genre à m'occuper d'affaires qui font du bruit.

Il a un moment d'hésitation puis demande :

— Et cela risque d'être le cas ?

— Monsieur Renfro, voilà ce qui va se passer : votre père n'est pas près de rentrer chez lui. Quand les médecins en auront fini, les flics vont l'emmener en prison. Il va être accusé de tentative de meurtre sur un représentant des forces de l'ordre. Et il risque vingt ans. Sa caution sera fixée à un million de dollars, ou une somme astronomique quelconque, et il sera coincé parce que le procureur va mettre des scellés sur ses avoirs. Maison, comptes en banque, tout va y passer. Il ne pourra pas y toucher. C'est leur tactique classique pour piper les dés.

Le pauvre homme a eu son compte de mauvaises nouvelles ces cinq dernières heures et j'en rajoute une couche. Il ferme les yeux, secoue la tête, mais il continue à m'écouter. Je poursuis :

— Si je vous ennuie avec ça, c'est parce qu'il est important de porter plainte immédiatement au civil. Dès demain si possible. La mort injustifiée de votre mère, l'assaut sur votre maison, le recours à une force excessive, l'incompétence de la police, la violation de vos droits de citoyen, et j'en passe. On va les attaquer tous azimuts. Je l'ai déjà fait. Si nous avons le bon juge, alors j'aurai accès à leurs rapports internes avant qu'ils ne manipulent quoi que ce soit. Parce qu'ils commencent déjà à cacher leurs erreurs au moment où je vous parle et ils sont plutôt doués pour ça.

Les larmes viennent. Il les contient, reprend contenance.
— C'est trop. C'est trop pour moi.
Je lui tends ma carte.
— Je comprends. Appelez-moi dès que possible. Je combats ces salauds tout le temps et je sais comment ça marche. Vous vivez un cauchemar en ce moment, j'en ai conscience, mais malheureusement ce n'est que le début.
— Merci, parvient-il à articuler.

3.

Plus tard dans l'après-midi, la police rend une visite à Lance, le gamin qui habite à côté des Renfro, pour avoir une petite discussion avec lui. Juste trois flics, en civil, allant sonner à une maison, sans armes d'assaut ni gilets pare-balles. Et pas de tank non plus. Ça se passe sans problème. Et personne n'est blessé.

Lance a dix-neuf ans, sans emploi. Il est seul à la maison, un pauvre gosse à la dérive, et son monde est sur le point de basculer. La police a un mandat de perquisition. Quand ils saisissent son ordinateur et son téléphone, il se met à parler. Il est dans le salon avec les policiers quand sa mère rentre du travail, et il avoue tout. Il se connecte au wifi des Renfro depuis environ un an. Il fait du trafic sur le Dark Web, via un site appelé Millie's Market, où

Flics-soldats

il peut acheter tous les produits stupéfiants qu'il veut, illégaux ou vendus sur ordonnance. Il se limite à l'ecstasy parce que ce n'est pas trop cher et que les gosses, ses clients, adorent cette drogue. Il paie en bitcoin, et son compte affiche aujourd'hui soixante mille dollars. Il donne tous les détails et, en une heure, on l'emmène menottes aux poings.

À 17 heures, soit quatorze heures après le raid du SWAT, la police sait la vérité. Mais leur couverture est déjà en place. Ils laissent fuiter çà et là quelques mensonges et dès le lendemain matin à l'aube c'est à la une du *Chronicle* en ligne. On y voit les photos de Doug et Katherine Renfro, à présent décédée, et de l'agent Keestler. Il passe pour un héros ; les Renfro pour des hors-la-loi. Doug est suspecté d'appartenir à un réseau de trafic de drogue sur Internet. Un voisin est sous le choc : comment aurait-il pu s'en douter ? Des gens si gentils en apparence. Kitty s'est retrouvée au milieu de la fusillade quand son mari a tiré sur les valeureux représentants de l'ordre et de la paix publique. Elle sera enterrée la semaine prochaine. Quant à lui, il sera inculpé sous peu. Keestler va s'en sortir. Sur le jeune Lance, pas un mot.

Deux heures plus tard, je retrouve Nate Spurio au Bagel Shop d'un centre commercial au nord de la ville. Il ne faut pas que l'on nous voie en public – du moins qu'un flic ou quelqu'un de l'entourage d'un flic nous reconnaisse. Alors nous alternons nos lieux de rendez-vous entre A, B, C et D. A, c'est un Arby's en banlieue. B, c'est l'un des deux Bagel Shop du coin. C, c'est le Catfish Cave, un restaurant sinistre à dix kilomètres à l'est de la ville. D, c'est pour le Donut House. Quand nous avons des choses à nous dire, on choisit une lettre dans notre alphabet miniature et on se met d'accord sur un horaire. Spurio est un bon flic – trente ans de maison, droit et honnête, qui suit les règles et déteste quasiment tous ses collègues. Spurio et moi, c'est une longue histoire. Elle remonte à l'époque où j'étais étudiant. Un soir où j'avais trop forcé sur la bière dans un bar, je m'étais retrouvé sur le trottoir tabassé par les flics – et Nate Spurio était l'un d'eux. Il m'a dit que je l'avais insulté et bousculé. Quand je m'étais réveillé en cellule de dégrisement, il était passé prendre de mes nouvelles. Je m'étais confondu en excuses. Il les avait acceptées et s'était arrangé pour que les charges contre moi soient abandonnées. Ma mâchoire cassée me faisait un mal de chien, et le flic qui m'avait frappé a été plus tard mis à pied. Cet incident m'a convaincu de faire du droit. Au fil des années, Spurio a refusé de magouiller pour avoir de l'avancement et n'est donc allé nulle part. Il consacre le plus clair de son temps, derrière un bureau, à remplir de la paperasse, à compter les jours. Mais il n'est pas le seul à avoir été mis au placard. Spurio a ainsi tout un réseau d'informateurs et sait tout ce qui se dit dans les couloirs. Il n'est en aucun cas une balance. C'est juste un flic honnête qui n'aime pas ce que sa police est devenue.

Partner reste dans le van, à faire le guet au cas où d'autres flics passeraient acheter un bagel. On s'installe dans un coin et on surveille la porte.

— Cette fois, c'est énorme, souffle-t-il.

— Je suis tout ouïe.

Il me raconte l'arrestation de Lance, la confiscation de son ordinateur où il y a la preuve que le gamin est un petit revendeur de dope, et me détaille ses aveux où il reconnaît avoir piraté le wifi des Renfro. Il n'y a rien dans les ordinateurs des Renfro, mais Doug sera inculpé après-demain. Et aucune charge ne sera retenue contre Keestler. La dissimulation classique.

— Qui était là-bas ?

Il me tend une feuille.

Flics-soldats

— Ils étaient huit. Rien que des gars de chez nous. Personne de la police d'État. Pas de fédéraux.

Si j'avais la main, ils seraient tous dans le box des accusés et je leur réclamerais dans les cinquante millions de dollars.

— Qui dirigeait l'opération ?
— À ton avis ?
— Sumerall ?
— Bingo ! Suffit d'écouter les infos. Encore une fois, le grand lieutenant Chip Sumerall a mené ses troupes à l'assaut d'une maison tranquille, où tout le monde dormait, et il a eu le bonhomme qu'il voulait. Tu vas les attaquer ?

— Pour l'instant, je ne suis pas chargé de l'affaire, mais j'y travaille.

— Je pensais que tu les faisais signer avant même qu'ils passent sur le billard ?

— Pas tous. Mais cette affaire, je la veux.

Spurio mâchonne son bagel à l'oignon et fait descendre le tout d'une lampée de café.

— Ces gars font n'importe quoi. Il faut les arrêter.
— Impossible, Nate. Un doux rêve. Je peux leur compliquer la vie de temps en temps, faire payer la ville pour leurs conneries, mais ce qu'ils font ici, ça se passe partout dans le pays. On vit dans un État policier et les gens veulent toujours plus de police.

— Tu es donc la dernière ligne de défense ?
— Absolument.
— Que Dieu nous aide !
— On va en avoir besoin. Contacte-moi quand tu veux. Merci pour les infos.

— Pas de quoi. Et bouche cousue.

4.

Doug Renfro est trop éprouvé physiquement et psychologiquement pour me rencontrer. S'il y avait eu un entretien, il aurait eu lieu dans sa chambre d'hôpital, une mauvaise idée, de toute façon. Les flics gardent sa porte comme s'il se trouvait dans le couloir de la mort. Nous n'aurions pas pu avoir d'intimité. J'ai donc pris rendez-vous avec Thomas Renfro et ses deux sœurs dans un café à proximité de l'hôpital. Ils ont tous les trois des têtes de déterrés. Ils sont épuisés, choqués, pleins de chagrin et de colère, et ont grand besoin de conseils. Ils ne touchent pas à leur café et au début, ils sont contents que je fasse la conversation. Sans la moindre fanfaronnade, je leur explique qui je suis, ce que je fais, d'où je viens et comment je défends mes clients. Je leur dis que je ne suis pas un avocat classique. Je n'ai pas de joli bureau avec acajou et cuir partout. Je n'appartiens pas à un grand cabinet, ni prestigieux, ni rien. Je suis mal vu du barreau. Je suis un solitaire, un franc-tireur, un insoumis qui combat le système et déteste l'injustice. Je suis ici parce que je sais ce qui va arriver à leur père, et à eux tous.

— Ils ont tué notre mère, lâche Fiona, la sœur aînée.
— C'est vrai, mais personne ne sera poursuivi. Ils vont enquêter, mandater des experts, et tout le cirque. Et à la fin, tout le monde s'accordera à dire qu'elle a reçu des balles perdues. En revanche, ils vont inculper votre père et lui faire endosser toute la responsabilité de la fusillade.

C'est au tour de Susanna, la cadette, d'intervenir :

Flics-soldats

— Mais on a parlé à papa, monsieur Rudd. Ils dormaient quand il y a eu un grand bruit dans la maison. Mon père a cru que c'étaient des cambrioleurs. Il a pris son pistolet et a foncé sur le palier. Et quand il a vu des silhouettes dans le noir, il s'est couché au sol. Quelqu'un a tiré, et il a riposté. Il dit qu'il a entendu maman crier et courir vers lui pour lui venir en aide.

— Il a beaucoup de chance d'être encore en vie. Ils ont tué les deux chiens aussi.

— Qui sont ces dingues ? demande Thomas.

— La police. Les gentils de l'histoire.

Je leur raconte alors la mésaventure de Sonny Werth, avec le char d'assaut dans son salon, et le procès qu'on a gagné. Je leur explique qu'un procès au civil est désormais leur seule option. Leur père va être inculpé et poursuivi, mais quand on fera éclater la vérité – et je leur promets de tout déballer – il y aura une pression énorme sur la ville et ils seront obligés de négocier. L'objectif est de faire sortir leur père de prison. Mais en ce qui concerne la mort de leur mère, ils n'obtiendront jamais justice. Un procès au civil, avec le bon avocat de leur côté bien sûr, c'est la garantie d'avoir accès aux pièces du dossier. Je leur répète que les flics ont déjà commencé à se couvrir.

Ils font de leur mieux pour m'écouter, mais ils ne sont pas vraiment là. Comment le leur reprocher ? Quand notre entrevue se termine, les deux femmes sont en larmes et Thomas n'arrive plus à dire un mot.

Il est temps pour moi de les laisser.

5.

Sans être invité, bien que la cérémonie soit publique, j'arrive à la grande église méthodiste quelques minutes avant que commencent les obsèques de Katherine Renfro. Je trouve l'escalier, monte au balcon et m'installe dans la pénombre. Je suis seul à l'étage, mais en bas la nef est comble – que des Blancs de classe moyenne, tous choqués d'apprendre que leur amie a reçu sept balles tirées par la police alors qu'elle était en pyjama.

Ce genre de tragédie n'est pas censé se produire dans leur quartier. Ces gens croient en la loi et l'ordre. Ils votent républicain et réclament des lois toujours plus dures. Pour eux, le SWAT est nécessaire dans la lutte contre le terrorisme et le trafic de drogue. Comment ce drame a-t-il pu avoir lieu chez eux ?

Doug Renfro est absent. D'après le *Chronicle* d'hier, il vient d'être inculpé. Il est toujours hospitalisé, mais se remet lentement de ses blessures. Il a supplié les médecins de le laisser sortir pour assister aux funérailles de sa femme. Les médecins ont dit : bien sûr ; les flics ont dit : pas question. Parce qu'il est une menace pour la société. Et Doug Renfro sera marqué à vie. Son nom restera associé à un trafic de drogue. La plupart des gens présents dans cette église vont le croire quand il clamera son innocence, mais certains d'entre eux auront des doutes. Que faisait exactement ce vieux Doug ? S'il n'avait absolument rien à se reprocher, pourquoi notre bonne police s'est-elle intéressée à lui ?

Comme toute l'assistance, je suis plein de regrets et de compassion. L'air est lourd. On y sent la confusion et la colère. Le pasteur est réconfortant, mais on voit bien qu'il ne sait pas trop ce qui s'est passé. Il tente de trouver un sens à tout ça... C'est impossible bien sûr. Alors qu'il arrive à sa conclusion, que les pleurs se font plus forts, je descends l'escalier et sors par une porte latérale.

Deux heures plus tard, mon téléphone sonne. C'est Doug Renfro.

6.

Un avocat comme moi est contraint de travailler dans l'ombre. Mes adversaires ont des insignes et des uniformes qui les protègent, ainsi qu'une administration qui a plus d'un tour dans son sac. Ils ont prêté serment de servir la loi, mais puisqu'ils trichent et mentent à la moindre occasion, je suis contraint de faire comme eux.

J'ai un réseau de contacts et de sources. Ce ne sont pas à proprement parler des amis parce que l'amitié exige de l'engagement personnel. Nate Spurio est l'un d'eux, un flic honnête qui ne me demandera jamais un dollar contre une information. Je lui ai déjà proposé. Un autre est un journaliste du *Chronicle*, et on s'échange des tuyaux quand c'est utile. Mais jamais d'argent. Un autre encore, mon préféré peut-être, est Okie Schwin et, lui, réclame de l'argent.

L'insoumis

Okie est un gratte-papier de la cour fédérale qui a ses bureaux dans l'un des palais de justice du centre-ville. Il déteste son boulot, méprise ses collègues, et cherche à arrondir ses fins de mois. Il est aussi divorcé, alcoolique et drague toutes les employées au risque de se retrouver avec une plainte pour harcèlement sexuel. Le grand talent de Okie est de pouvoir truquer l'assignation des affaires. Quand une plainte au civil est déposée, elle est censée être confiée de façon purement aléatoire à l'un des six juges fédéraux. Un ordinateur gère les affectations des dossiers et l'équiprobabilité de la répartition semble parfaite. Bien sûr, il y a toujours un juge qu'on préfère, selon le type d'affaires, selon le passif qu'on a ou non avec lui. Mais bon, puisque c'est aléatoire, on ne peut rien y faire. Et c'est là qu'intervient Okie ; il sait pirater le logiciel et vous affecte le juge de votre choix. Évidemment, ce n'est pas gratuit. C'est même cher payé. Un jour ou l'autre, Okie se fera pincer, c'est évident. Il sera alors mis à la porte, et sans doute poursuivi en justice… mais cela semble le cadet de ses soucis.

À sa demande, on se retrouve dans un club de strip-tease loin du centre-ville. Les clients sont des ouvriers. Et les danseuses improbables. Je m'installe dos à la scène pour ne pas voir le spectacle. Profitant des vociférations de la foule, j'annonce la couleur :

— Je vais déposer une plainte demain. L'affaire Renfro, la dernière razzia de nos gars du SWAT.

Okie éclate de rire.

— Je m'y attendais. Et je sais ce que tu vas me dire : ce serait bien si l'honorable Arnie Samson était aux commandes, pas vrai ?

— Tout juste.

— Il a cent dix ans. Il est à moitié mort et il ne veut plus prendre d'affaires. Pourquoi ne laisse-t-on pas ces pauvres vieux partir à leur retraite ?

— Parce que ce n'est pas prévu dans la constitution !
Il acceptera celle-ci, je le sais. Même tarif ?

— Comme d'hab. Mais s'il dit non et que ton dossier se retrouve en bas de la liste ?

— Je prends le risque.

Je lui tends une enveloppe. Trois mille dollars en liquide. Il la glisse rapidement dans sa poche, sans même articuler un « merci » et reporte son attention sur les filles.

7.

À 9 heures, le lendemain matin, je me rends au greffe de la cour fédérale et dépose une plainte, dommages et intérêts à hauteur de cinquante millions de dollars, à l'encontre de la ville, de la police municipale, du chef de la police et des huit membres du SWAT qui ont attaqué la maison des Renfro six jours plus tôt. Quelque part, dans les profondeurs glauques des bureaux, Okie a effectué son tour de magie et l'affaire a été « de façon aléatoire et mécanique » confiée au juge Arnold Samson. J'envoie, par e-mail, une copie de ma plainte à mon ami du *Chronicle*.

Je dépose également un recours pour empêcher le procureur de bloquer les comptes de Doug Renfro. C'est un grand classique du ministère public pour étrangler les accusés. À l'origine, il s'agissait de confisquer de l'argent mal acquis, souvent provenant du trafic de drogue. L'idée était d'attaquer les cartels là où ça fait mal, à savoir au portefeuille. Mais comme pour bon nombre de lois, les procureurs ont vite trouvé le moyen d'élargir le champ d'application de celle-ci. Dans le cas de Doug, l'accusation compte avancer que les avoirs de l'accusé – maison, voitures, comptes courants et épargnes – proviennent, pour partie tout au moins, de revenus illicites acquis grâce au trafic d'ecstasy.

Mais lors de l'audience qui doit statuer sur cette confiscation des biens de mon client, l'accusation fait machine arrière et se défile. Cela a le don d'agacer le juge Samson. Toujours aussi fougueux, il les réprimande et les menace même d'outrage à la cour. 1 point pour nous.

Deuxième round : l'audience pour fixer le montant de la caution. Ça se passe au tribunal de l'État, là où sera jugé Doug pour tentative de meurtre. Maintenant que ses biens ne sont plus confisqués, je peux faire valoir que Doug Renfro ne risque pas de s'enfuir et qu'il se présentera devant la cour à chaque fois qu'elle le lui demandera. Sa maison vaut quatre cent mille dollars. Il n'y a pas de crédit dessus. Et je propose de la mettre en gage. À ma grande surprise, le juge accède à ma requête, et je quitte le tribunal avec mon client. 2-0, mais c'était la partie la plus facile.

Huit jours après la fusillade, en ayant perdu sa femme et ses deux chiens, Doug Renfro rentre chez lui, où l'attendent ses trois enfants, ses sept petits-enfants et une poignée d'amis. Le retour sera amer. Ils m'ont gentiment invité, mais j'ai décliné leur offre.

Je me bats bec et ongles pour mes clients, et suis prêt à outrepasser bon nombre de lois pour les protéger, mais je garde toujours mes distances.

8.

À 10 heures le samedi, par une matinée ensoleillée, je suis assis sur un banc dans un square. J'attends. L'endroit se trouve à quelques pâtés de maisons de mon appartement. C'est notre lieu de rendez-vous habituel. Sur le trottoir, arrive une jolie femme avec un garçon de sept ans. C'est mon fils. Et c'est mon ex-femme. Le tribunal ne m'autorise à le voir qu'une fois par mois, pendant trente-six heures. Quand il sera plus grand, j'aurai droit à un peu plus de clémence, mais pour l'instant, ils sont intraitables. Il y a des raisons à ça, mais je préfère ne pas en parler pour le moment.

Starcher ne sourit pas en approchant de mon banc. Je me lève, fais une bise à Judith, un geste plus pour le petit que pour elle. Elle préfère n'avoir aucun contact avec moi.

— Salut, gamin ! dis-je en lui ébouriffant les cheveux.

— Salut, lâche-t-il avant de se diriger vers les balançoires.

Judith s'assoit à côté de moi et on le regarde battre des jambes pour s'élancer.

— Comment va-t-il ?

— Bien. À l'école, ils sont contents de lui. (Un long silence.) Tu as été pas mal occupé ces derniers temps.

— En effet. Et toi ?

— Bof. La routine.

— Et Ava ? Ça va ?

Ava, c'est sa compagne.

— Très bien. Qu'est-ce que tu comptes faire aujourd'hui avec lui ?

Judith n'aime pas me laisser notre fils. Une fois de plus, je me suis mis les flics à dos et ça l'inquiète. Moi aussi, ça m'inquiète, mais je ne l'admettrai jamais.

— On va aller déjeuner quelque part. Après, il y a un match de foot à l'université.

Voir un match de football, ça semble lui aller. Ce n'est pas trop dangereux.

— J'aimerais bien le récupérer ce soir, si ça ne te dérange pas.

— Trente-six heures par mois, tu trouves ça trop ?

— Non, Sebastian. Ce n'est pas trop. Je ne suis pas tranquille, c'est tout.

Le temps des disputes est révolu, du moins je l'espère. Prenez deux avocats belliqueux par nature, qui ont le verbe haut et connaissent tous les coups bas, ajoutez une grossesse non désirée, un divorce pénible et douloureux, et vous aurez une idée du mal que peuvent se faire ces deux personnes en cas de conflit. On n'a pas fini de panser nos plaies, alors on ne se bat plus, ou le moins possible.

— Pas de problème, répliqué-je me voulant conciliant.

Pour tout dire, mon appartement n'a rien de très excitant et Starcher n'aime pas être chez moi. Il est trop petit pour jouer au billard avec moi et je n'ai aucune console de jeux vidéo. Peut-être quand il sera plus vieux, il appréciera.

Il a été élevé par deux femmes qui tournent de l'œil dès qu'un gosse à l'école le pousse un peu trop fort. Je ne suis pas sûr de pouvoir l'endurcir en ne débarquant dans sa vie qu'une fois par mois, mais j'essaie. Je me dis qu'un jour ou l'autre il en aura assez de vivre avec ces deux hystériques et qu'il voudra passer plus de temps avec son vieux père. Mon boulot est de conserver suffisamment d'importance dans sa vie pour que je puisse être une échappatoire le moment venu.

— À quelle heure on se retrouve ? demande-t-elle.
— Comme tu veux.
— Disons à 18 heures ici.

Elle se lève et s'en va. Starcher, dos à nous sur sa balançoire, ne la voit pas partir. Judith n'avait pas apporté de sac pour la nuit. Ce détail ne m'a pas échappé. Elle n'avait aucune intention de le laisser dormir chez moi.

J'habite dans une tour au vingt-cinquième étage parce que ça me paraît plus sûr d'être en hauteur. Je reçois des menaces de mort pour toutes sortes de raisons, je ne l'ai jamais caché à Judith. Elle n'a pas tort de préférer que son fils dorme chez elle, où la situation est probablement plus calme. Mais ce n'est pas certain. Le mois dernier, Starcher m'a dit que ses « deux mamans » se disputaient tout le temps.

Pour déjeuner, on va aller dans ma pizzeria favorite, un endroit où ses mères ne l'emmèneraient jamais. La vérité, c'est que je me fiche de ce qu'il mange. À bien des égards, je suis comme ces grands-pères qui gâtent les enfants avant de les renvoyer chez leurs parents. S'il veut une glace avant et après le repas, pas de problème.

Pendant que nous mangeons, pour détendre l'atmosphère, je lui pose des questions sur l'école. Il est en CE1 dans une école publique pas très loin de la rue où j'ai grandi. Judith voulait qu'on l'inscrive dans une petite structure écolo où tout plastique est banni et où les enseignants se baladent en sandales et grosses chaussettes de laine. À quarante mille dollars l'année, j'ai mis mon veto. Elle a évidemment foncé au tribunal, et pour une fois le juge a abondé dans mon sens. Donc, Starcher est dans un établissement normal, avec des enfants de toutes les couleurs et une institutrice canon, récemment divorcée.

Comme je l'ai dit, Starcher a été une erreur. Judith et moi allions mettre un point final à notre relation chaotique quand, je ne sais pas comment, elle est tombée enceinte. La rupture s'en est trouvée très compliquée. Je suis parti et elle a mis main basse sur le petit. J'ai été éjecté à tous les niveaux, mais, pour être honnête, je ne me suis pas beaucoup battu pour mon rôle de père. Starcher est tout à elle, du moins dans son esprit, et ça m'amuse beaucoup de voir ce petit gars grandir et me ressembler de plus en plus. Ma mère a retrouvé ma photo en CE1. À sept ans, il est ma copie conforme.

On parle un peu bagarres. Je lui demande si ça se bat beaucoup pendant les récrés. Et il dit : « Ça arrive de temps en temps. » Il me raconte la fois où des gamins se sont écriés « une bagarre ! une bagarre ! » et tout le monde s'est précipité pour regarder. Deux élèves de CE2, un Noir et un Blanc, se battaient au sol, à coups de pied, de poing, de dents et d'ongles, pendant que toute l'école criait et encourageait les combattants.

— C'était drôle à regarder ?

Il sourit.

— Ouais. C'était cool.

— Comment ça s'est terminé ?

— Les instits sont venus et les ont emmenés dans le bureau de la directrice. Je crois qu'ils ont eu des problèmes.

— Évidemment. Ta mère t'a dit ce qu'il faut faire en cas de bagarre ?

Il secoue la tête.

— D'accord. Voilà les règles. Se battre c'est mal et ça n'apporte que des problèmes, alors on ne se bat pas. N'attaque jamais en premier. Mais si quelqu'un te frappe, ou te pousse, te fait un croche-pied, ou si deux gars cognent un de tes copains, alors parfois il faut se battre. Ne recule jamais si un autre garçon t'agresse. Et si tu dois te bagarrer, alors n'abandonne jamais. Jamais.

— Tu te battais, toi ?

Flics-soldats

— Tout le temps. Mais je n'étais pas une petite brute, et ce n'est jamais moi qui ai commencé. Et je n'aimais pas la bagarre, mais si un autre garçon m'embêtait, alors je ne me laissais pas faire.
— Et tu as eu des ennuis ?
— Bien sûr. J'étais puni.
— Quel genre ?
— Mon institutrice me disputait, ma mère me criait dessus, et parfois j'étais exclu de l'école une journée ou quelque chose comme ça. Encore une fois, gamin, se battre, ce n'est pas bien.
— Pourquoi tu m'appelles jamais Starcher ?
Parce que je déteste le prénom qu'a choisi ta mère.
— Pour rien. C'est juste comme ça.
— M'man dit que tu n'aimes pas mon prénom.
— Ce n'est pas vrai, gamin.

Judith ne cessera jamais la guerre. C'est plus fort qu'elle, il faut qu'elle donne des coups, même si c'est totalement absurde. Quelle mère irait raconter à un enfant de sept ans que son père n'aime pas son prénom ? Heureusement que je ne sais pas toutes les saloperies qu'elle dit sur moi. J'en aurais des sueurs froides.

C'est le jour de congé de Partner. C'est donc moi qui conduis le van pour aller au stade du campus. Starcher aime bien notre fourgon, avec son canapé, ses fauteuils pivotants, son petit bureau et sa télévision. Il ne sait pas trop pourquoi je travaille dans ce van, et je ne lui ai pas parlé des vitres blindées ni du pistolet rangé dans la console centrale.

C'est un match de foot féminin. Hommes, femmes, peu importe. Je ne m'intéresse pas à ce sport. Quitte à être là, autant regarder courir des filles en short plutôt que des gars poilus. Mais pour Starcher c'est une petite fête. Ses mères se méfient des sports d'équipe, il a uniquement le droit de prendre des cours de tennis. Je n'ai rien contre le tennis, mais s'il suit mon exemple, il va rendre sa raquette sous peu. J'ai toujours aimé le contact. Quand je jouais au basket, je me retrouvais chaque fois avec quatre fautes à la mi-temps. Je récoltais plus de fautes que de points ! Au football américain, je jouais défenseur de seconde ligne parce que j'aimais les affrontements.

Au bout d'une heure, une fille ouvre enfin le score, mais ça fait déjà un moment que mon esprit est ailleurs. Je pense aux Renfro. Starcher et moi, on se partage des popcorns et on échange quelques mots. Je suis si loin de son petit monde que je ne trouve rien à lui dire.

Je suis un père pathétique.

9.

La vérité commence à pointer le bout de son nez en ce qui concerne le raid chez les Renfro. Attaquée de toutes parts, en particulier par les articles de mon pote du *Chronicle*, la ville ne sait plus comment réagir. Le chef de la police fait le mort, prétextant qu'il ne veut pas faire de commentaires au sujet d'une affaire en cours. Le maire cherche à se couvrir et, à l'évidence, prend ses distances. Ses ennemis au conseil municipal, pour qui cette affaire est du pain bénit, tirent sur lui à boulets rouges. Certains se voient déjà récupérer son fauteuil, mais ils sont une minorité. Personne n'a très envie de s'opposer à la police.

La dissidence, de nos jours, est considérée comme un acte antipatriotique. Et depuis le 11 Septembre, il est mal vu de critiquer quelqu'un en uniforme, quel que soit l'uniforme.

Je donne à mon compère du *Chronicle* tout ce que j'ai. En se référant à des sources anonymes, il dénonce les flics et leurs méthodes, leurs bavures, et leurs tentatives de dissimulation. Grâce à mes informations, il retrace dans le détail des années d'interventions aveugles et de violences injustifiées.

J'essaie d'avoir la plus grande couverture médiatique possible. J'aime ça, je ne peux pas dire le contraire. C'est même ma raison de vivre.

Les avocats de la ville déposent une requête auprès du juge Samson à l'encontre de « la partie adverse », lui demandant, à mots à peine couverts, de me museler. Le juge Samson rejette leur demande sans même leur accorder une audience pour plaider leur cause. C'est alors la panique générale dans le camp en face. Ils courent tous aux abris. Et moi, je tire sur tout ce qui bouge.

Je travaille seul, sans véritable bureau, et sans véritable équipe. Il est très difficile pour un franc-tireur comme moi de se lancer dans un gros procès, que ce soit au pénal ou au civil, sans avoir du renfort, et c'est là qu'interviennent les deux Harry. Harry Gross et Harry Skulnick dirigent un cabinet de quinze avocats installé dans un ancien entrepôt sur les quais. Ils s'occupent surtout de procédures en appel et s'efforcent d'éviter les procès avec jury. Ils passent donc le plus clair de leur temps le nez dans les dossiers à noircir des carnets de notes. Notre accord est simple : ils font des recherches pour moi et je leur donne un tiers de mes honoraires. Cela leur permet de bosser l'esprit tranquille, de garder une distance avec moi et mes clients, comme avec tous les gens que j'ai tendance à agacer. Ils vont me préparer toute une série de requêtes, une pile haute de trois centimètres. Je les relirai, les signerai, et personne ne pourra remonter jusqu'à eux. Ils œuvrent derrière des portes closes et n'auront pas à craindre les représailles de la police – jamais. Dans le cas de Sonny Werth – le client qui a été réveillé par un char d'assaut entrant dans son salon – la ville a négocié à l'amiable un million de dollars. Ma part était de vingt-cinq pour cent. Les deux Harry ont reçu un joli chèque et tout le monde était content.

Dans cet État, les dommages et intérêts au civil sont limités à un million de dollars. Parce que les « sages » qui font nos lois ont décidé, voilà dix ans, qu'ils étaient mieux placés que les jurés, qui assistent pourtant au procès et entendent les témoins, pour fixer le montant des réparations. Un effet du lobbying des compagnies d'assurances qui œuvrent encore et toujours pour la réduction des compensations financières au civil, une croisade politique qui pour l'heure est couronnée de succès. Quasiment tous les États du pays ont accepté cette limitation des dommages et intérêts ainsi que d'autres lois visant à réduire toujours plus le pouvoir du peuple dans les tribunaux. Pour l'instant, personne n'a vu de diminution des primes d'assurance. Une étude menée par mon camarade du *Chronicle* montre que quatre-vingt-dix pour cent de nos législateurs ont leur campagne financée par le secteur de l'assurance. Et on parle de démocratie !

Tous les avocats de cet État ont des histoires sordides à raconter sur le sujet, des clients mutilés, rendus infirmes, qui, après avoir payé les frais médicaux, se sont retrouvés sans un dollar devant eux.

Après avoir claqué les portes des tribunaux, ces preux défenseurs du droit ont promulgué une loi interdisant aux habitants de tirer sur les flics quand ceux-ci envahissent leur domicile, qu'ils se trompent ou non de maison. Donc, quand Doug Renfro s'est couché au sol et a tiré, il a violé cette loi, et il n'y a pas moyen de le défendre.

Et les vrais criminels ? Eh bien nos législateurs ont fait passer une autre loi accordant l'immunité aux membres du SWAT qui se laisseraient emporter et abattraient la mauvaise personne. Dans la fusillade chez les Renfro, quatre flics ont tiré trente-huit balles en quelques secondes. On ne sait pas trop qui a touché Doug et sa femme, mais cela n'a aucune importance. Ils sont tous intouchables.

Je suis resté des heures avec Doug à tenter de lui expliquer ces points de droit, tous plus idiots les uns que les autres. Il veut comprendre pourquoi la vie de sa femme ne vaut pas plus d'un million de dollars. Je lui explique que son sénateur a voté pour le plafonnement des dommages – et qu'il touche de l'argent également des lobbyistes des assurances. Peut-être peut-il appeler ce gars qu'il a élu pour lui passer un savon et lui dire de ne plus voter n'importe quoi.

Doug demeure perplexe : « Pourquoi dans ce cas demandons-nous cinquante millions ? » Encore une question où la réponse n'est pas simple. D'abord, il s'agit d'une demande officielle. Nous sommes mécontents et nous le faisons savoir. Attaquer pour cinquante millions, c'est plus parlant. En outre, un alinéa dans cette loi déjà bien tordue stipule que les jurés ne doivent pas savoir que les indemnités sont limitées à un million de dollars. Ils vont entendre durant un mois les témoignages, évaluer les preuves et les faits, délibérer avec logique et raison et, en leur âme et conscience, rendre un bon verdict, par exemple de cinq ou dix millions. Puis ils vont rentrer chez eux avec la satisfaction du devoir accompli. Et le lendemain, le juge va réduire ce montant à la somme plafond. Les journaux annonceront le grand et beau verdict, mais les avocats, les juges (et les compagnies d'assurances) savent que c'est de la poudre aux yeux.

Pour trouver un sens à tout ça, il faut garder à l'esprit que les lois sont écrites par les mêmes magouilleurs qui rajoutent des clauses en minuscules dans nos contrats d'assurance.

Doug ne mesure pas encore l'ampleur de l'arnaque : « Mais comment un flic peut-il avoir le droit d'enfoncer ma porte et de tuer ma famille en toute impunité, alors que moi, si je me défends, je suis un criminel, bon pour vingt ans de prison. » Réponse simple : parce que ce sont des flics. Réponse moins évidente : parce que nos législateurs écrivent des lois injustes.

Mon client pleure encore sa femme, mais la stupeur et la colère commencent à s'effacer. Il a les pensées plus claires. Il reprend pied avec la réalité. Son épouse est morte, tuée par des hommes qui n'auront aucun compte à rendre à la justice. Sa vie volée vaut un million de dollars. Et lui, le mari, est poursuivi pour tentative de meurtre. Bientôt, il se retrouvera dans un tribunal et son seul espoir sera que le jury ne parvienne pas à se mettre d'accord sur un verdict.

Le chemin de la justice est semé d'embûches. Un parcours du combattant, créé par des hommes et des femmes qui prétendent vouloir l'équité pour tous.

10.

Mon poulain, Tadeo Zapate, a gagné ses quatre derniers combats par KO. Ça fait onze victoires d'affilée, et seulement trois défaites dans toute sa carrière, toutes aux points. Il est trente-deuxième en ce moment au classement mondial des poids coqs et ne cesse de grimper. Les chasseurs de têtes de l'Ultimate Fighting Championship commencent à s'intéresser à lui. On parle beaucoup d'un combat à Las Vegas dans six mois s'il continue sur cette lancée. Oscar, son entraîneur, et Norberto, son manager, m'expliquent que Tadeo squatte la salle d'entraînement. Impossible de l'en déloger. Il est concentré, affamé, presque obsessionnel dans sa quête d'un titre. Ils le font travailler dur et sont convaincus que Tadeo peut être dans le Top Cinq.

Ce soir, il rencontre un Noir costaud qui se fait appeler Crush. Je l'ai vu combattre deux fois et il ne m'inquiète pas. Il tient plus du taureau, un combattant de rue sans technique. Les deux fois, il s'est fait étaler à la fin du troisième round parce qu'il était rincé. Il démarre à cent à l'heure, n'arrive pas à s'économiser, et le paie à la fin.

Je me réveille avec un nœud au ventre. Le combat de ce soir occupe toutes mes pensées. Je ne peux rien avaler au petit déjeuner. Je traîne chez moi jusqu'à la fin de l'après-midi quand Judith m'appelle. Elle a une urgence – une ancienne camarade de fac a eu un accident de voiture à Chicago. Elle est grièvement blessée. Judith file à l'aéroport. Ava, sa copine, n'est pas en ville. Alors c'est à mon tour de porter la culotte et d'assumer mon rôle de père. Je me mords la langue et ne lui dis pas que j'ai quelque chose de prévu ce soir. Le combat !

On se retrouve au parc. Elle me confie notre fils, son sac pour la nuit, et m'assène ses recommandations et ses avertissements. D'ordinaire, je l'aurais envoyée balader et on se serait disputés, mais Starcher semble de bonne humeur et pressé de quitter sa mère. Je ne connais pas cette ancienne amie de Judith, alors je ne pose aucune question. Elle tourne les talons, monte dans sa voiture et disparaît. Pendant qu'on mange une pizza, je demande à Starcher s'il a déjà vu un combat dans une cage à la télévision. Bien sûr que non ! Ses mères contrôlent tout ce qu'il lit, regarde, mange, boit, et pense.

Le mois dernier, toutefois, il a passé la nuit chez un copain, Tony, qui a un grand frère nommé Zack. Et tard le soir, Zack a sorti un ordi et ils ont regardé toute sortes de choses interdites, dont un combat de free-fight.

— Ça t'a plu ?

— C'était plutôt cool, répond-il avec un sourire. Tu n'es pas fâché ?

— Bien sûr que non. J'adore ces combats.

Je lui révèle alors le programme de la soirée. Le visage du gamin s'éclaire. Jamais, je ne l'ai vu aussi joyeux. Je lui fais jurer de ne pas en parler à ses mères, en aucun cas. Je lui explique que je n'ai pas le choix, que je dois être présent, parce que je fais partie de l'équipe. Et qu'en des circonstances normales, je ne l'aurais pas fait venir. « Je réglerai ça avec ta mère », dis-je sans trop d'assurance. Je sais qu'elles vont le harceler de questions à son retour pour savoir ce qu'il a fait avec moi.

— On va dire qu'on a mangé une pizza et qu'on a regardé la télé chez moi, ce qui est vrai puisqu'on mange une pizza et que j'allumerai la télé quand on rentrera à l'appart.

L'espace d'un moment, il paraît perplexe, puis son visage s'éclaire de nouveau.

De retour chez moi, il regarde un dessin animé pendant que je me change. Il aime bien ma veste jaune canari avec « Tadeo Zapate » marqué dans le dos. Il me faut un certain temps pour lui expliquer en quoi consiste mon rôle. Chaque combattant a une équipe pour l'aider entre chaque round, et moi je me charge de l'eau et d'autres petites choses. Non, je ne suis pas absolument indispensable, mais c'est très amusant.

Partner nous récupère avec le van et nous prenons la route du palais des sports. Pendant les deux heures qui suivent, Partner fait le baby-sitter, un nouveau rôle pour lui. Chauffeur, garde du corps, garçon de course, enquêteur, confident, stratège... et maintenant nounou. Cela ne le dérange pas. Je fais jouer quelques contacts et leur obtiens deux bonnes places en bas, à six rangs de la cage. Une fois qu'ils sont installés avec des sodas et du popcorn, je dis à Starcher que je dois aller voir mon champion. Il est tout excité, l'œil malicieux, et parle avec Partner, qui est déjà devenu son meilleur ami. Le gosse est en sécurité, d'accord, mais je m'inquiète quand même. Et si sa mère l'apprend et me poursuit en justice pour négligence parentale, corruption de mineur, ou je ne sais quelle horreur elle me mettra sur le dos ? Je m'inquiète aussi de la foule. Avec ce public, tout peut arriver. J'ai assisté à de nombreux combats et souvent, je me suis dit qu'on était moins en danger dans la cage qu'à l'extérieur. Les supporters boivent beaucoup, ils sont très énervés et veulent du sang.

Une conseillère municipale quelque part au Texas a tenté de faire passer un décret interdisant aux mineurs d'assister aux combats en cage. Cela n'a pas été accepté, mais ce n'était pas totalement idiot. Et puisqu'il n'y a aucune loi de ce type dans notre ville, le jeune Starcher Whitly a le droit de s'asseoir à quelques mètres du ring.

Zapate *versus* Crush est le clou de la soirée, ce qui est fantastique bien sûr. C'est exactement ce qu'on veut, mais cela signifie que le combat a lieu à la fin et qu'il faut attendre. Ce soir, il y a cinq rencontres pour chauffer la salle et la soirée s'écoule avec une lenteur infinie.

Toute l'équipe Zapate est de bonne humeur – réservée, comme toujours, mais confiante. Tadeo est encore dans sa tenue de ville, allongé sur une table avec ses écouteurs. Son frère Miguel dit qu'il est prêt. Oscar murmure que ce sera un KO au premier round. Je traîne un peu avec eux, mais la tension est pénible. Je m'en vais et emprunte un tunnel menant aux niveaux inférieurs où m'attend ma petite bande de criminels. Slide, le condamné pour meurtre, a beaucoup perdu ces derniers temps et a un plafond pour ses paris. Nino, le revendeur de meth, a, comme toujours, les poches pleines de billets et il lâche ses mises sans compter. Denardo, l'aspirant mafieux, n'aime aucun des combats. Johnny est absent. Frankie, notre papy qui tient les comptes, sirote son double-whisky, et ce n'est sans doute pas son premier. On passe en revue les combats de la première partie et on place nos paris. Comme d'habitude, personne ne va jouer contre mon poulain. J'insiste, les houspille, les menace, les traite de tous les noms, mais ils ne veulent rien entendre. J'offre de parier dix mille dollars pour un KO à la première reprise, mais aucun ne veut me suivre. Frustré, je m'en vais avec seulement cinq mille dollars sur la table, mille pour chaque combat.

Je paie huit dollars pour une bière coupée à l'eau et monte dans les hauteurs de la salle. C'est complet. Il ne reste plus que des places debout. Tadeo est en passe de devenir une vedette dans sa ville natale et j'ai harcelé l'organisateur pour un prix garanti. Huit mille dollars

– en cas de victoire, de défaite, ou d'égalité. Je m'adosse à un poteau au-dessus du dernier rang et suis le premier combat. Je distingue à peine mon fils dans la foule, tout en bas.

Je perds ma mise sur les quatre premiers combats, et gagne le cinquième. Puis je file aux vestiaires. L'équipe Zapate entoure son champion, qui est vêtu aussi en jaune canari. On dirait un tas de gros citrons. C'est l'heure. On avance dans le tunnel. La foule se met à hurler quand on entre dans la lumière. Je fais signe à Starcher. Il me lance un grand sourire.

Premier round : trois minutes d'ennui. Curieusement, Crush ne fonce pas comme un chien fou. Au lieu de ça, il joue la défense et évite les mauvais coups. Grâce à son direct du gauche qui parfois est difficile à lire, Tadeo ouvre l'arcade droite de Crush. Un peu plus tard dans le round, Crush lui renvoie la politesse en lui faisant une belle entaille au front. Oscar arrive à refermer la blessure durant la pause. Les plaies ne sont pas un problème dans la cage, car les combats sont très courts. En boxe traditionnelle, une blessure au premier round est terrifiante parce que ça va être le point de mire de l'adversaire durant la prochaine demi-heure.

Deuxième round : ils vont à terre et luttent pendant la moitié de la reprise. Crush est solide et Tadeo ne parvient pas à le clouer au sol. Des huées fusent. De retour sur leurs deux pieds, ils s'échangent des coups, sans marquer beaucoup de points. Juste avant que ne retentisse la cloche, Tadeo passe une magnifique droite à la mâchoire qui aurait séché tous ses derniers adversaires, mais Crush ne tombe pas. Au moment où Tadeo s'avance pour l'achever, Crush réussit à lui saisir la taille et s'accroche à lui jusqu'à ce que retentisse le gong. Soudain, ce combat ne me dit rien qui vaille. Tadeo mène évidemment aux points, mais je me méfie des juges.

Sans doute une déformation professionnelle.

J'aime les KO, pas les délibérations.

Troisième round : ayant trouvé son rythme, Crush s'imagine avoir encore du jus. Il charge et surprend tout le monde avec un déferlement de coups qui met le public en délire. C'est spectaculaire, mais totalement inefficace. Tadeo pare bien, et place deux bons directs qui font couler encore plus de sang. Crush attaque et attaque encore. Tadeo, en fin boxeur, attend les ouvertures et assène ses directs qui font mouche. Je hurle, toute la foule hurle. C'est comme un tremblement de terre. Mais le temps s'écoule et Crush est toujours debout, à foncer comme un taureau, avec le visage en sang. Il balance une grosse droite et Tadeo va au sol – juste un instant. Crush lui saute dessus. Ils s'empoignent, les coups pleuvent, pieds, poings, ongles, tout y passe, et finalement les deux hommes parviennent à se séparer. Voilà longtemps que Tadeo n'a pas fait un combat aussi long et il commence à s'impatienter. Crush charge à nouveau, et pendant la dernière minute, ils s'écharpent au milieu du ring, faisant jeu égal, comme deux chiens enragés.

Mon cœur tambourine dans ma poitrine, mon estomac est en vrille, et je ne suis que le porteur d'eau ! On assure tous à Tadeo qu'il a encore une fois gagné. Et on attend, encore et encore. Enfin, l'arbitre fait venir les adversaires au centre du ring. Le présentateur annonce que la décision était serrée et que Crush est victorieux par un point d'écart. Un tonnerre de cris et de huées s'élève dans la salle. Tadeo est sous le choc, bouche bée, et dans son œil enflé, je vois luire la haine. Les supporters commencent à jeter des choses sur la cage. Cela sent l'émeute.

Les quinze prochaines secondes vont changer la vie de Tadeo à jamais.

Il se retourne et balance une droite à Crush. C'est le côté gauche du visage qui prend. Une attaque surprise que Crush ne peut voir venir. Il se retrouve au tapis, KO. Dans l'instant, Tadeo attaque l'arbitre, qui est noir aussi, et le roue de coups. Ce dernier titube sonné, heurte la cage et s'écroule au pied du grillage. Tadeo s'acharne sur lui avec une avalanche de directs. Pendant quelques secondes, tout le monde reste médusé. Personne ne réagit. Ils sont dans une cage et il faut un peu de temps pour pénétrer sur le ring. Quand Norberto parvient à immobiliser Tadeo, le pauvre arbitre est inconscient.

Les spectateurs deviennent fous dans la salle. Des bagarres éclatent un peu partout. Les supporters de Tadeo, des Hispaniques pour la plupart, et les supporters de Crush, des Noirs et en surnombre, se sautent dessus comme deux gangs en pleine rue. Verres de bière et popcorns volent comme des confettis. Un vigile à côté de moi reçoit une chaise sur la tête. C'est le chaos total et personne n'est en sécurité. J'oublie le carnage dans la cage et fonce vers mon fils. Il n'est pas sur son siège ; mais dans la mêlée j'aperçois la masse de Partner. Il a Starcher dans les bras et se précipite vers la sortie. Je leur emboîte le pas et quelques instants plus tard nous sommes tirés d'affaire. Alors que nous quittons les lieux, on croise des hordes de flics qui se ruent vers la bagarre générale. Une fois dans le van, j'attache Starcher sur le siège et Partner nous fait quitter le secteur par les petites rues.

— Tu n'as rien, gamin ?
— Non ! C'était génial ! me répond-il.

Quelques minutes plus tard, on est dans mon appartement et je pousse un grand soupir. Je vais nous chercher à boire – des bières pour Partner et moi, un soda pour Starcher – et on allume la télé pour regarder les infos locales. La bagarre continue et les journalistes sont hystériques. Le gosse est excité comme une puce et je vois que tout ça ne l'a pas traumatisé. J'essaie de comprendre ce qui s'est passé, mais en vain.

L'insoumis

Partner dort sur le canapé. Je le réveille à 4 heures du matin pour organiser la suite. Il va se rendre à la prison de la ville, tenter de trouver Tadeo, puis à l'hôpital, pour avoir des nouvelles de l'arbitre. Je revois Tadeo frappant ce pauvre gars. Impossible de chasser cette image de mon esprit. Il était KO dès le premier coup de poing et il en a reçu des dizaines d'autres après, tous donnés par un homme devenu fou furieux. Je n'ose pas penser à ce qui va arriver à mon poulain.

Je mous des grains et, pendant que le café passe, je vais sur Internet à la pêche aux infos. Pour l'instant, il n'y a pas de morts, tant mieux, mais plus de vingt personnes sont à l'hôpital. Les secours sont encore sur place. Tout le monde accuse Tadeo Zapate, vingt-deux ans, un combattant de free-fight plein d'avenir, à présent sous les verrous.

Judith appelle à 6 h 30 pour prendre des nouvelles de son fils. Elle se trouve à des milliers de kilomètres d'ici et ne sait rien de l'émeute. Je lui demande des nouvelles de son ancienne camarade de fac. Elle a survécu mais cela se présente mal. Judith rentre demain, dimanche, et je lui assure que le petit va bien. Tout baigne.

Avec un peu de chance, elle ne saura jamais.

Mais la chance n'est pas de mon côté. Quelques minutes après notre courte conversation, je consulte le *Chronicle* en ligne. Dans la dernière édition, ils annoncent ce qui s'est passé au palais des sports et en première page il y a une photo assez grande en couleur de deux personnes courant vers une sortie. L'un d'eux est Partner, et il a un gamin dans les bras. Starcher semble regarder le photographe, comme s'il prenait la pose. Le journal ne donne pas leurs noms ; ils n'ont pas eu le temps de demander. Mais pour ceux qui les connaissent, ils sont parfaitement identifiables.

Flics-soldats

Combien de temps avant que les amies de Judith voient cette photo et préviennent Judith ? Combien de temps avant qu'elle n'allume son ordinateur portable et découvre toute seule le pot aux roses ? En attendant que le couperet tombe, j'allume la télévision et zappe sur la chaîne *SportsCenter*. Le reportage est hypnotique parce que tout est là, en vidéo, coup après coup. Je regarde ça en boucle à en avoir la nausée.

Partner appelle de l'hôpital. Il a des nouvelles. L'arbitre s'appelle Sean King. Il est encore au bloc. Évidemment, Partner n'est pas le seul à fureter là-bas. On parle de « sérieux trauma crânien », mais il n'a pas plus de détails. Il est déjà passé à la prison. Un contact là-bas lui a confirmé que Tadeo est sous bonne garde et que les visites sont interdites.

À 8 heures, notre balourd de chef de la police décide qu'il est temps de s'adresser au monde. Il organise une conférence de presse. On croirait un concours de Monsieur Muscle avec tous ces policiers blancs habillés de pied en cap, alignés derrière leur chef, qui regardent les journalistes d'un air mauvais, en faisant mine de ne pas vouloir être filmés. Pendant une demi-heure, le chef de notre police parle et répond aux questions, en ne disant rien de plus que ce que tout le monde a pu lire sur Internet deux heures plus tôt. À l'évidence, il savoure son moment, pour une fois que ni lui ni ses hommes n'ont rien fait de mal. Au moment où je commence à m'ennuyer, Judith appelle.

Comme prévu, la conversation est pénible, les reproches et les accusations fusent. Elle a vu la photo de son fils fuyant la mêlée, et elle exige des réponses – tout de suite ! Je lui assure que notre fils dort tranquillement et rêve sans doute de cette bonne journée passée avec son père. Elle va sauter dans un avion et sera en ville pour 17 heures – heure précise à laquelle je devrais être au parc pour lui rendre Starcher. Elle déposera plainte lundi matin, première heure, pour que me soient retirés les droits de visite ! Vas-y, essaie toujours, ça ne marchera pas. Aucun juge en ville ne m'interdira de voir mon fils une fois par mois. Et qui sait, peut-être que tu tomberas sur un juge fan de free-fight ? Elle m'insulte, je l'insulte, et on raccroche.

C'est reparti pour la guerre.

11.

Les journaux du dimanche ne parlent que de la bagarre générale et dénoncent la violence des combats en cage. Ça attaque dans tous les sens. L'affaire est reprise partout sur Internet. Sur YouTube, la vidéo où l'arbitre se fait tabasser totalise quatre millions de vues avant midi, et Tadeo est devenu le champion de free-fight le plus connu au monde, même s'il ne combattra plus jamais. Une à une, les victimes de l'émeute sortent de l'hôpital et, heureusement, il n'y a aucun blessé grave. Juste de la viande saoule se balançant des coups de poing et des chaises. Sean King est dans le coma. Son état est jugé préoccupant. Crush se repose chez lui avec une vilaine fracture de la mâchoire.

Plus tard dans l'après-midi, l'administration pénitentiaire m'autorise à voir mon client dans l'une des salles réservées aux avocats. Il est assis de l'autre côté d'une épaisse grille. Je m'approche et m'installe sur une chaise. Son visage est tout tuméfié après le combat, mais c'est là le moindre de ses problèmes. Il paraît tellement sonné par ce qui lui arrive que je me demande s'il n'a pas été drogué. On bavarde un peu.

— Quand allez-vous me faire sortir d'ici ? demande-t-il.

Ce n'est pas demain la veille, ai-je envie de lui répondre.

— Ta première sortie, ce sera demain matin. Pour aller au tribunal. Je serai là. Il ne se passera pas grand-chose. Ils vont attendre de voir comment la situation évolue avec l'arbitre. S'il meurt, tu vas être dans une belle merde. S'il s'en remet, ils te poursuivront pour tout un tas de trucs, mais au moins pas pour meurtre. Auquel cas, on retournera devant le juge pour demander une caution raisonnable. Mais je ne sais pas ce qu'il décidera. Alors, pour répondre honnêtement à ta question, oui, il y a une petite chance pour que tu sois libéré sous caution dans quelques jours. Mais il est fort possible aussi que tu restes en prison jusqu'à ton procès.

— Combien de temps, exactement ?

— Jusqu'au procès ?

— Oui.

— C'est difficile à dire. Six mois, dans le meilleur des cas. Sans doute un an. Le procès sera assez court parce qu'il n'y aura pas besoin d'entendre beaucoup de témoins. Il suffit de regarder la vidéo.

Tadeo baisse les yeux, comme s'il allait pleurer. J'aime bien ce gosse mais je ne peux pas faire grand-chose pour lui, ni maintenant, ni dans six mois.

— Tu te souviens de ce qui s'est passé ?

Lentement, il hoche la tête.

— J'ai pété les plombs. Ils m'ont volé la victoire. J'avais gagné. C'est la faute de l'arbitre, pas la mienne. C'est lui qui m'a empêché de gagner. Toujours à s'interposer, à saboter mon combat. Je voulais pas lui faire du mal, mais j'ai craqué. J'étais fou. Tout s'est écroulé quand il a levé la main de l'autre. Je lui ai foutu une bonne branlée, pas vrai ?

— À qui ? À Crush ou à l'arbitre ?

— À Crush, bien sûr.

— Non. Tu ne lui as pas mis une branlée. Mais tu avais gagné, c'est vrai.

J'ai suivi toute la rencontre et je n'ai pas eu l'impression que l'arbitre était contre Tadeo. Et comme argument, ça ne tient pas la route : c'est à cause de l'arbitre, il m'a empêché de gagner, il m'a volé le match, alors j'ai dû lui démonter la gueule. Normal. Ce n'est que justice.

— Ils m'ont piqué ma victoire, insiste-t-il.

— L'arbitre n'est que l'arbitre, Tadeo. Ce sont les trois juges qui comptent les points. Tu t'en es pris à la mauvaise personne.

Il tripote nerveusement ses points de suture au front.

— D'accord, d'accord. J'ai mal agi, mais faites quelque chose.

— Je vais tenter l'impossible, tu le sais.

— Ils peuvent m'envoyer en prison ?

Tu y es déjà, mon gars. Autant t'y habituer ! J'ai déjà fait mes calculs. Si Sean King meurt, ce sera vingt ans pour meurtre, ou quinze pour violences volontaires ayant entraîné la mort sans intention de la donner. Si King survit, ce sera trois ou quatre ans. Mais ce n'est pas le moment de lui saper le moral. Je me contente donc de répondre :

— On verra ça plus tard.

— C'est possible, c'est ça ?

— Oui. C'est possible.

Il y a des trous dans la conversation. Au loin, on entend des portes qui claquent. Un geôlier crie un juron.

Une larme perle de l'œil gauche de Tadeo, un œil tout enflé, et roule sur sa joue.
— J'y crois pas. C'est du délire...
Sa voix tremble.
Pense donc à la famille de ce pauvre arbitre, ça va t'aider à revenir sur terre !
— Il faut que je file, Tadeo. On se voit demain au tribunal.
— Je vais devoir porter ça ? demande-t-il en montrant sa combinaison orange de détenu.
— Je le crains. C'est juste une première audience. Il y en aura d'autres.

12.

À 9 heures le lundi matin, je me trouve dans une salle d'audience comble en compagnie d'une ribambelle d'avocats et de procureurs. Dans un coin, il y a un groupe de types en combi orange, l'air maussade, tous menottés et surveillés par des gardes armés. Ce sont les derniers arrêtés du week-end et c'est la deuxième étape de leur parcours de justiciables. La première étant la nuit en cellule. On les appelle un à un. Après leur avoir ôté leurs menottes, ils s'approchent d'un pas traînant jusqu'au pied de l'estrade où se tient un juge – l'un des vingt qui président les audiences préliminaires. On leur pose quelques questions, dont la plus importante : « Avez-vous un avocat ? » Peu d'entre eux en ont un et le juge leur en assigne un d'office. Un novice débarque alors, se plante à côté de son nouveau client et lui dit de ne rien dire de plus. Une date est fixée pour la prochaine audience.

Mais Tadeo Zapate a un avocat. Quand le juge l'appelle à la barre, on se présente tous les deux. Son visage fait peine à voir. Encore pire que la veille. Un grand silence s'abat dans la salle quand l'assistance comprend qu'il s'agit du type dont tout le monde parle, le champion de free-fight devenu une star de YouTube.

— C'est vous Tadeo Zapate ? demande le juge.

Pour la première fois de la matinée, le magistrat paraît intéressé.

— Oui, monsieur.

— Et maître Rudd est donc votre avocat ?

— Oui, monsieur.

— Vous êtes poursuivi pour l'instant pour violences volontaires. Vous comprenez ce que cela signifie ?

— Oui, monsieur.

— Maître Rudd, avez-vous expliqué à votre client que les charges pourraient être révisées à la hausse ?

— Oui, Votre Honneur, il le sait.

Il se tourne vers un assistant du procureur.

— À ce propos, comment va l'arbitre ? lui demande-t-il comme si le gars était médecin.

— Aux dernières nouvelles, M. King est encore dans un état critique.

— Très bien. Nous nous reverrons dans une semaine. On en saura davantage. En attendant, maître Rudd, je refuse de parler de caution.

— Bien sûr, Votre Honneur.

Nous sommes renvoyés dans nos pénates. Au moment où Tadeo s'éloigne, je lui murmure :

— Je te vois à la prison demain.

— Merci, articule-t-il avant de regarder l'assistance et de faire un petit signe de tête à sa mère, assise au milieu de toute sa famille en pleurs.

Elle est arrivée du Salvador il y a vingt-cinq ans, elle a sa green card, travaille la nuit dans une cafeteria, et élève seule enfants, petits-enfants, et divers cousins. Tadeo, avec ses qualités dans la cage, était son ticket pour une vie meilleure. Miguel lui tient la main et lui parle doucement en espagnol. Il a goûté à notre système judiciaire et ne se fait pas d'illusions.

Je leur parle rapidement, leur assure que je vais faire tout mon possible, puis sors avec eux de la salle d'audience. Dans le couloir, des journalistes m'attendent. Et il y a deux caméras. Je suis aux anges !

13.

J'ai une matinée chargée. Pendant que je suis au tribunal avec Tadeo, Judith met sa menace à exécution et dépose une requête virulente pour me retirer tous mes droits de visite, y compris mes trois heures la veille de Noël et mes deux heures les jours d'anniversaire. Elle dit que je suis un père indigne, un danger pour l'intégrité physique de Starcher et d'une « influence toxique ». Elle réclame une audience en urgence. Tant d'effets de manches ! Comme si le gamin était en péril.

Harry & Harry me préparent une réponse aussi vile que l'attaque et je la dépose au greffe dans l'après-midi. Encore une fois, je suis obligé de me battre. Elle repart en croisade contre moi, par vengeance, pour me donner une leçon. Aucun juge n'accédera à sa demande, et elle le sait. Mais elle attaque quand même parce qu'elle est en colère. Elle se dit qu'à force de me harceler, je vais un jour rendre les armes et sortir définitivement de leur vie. J'ai presque hâte d'en découdre devant le juge.

Mais d'abord, on a un autre souci à régler. Le mercredi, vers midi, elle m'appelle sur mon portable pour m'annoncer :

— On a rendez-vous à l'école cet après-midi.

Ah oui ? Ce doit être la deuxième fois seulement qu'elle me demande d'être présent à l'école pour jouer mon rôle de parent. Jusque-là Judith a fait un sans-faute pour m'exclure de l'existence de notre fils.

— D'accord, réponds-je. Qu'est-ce qui se passe ?

— On a un grave problème. Starcher s'est battu à l'école. Il a donné un coup de poing à un autre enfant.

Une bouffée de fierté paternelle m'envahit. Et je me retiens de rire.

— Oh, mince.

Une foule de questions me brûlent la langue : « Il a gagné ? », « Combien de coups il lui a mis ? », « L'autre gamin était un grand de CE2 ? » Mais je parviens à maîtriser mon excitation.

— C'est pour ça qu'on voit la directrice à 16 heures.

— À 16 heures, aujourd'hui ?

— Oui, aujourd'hui, réplique-t-elle avec morgue.

— D'accord.

Je vais devoir déplacer une audience au tribunal, mais ce n'est pas grave. Pour rien au monde, je ne raterais ça. Mon fils – un petit fils à sa maman qui n'a jamais eu l'occasion de s'endurcir – vient de boxer un autre marmot !

Durant tout le trajet jusqu'à l'école, j'ai le sourire aux lèvres. La directrice a un grand bureau avec plusieurs chaises réparties autour d'une table basse. C'est là que ça se passe. Comme si on allait prendre le thé. Elle s'appelle Doris, une ancienne avec au moins quarante ans de maison. Mais elle a le sourire facile et une voix douce. Combien de réunions de ce genre a-t-elle dû endurer au cours de sa carrière ? Ce doit être faramineux ! Judith et Ava sont déjà là à mon arrivée. Je les salue d'un signe de tête. Judith porte une robe de marque et elle est très belle. Ava porte un pantalon de cuir hyper moulant et un chemisier cintré. Elle a peut-être le QI d'une huître, mais elle a un corps de rêve. Les deux femmes sont à tomber par terre et il est évident, du moins pour moi, qu'elles ont passé un certain temps à se pomponner. Reste à savoir pourquoi.

Puis Mlle Tarrant entre en scène, et tout s'éclaire. C'est l'institutrice de Starcher. Une bombe de trente-trois ans récemment divorcée et qui, selon mes informations, est déjà de retour sur le terrain. Elle a des cheveux blonds, coupés court, et de grands yeux noisette totalement irrésistibles. Judith et Ava ne sont plus les plus belles dans la pièce. En fait, elles se font carrément écraser. Je me lève et en fais des tonnes avec Mlle Tarrant, qui apprécie. Judith passe dans l'instant en mode « petite garce » – ce qui est quasiment son état naturel – mais le regard d'Ava s'attarde plus que nécessaire sur l'instit. Le mien s'y arrête carrément.

Doris nous fait un topo : hier après-midi, pendant la récréation, des élèves de CE1 jouaient au ballon. Il y a eu un désaccord, le ton est monté et un garçon, nommé Brad, a poussé Starcher. Et Starcher lui a alors retourné un coup de poing. Il a la lèvre un peu fendue, ça a saigné.

D'où le drame et la réunion au sommet. Évidemment, les deux garçons n'ont rien voulu dire quand les instituteurs sont intervenus.

— Cela ne semble pas bien terrible. Juste un truc de garçons, dis-je.

Aucune des quatre femmes n'est de mon avis. Je m'y attendais.

— L'un de leurs camarades m'a raconté, explique Mlle Tarrant, que Brad s'est moqué de Starcher à cause de sa photo dans le journal.

— Qui a frappé en premier ?

Elles remuent sur leurs chaises. Elles n'aiment pas cette question.

— Quelle importance ? réplique Judith.

— C'est une question cruciale, au contraire.

Sentant les problèmes arriver, Doris intervient :

— Nous avons des règles strictes concernant les bagarres, monsieur Rudd, quel que soit celui qui commence. Nous apprenons à nos élèves à ne pas avoir ce genre de comportement.

— Je comprends bien mais on ne peut demander à un enfant de se laisser martyriser sans se défendre.

« Martyriser »... je n'y vais pas avec le dos de la cuillère. En posant mon garçon en victime, elles sont prises de court.

— Rien n'indique qu'il ait été martyrisé, précise Mlle Tarrant.

— Brad est-il de la mauvaise graine ?

— Non. En aucun cas. J'ai un groupe très bien cette année.

— Je vous crois. Et mon fils en fait partie. Ce sont des enfants. Ils ne peuvent se faire grand mal. Alors ils se poussent et se bousculent dans la cour. Ce sont des garçons, quoi ! Laissons-les être des garçons. Ne les punissons pas à chaque fois qu'ils se chamaillent.

Flics-soldats

— Nous leur apprenons à vivre ensemble, monsieur Rudd, déclare Doris avec solennité.

Judith attaque de front :

— C'est toi qui lui as parlé des bagarres ?

— Oui, c'est moi. Je lui ai dit que se battre c'était mal, qu'il ne faut jamais commencer une bagarre, mais que si quelqu'un commence à le frapper, alors il doit se défendre. Je ne vois pas où est le problème.

Comme aucune des quatre ne réagit, j'enfonce le clou :

— Et tu ferais bien toi aussi de lui apprendre à se défendre sinon il va être un souffre-douleur toute sa vie. Ce sont des gamins. Ils vont se battre. Parfois ils vont gagner, parfois ils vont perdre, mais ça va leur passer. Crois-moi, quand un garçon grandit et qu'il se prend quelques coups, il perd tout enthousiasme pour la bagarre.

Pour la seconde fois, je surprends Ava en train de regarder les jambes de Mlle Tarrant. Moi aussi, je les mate. C'est plus fort que moi. Elles méritent amplement cette attention. Doris observe ces petites parades nuptiales. Elle y est habituée.

— Les parents de Brad ne sont pas contents, annonce-t-elle.

Je saute sur l'occasion :

— Je vous propose de leur parler, pour m'excuser et pour que Starcher leur présente aussi ses excuses. Qu'en dites-vous ?

— Ne t'occupe pas de ça ! aboie Judith.

— Pourquoi m'as-tu fait venir à cette petite sauterie ? Tu voulais t'assurer que toute la faute me retombe dessus, bien sûr. Il y a cinq jours, j'ai emmené le petit voir un combat de free-fight – et maintenant c'est la terreur des bacs à sable. Mission accomplie. Tout est de ma faute. Tu as gagné. Et tu voulais qu'il y ait des témoins. C'est fait. Tu te sens mieux là ?

Évidemment, ça jette comme un froid. Judith me foudroie du regard. Je vois presque de la vapeur lui sortir des oreilles. Doris, en bonne professionnelle, intervient :

— Très bien. Ça me paraît une excellente idée que l'un d'entre vous ait une discussion avec les parents de Brad.

— L'un de nous deux, ou l'un de nous trois ? répliqué-je. (C'est un coup bas, d'accord.) Je suis désolé, mais on est un peu trop nombreux.

Ava me lance un regard noir. J'en profite pour reluquer les jambes de l'instit. Cette réunion est une mascarade.

Doris a du cran. Elle me regarde et déclare :

— Je pense que vous devriez le faire, monsieur Rudd. Vous avez raison. C'est un truc de garçon. Appelez les parents de Brad et présentez-leur vos excuses.

— Parfait.

— Et Starcher sera puni ? demande Ava, parce que Judith est trop choquée pour parler.

— Qu'en pensez-vous, mademoiselle Tarrant ? s'enquiert Doris.

— Il faut effectivement une punition.

J'aggrave la situation en disant :

— Ne me dites pas que vous allez l'exclure de l'école ?

— Non. Votre fils et Brad sont amis et je crois même qu'ils ont déjà fait la paix. Que dites-vous d'une semaine sans récréation ?

— Mais il aura quand même le droit de manger ?

C'est plus fort que moi, il faut que j'embête l'autorité. Simple déformation professionnelle.

L'institutrice sourit mais ne répond pas. On se met d'accord sur les détails et je suis le premier à partir. Au moment où je rejoins le parking, je m'aperçois que je suis hilare. Mon petit gars n'est pas une poule mouillée !

Dans la soirée, j'envoie un e-mail à Mlle Tarrant – son prénom est Naomi – pour lui dire combien Starcher a de la chance d'avoir une institutrice comme elle. Dix minutes plus tard, elle me répond et me dit merci. J'en renvoie un autre aussitôt et l'invite à dîner. Vingt minutes plus tard, elle m'annonce que c'est une mauvaise idée de sortir avec un parent d'élève. En d'autres termes, pas maintenant, mais plus tard peut-être.

C'est mercredi et il pleut. On a souvent disputé un Dirty Game par mauvais temps, mais Alan ne veut pas. Hors de question de transformer les fairways en champs de labour. Old Rico est fermé pour la soirée. Je n'arrive pas à dormir. Je m'ennuie, je m'inquiète pour Tadeo, pour Doug Renfro, et je suis aussi tout excité à l'idée de draguer Mlle Tarrant. Impossible de fermer l'œil. Je prends mon parapluie et file au Rack. À minuit, je perds dix dollars au billard, contre un gamin. Il paraît tout jeune, pas plus de quinze ans. Je lui demande s'il va à l'école. Il me répond « de temps en temps ».

Curly nous regarde jouer. À un moment, il me murmure : « Je ne l'ai jamais vu. Il est étonnant. » Par chance, Curly ferme à 1 heure du matin. Le gosse m'a déchargé de quatre-vingt-dix dollars. La prochaine fois, je passerai au large. À 2 heures du matin, je ferme enfin les yeux et je m'endors.

14.

Parner m'appelle à 4 heures du matin. Sean King est mort d'une hémorragie cérébrale. Je fais du café et le bois dans la pénombre tout en contemplant la ville, encore silencieuse à cette heure. La lune est ronde et sa lumière se mire sur les gratte-ciel.

Quelle tragédie. Tadeo Zapate va donc passer les dix prochaines années derrière les barreaux. Il a vingt-deux ans. Il sera alors trop vieux pour combattre quand il sortira. Trop vieux pour tant de choses. Des considérations matérielles me traversent l'esprit un instant. J'ai investi trente mille dollars sur ce gamin en échange du quart de ses gains, qui s'élèvent à ce jour à quatre-vingt mille dollars. Plus vingt mille que j'ai gagnés en pariant sur lui. Je n'y suis donc pas de ma poche. Bien sûr, ce n'était que le début. Une manne se profilait pour moi. Tout cet argent envolé ! Mais c'est si futile comparé au reste.

Je pense à sa famille, à leur existence difficile, à l'espoir que Tadeo avait incarné. Il était leur billet pour quitter la misère et la violence de la rue, leur aller simple vers la classe moyenne et au-delà. Et maintenant qu'il est bon pour moisir en prison, ils vont retomber plus bas.

Il n'y a pas de défense possible, aucune tactique juridique ne peut le sauver. J'ai regardé la vidéo plus de cent fois. La dernière série de coups a été donnée alors que Sean King était inconscient. Il ne sera pas difficile de trouver un expert pour dire que ce sont ces coups-là qui ont causé la mort. Mais il n'y aura pas même besoin d'experts. Parce que cette affaire n'ira pas au procès. Je compte négocier avec le ministère public et le convaincre de nous faire une offre décente. J'espère que ce sera dix ans pas trente, mais je crains que ce soit un doux rêve. Pour tous les procureurs de ce pays, l'occasion est trop belle.

J'essaie d'avoir une pensée pour Sean King. Sa famille vit un véritable drame, bien sûr, mais malgré moi tous mes regrets vont à Tadeo.

À 6 heures je prends ma douche, m'habille et me mets en route vers la prison. Je dois annoncer à Tadeo que sa vie, telle qu'il la connaissait, est finie.

15.

Le lundi suivant, Tadeo Zapate et moi nous nous présentons à nouveau devant la cour, mais l'ambiance n'est pas la même. Il est désormais poursuivi pour meurtre et, grâce à Internet, il est célèbre. Peu de gens ont résisté à la tentation de le regarder tuer un homme à mains nues.

Comme je m'y attendais, le juge refuse d'accorder une liberté sous caution, et il renvoie Tadeo en cellule. J'ai deux courtes conversations avec le procureur et, à l'évidence, il réclame le prix du sang. Le meurtre est puni d'une peine maximale de trente ans. Si on plaide coupable, ils réduiront peut-être la peine à vingt ans. Avec notre système tordu de liberté conditionnelle, Tadeo restera en prison au moins dix ans. Je dois encore expliquer ça à mon client. Il n'a pas mesuré la situation. Il regrette ce qui s'est passé, il ne comprend pas ce qui lui a pris, mais croit encore qu'un bon avocat peut le tirer d'affaire.

C'est un jour triste, mais pas un gâchis total. Dans le grand couloir devant la salle d'audience, il y a une foule de journalistes et tous m'attendent. Le procès n'a pas encore commencé, alors je peux dire tout ce que je veux à la presse, même les choses les plus ridicules. Mon client est une bonne personne qui a perdu l'esprit quand les juges l'ont désigné injustement perdant. Maintenant, il est dévasté par ce qui s'est passé. Il s'associe à la douleur de la famille de Sean King. Il donnerait tout ce qu'il a pour pouvoir revenir en arrière. Nous allons monter un dossier solide pour sa défense. Oui, bien sûr qu'il va continuer sa carrière sur le ring. Il aide sa pauvre mère à nourrir les siens et tous ses cousins qui vivent sous son toit.

Ce genre de foutaises...

16.

Grâce à mes deux Harry qui s'occupent de la paperasse, et au juge Samson qui remonte les bretelles aux avocats de la ville dès qu'ils tentent de tergiverser, le procès au civil avance à vitesse grand V.

Flics-soldats

C'est une course contre la montre, et on va la perdre. J'aurais bien voulu défendre Doug Renfro dans une salle comble avant que son procès pour meurtre ne débute. Le problème, c'est qu'on a des procédures d'urgence au pénal et pas au civil. En théorie, pour les affaires criminelles, le procès doit être lancé dans les cent vingt jours après l'inculpation du prévenu, quoique, souvent, les avocats demandent une rallonge pour avoir le temps de préparer leur défense. Mais il n'existe aucune règle de ce type au civil. Dans mon scénario idéal, on fait le procès civil en premier, j'obtiens un superbe verdict qui fait la une des journaux et qui, plus important encore, influence les futurs jurés du procès criminel. La bavure chez les Renfro fera les choux gras de la presse, et j'aime l'idée de mettre les flics sur le gril pour que toute la ville sache la vérité sur notre police.

Mais si le procès au pénal se tient en premier, et que Doug Renfro est condamné, alors il sera beaucoup plus difficile de gagner au civil. Il ne sera plus considéré comme un témoin digne de foi puisqu'il aura été condamné par la justice.

Le juge Samson sait tout ça et fait de son mieux pour m'aider. Moins de trois mois après l'assaut du SWAT, il convoque les huit policiers dans son bureau pour que je puisse recueillir leur déposition. Aucun juge fédéral ni autre magistrat du pays n'accepterait d'assister à une simple déposition. C'est un travail pour subalterne. Mais afin de mettre les choses au clair et de faire savoir aux flics et à leurs avocats qu'il les a dans le nez, le juge Samson ordonne que les dépositions soient prises dans ses quartiers, en présence de son greffier et de son adjoint.

C'est un marathon éprouvant pour moi. Je commence par le lieutenant Chip Sumerall, le chef d'équipe. Je l'interroge sur son expérience, son entraînement, lui demande s'il a participé à d'autres raids de ce type.

Volontairement, je suis ennuyeux, lent, et ne laisse rien paraître. Ce n'est qu'une audition, dont le but est de recueillir un témoignage sous serment. À l'aide de plans, de photographies et de vidéos, nous passons en revue l'assaut, étape par étape, et ça dure des heures.

Il me faut six jours entiers pour prendre les dépositions des huit flics. Mais leurs récits des événements sont dorénavant consignés par écrit, et ils ne peuvent plus en changer, que ce soit au procès criminel ou au civil.

17.

Les seuls moments où on me voit au tribunal des affaires familiales, c'est quand j'y suis convoqué pour répondre de mes fautes. Jamais je ne m'occuperais de divorces ou d'adoptions. Mais c'est ainsi que Judith gagne sa vie – grâce aux guerres sordides des conflits familiaux. C'est sa spécialité. Le juge du jour est Stanley Leef, un vieux de la vieille qui a perdu depuis des lustres tout intérêt pour ces litiges. Judith se représente toute seule, comme moi. Pour l'occasion, elle a fait venir Ava, qui joue la spectatrice. Sa jupe est si courte qu'on peut voir l'étiquette. Je surprends les regards du juge, admirant la vue.

Puisque nous sommes tous les deux avocats, et que nous nous représentons nous-mêmes, le juge nous dispense des formalités d'usage et nous autorise à nous parler en direct, comme si nous étions à une simple réunion de conciliation. Tout ce qu'on dit sera versé au dossier, toutefois, et une greffière note la moindre de nos paroles.

Judith commence, et démontre que je suis le plus indigne des pères parce que j'ai emmené mon fils voir des combats de free-fight et que quatre jours plus tard, Starcher s'est bagarré à l'école pour la première fois. C'est la preuve évidente que j'en ai fait un monstre.

Le juge Leef fronce les sourcils, comme s'il mesurait toute l'horreur de la situation.

Avec le plus de pathos possible, Judith déclare que tous mes droits de visite devraient m'être retirés pour que le gosse ne puisse plus jamais être sous mon influence déplorable. Le juge me lance un regard en coin qui dit explicitement : « Elle est folle ou quoi ? »

Mais ici, il n'est pas question de justice, mais de spectacle. Judith joue la mère pleine de courroux, me traînant une fois encore devant un tribunal. Ma punition n'est pas la perte de mon droit de visite. C'est le fait de devoir l'affronter, elle. Quoi que je fasse, je la trouverai toujours sur mon chemin, prête à défendre la chair de sa chair !

Assis au fond de mon siège, je raconte à mon tour ma version de l'histoire, sans rien embellir.

Elle sort un exemplaire du journal où l'on voit « son » fils en photo. Quelle humiliation ! Il aurait pu être blessé ! Le juge Leef dort debout.

Ensuite, elle fait entrer son expert – une femme évidemment – pédopsychiatre de son état. Le Dr Salabar déclare qu'elle a vu Starcher, qu'elle l'a interrogé pendant une heure à propos des combats dans la cage et de la « rixe » dans la cour de récréation, et qu'elle en conclut que le pugilat sanglant dont il a été témoin sous ma garde a eu un effet préjudiciable sur l'enfant et l'a encouragé à déclencher une bagarre de son côté. Judith, pour faire durer le plaisir, reprend chaque point abordé par la psy. Ça y est, le juge Leef a quasiment sombré dans le coma.

Quand c'est à moi de parler, je demande au Dr Salabar :

— Vous êtes mariée ?
— Oui.
— Vous avez un fils ? Peut-être plusieurs ?
— Deux.
— Les avez-vous déjà emmenés voir un match de boxe, de catch, ou de free-fight ?
— Non.
— L'un ou l'autre de vos fils s'est-il déjà battu avec un autre enfant ?
— Peut-être. Je ne sais pas.

Elle botte en touche. Le juge Leef secoue la tête.

— Vous ne savez pas si vos enfants se sont déjà battus ?
— Je ne me souviens pas.
— Ah oui ? En tant que mère, vous avez prêté, sans aucun doute, une grande attention au bien-être de vos enfants.
— J'aime à le croire.
— Vous avez toujours été là pour eux ? Toujours présente ?
— Le plus possible, oui.
— Et vous ne vous souvenez pas de la moindre fois où l'un ou l'autre se serait trouvé impliqué dans une bagarre ?
— Non. Rien ne me vient en ce moment.
— Rien en ce moment. Mais peut-être plus tard ? (Je me tourne vers la greffière.) Non, rayez ça. Je n'ai rien à ajouter.

Je lance un regard au juge. Il a l'air agacé. Mais la situation s'améliore grandement quand le témoin suivant est appelé. C'est Naomi Tarrant. L'institutrice de Starcher. Elle porte une robe moulante et des talons aiguilles. Quand elle prête serment, le juge Leef est tout à fait réveillé. Et moi aussi.

Les enseignants détestent se retrouver pris dans des guerres parentales pour des droits de garde ou de visite. Et Naomi ne fait pas exception à la règle, même si elle sait très bien gérer ce genre de situation. On échange des e-mails depuis un mois. Elle refuse toujours de dîner avec moi, mais on avance. Elle certifie que Starcher n'a jamais eu de comportement violent avant qu'il ait vu des combats de free-fight. Elle décrit l'incident dans la cour de récréation sans employer le mot « bagarre » ni « rixe ». Juste une chamaillerie entre deux garçons.

Judith l'a citée comme témoin non pour l'aider à établir la vérité mais pour montrer à Naomi, comme à tout le monde, qu'elle a le pouvoir de convoquer qui elle veut dans un tribunal et de le harceler de questions.

Pendant le contre-interrogatoire, je fais admettre à Naomi que tous les garçons qu'elle a eus dans ses classes se sont retrouvés, un jour ou l'autre, impliqués dans ce genre d'incident en cour de récréation. En quinze minutes chrono, son témoignage est bouclé. Et le juge Leef la libère avec une pointe de déception.

Pour la conclusion, Judith répète ce qu'elle a déjà dit et insiste d'une voix vibrante qu'il faut m'interdire tout droit de visite.

Le juge la coupe dans son élan :

— Mais le père n'a que trente-six heures de visite par mois. Ce n'est pas beaucoup.

— Je ne vous le fais pas dire, dis-je.

— Tais-toi ! me lance Judith.

— Pardon. Mille excuses.

Le juge se tourne vers moi :
— Monsieur Rudd, êtes-vous d'accord pour ne plus emmener votre fils voir des combats de free-fight, de boxe, ou de catch ?
— Oui. Je le promets.
— Et voulez-vous bien également dire à votre enfant que se battre n'est jamais le bon moyen de régler un différend ?
— Oui, je le promets.
Il regarde alors Judith.
— Votre requête est rejetée. On en a terminé ?
Judith hésite une seconde.
— Oui, monsieur le juge. Mais nous allons faire appel.
— C'est votre droit, répond-il en abattant son marteau. L'audience est levée.

18.

Le procès criminel de Doug Renfro commence un lundi matin, et la salle d'audience est noire de monde. Tous les jurés potentiels sont là. Pendant que les huissiers leur font prendre place sur les bancs, les avocats se retrouvent dans le bureau de Son Honneur Ryan Ponder, un juge avec dix ans d'expérience en cour d'appel. C'est l'un de nos meilleurs juges. Pour le premier jour de procès, l'ambiance est électrique. Tout le monde est sur les nerfs. Comme si personne n'avait dormi de la nuit.

On est installés à une grande table et on règle des points préliminaires. Au moment de conclure, le juge Ponder se tourne vers moi :

— Pour que tout soit bien clair, maître Rudd, je vous rappelle la proposition du ministère public : votre client plaide coupable, les charges sont réduites à un simple délit, et il ne fait pas de prison. Il sort libre. Et en retour, il accepte de ne pas poursuivre la ville au civil, ni les autres accusés. C'est bien ce qui a été compris ?

— Oui, Votre Honneur.

— Et votre client refuse cette offre ?

— Exactement.

— Très bien. Je veux que ce soit consigné.

Un huissier va chercher Doug Renfro, qui attend dans une salle des témoins, et le conduit au bureau du juge. Il porte un costume sombre, une chemise blanche, une cravate noire – il est plus élégant que tous les gens présents dans cette pièce, à l'exception de moi peut-être. Il se tient droit et fier, un vieux soldat prêt à en découdre. Cela fait dix mois que le SWAT a donné l'assaut chez lui. Même s'il a vieilli, il s'est remis de ses blessures et montre une belle assurance.

Le juge Ponder lui fait prêter serment.

— Monsieur Renfro, le ministère public vous propose un accord à l'amiable. C'est écrit noir sur blanc. Vous avez bien lu cette proposition ? Vous en avez discuté avec votre avocat ?

— Oui, monsieur le juge.

— Vous comprenez bien que si vous acceptez cette offre, il n'y aura pas de procès, vous sortirez d'ici libre et vous ne risquerez aucune peine de prison ?

— Oui. J'ai bien compris. Mais je ne plaiderai pas coupable. Je ne suis coupable de rien. La police est entrée chez moi par effraction et a tué ma femme. Si j'accepte votre accord, ils ne seront pas poursuivis et ça, ce n'est pas juste. Je préfère tenter ma chance devant un jury.

Il lance un regard plein de dégoût au représentant du ministère public, puis reporte son attention sur le juge.

Le procureur, un ancien nommé Chuck Finney, fait semblant d'étudier des papiers. Finney n'est pas un mauvais gars et il n'a aucune envie d'être là. Son problème est simple et évident : un flic zélé a été blessé au cours d'un raid qui a tourné au massacre et la loi stipule, noir sur blanc, que quiconque tire sur un policier est coupable. C'est une mauvaise loi, écrite par des incompétents, et aujourd'hui Finney est contraint de l'appliquer. Il ne peut pas abandonner les charges. Impossible. Pas avec le syndicat de la police qui lui met la pression.

Il y a un grand absent : Max Mancini. Max est le premier procureur de la ville, il est payé par le maire et mandaté par le conseil municipal. Il est arrogant, flamboyant, ambitieux, un type qui sait naviguer, qui a visiblement un cap à tenir, même si on ne comprend pas trop au juste où il veut aller. Il aime les caméras, autant que moi, et il écarte tous ceux qui se trouvent en travers de son chemin. C'est un magistrat habile qui se targue d'avoir un taux de condamnation de quatre-vingt-dix-neuf pour cent – un chiffre que revendiquent tous les procureurs du pays. Parce que c'est le patron, il parvient à manipuler les chiffres et a donc la preuve tangible que ce score est véridique.

D'ordinaire, pour de gros procès comme celui de Doug Renfro, avec une couverture médiatique garantie et des directs matin, midi et soir, Max serait sur son trente et un et monopoliserait les projecteurs. Mais voilà, cette affaire est dangereuse et Max le sait. Tout le monde le sait. Les flics ont tort. Ce sont les Renfro les victimes. Obtenir une condamnation paraît une gageure et s'il y a une chose que Max Mancini fuit comme la peste, c'est une défaite.

Alors il se planque. Pas une seule apparition de notre grand procureur. Je suis certain qu'il est tapi quelque part dans l'ombre, qu'il contemple la bave aux lèvres toutes ces caméras, qu'il meurt d'envie de monter sur scène, mais Max ne se montrera pas. Il a préféré jeter Chuck Finney dans l'arène.

19.

Il nous faut trois jours pour choisir un jury et il est évident que les douze jurés en savent long sur l'affaire. J'ai hésité à demander un changement de lieu pour la tenue du procès, mais ce serait une mauvaise stratégie. Deux raisons à cela – une légitime : beaucoup de gens dans cette ville en ont assez des flics et de leurs manières brutales. L'autre purement égoïste : il y a des journalistes et des caméras partout, et on est sur mon territoire. Mais au-delà de ces considérations, plus important encore : mon client veut être jugé par des gens de sa ville.

Devant une salle noire de monde, le juge Ponder déclare :

— Mesdames et messieurs les jurés, le procès est ouvert. Nous allons commencer par les présentations de l'accusation et de la défense. D'abord monsieur le procureur Finney, puis maître Rudd. Je vous rappelle que rien de ce que vous allez entendre ne constitue la vérité. La vérité proviendra d'un seul endroit : du fauteuil des témoins. Monsieur le procureur, c'est à vous.

Finney se lève avec solennité. À sa table, il y a une bordée d'adjoints et d'assistants inutiles. Une démonstration de force pour impressionner le jury, pour le convaincre de la gravité des charges qui pèsent contre Doug Renfro. J'ai opté, quant à moi, pour une autre stratégie. Doug et moi sommes seuls à notre table. Deux petits gars face aux ressources quasi illimitées du ministère public. La défense semble insignifiante comparée à l'armada dans l'autre camp. David contre Goliath. J'adore ça.

Chuck Finney est ennuyeux au possible. Il commence par un sentencieux : « Mesdames et messieurs les jurés, c'est une affaire tragique. » Sans blague ! Tu n'as rien trouvé de mieux, Chuck ?

Finney n'a peut-être guère le cœur à l'ouvrage, mais il ne va pas baisser les bras. Il y a trop de gens qui le regardent, trop d'enjeux. Maintenant qu'a retenti la cloche du premier round, le match débute. Et le but n'est pas la justice, mais la victoire. Il décrit, avec un certain savoir-faire, les dangers du travail des policiers, en particulier de nos jours où prolifèrent armes, criminels, gangs et terroristes. Aujourd'hui, les policiers sont souvent les cibles, les victimes de gangsters extrêmement violents qui n'ont aucun respect pour les autorités. Dehors, c'est la guerre, une guerre contre la drogue, contre le terrorisme, contre à peu près tout, et nos preux représentants de la loi doivent être armés jusqu'aux dents. Voilà pourquoi nos élus ont décidé, il y a six ans, que ce serait dorénavant un crime si quelqu'un, qui que ce soit, même un citoyen dormant tranquillement chez lui, tire sur la police quand elle fait simplement son travail. C'est la raison pour laquelle Doug Renfro est coupable

Flics-soldats

aux yeux de la loi. Il a fait feu sur notre police, et il a blessé l'agent Scott Keestler, un homme d'expérience qui accomplissait juste sa mission de policier.

Finney appuie là où il faut et marque quelques points. Deux jurés lancent un regard noir à mon client. Après tout, il a effectivement tiré sur un flic. Mais le Finney est finaud... il n'en rajoute pas. Les faits ne sont pas en sa faveur, quoi qu'en dise la loi. Il reste concis, va droit au but, et s'assoit au bout de seulement dix minutes. Un record pour un procureur.

— Maître Rudd, c'est à vous, annonce le juge.

Il est rare, pour un avocat de la défense, que les faits soient de son côté. Mais quand ce petit miracle se produit, je ne retiens pas mes coups. Il faut frapper fort, les sonner dès le début. J'ai su, dès le premier jour, que je pouvais gagner cette affaire. Il suffit de bien présenter les choses. Tout se joue là. D'un geste théâtral, je balance mon carnet de notes sur le pupitre et me tourne vers les jurés. Je les regarde un à un dans les yeux.

Je commence :

— D'abord, ils ont tué le chien Spike, un labrador de douze ans qui dormait dans son panier dans la cuisine. Pourquoi Spike devait-il mourir ? Pour rien. Il se trouvait au bon endroit, mais au mauvais moment. Pourquoi ont-ils abattu le chien ? Ils vont tenter de répondre à cette question par l'un de leurs mensonges habituels. Ils vont vous dire que Spike les menaçait, comme toutes les autres bêtes qu'ils ont tuées chaque fois qu'ils attaquent en pleine nuit la maison d'un honnête citoyen. Au cours des cinq dernières années, mesdames et messieurs, nos vaillants gars du SWAT ont tué trente chiens, des bons gros vieux toutous aux petits chiots, des bêtes innocentes qui vaquaient tranquillement à leurs occupations.

Derrière moi, Chuck Finney se lève.

— Objection, Votre Honneur ! Quel rapport ? Je ne vois pas en quoi l'allusion à d'autres interventions du SWAT éclairerait notre affaire.

Je me tourne vers le juge et, avant qu'il puisse dire quoi que ce soit, je contre-attaque :

— C'est édifiant, au contraire ! Le jury a besoin de savoir comment se déroule ce genre de raids. Nous voulons prouver que ces policiers sont chatouilleux de la gâchette et prêts à tirer sur tout ce qui bouge.

Le juge Ponder lève la main pour m'interrompre :

— C'est bon, maître Rudd. Objection rejetée. Mais je vous rappelle que c'est juste une présentation, pas votre plaidoirie.

Certes, mais les jurés m'ont entendu. Je reviens vers eux :

— Spike n'avait pas la moindre chance de s'en sortir. L'équipe du SWAT a défoncé les portes côté rue et côté jardin en même temps, et huit policiers soldats lourdement armés se sont engouffrés chez les Renfro. Le temps que le vieux Spike parvienne à se mettre debout sur ses pattes et à aboyer, il était mort, transpercé par trois balles de pistolet semi-automatique, le même modèle qu'utilisent les forces spéciales de l'armée. Et la tuerie ne faisait que commencer.

Je marque une pause et observe les jurés. Certains, c'est sûr, sont plus choqués par la mort du chien que par tout ce qui a pu se passer durant cette nuit.

— Huit policiers, huit membres du SWAT, tous plus lourdement équipés que nos boys au Viêtnam ou pendant la Seconde Guerre mondiale. Gilets pare-balles, lunettes infrarouges, armes dernier cri, et même du maquillage noir sur le visage pour faire plus d'effet. Mais pourquoi ? Pourquoi tout ça ? Que faisaient-ils là ?

Je marche de long en large devant le box des jurés. Je regarde le public. La salle est bondée. J'aperçois le chef

Flics-soldats

de la police au premier rang. Il me déteste. D'ordinaire, chaque fois qu'ils commettent une bavure, une vingtaine de flics en uniforme squattent les premiers bancs, assis bras croisés, la mine sévère, pour intimider les jurés. C'est leur tactique. Mais on n'en verra aucun cette fois. J'ai déposé une requête en ce sens, et le juge Ponder m'a suivi. Quant aux huit membres du SWAT, ils ont été placés dans une salle des témoins et ratent le spectacle.

— Il y a une explication. Une origine à ce fiasco sordide. Dans la maison voisine habite un garçon, un gamin paumé. Il s'appelle Lance. Il a dix-neuf ans et ne fait rien de la journée. Lance est sans emploi, mais il n'est pas totalement inactif. Il gagne de l'argent en vendant des stupéfiants, en particulier de l'ecstasy. Il est bien trop futé pour aller faire son commerce dans la rue, alors il se sert d'Internet. Mais pas l'Internet que vous connaissez. Lance œuvre dans les eaux troubles et interdites du Dark Web, des territoires où Google, Yahoo et autres moteurs de recherche ne s'aventurent jamais. Lance sévit sur le Dark Web depuis deux ans déjà quand il s'aperçoit que le wifi des Renfro, ses voisins, n'est pas protégé par un mot de passe. Pour un geek comme lui, se connecter au réseau des Renfro est un jeu d'enfant. Pendant un an, donc, Lance achète et revend de l'ecstasy, en se servant du wifi de ses voisins qui, évidemment, ne se doutent de rien. Mais l'objet de ce procès n'est pas le trafic de drogue. Il s'agit de mesurer la gigantesque bavure de notre police. Des enquêteurs de la police d'État qui surveillaient les activités en ligne des dealers sont tombés sur l'adresse IP des Renfro. Sans autre preuve, ni enquête, notre chef de la police a lancé l'intervention. Ils avaient deux mandats : un mandat d'arrestation pour Doug Renfro, et un mandat de perquisition pour fouiller sa maison.

Je marque une nouvelle pause et bois une lampée d'eau. Jamais je n'ai vu une salle aussi silencieuse. Tous les regards sont braqués sur moi. Toutes les oreilles. Je me tourne à nouveau vers les jurés et m'appuie à mon pupitre comme si je m'apprêtais à leur faire une confidence.

— Comme elle est loin l'époque où le maintien de l'ordre était assuré par des policiers qui avaient le sens de la mesure et savaient appréhender les criminels, une époque où la police ne se prenait pas pour des marines d'élite, une époque où, mesdames et messieurs, pour arrêter Doug Renfro, deux simples agents auraient suffi. Ils se seraient garés devant la maison, auraient sonné à la porte, à une heure décente, seraient entrés pour annoncer au propriétaire qu'il était en état d'arrestation. Ils lui auraient passé les menottes et l'auraient emmené, avec calme et professionnalisme. Deux autres policiers seraient alors arrivés avec leur mandat de perquisition et auraient récupéré les ordinateurs. En deux heures, la police aurait découvert son erreur. Ils auraient présenté leurs excuses à M. Renfro et l'auraient ramené chez lui. Fin de l'histoire. Comparez à ce qui se passe aujourd'hui ! De nos jours, du moins dans cette ville avec le chef de la police actuel, on lance, en pleine nuit, des attaques surprises sur des citoyens modèles. Et ils les tuent, ainsi que leurs chiens, et quand ils s'aperçoivent qu'ils se sont trompés de maison, ils mentent pour couvrir leur incompétence.

Encore un silence. Je feins de consulter mes notes et me tourne à nouveau vers les douze jurés. Ils sont immobiles comme des statues. Pas même un battement de cils.

— Mesdames et messieurs, nous avons une loi inique dans notre État qui stipule qu'un habitant, comme Doug Renfro, qui tire sur un représentant de la loi, même si le policier se trompe de maison et attaque la mauvaise personne, est *de facto* coupable. Alors pourquoi tenir ce procès ? Pourquoi ne pas simplement lire à mon client ce texte de loi et lui annoncer qu'il va en prison pour quarante ans ? Je vous le demande ! La réponse est : parce qu'on n'est jamais coupable *de facto*. Ce n'est jamais automatique. C'est pour ça que nous avons des jurés dans ce pays. Et votre mission, aujourd'hui, est de décider si Doug Renfro comprenait ce qui se passait au moment des faits. Savait-il que la police était dans sa maison ? Quand il est sorti sur le palier de sa chambre et qu'il a vu des silhouettes au rez-de-chaussée se déplacer dans l'obscurité, quelle a été sa première réaction ? La peur, évidemment ! Il a été terrifié. Il était convaincu que de dangereux criminels venaient d'entrer dans sa maison et il a tiré. Et bien sûr – et c'est là le point crucial – il ignorait que c'était la police. Dans ces conditions, il ne peut être considéré coupable. Comment pouvait-il se douter qu'il s'agissait de policiers ? Pourquoi des flics investiraient sa maison alors qu'il n'a rien fait de mal ? Pourquoi à 3 heures du matin, quand tout le monde dort ? Pourquoi n'ont-ils pas toqué à la porte, ou sonné ? Pourquoi avoir défoncé la porte avec un bélier, les deux portes, devant et derrière la maison ? Pourquoi ? Pourquoi ? Des policiers ne se comporteraient jamais comme ça. Ce ne sont pas des voyous, n'est-ce pas ?

20.

Le premier témoin est une huile de la police d'État. Il s'appelle Ruskin et il s'installe dans le box avec pour mission de justifier les agissements de notre police municipale durant cette nuit funeste chez les Renfro. Finney commence à lui poser des questions. Tout a été tellement préparé et répété que ça sonne faux. Pas à pas, ils décrivent l'expansion « insidieuse » du trafic de drogue sur Internet, et l'augmentation « inquiétante » du nombre de jeunes qui achètent et vendent des stupéfiants en ligne... Je passe mon temps à bondir : « Objection, Votre Honneur ! C'est sans rapport avec notre affaire. »

Le juge rejette mes objections à trois reprises, et commence à s'agacer. Finney le sent et en profite. Ils expliquent alors comment la police enquête sur le web pour arrêter les dealers. C'est ennuyeux à mourir. Bon an mal an, cela donne des résultats, se vantent-ils. Ces recherches ont permis d'arrêter quarante personnes dans notre État. C'est bien la preuve qu'ils savent ce qu'ils font.

— Vous avez tué comme ça beaucoup d'innocents ?

C'est ma première question. J'annonce la couleur avant même de me lever de mon siège. Mon contre-interrogatoire va être musclé.

Je demande à Ruskin de nous parler des autres arrestations. Ils mandatent chaque fois le SWAT pour intervenir ? Les assauts sont-ils toujours donnés à 3 heures du matin ? D'autres familles ont-elles perdu leur chien ? Vous envoyez chaque fois les blindés ? Je le harcèle pour qu'il dise ce que tout le monde sait depuis des mois : ils

Flics-soldats

se sont trompés de maison. Mais sa réticence à admettre son erreur écorne sévèrement sa crédibilité.

En deux heures, je réduis Ruskin à un pauvre gars bredouillant qui est pressé de rentrer chez lui.

Souvent, je joue le donneur de leçons quand mes clients sont coupables. Mais quand je défends un innocent, je suis d'une morgue et d'une arrogance insupportables. Je le sais et je lutte de toutes mes forces pour donner l'impression, aux jurés du moins, que je suis un type sympathique. D'ordinaire, je me contrefiche qu'ils me détestent, tant qu'ils ne détestent pas mon client. Mais quand on représente un saint comme Doug Renfro, il faut certes se montrer motivé et sûr de son fait, mais pas insultant. Être révolté par une telle injustice, mais ne pas passer pour un sale type.

Leur témoin suivant est Chip Sumerall, le chef du commando, un lieutenant. Un huissier va le chercher dans une salle réservée aux témoins et lui fait prêter serment. Comme c'était prévisible, le policier a mis sur son uniforme toute sa collection de médailles et de distinctions. En tenue complète d'apparat, moins son arme de service et sa paire de menottes ! C'est un sournois, avec de gros bras et une coupe en brosse. Ça a un peu chauffé entre nous pendant sa déposition et je lui lance un regard noir, comme s'il mentait déjà. Finney le guide dans son témoignage. Il s'étend sur son entraînement intensif et son expérience, sur ses glorieux états de service. Pas à pas, il retrace les étapes de l'assaut chez les Renfro. Sumerall se décharge le plus possible, répétant qu'il ne faisait qu'exécuter les ordres.

Je sens que toute la salle attend que je le démonte, et je me retiens de le mettre KO dès le début. Je commence par lui parler de son uniforme, comme il est élégant et solennel. Il le porte souvent ? Que signifient ces décorations ? Puis je lui demande de décrire la tenue qu'il avait la nuit où il a enfoncé la porte des Renfro. Je veux qu'il détaille chaque couche, chaque accessoire, chaque arme, de ses Rangers au bout d'acier jusqu'à son casque Fritz. Pas à pas, nous reconstituons son attirail. Je lui pose des questions sur son pistolet mitrailleur, un MP5 de Heckler & Koch, conçu pour les combats rapprochés. C'est le meilleur du monde, commente-t-il fièrement. Je lui demande s'il en a fait usage le soir du raid et il répond oui. Je le cuisine pour savoir si c'est lui qui a tué Kitty Renfro, et il soutient qu'il n'en sait rien. Il faisait sombre et tout s'est passé très vite. Les balles sifflaient partout ; la police était « sous le feu ».

Je jette un coup d'œil à Doug. Il a le visage dans ses mains. Il revit ce cauchemar. Je regarde les jurés. Quelques jurés aussi sont sous le choc.

— Vous dites qu'il faisait sombre. Mais vous aviez pourtant des lunettes de vision nocturne ?

— Oui.

Il a été bien coaché. Il veille à donner des réponses les plus courtes possibles.

— Ce sont bien des accessoires destinés à voir la nuit ?

— Oui.

— Alors pourquoi cette nuit-là vous n'y voyiez rien ?

La réponse est évidente. Il se tortille un peu, mais ne se démonte pas.

— Tout est allé si vite. Avant que j'aie le temps de comprendre ce qui se passait, il y a eu des coups de feu et on a répondu.

— Et vous n'avez pas vu Kitty Renfro au bout du couloir, à dix mètres de là, dans son pyjama blanc.

— Non, je ne l'ai pas vue.

Je le presse de questions : qu'est-ce qu'il a vu ? Qu'est-ce qu'il aurait dû voir ? Quand j'ai marqué le plus de points possible sur ce sujet, je reviens sur le problème de la méthode. Qui a autorisé l'assaut du SWAT ? Qui était dans la pièce quand la décision a été prise ? Personne n'a dit qu'un tel déploiement de force n'était peut-être pas nécessaire ? Pourquoi avoir attendu 3 heures du matin pour entrer, quand il fait tout noir ? Qu'est-ce qui portait à croire que Doug Renfro était un homme aussi dangereux ? Sumerall commence à craquer, il s'agace. Il regarde Finney mais celui-ci ne peut lui venir en aide. Il regarde aussi les jurés et ne voit chez eux que suspicion.

Je continue mon travail de sape et mets à nu toute la bêtise de cette intervention. On parle de leur entraînement et de leur équipement. Je parle même du tank et le juge m'autorise à montrer au jury une photo du blindé.

Le meilleur, c'est quand j'évoque les autres raids ratés. Sumerall a été mis à pied à deux reprises pour recours à une force excessive, et je l'oblige à nous raconter par le menu ces deux fiascos. À certains moments, il devient rouge comme une pivoine, à d'autres il sue à grosses gouttes. Enfin, à 18 heures, après que je l'ai cuisiné pendant quatre heures, le juge Ponder me demande si j'en ai bientôt terminé.

— Non, Votre Honneur. Ce n'est que le début, réponds-je avec malice, en regardant Sumerall.

Je suis remonté à bloc et je pourrais le tourmenter comme ça toute la nuit.

— Très bien. Dans ce cas, nous allons lever la séance. Nous reprendrons demain matin, 9 heures.

21.

À 9 heures tapantes le vendredi matin, les jurés sont conduits à leurs bancs. Le juge Ponder leur souhaite la bienvenue. Sumerall est appelé et reprend sa place dans le box des témoins. Il fait moins le fier, mais il y a encore de la morgue en lui.

— Veuillez poursuivre votre interrogatoire, maître Rudd, ordonne le juge.

Avec l'aide d'un huissier, je déplie un grand plan représentant les deux étages de la maison des Renfro. Je demande à Sumerall, puisque c'était lui le chef de la brigade, de nous montrer les mouvements des huit hommes. Pourquoi se sont-ils scindés en deux équipes, l'une côté rue, l'autre côté jardin ? Quel était le rôle de chaque homme ? Quelles armes avaient-ils ? Qui a pris la décision de ne pas sonner et de donner l'assaut directement ? Comment ont été ouvertes les portes ? Qui s'en est chargé ? Qui ont été les premiers policiers à investir les lieux ? Qui a tué Spike et pourquoi ?

Sumerall ne peut pas, ou ne veut pas, répondre à toutes mes questions, et rapidement il passe pour un idiot. C'était lui le chef de l'opération, chef et fier de l'être, mais dans le box des témoins, il n'est plus sûr de rien. Je le harcèle deux heures durant puis nous faisons une pause. Pendant qu'on avale rapidement un café, Doug me dit que les jurés regardent le policier d'un air sceptique et suspicieux. Certains même ont du mal à cacher leur colère. « On les a dans la poche », assure-t-il. Mais je modère son ardeur. Deux jurés en particulier m'inquiètent parce qu'ils ont des liens avec les flics,

Flics-soldats

au dire de mon ami Nate Spurio. On a bu un verre ensemble hier soir et il m'a raconté que ses collègues font pression sur les jurés quatre et sept. Mais chaque chose en son temps.

Je résiste à la tentation de cuisiner mon témoin toute la journée, un péché mignon auquel je m'adonne trop souvent. Les contre-interrogatoires sont tout un art et il faut savoir lâcher sa proie au moment où elle est à votre merci. Mais parfois l'instinct l'emporte, surtout quand j'ai affaire à une brute comme Sumerall. Dans ces cas-là, je veux cogner et cogner encore.

— Je crois qu'il n'y a plus rien à tirer de ce type, me dit Doug avec sagesse. Vous l'avez pressé comme un citron.

Il a raison. J'annonce donc au juge que j'en ai fini avec Sumerall. Leur témoin suivant est Scott Keestler, le flic qui a été blessé, apparemment par Doug Renfro. Finney commence et fait de son mieux pour attirer la sympathie du jury sur cette pauvre victime. En vérité – et j'ai tous les rapports médicaux pour le prouver – c'est juste une égratignure au cou. Au combat, on lui aurait mis un bout de sparadrap et on l'aurait renvoyé au front. Mais l'accusation a besoin de marquer des points. À entendre Keestler, on dirait qu'il a pris la balle entre les deux yeux ! Ils font durer cette comédie bien trop longtemps et finalement, c'est l'heure du déjeuner.

Quand la séance reprend, Finney annonce :
— Nous n'avons plus de questions, Votre Honneur.
— Maître Rudd, le témoin est à vous.

D'une voix forte, je demande tout de go :
— Agent Keestler, c'est vous le meurtrier de Kitty Renfro ?

Un grand silence s'abat dans la salle. Toute l'assistance retient son souffle. Finney se lève en catastrophe pour faire objection.

Le juge Ponder intervient :

— Maître Rudd, vous ne...
— Il s'agit bien d'un meurtre, Votre Honneur, n'est-ce pas ? Kitty Renfro n'était pas armée quand on lui a tiré dessus, quand on l'a tuée dans sa propre maison. C'est donc un meurtre.
— Non, en aucun cas ! s'époumone Finney. La loi est claire sur ce point. Les gardiens de la paix ne peuvent être accusés de...
— Peut-être pas « accusés de meurtre », l'interromps-je. Mais cela n'en reste pas moins un meurtre. (Je me tourne vers le jury en levant les bras.) Il faut appeler un chat un chat.

Trois ou quatre jurés hochent la tête
Le juge intervient encore :
— S'il vous plaît, maître Rudd, évitez d'utiliser ce genre de termes.

Je pousse un long soupir. Mon auditoire aussi. Keestler est blême, comme un homme face au peloton d'exécution. Je retourne à mon pupitre, le regarde dans les yeux.
— Monsieur le gardien de la paix, la nuit de l'assaut du SWAT, que portiez-vous ?
— Pardon ?
— Oui, que portiez-vous ? Veuillez dire au jury ce que vous aviez sur le corps. Tout, jusqu'au moindre détail.

Il déglutit et commence à énumérer son équipement, ses armes... la liste est longue.
— J'ai dit jusqu'au moindre détail...
Il termine son énumération par :
— Un boxer, un tee-shirt, et des chaussettes blanches de coton.
— Rien d'autre ?
— Non.
— Vous en êtes sûr ?
— Oui.
— Absolument certain ?

Flics-soldats

— Oui, j'en suis certain.

Je le regarde fixement comme si j'avais sous les yeux un menteur éhonté, puis je me dirige vers la table où sont rassemblées les pièces à conviction. Je soulève une photo de Keestler sur un brancard. Un agrandissement en couleur.

— C'est bien vous sur ce cliché ?

Le juge m'autorise à faire passer la photo dans les rangs du jury. Je leur laisse tout le temps, pour qu'ils examinent chacun attentivement l'image, puis je récupère la photographie.

— Dites-moi, monsieur le gardien de la paix, qu'est-ce donc que cette chose noire que vous avez sur le visage ?

Il sourit, soulagé.

— Oh, ça... c'est juste de la peinture.

— C'est ce qu'on appelle du maquillage commando ?

— Oui. Ça a plusieurs noms.

— Et à quoi ça sert, ce maquillage commando ?

— C'est pour le camouflage.

— C'est donc important, alors ?

— Bien sûr.

— Une précaution nécessaire pour garantir la sécurité des hommes en opération, c'est ça ?

— Absolument.

— Combien de vos camarades la nuit de l'assaut se sont-ils peinturluré ainsi le visage ?

— Je n'ai pas compté.

— Tous nos gardiens de la paix avaient ce maquillage noir cette nuit-là ?

Il connaît évidemment la réponse, et il suppute que moi aussi.

— Je ne sais pas trop.

Je retourne à ma table et récupère sa longue déposition. Je m'arrange pour qu'il voie bien ce que je fais.

— Dites-moi, monsieur le gardien de la paix...

Finney se lève.

— Objection, Votre Honneur. La défense ne cesse d'utiliser le terme « gardien de la paix ». C'est à l'évidence une...

— C'est vous qui l'avez utilisé le premier, réplique le juge. Vous. Objection rejetée.

Nous établissons finalement que quatre membres de l'équipe se sont noirci le visage façon commando. Comme des sales gosses qui se seraient amusés avec des crayons de couleur.

Et maintenant, le meilleur...

— Dites-moi, monsieur le gardien de la paix, je crois savoir que vous êtes un fan de jeux vidéo.

Finney bondit à nouveau.

— Objection ! Votre Honneur. C'est sans rapport.

— Objection rejetée ! réplique Son Honneur agacé, sans même accorder un regard au procureur.

Visiblement, le juge en a assez des manigances de la police et de leurs mensonges. J'ai le champ libre – fait rarissime – et je ne sais trop que faire. Dois-je abréger et laisser le jury se faire son jugement pendant qu'il est de notre côté ? Ou continuer à creuser mon sillon, à engranger le plus de points possible tant que j'ai la main ?

Mais pilonner le camp adverse est trop jouissif. Et j'ai l'impression que les jurés apprécient cette curée.

— À quels jeux vidéo vous jouez ?

Il en nomme quelques-uns – des jeux absolument bénins, pour enfants, ce qui le fait définitivement passer pour un attardé. Keestler sait ce qui va arriver et, avec Finney, ils ont tenté d'amoindrir le choc. Mais ça ne fait qu'aggraver son cas.

— Quel âge avez-vous, monsieur Keestler ?

— Vingt-six ans, répond-il dans un sourire.

Enfin une réponse honnête.

— Et vous jouez encore aux jeux vidéo ?

Flics-soldats

— Oui, monsieur.
— Vous avez donc passé des milliers d'heures à jouer ?
— Sans doute.
— Et l'un de vos jeux favoris est *Mortal Attack III*, c'est bien ça ?

J'ai sa déposition dans les mains, un épais document où je suis parvenu à lui faire reconnaître qu'il était accro aux jeux vidéo quand il était gamin et qu'il continue d'adorer ça.

— C'est possible, oui.

J'agite la liasse de feuillets comme une fiole de poison.

— Vous avez bien déclaré dans cette déposition sous serment que vous jouez à *Mortal Attack* depuis dix ans.
— Oui, monsieur.

Je me tourne vers le juge Ponder :

— Votre Honneur, j'aimerais montrer au jury un extrait de *Mortal Attack III*.

Finney se lève, blême. C'est le moment de vérité. On a bataillé lui et moi sur ce sujet pendant un mois, et Ponder a dit qu'il se déciderait à l'audience.

— Je suis intrigué, déclare-t-il. Voyons ça.

De rage, Finney jette son carnet sur la table.

— Cessez vos effets de manches, monsieur Finney ! Asseyez-vous.

Ponder est de mon côté. C'est si nouveau.

Les lumières de la salle baissent tandis qu'un écran descend du plafond. Un technicien a fait un montage de cinq minutes avec les images du jeu. Je lui fais signe d'augmenter le son et les jurés sursautent quand, dès la première image, on voit un soldat enfoncer une porte, puis suit une explosion. Un animal ressemblant à un chien, mais avec des crocs luisants et des griffes énormes, bondit et le héros l'abat avec son arme. Des méchants apparaissent aux portes et aux fenêtres, et ils se font tous descendre à coups de mitraillette. Les balles sont traçantes, fusent et ricochent en tout sens. Les corps sont déchiquetés. Le sang gicle. Les personnages hurlent, tirent et tuent à tout va. Après deux minutes de cette hystérie meurtrière, on est tous au bord de l'écœurement.

Le supplice dure encore trois minutes. L'écran s'éteint et les lumières reviennent dans la salle. Soulagement général. Je fixe Keestler du regard, toujours dans le box des témoins.

— C'est juste pour s'amuser, n'est-ce pas, monsieur le gardien de la paix ?

Il ne répond pas. Je le laisse s'enfoncer quelques secondes, puis j'ajoute :

— Vous jouez également à *Home Invasion*, sauf erreur ?

Il hausse les épaules, cherche à nouveau Finney du regard.

— C'est possible, marmonne-t-il.

Finney se lève.

— Votre Honneur, je ne vois pas en quoi cela a un rapport avec notre affaire.

Le juge est déjà penché sa chaise, prêt à en voir davantage.

— Au contraire, le rapport est évident, monsieur Finney. Lancez les images.

Les lumières s'éteignent à nouveau et pendant trois minutes nous assistons à la même boucherie. Si je surprends Starcher jouant à ces horreurs, je l'envoie en cure de désintox ! À un moment, la jurée numéro six laisse échapper une exclamation horrifiée. Je les observe attentivement. Ils sont tous dégoûtés par ce qu'ils voient.

Quand la vidéo est terminée, je force Keestler à admettre qu'il joue aussi à *Crack House – Special Ops*. Il reconnaît que les flics ont une salle qui leur est réservée au sous-sol du QG de la police. Avec les deniers publics, elle est équipée d'un grand écran plasma et d'une console

Flics-soldats

de jeu. Afin de se détendre les gars se retrouvent là entre deux opérations du SWAT pour faire des parties. Ne tenant pas compte des objections boiteuses de Finney, je fais, petit à petit, avouer tout ça à Keestler. À la fin, il ne veut plus parler, et l'effet est désastreux, pour lui comme pour l'accusation. Quand j'en ai terminé, il est laminé, et totalement discrédité.

Au moment de me rasseoir, je regarde l'assistance. Le chef de la police a filé. Il ne reviendra pas.

— Quel est votre témoin suivant, monsieur le procureur ? demande Ponder.

À voir son air de chien battu, il est évident qu'il n'a plus envie d'appeler qui que ce soit. Tout ce qu'il veut désormais, c'est attraper le prochain train et quitter la ville. Il consulte son carnet de notes et déclare :

— Le ministère public appelle l'agent Boyd.

Boyd a tiré sept balles cette nuit-là. À l'âge de dix-sept ans, il a été condamné pour conduite en état d'ivresse mais s'est arrangé pour que ce délit n'apparaisse plus sur son casier judiciaire. Finney l'ignore, mais moi, je suis au courant. À vingt ans, Boyd a été renvoyé de l'armée. À vingt-quatre, sa petite amie a appelé les secours pour violences conjugales. L'affaire a été étouffée. Aucune charge n'a été retenue. Boyd a participé également à deux assauts du SWAT qui ont viré à la catastrophe, et il est addict aux mêmes jeux vidéo que Keestler.

Avoir Boyd devant moi pour un contre-interrogatoire pourrait bien être le plus beau moment de ma carrière d'avocat.

Mais, soudain, le juge Ponder déclare :

— Nous allons suspendre les débats jusqu'à lundi matin 9 heures. En attendant, je veux voir les deux parties dans mon bureau.

22.

Dès qu'on referme la porte, le juge attaque Finney :
— Votre dossier ne tient pas la route. Renfro est la victime, pas le criminel.

Le pauvre Finney le sait mais ne peut le reconnaître. Il n'arrive pas à articuler un mot. Le juge insiste :
— Vous comptez appeler les huit membres du SWAT comme témoins ?
— En fait, non, Votre Honneur, bredouille-t-il. Plus maintenant.

Je profite qu'il soit à terre pour cogner :
— Parfait, dans ce cas-là, c'est moi qui vais les citer, comme témoins à décharge ! Je veux qu'ils se retrouvent devant les jurés, tous autant qu'ils sont.

Le juge me regarde, effaré. J'ai absolument le droit de faire ça et ils le savent. Les secondes s'égrènent. Ils imaginent déjà le cauchemar : les huit flics-soldats du SWAT sous le feu de mes questions, humiliés, ridiculisés devant un jury populaire.

Le juge Ponder se tourne vers Finney :
— Vous pourriez abandonner les charges ? Vous avez envisagé cette possibilité ?

Bien sûr que non ! Finney est peut-être démoralisé mais il reste un procureur.

Lors d'un procès criminel, le juge a le pouvoir de rejeter la plainte du ministère public et de demander un verdict en faveur de l'accusé. Cela se produit rarement, mais cela peut se faire. Malheureusement, dans notre affaire, la loi déclare expressément que tout individu tirant sur un policier – que cela se passe dans la rue ou

Flics-soldats

chez lui, que les flics se trompent ou non d'adresse – est coupable de tentative de meurtre sur un représentant de l'ordre dans l'exercice de ses fonctions. C'est une mauvaise législation, conçue et rédigée à la va-vite, mais elle empêche le juge Ponder de prononcer une fin de non-recevoir.

Nous continuons donc le procès.

23.

Durant le week-end, sur les six membres du SWAT qu'il me reste à interroger, un est soudain hospitalisé et dans l'incapacité de venir témoigner et un autre s'évanouit carrément dans la nature. Du lundi matin au mardi midi, je m'emploie à réduire en miettes les quatre derniers. Nous faisons la une des journaux et notre police n'a jamais eu une aussi mauvaise image. Je savoure ce moment de gloire, parce qu'il ne se représentera pas de sitôt.

Le dernier jour des auditions, je retrouve les Renfro pour un petit déjeuner matinal. Le sujet est de décider si Doug doit témoigner ou non. Ses trois enfants – Thomas, Fiona et Susanna – sont présents. Ils ont suivi tout le procès et sont sûrs que leur père ne sera pas condamné, quelles que soient les lois stupides de notre pays.

Je leur expose le pire scénario : Finney tente le tout pour le tout pendant l'interrogatoire de Doug et parvient à le faire sortir de ses gonds. Il lui fait reconnaître qu'il a tiré cinq balles avec son pistolet et qu'il a bel et bien voulu tuer les policiers. C'est la seule façon pour l'accusation de gagner ce procès : attaquer Doug, l'agacer, le faire craquer, pour lui faire dire ce qu'il ne veut pas. Mais leur père est déterminé. Il veut témoigner, avec ou non mon accord. Toute la famille fait pression. Ma position est celle de tout avocat sensé : si le ministère public n'a pas réussi à convaincre le jury, inutile d'exposer le prévenu.

Mais Doug Renfro est têtu.

24.

Pour commencer, je demande à Doug de nous parler de sa carrière militaire. Quatorze ans sous les drapeaux, à servir son pays, sans faille. Deux services au Viêtnam, une Purple Heart pour sa blessure au combat, deux semaines comme prisonnier de guerre. Une demi-douzaine de distinctions, et un retour à la vie civile avec les honneurs. Un vrai soldat, pas comme ceux de pacotille du SWAT.

Un citoyen modèle respectueux de la loi qui n'a eu, dans toute sa vie, qu'une seule contravention pour excès de vitesse.

Ces antécédents parlent d'eux-mêmes. C'est un tel contraste avec les états de service d'un Boyd !

Flics-soldats

Le soir du drame, Kitty et lui ont regardé la télévision jusqu'à 22 heures, puis ils ont lu quelques minutes avant d'éteindre les lumières. Il a embrassé son épouse pour lui souhaiter bonne nuit, lui a dit qu'il l'aimait comme toujours, et ils se sont tous les deux endormis. Ils ont été réveillés en sursaut quand l'assaut a été donné. Toute la maison s'est mise à trembler, des coups de feu ont retenti. Doug a attrapé son pistolet et a dit à Kitty d'appeler la police. Puis cela a été la folie. Il est sorti de sa chambre et a vu dans l'obscurité deux silhouettes montant l'escalier. Des voix retentissaient au rez-de-chaussée. Il s'est couché au sol et a tiré. Il a tout de suite été touché à l'épaule. Non – il est formel – il n'y a eu aucune sommation, aucune annonce disant qu'ils étaient des policiers. Kitty a crié de terreur, est sortie dans le couloir et a été fauchée par une volée de balles.

La voix de Doug se brise au moment d'évoquer ce souvenir. Il doit se taire quelques instants.

La moitié des jurés ont aussi les larmes aux yeux.

25.

Finney demeure insensible à la douleur de Doug Renfro. Il veut prouver que Doug a délibérément tiré sur la police, mais mon client résiste et répète inlassablement : « Je ne savais pas que c'étaient des policiers. Je pensais que c'étaient des voleurs qui entraient dans ma maison. »

Je n'appelle pas d'autres témoins. C'est inutile.

Finney se lance dans son réquisitoire sans trop y croire, et durant tout son laïus, il évite avec soin de regarder le jury. Puis c'est à mon tour de conclure. Je résume les faits et essaie de rester sobre. Ce serait facile de taper encore sur les flics, de les enfoncer davantage, mais le message est déjà passé.

Le juge Ponder explique aux jurés que selon la procédure, ils vont se retirer pour aller délibérer. Mais personne ne bouge. Ce qui suit restera dans les annales :

Willie Grant, le juré numéro six, se lève et déclare :

— J'ai été choisi comme porte-parole de ce jury et j'ai une question à poser.

Le juge, un magistrat pourtant d'expérience, est pris de court et nous regarde tour à tour, Finney et moi. Un grand silence s'abat dans la salle. De mon côté, je n'ose plus respirer.

— Je ne suis pas sûr que ce soit le moment, répond Son Honneur. Je viens d'ordonner au jury de se retirer et de commencer les délibérations.

Les jurés ne bougent toujours pas.

Grant poursuit :

— Nous n'avons pas besoin de délibérer, monsieur le juge. Nous avons déjà pris notre décision.

— Je vous ai pourtant répété qu'il vous était interdit de parler de l'affaire, rétorque le juge avec sévérité.

Imperturbable, Grant réplique :

— Nous n'avons pas parlé de l'affaire, mais nous avons déjà un verdict. Il est inutile de discuter ou de délibérer. Ma question est : pourquoi est-ce M. Renfro qui est sur le banc des accusés et non les policiers qui ont tué sa femme ?

Il y a des hoquets de stupeur dans la salle, et tout le monde se met à chuchoter. Le juge Ponder tente de reprendre les rênes. Il s'éclaircit la gorge et s'enquiert :
— Et ce verdict est unanime ?
— Bien sûr que oui. Nous déclarons que M. Renfro n'est pas coupable et que ce sont ces policiers qui devraient être poursuivis pour meurtre.
— Je demande aux jurés de lever la main si vous êtes d'accord avec ce verdict ?
Douze mains se lèvent ensemble.
Je passe le bras autour des épaules de Doug Renfro qui s'effondre en larmes.

IV

L'ÉCHANGE

1.

Je disparais souvent après un gros procès, en particulier quand il a défrayé la chronique. Bien sûr que j'aime être sous les projecteurs. Je suis avocat, c'est dans mes gènes. Mais dans l'affaire Renfro, j'ai tourné en ridicule la police et humilié quelques flics, des brutes pour la plupart guère accoutumées à répondre de leurs actes. « Les rues ne sont plus sûres maintenant », voilà le message qu'ils m'ont fait passer. Bref, il est temps de se faire oublier. Je charge des vêtements dans le van, avec mes clubs, deux ou trois livres de poche, une caisse de bourbon, et je quitte la ville le lendemain du verdict. Il ne fait pas beau. Il y a du vent. Il fait trop froid pour jouer au golf. Je mets donc cap au sud, comme d'innombrables oiseaux, en quête de soleil. Au cours de mes pérégrinations, j'ai découvert que la moindre bourgade de plus de dix mille habitants a son parcours de golf. Les greens sont bondés le week-end, mais assez tranquilles durant la semaine. Je descends donc vers la chaleur au rythme d'un dix-huit trous par jour, parfois de deux. Je joue seul, sans prendre ni caddie ni carte de score. Je paie en liquide toutes mes chambres de motel, mange peu, et tète du bourbon jusque tard dans la nuit avec pour compagnie le dernier James Lee Burke ou Michael Connelly. Si j'avais du fric, je passerais bien le reste de mes jours à vivre comme ça.

Mais mes moyens ont des limites. Je remonte donc en ville où ma notoriété me rattrape immédiatement.

2.

Un an plus tôt, Jiliana Kemp, une jeune femme, a été kidnappée alors qu'elle sortait d'un hôpital après avoir rendu visite à une amie. On a retrouvé sa voiture au troisième niveau d'un parking du quartier. Les caméras de surveillance l'ont filmée se dirigeant vers son véhicule mais ont perdu sa trace ensuite. Les enregistrements des quatorze caméras ont été analysés. On a relevé toutes les plaques d'immatriculation des véhicules entrant et sortant sur une période de vingt-quatre heures, et une, surtout, a retenu l'attention des enquêteurs. Une heure après que Jiliana a été vue marchant vers sa voiture, un SUV Ford bleu a quitté le parking. Le chauffeur était un Blanc, portant une casquette de baseball et des lunettes de soleil. Les plaques provenaient d'un véhicule volé dans l'Iowa. Les gardiens n'ont rien remarqué de particulier – celui à qui le conducteur a donné son ticket de sortie ne se souvenait pas de lui. Quarante véhicules étaient passés à son guichet l'heure précédente.

Les policiers ont fouillé le parking de fond en comble et n'ont rien trouvé. Le ravisseur de la jeune femme n'a fait aucune demande de rançon. Les recherches, d'abord fébriles, sont devenues stériles. La récompense de cent mille dollars a été infructueuse. Deux semaines plus tard, le SUV bleu a été retrouvé abandonné dans un parc à cent kilomètres de là. Il avait été volé un mois plus tôt dans le Texas. Ses plaques étaient, cette fois, immatriculées en Pennsylvanie – volées évidemment.

Le ravisseur jouait avec la police. Il avait nettoyé toutes les traces – pas d'empreintes, pas de cheveux, pas de sang, rien. Son rayon d'action, et sa méticulosité, donnaient des sueurs froides aux enquêteurs. À l'évidence, ils ne traquaient pas un criminel ordinaire.

Et, pour couronner le tout, le père de Jiliana Kemp est l'un des deux directeurs adjoints de notre police municipale. Inutile de dire que cette affaire était *de facto* leur priorité numéro un. Le grand public, à l'époque, ignorait que Jiliana était enceinte de trois mois. Dès sa disparition, le petit ami avec qui vivait la jeune femme était venu annoncer la nouvelle aux parents. Ils ont décidé de ne pas divulguer cette information à la presse et de laisser les enquêteurs travailler vingt-quatre heures sur vingt-quatre pour la retrouver.

Plus personne n'a eu de nouvelles de Jiliana. Son corps n'a pas été retrouvé. Elle est sans doute morte. Reste à savoir quand elle a été tuée. Le scénario le plus sinistre est également le plus probable : elle n'a pas été assassinée tout de suite, mais a été gardée captive jusqu'à la naissance du bébé.

Neuf mois après sa disparition, alors que la récompense atteignait des sommets, un renseignement a conduit la police à la boutique d'un prêteur sur gages pas très loin de chez moi. Une chaîne en or avec une petite pièce grecque en médaillon avait été laissée contre deux cents dollars. Le fiancé de Jiliana l'a identifiée. C'était bien le pendentif qu'il lui avait offert le Noël précédent. Les enquêteurs se sont démenés pour reconstituer le parcours de l'objet. La piste les a menés à une autre boutique, à une autre transaction, puis finalement jusqu'à un certain Arch Swanger.

Un type de trente et un ans sans revenus avec un passé émaillé de vols mineurs et de petits trafics de drogue. Il habite dans une caravane délabrée avec sa mère alcoolique touchant une pension d'invalidité. Au bout d'un mois d'enquête et de filature, Swanger a été arrêté. Il s'est montré très évasif et, après deux heures d'interrogatoire sans aveu, il s'est fermé comme une coquille et a déclaré qu'il ne parlerait plus qu'en présence de son avocat. N'ayant rien de tangible contre lui, les flics l'ont laissé repartir mais ont continué de surveiller ses moindres faits et gestes. À plusieurs reprises, il est parvenu à échapper à leur attention, mais est toujours revenu chez lui.

La semaine dernière, on l'a arrêté à nouveau pour l'interroger. Il a aussitôt exigé un avocat.

— Très bien, avait répondu l'inspecteur. Qui appelle-t-on ?

— Celui dont tout le monde parle. Rudd. Sebastian Rudd.

L'échange

3.

Ce n'est pas le moment d'agacer encore la police. Ce serait même la pire idée qui soit. Mais, comme on dit dans le métier, on ne choisit pas ses clients. Et tous les accusés, aussi méprisables soient-ils, aussi odieux que soient leurs crimes, ont droit à un avocat. Le commun des mortels a du mal à comprendre ça. Ils feraient bien l'impasse là-dessus. Et moi aussi d'ailleurs. Mais c'est mon boulot. Et pour être honnête, je suis ravi que Swanger m'ait choisi ; cela m'offre sur un plateau un autre procès à sensation.

Mais j'ignore que cette affaire va me hanter à jamais. Et que j'en viendrai à maudire le jour où je me suis rendu au QG des flics pour avoir ma première conversation avec Arch Swanger.

Il y a davantage de fuites dans les services de police que dans une plomberie antédiluvienne et le temps que j'arrive là-bas, la nouvelle s'était déjà propagée. Un journaliste, suivi d'un cameraman, m'attrape sur le perron et me demande si je représente Arch Swanger. Je réplique « Pas de commentaires » et poursuis mon chemin. Mais maintenant, tout le monde en ville pense que je suis son avocat. Cela collerait parfaitement, non ? Un meurtrier de la pire espèce et un avocat prêt à défendre n'importe qui.

Je me suis rendu plusieurs fois dans ce grand bâtiment ; l'endroit bourdonne toujours d'activité. Des flics en uniforme vont et viennent, lançant des plaisanteries salaces à leurs collègues coincés dans les bureaux. Des inspecteurs en costume bon marché traversent les couloirs, la mine sévère comme s'ils en voulaient au monde entier. Des familles angoissées, pelotonnées sur les bancs, attendent des nouvelles, forcément mauvaises. Et il y a toujours un avocat ou deux dans les murs, soit en âpres négociations avec un flic, soit affolé, courant rejoindre son client avant qu'il ne déballe tout.

Aujourd'hui, l'ambiance est particulièrement tendue. J'essuie plus de regards noirs que de coutume quand je franchis les portes. Ça se comprend. Ils ont attrapé le tueur ; il est là, juste au bout du couloir. Et voilà qu'arrive son avocat pour le sauver. À leurs yeux, on mérite tous les deux le bûcher.

Et le procès Renfro plane encore dans l'air. C'était il y a tout juste trois semaines et les flics ont la mémoire longue. Certains de ces types ont très envie de sortir leur matraque pour me casser quelques os, ou davantage encore. Ça leur brûle les doigts.

On me fait traverser un labyrinthe de couloirs jusqu'aux salles d'interrogatoire. Au bout du corridor, deux inspecteurs de la section criminelle fument devant une glace sans tain. L'un est Landy Reardon, le flic qui m'a appelé pour m'annoncer que, parmi tous les avocats de la ville, j'étais l'heureux élu. Reardon est le meilleur inspecteur de notre police. Il est proche de la retraite et le temps a fait son œuvre. Il doit avoir soixante ans mais en paraît dix de plus. Il arbore une tignasse blanche presque intacte et n'a jamais arrêté la cigarette comme l'atteste son visage tout fripé.

Quand il me voit, il me fait un signe de tête. Venez par ici. L'autre inspecteur s'éclipse.

Landy Reardon a une qualité : il est foncièrement honnête et ne perd jamais de temps sur une affaire qu'il ne peut élucider. Il cherche les preuves avec ardeur, mais s'il n'y en a pas, il n'insiste pas. En trente ans, il n'a jamais fait inculper quelqu'un par erreur. Mais si

L'échange

Landy dit que le type est coupable, juge et jury iront dans son sens et le gars passera sans doute le reste de sa vie en prison.

Il s'occupe de l'affaire Jiliana Kemp depuis le début. Il y a quatre mois, il a eu un petit infarctus et son cardiologue lui a conseillé de prendre sa retraite. Il a préféré changer de médecin. Je me poste à côté de lui, et nous regardons le suspect de l'autre côté de la glace. On ne se dit pas bonjour. Pour lui, les avocats sont la lie de l'humanité et il ne s'abaissera jamais à me serrer la main.

Arch Swanger est seul dans la salle. Il a basculé sa chaise contre le mur, mis les pieds sur la table, et a l'air de s'ennuyer ferme.

— Qu'est-ce qu'il a dit ?

— Rien. Nom, grade et matricule et après il vous a demandé. Parce qu'il a vu votre nom dans les journaux.

— Il sait donc lire ?

— 130 de QI, je dirais. C'est juste qu'il a l'air crétin.

Effectivement. Il est grassouillet avec un double menton. Des taches de rousseur partout, le crâne rasé à l'exception d'un paillasson de poils au sommet du crâne, comme ces coupes en brosse d'il y a soixante ans, avant l'ère des cheveux longs. Pour se donner un genre ou paraître idiot – la frontière est floue –, il porte des lunettes rondes, bleu turquoise, d'une taille démesurée.

— Ses binocles n'aident pas.

— Ce sont des modèles de drugstore. C'est juste un accessoire. Il n'a pas besoin de lunettes mais il se croit un as du déguisement. Pour tout dire, il n'est pas si mauvais. Il a réussi à échapper à notre vigilance plusieurs fois le mois dernier, mais il est toujours rentré au bercail.

— Qu'est-ce que vous avez sur lui ?

Reardon pousse un soupir de frustration.

— Pas grand-chose.

J'aime l'intégrité de cet homme. C'est un bon flic. Il m'en dira le moins possible, mais ce n'est pas un menteur.

— Assez pour l'inculper ?

— J'aurais bien aimé. Mais on n'a même pas de quoi l'arrêter officiellement. Le patron veut qu'on le garde au frais une semaine ou deux. Histoire de lui mettre la pression, voir s'il va craquer. En vérité, c'est pour nous donner le temps de tomber sur autre chose, ou d'avoir une illumination. Ça ne risque pas. On va sans doute devoir le relâcher. De vous à moi, Rudd, on n'a quasiment rien contre lui.

— Rien, sauf beaucoup de soupçons.

Il lâche un petit grognement amusé.

— Appelons ça le flair du flic. Regardez-le. Il vous inspire confiance ? À la première impression, je lui collerais bien dix ans en QHS, pas vous ?

— Disons cinq.

— Allez lui parler, si vous voulez. Je vous donnerai son dossier demain.

— D'accord. Mais je ne connais pas ce gars et je ne suis pas son avocat. Loin de là. Encore faut-il qu'il ait de quoi me payer, et il n'a pas l'air de rouler sur l'or. S'il est fauché, je me tire, l'aide juridique prendra le relais.

— On en reparle. Amusez-vous bien.

L'échange

4.

À mon arrivée, Swanger retire ses pieds de la table et se lève. On se présente. Il a une poignée de main ferme, un contact direct, une voix tranquille sans trace d'inquiétude. Voulant me montrer sympathique, je ne lui dis pas de retirer ses lunettes ridicules. S'il les aime, alors je vais les aimer aussi.

— Je vous ai vu à la télé. Pour ce gars qui a tué un arbitre, ce champion de free-fight... Qu'est-ce qui lui est arrivé, au fait ?

— L'affaire est en cours. On attend le procès. Vous allez voir ce genre de combats ?

— Non. Je les regarde à la télé avec ma mère. Mais j'avais pensé en faire il y a quelques années.

Je réprime un éclat de rire. Même s'il perd quinze kilos et s'entraîne huit heures par jour, ce gars ne tiendrait pas dix secondes dans la cage. Il s'évanouirait sans doute dans le vestiaire ! Je m'assois à la table. Je suis venu les mains dans les poches. C'est à lui d'annoncer la couleur.

— Bien. De quoi voulez-vous parler ?

— Il y a cette fille, vous savez, celle qui a disparu. Les flics pensent que j'y suis pour quelque chose et ils me harcèlent. Je les ai au cul depuis des mois. Ils n'arrêtent pas de me suivre, de m'espionner dans l'ombre, comme si je ne les avais pas remarqués ! C'est la deuxième fois qu'ils m'embarquent. On se croirait dans *New York, police judiciaire* ! Ces types regardent trop la télé et comme acteurs, ils sont vraiment nuls ! Le plus vieux, celui avec les cheveux blancs, Reardon je crois, il dit qu'il veut juste connaître la vérité et trouver un moyen de me sortir de ce merdier. D'accord. Et il y a l'autre, le maigrichon, Barkley, lui, dès qu'il entre, il se met à gueuler. Toujours le même manège. Le gentil flic et le méchant flic. Tout le monde connaît ce truc. Faut pas me prendre pour un abruti.

— C'est votre première inculpation pour meurtre ?

— Hé, tout doux, Superman ! Aucune charge n'a encore été retenue contre moi.

— D'accord. Disons que ce « serait » votre première inculpation. Et vous voudriez que je vous représente ?

— Évidemment ! Pourquoi je vous aurais fait venir sinon ? Je ne sais pas si j'ai réellement besoin d'un avocat dès maintenant, mais deux précautions valent mieux qu'une, pas vrai ?

— Ça se tient. Vous travaillez ?

— Je bricole. Combien vous prenez pour un meurtre ?

— Ça dépend de ce que le client peut payer. Pour une affaire comme celle-là, il me faut dix mille dollars d'avance. Ça, c'est pour m'occuper de la période d'instruction. Une fois que nous nous dirigerons vers le procès, il faudra mettre plus sérieusement la main à la poche. Si nous ne pouvons nous entendre sur mes honoraires, vous irez voir ailleurs.

— Ailleurs ? Où ça ?

— Du côté de l'aide juridique publique. Ils s'occupent de toutes les affaires de meurtres, ou quasiment.

— Ben voyons. Mais ce que vous oubliez de compter, monsieur Rudd, ce sont les retours en termes de publicité. De grosses affaires comme ça, ça ne court pas les rues. Une jolie fille, des notables, et cette histoire de bébé... Si elle a eu l'enfant, où est-il ? La presse va être hystérique. Vous allez faire la une partout, et dès le début. Je vous ai vu à la télé. Je sais que vous adorez ça, pavaner devant les caméras, faire votre cador. Cette

L'échange

affaire est une mine d'or pour un avocat. Vous n'êtes pas de cet avis ?

Il met dans le mille, mais je ne risque pas de l'admettre.

— Je ne travaille pas pour rien, monsieur Swanger, publicité ou pas. J'ai bien assez de clients.

— Je n'en doute pas. Une pointure comme vous. J'ai pas appelé un bleu pour me sauver la mise. Ils parlent quand même de peine de mort et ils sont très sérieux. J'aurai l'argent, d'une façon ou d'une autre. La seule question est : acceptez-vous, oui ou non, de prendre mon affaire ?

D'ordinaire, dès la première rencontre, l'accusé clame son innocence, répète qu'il n'a rien fait. Mais pas Swanger. Il n'a même pas abordé le sujet. On dirait qu'il espère être accusé et embarqué dans un gros procès.

— Oui, je veux bien vous représenter, à condition que la question financière soit réglée et qu'on vous inculpe officiellement. Et je pense qu'ils vont s'en donner les moyens. En attendant, plus un mot aux flics, aux gentils comme aux méchants. Compris ?

— OK. Vous pouvez vous arranger pour qu'ils me lâchent la grappe, qu'ils arrêtent de me harceler ?

— Je vais voir ce que je peux faire.

On se serre la main et je quitte la pièce. L'inspecteur Reardon est toujours là. Il a assisté à notre entretien derrière la vitre, et nous a sans doute écoutés, même si c'est illégal. À côté de lui, en civil, il y a Roy Kemp, le père de la fille. Il me regarde avec une haine évidente, comme si les quelques minutes que je venais de passer avec leur seul et fragile suspect faisaient de moi son complice.

Je compatis à la douleur de cet homme et de sa famille ; mais pour l'heure, tout ce qu'il veut c'est me loger une balle dans la nuque.

Dehors, la foule de journalistes a grossi. Dès qu'ils me voient, c'est la foire d'empoigne. Je joue des coudes pour passer. « Pas de commentaires, pas de commentaires, pas de commentaires », tandis que fusent leurs questions idiotes. Il y en a même un qui crie : « Monsieur Rudd, votre client a-t-il kidnappé Jiliana Kemp ? » Je suis à deux doigts d'aller trouver ce débile pour lui demander s'il n'a pas plus crétin comme question ! Mais je me ravise et continue d'avancer vers le van.

5.

À 18 heures, le présentateur du JT, tout fier, annonce que la police tient un suspect dans l'affaire Kemp. Ils montrent des images d'Arch Swanger, à sa sortie de chez les flics, entouré d'une foule de journalistes, quelques minutes après que j'ai quitté le bâtiment. Selon leurs sources, non citées mais sans doute policières, Swanger a été interrogé par les enquêteurs. Il sera bientôt arrêté, accusé de kidnapping et de meurtre. On révèle qu'il a engagé l'avocat Sebastian Rudd, c'est bien la preuve qu'il est coupable ! On me voit ensuite fuir les caméras, l'air pas content.

La ville peut enfin respirer tranquille. Sa police tient le tueur. Pour que les médias relâchent la pression et pour lancer leur campagne d'intox en vue d'établir la

L'échange

« présomption de culpabilité », les flics manipulent la presse, comme d'habitude. Une petite fuite çà et là, et les caméras se ruent pour filmer le visage du monstre et satisfaire la curiosité du public. Les « journalistes » mordent tous à l'hameçon : Arch Swanger fait un coupable très convaincant.

Pourquoi organiser un procès ?

Si la police n'a pas de preuves, elle se sert des médias pour créer la suspicion.

6.

Je passe beaucoup de temps dans ce bâtiment qu'on appelle avec affection « le vieux palais ». C'est un gros édifice du début du xxe siècle. Colonnes gothiques et hauts plafonds, couloirs de marbre flanqués de bustes et de portraits de juges d'antan, escaliers en colimaçon, et sur quatre niveaux se trouvent des salles d'audience et des bureaux. L'endroit est toujours bondé : des avocats menant leurs affaires, des plaignants cherchant leur salle, des familles de criminels faisant les cent pas dans les allées, redoutant la sentence, des jurés potentiels avec à la main leur convocation, des flics attendant de témoigner. Il y a cinq mille avocats en exercice dans cette ville, et parfois on a l'impression qu'ils se sont tous donné rendez-vous au vieux palais.

L'insoumis

Alors que je sors d'une audience un matin, un homme dont le visage m'est vaguement familier surgit à côté de moi.

— Hé Rudd ! Vous avez une minute ?

Je n'aime ni son ton, ni ses manières. Pas de « monsieur Rudd » ni de « bonjour » ? Je continue à marcher. Il est obligé de tenir le rythme.

— On se connaît ?

— Aucune importance. Mais nous avons une affaire à régler.

Je lui jette un regard en coin. Un vilain costume, une chemise marron, une cravate hideuse, et deux entailles au visage, séquelles patentes de coups de poing ou de bouteille.

— Ah oui ? réponds-je de ma voix la plus méprisante.

— Il s'agit de Link.

Mon cerveau m'ordonne d'avancer, mais mes pieds se figent. Mon estomac se contracte, mon cœur s'emballe.

— Link ? Et où est-il en ce moment ?

Deux mois se sont écoulés depuis son évasion spectaculaire du couloir de la mort. Je n'ai plus eu de nouvelles de lui. Je n'en attendais pas bien sûr. En même temps, je ne suis pas totalement surpris. Effrayé, peut-être, mais pas surpris. Le type dit s'appeler Fango. Il y a dix pour cent de chance pour que ce nom-là figure sur son acte de naissance.

À l'écart, me tenant dos au mur pour que je puisse surveiller les allées et venues dans le couloir, nous parlons à voix basse, en bougeant à peine nos lèvres.

— Link traverse une mauvaise passe, explique Fango. Les finances sont serrées, très serrées, parce que les flics filent tout le monde, même ceux qui n'ont rien à voir avec l'affaire. Ils surveillent son fils, ses hommes, moi.

L'échange

On est tous dans le collimateur. Si j'achète un billet d'avion pour Miami, les flics le sauront. On a besoin d'air, vous voyez ce que je veux dire.

Pas vraiment, mais je hoche la tête. Il précise :

— Link considère que vous lui devez de l'argent. Vous lui avez pris un paquet d'oseille pour pas grand-chose. C'est de l'arnaque. Link veut être remboursé.

Je lâche un rire, comme s'il venait de me raconter une bonne blague. Et c'est risible d'ailleurs, un client qui veut récupérer son blé quand la partie est finie. Fango n'a pourtant pas du tout l'air de plaisanter.

— C'est ridicule. Et il veut combien ?

— Le tout. Les cent mille. En liquide.

— Je vois. Donc j'aurais bossé pour rien, gratuitement, c'est ça, Fango ?

— Link dit que votre travail a été merdique. Que vous n'êtes arrivé à rien. Il vous a engagé parce que vous étiez un crack censé casser la condamnation et le sortir du trou. Mais ça ne s'est pas passé comme prévu. Il s'est fait baiser du début à la fin. Pour lui, vous n'avez pas fait le boulot et donc il veut récupérer sa mise.

— Link s'est fait baiser parce qu'il a tué un juge. Et curieusement, quand on tue un juge, ce qui reste assez exceptionnel, les autres juges le prennent très mal. J'ai expliqué tout ça à Link avant qu'il m'embauche. Je l'ai même mis par écrit. Je lui ai clairement dit que son affaire serait très difficile à gagner parce que l'accusation avait tout un tas de preuves contre lui. Bien sûr il m'a payé en liquide, mais tout est entré dans ma comptabilité et j'ai donné le tiers à l'oncle Sam. Quant au reste, il a été dépensé depuis longtemps. Il n'y a donc plus rien pour Link. Désolé.

Partner approche, sur le qui-vive. Fango l'aperçoit, le reconnaît.

— Vous avez un pitbull. Un seul. Link en a toute une meute, même maintenant. Vous avez trente jours pour trouver le cash. Je reviendrai.

Il tourne les talons et bouscule volontairement Partner en filant. Partner pourrait lui casser le cou, mais je lui fais signe de ne pas bouger. Inutile de déclencher une bagarre au beau milieu du vieux palais.

Même si j'ai vu bien souvent, sous ces arches vénérables, des avocats régler leurs différends de cette façon.

7.

Dès que Tadeo a atteint la célébrité en tuant un arbitre, j'ai commencé à recevoir des sollicitations de médecins se prétendant experts. Tous voulaient faire partie du casting. Ils sont quatre en lice, bardés de diplômes avec un CV long comme le bras et une grande expérience des tribunaux. Ils connaissent l'affaire, ont regardé les images et, à divers degrés, sont tous prêts à déclarer la même chose : Tadeo n'était plus responsable de ses actes quand il a attaqué Sean King sur le ring. Il ne pouvait plus distinguer le bien du mal, ni apprécier la gravité de ses gestes.

La folie... un terme légal, à défaut d'être médical.

Je me suis entretenu avec les quatre, ai fait quelques recherches, appelé des collègues qui avaient travaillé

L'échange

avec eux, et ai arrêté mon choix sur le Dr Taslman, de San Francisco. Pour vingt mille dollars, plus les frais, il est prêt à venir témoigner en faveur de Tadeo et à opérer sa magie sur le jury. Même s'il n'a pas rencontré le prévenu, il sait déjà la vérité.

La vérité a toujours un prix. Et elle se paie cher quand elle provient d'un professionnel. Notre justice croule sous ces experts qui enseignent peu, ne font guère de recherches et publient encore moins. Ils sont bien trop occupés à écumer le pays pour louer leurs services en échange de coquettes sommes. Quelle que soit l'énigme – une série de faits inexpliqués, un mobile mystérieux, un résultat inattendu, que sais-je encore ? – vous trouverez un bataillon de spécialistes tous prêts à défendre les théories les plus fumeuses. Ils font de la pub, racolent, traquent le client. On les voit traîner dans les congrès où les avocats se retrouvent pour picoler et partager leur expérience. Ils sont là, à se pavaner, à se faire mousser.

Évidemment, ils parlent rarement de leurs déconfitures.

De temps en temps, ils se retrouvent totalement discrédités par la partie adverse. L'humiliation est publique, mais ils restent quand même dans le circuit parce que leur intervention est souvent déterminante. Dans un procès au pénal, il suffit qu'un expert convainque un seul juré pour enrayer toute la machine et empêcher un verdict. Et si au second procès, on leur fait le même coup, le ministère public jette l'éponge le plus souvent.

Je vois Tadeo dans l'une des salles de visite de la prison, notre lieu de rendez-vous, et nous discutons du concours éventuel du Dr Taslman pour sa défense. L'expert déclarera que Tadeo, au moment des faits, est devenu fou, qu'il ne s'est pas rendu compte de ce qu'il faisait et qu'il ne se souvient plus de rien. Le trou noir. Tadeo aime bien cette nouvelle théorie. Oui, à bien y réfléchir, il est devenu fou pour de vrai. Je lui annonce le prix que demande Taslman et Tadeo m'assure qu'il est fauché. Quand je lui ai parlé de mes propres honoraires, plus tôt, il m'a annoncé la même chose. Autant dire que ce n'est pas pour l'argent que je représente Tadeo Zapate. C'est juste par amitié. Et pour la pub aussi que ça va me faire.

C'était déjà la stratégie d'OJ Simpson : je ne te paie pas. Estime-toi heureux d'être sur le coup. Sors donc un livre, si tu veux te faire du blé.

Grâce à Harry & Harry, je dépose toute la paperasse légale annonçant à la cour que nous allons plaider la folie. Le grand Max Mancini monte sur ses grands chevaux, en fait des tonnes comme à son habitude. Il a voulu se charger personnellement de l'affaire Zapate, parce que la culpabilité du prévenu est indiscutable et que tous les médias vont être là. Il propose quinze ans pour meurtre sans préméditation. De mon côté, je fixe la barre à dix ans. Mais je doute que mon client acceptera ce marché. Ces dernières semaines Tadeo a eu droit à du conseil juridique gratuit en prison et il croit dur comme fer que je peux, si je joue bien le coup, le faire sortir d'ici. Il veut que je trouve un vice de procédure, un de ces tours de passe-passe dont lui parlent tout le temps ses compagnons de cellule.

Le Dr Taslman vient en ville et nous déjeunons ensemble. C'est un psychiatre à la retraite, qui n'a jamais aimé enseigner ni eu de patients. Les affaires de démence l'ont toujours fasciné : le crime passionnel, la pulsion irrépressible, le moment où l'esprit est tellement submergé d'émotions et de haine qu'il demande au corps d'agir avec une violence et une sauvagerie que lui-même n'aurait pu concevoir. Il préfère présenter le cas tout seul, sans que je l'interroge. C'est de l'esbroufe pour me montrer comme il est brillant. Je l'écoute débiter ses

L'échange

conneries en tentant de me mettre à la place des jurés, d'imaginer comment ils réagiront. Taslman a l'air sympathique, passionné, intelligent, et il a un certain talent d'orateur. En outre, il habite la Californie, à plus de trois mille kilomètres d'ici. Et comme tous les avocats le savent, plus un expert vient de loin, plus sa crédibilité est grande aux yeux du jury.

Je lui fais un chèque : la moitié de ses honoraires. Il aura l'autre au moment du procès.

Il passe deux heures à évaluer Tadeo et ô surprise, il est certain que le gamin a été victime d'un accès de démence et qu'il ne se souvient plus s'être jeté sur l'arbitre.

Nous avons donc une défense, toute boiteuse qu'elle soit. Je ne suis guère rassuré parce que le ministère public va présenter deux ou trois experts, tout aussi crédibles que Taslman, qui soutiendront exactement le contraire avec le même brio. Tadeo viendra témoigner, fera avec moi du bon boulot, arrachera peut-être même une larme à quelques jurés, puis il sera ensuite broyé par Mancini.

Malheureusement pour lui, les images sont là. Elles ne mentent pas. Je suis convaincu que les jurés les auront vues et revues. Tous sauront ce qui s'est vraiment passé. Ils regarderont Tadeo avec mépris, trouveront sa comédie risible et pathétique, et le déclareront coupable. Et dans des cas comme celui-là, la peine encourue est entre vingt et trente ans d'incarcération. Si je négocie avec le procureur, ce sera sans doute quinze ans.

Comment convaincre une forte tête de vingt-deux ans de plaider coupable pour écoper de quinze années de prison ? En lui disant que sinon c'est trente ? Le grand Tadeo Zapate n'est pas du genre à se laisser impressionner.

8.

Aujourd'hui, c'est l'anniversaire de Starcher. Il a huit ans. L'injonction de la cour – une décision inique et exagérée réglementant mon droit de visite – stipule que je peux voir mon fils deux heures à chacun de ses anniversaires.

Mais deux heures avec mon fils, c'est déjà trop au goût de sa mère. Une heure, c'est bien assez. Zéro serait évidemment son premier choix. Me voir sortir entièrement de sa vie, voilà son but. Mais je m'y refuse. Je suis peut-être un père pathétique, mais je fais de mon mieux. Un jour, le gamin voudra sans doute passer plus de temps avec moi parce qu'il en aura ras le bol de vivre avec ses deux mères qui se crêpent le chignon.

Je suis donc installé au McDonald, attendant que commencent mes deux heures. Judith arrive enfin. Elle gare sa Jaguar, une voiture typique d'avocate, et descend avec Starcher. Elle l'accompagne jusque dans la salle, me repère, se renfrogne aussitôt comme si me voir là était une mauvaise surprise, et me « donne » le petit.

— Je reviens à 17 heures, me lance-t-elle d'une voix sifflante.

— Il est déjà 16 h 15, lui fais-je remarquer.

Mais c'est perdu d'avance. Elle s'en va sans m'accorder un regard et Starcher s'assoit en face de moi.

— Alors gamin ? Comment va ?

— Ça va, marmonne-t-il, comme s'il avait peur de me parler.

Je n'ose imaginer toutes les consignes qu'elle a dû lui détailler pendant le trajet. Ne mange rien. Ne bois rien.

L'échange

Ne joue pas dans l'aire de jeux. Lave-toi les mains. Ne réponds pas s'il te pose des questions sur moi, sur Ava, ou sur quoi que ce soit concernant la maison. Et surtout, ne t'amuse pas !

D'ordinaire, il faut quelques minutes au petit pour se débarrasser de tout ça et parvenir à se détendre.

— Bon anniversaire !
— Merci.
— Maman m'a annoncé que tu fais une fête samedi. Il y aura plein d'autres enfants, un gâteau et des tas de trucs à manger. Ça va être rigolo.
— Oui. Ça devrait.

Je ne suis pas invité bien entendu. La fête a lieu chez Judith et Ava, là où Starcher passe la moitié de sa vie. Un endroit où je n'ai jamais mis les pieds.

— Tu as faim ?

Il regarde autour de lui. On est dans un McDonald, le paradis des enfants, là où tout est conçu pour faire craquer le client. En photo tout a l'air délicieux. Ses yeux s'arrêtent sur la pub pour la nouvelle glace : le McGlacier. Ça a l'air bon.

— Je crois que je vais en prendre une pour goûter. Ça te tente ?
— M'man m'a dit que je ne dois rien manger ici. Que c'est très mauvais pour la santé.

C'est mon temps à moi, pas celui de Judith. Je souris et me penche vers mon fils d'un air de conspirateur :

— Mais maman n'est pas là. Si on ne lui dit rien, ni toi, ni moi, elle n'en saura rien. On est entre hommes, pas vrai ?

Il sourit et hoche la tête.

— D'accord.

Sous la table, je récupère un paquet emballé dans du papier cadeau et le pose devant Starcher.

— C'est pour toi, gamin. Joyeux anniversaire. Vas-y, ouvre-le.

Il attrape le cadeau et je me lève pour aller chercher nos glaces.

Lorsque je reviens avec les desserts, il a devant lui un plateau de backgammon. Quand j'étais petit, mon grand-père m'a appris à jouer aux dames, puis au backgammon et enfin aux échecs. J'étais fasciné par tous ces jeux. Enfant, j'en recevais un à chaque Noël et à chaque anniversaire. À dix ans, j'en avais toute une pile dans ma chambre, une belle collection dont je prenais grand soin. J'ai rarement perdu à des jeux de société. J'adorais le backgammon, et je saoulais mon grand-père, ma mère, mes amis, tout le monde en fait, pour qu'on joue avec moi. À douze ans, j'ai terminé troisième d'un tournoi pour enfants. À dix-huit, je me débrouillais carrément bien dans les tournois pour adultes. À l'université, je jouais pour de l'argent jusqu'à ce que les autres étudiants en aient assez de se faire plumer.

J'espère qu'un peu de cette passion se sera transmis dans les gènes de mon fils. Il est évident qu'il me ressemble beaucoup : il a la même tête que moi, la même démarche, la même façon de parler. Il est très intelligent, mais cela, je le reconnais, ça lui vient pour une bonne part de sa mère. Judith et Ava l'empêchent de s'approcher du moindre jeu vidéo. Et après le procès Renfro, moi aussi, ces jeux virtuels me font froid dans le dos.

— C'est quoi ? demande-t-il, en prenant son McGlacier sans quitter des yeux le plateau.

— Un backgammon, c'est un très vieux jeu de société. Je vais t'apprendre.

— Ça paraît compliqué, dit-il en avalant une cuillère de glace.

L'échange

— Pas du tout. J'ai commencé à jouer quand j'avais huit ans. Tu vas comprendre très vite.
— D'accord, répond-il, prêt à relever le défi.
Je place les pions et lui explique les règles de base.

9.

Partner se gare sur un parking bondé, sort du van, et se dirige vers le centre commercial. Il entre dans le restaurant qui occupe l'aile du complexe. Il va trouver une place près des baies vitrées, dans la petite zone du bar au premier étage, pour faire le guet.

À 16 heures, Arch Swanger toque à la portière coulissante. J'ouvre. Bienvenue chez Rudd & Rudd ! Il sourit en voyant les sièges de cuir, la télévision, la chaîne hifi, le canapé, le réfrigérateur.

— Pas mal. C'est vraiment là que vous travaillez ?
— Absolument.
— Je me disais qu'une pointure comme vous aurait un bureau classieux dans une grande tour du centre-ville.
— J'en avais un autrefois, mais on l'a fait sauter. Une bombe incendiaire. Maintenant, je préfère être une cible en mouvement.

Il me fixe du regard, se demandant si c'est du lard ou du cochon. Il a échangé ses lunettes bleues ridicules contre une paire noire de lecture qui lui donne l'air un peu plus intelligent. Il porte une casquette en feutre, noire également. Cela lui fait un bon look, et un déguisement efficace. On ne le reconnaîtrait pas à trois mètres.

— Quelqu'un a vraiment mis une bombe dans votre bureau ?

— Il y a cinq ans environ. Ne me demandez pas qui a fait ça, je n'en sais rien. Soit un trafiquant, soit des flics infiltrés. Personnellement, je penche pour les gars des stups, parce que la police n'a pas montré un grand enthousiasme pour retrouver les coupables.

— Voilà ! C'est ça que j'aime bien chez vous, monsieur Rudd. Je peux vous appeler Sebastian ?

— Je préfère monsieur Rudd, tant que je ne travaille pas officiellement pour vous. Après, vous pourrez m'appeler Sebastian.

— D'accord, monsieur Rudd. Ça me plaît bien que les flics vous aient dans le nez, et réciproquement.

— Je connais beaucoup de policiers avec qui je m'entends très bien.

Beaucoup, j'exagère un peu. J'aime bien Nate Spurio et deux autres flics aussi. Mais ça s'arrête là.

— Parlons boulot. J'ai eu une conversation avec l'inspecteur, notre ami Landy Reardon. Ils n'ont pas tellement de preuves. Aucune, pour ainsi dire. Ils sont sûrs, toutefois, que c'est vous. Mais ils n'ont rien de tangible. Pour l'instant.

Ce serait le moment idéal pour m'annoncer qu'il est innocent. Un truc tout simple, du genre : « Ils se trompent de personne. » Mais au lieu de ça, voilà ce qu'il me dit :

— J'ai déjà eu des avocats, plusieurs fois, pour la plupart payés par l'État, et je me suis toujours méfié d'eux. Mais vous, ce n'est pas pareil. J'ai confiance en vous.

— Revenons à notre affaire, Arch. Pour dix mille dollars, je peux vous représenter jusqu'à l'inculpation. Une

L'échange

fois que vous serez officiellement accusé, avec un procès à suivre, on s'arrête. On s'assied autour d'une table et on remet tout à plat pour envisager ou non une suite à notre collaboration.

— Je n'ai pas dix mille dollars. Et je trouve que c'est beaucoup trop pour n'aller que jusqu'à l'inculpation. Je sais comment marche le système.

Il n'a pas complètement tort. Dix plaques pour les escarmouches préliminaires, c'est un peu salé, mais par principe, je commence toujours par mettre la barre haut.

— C'est non négociable, Arch. Je croule sous le travail et je ne manque pas de clients.

De la poche de sa chemise, il sort un chèque plié en deux.

— Voici cinq mille. Ça vient du compte de ma mère. Je ne peux pas faire plus.

Je déplie le chèque : une banque du coin. Cinq mille dollars. Signé par Louise Powell.

— Powell, c'est le nom de son troisième mari, précise-t-il. Il est mort. Mes parents ont divorcé quand j'étais gosse. Ça fait un bail que je n'ai pas vu mon vieux père.

Cinq mille billets me permettent d'entrer dans la partie et d'occuper le terrain médiatique et ce n'est pas si mal pour un round ou deux. Je replie le chèque, le glisse dans ma poche, et sors le contrat. Mon téléphone portable, posé sur la table basse, se met à vibrer. C'est Partner.

— Excusez-moi un instant. Je dois répondre.

— Vous êtes chez vous.

Partner a des nouvelles :

— Il y a deux flics dans une Jeep blanche à vingt mètres. Ils viennent d'arriver et ils ne quittent pas le van des yeux.

— Merci. Tiens-moi au jus.

Je me tourne vers Swanger :

— Vos copains vous ont suivi. Ils savent que vous êtes ici et ils connaissent le van. Mais il n'y a rien d'illégal à ce qu'un avocat rencontre son client.

Il secoue la tête de dépit.

— Ils ne me lâchent pas d'une semelle. Il faut vraiment que vous m'aidiez.

Pas à pas, je lui lis toutes les clauses du contrat. Quand on a fait le tour, on signe.

Je répète ma mise en garde :

— Je file tout droit à la banque encaisser le chèque. S'il y a le moindre souci, le contrat est caduc. C'est bien clair ?

— Vous pensez que je vous ferais un chèque en bois ?

Je souris malgré moi.

— C'est votre mère qui a signé le chèque. Je préfère ne pas prendre de risque.

— Elle boit trop mais ce n'est pas un escroc.

— Désolé, Arch. Ce n'est pas ce que je voulais dire. C'est juste que j'ai eu mon lot de chèques sans provision.

Il agite la main.

— Passons à autre chose.

On reste silencieux un moment, le regard baissé, puis je romps le silence :

— Maintenant que je suis votre avocat, vous avez des questions, des points particuliers que vous voudriez aborder ?

— Vous avez une bière dans votre joli petit frigo ?

Je me penche, ouvre la porte et sors une canette. Il arrache l'opercule et avale une longue gorgée. Il a l'air d'apprécier.

— Ce doit être la bière la plus chère que j'ai bue de ma vie ! lâche-t-il en partant d'un grand rire.

— C'est une façon de voir. Mais dites-vous qu'aucun autre avocat ne vous aurait offert de l'alcool dans son bureau.

L'échange

— C'est vrai. Vous êtes le premier.
Il avale une autre lampée.
— Dites, Sebastian… je peux vous appeler Sebastian, puisque j'ai payé et signé le contrat, n'est-ce pas ?
— Va pour Sebastian.
— Donc Sebastian, en plus d'une bière, qu'est-ce que je peux avoir pour cinq mille dollars ?
— Des conseils juridiques, pour commencer. Et de la protection. Les flics ne pourront plus vous emmener au poste et vous interroger pendant dix heures d'affilée, comme ils en ont l'habitude. Ils vont devoir suivre la loi, et ça, ça change la donne pour eux. Je vais aller trouver l'inspecteur Reardon et tenter de le convaincre qu'il n'a pas assez de preuves pour continuer. Comme ça, s'ils ont du nouveau, je serai le premier informé.

Swanger renverse la tête en arrière, vide sa bière et s'essuie la bouche sur le revers de sa manche. Un étudiant assoiffé à une fête ne l'aurait pas bue plus vite ! C'est encore un moment idéal pour me dire quelque chose du genre « il n'y a aucune preuve » mais au lieu de ça, il rote bruyamment et demande :
— Et si je suis officiellement arrêté ?
— Alors je viendrai à la prison et j'essaierai de vous faire sortir de là, ce qui sera mission impossible. Quand on est accusé de meurtre dans cette ville, il n'y a pas de liberté conditionnelle envisageable. Je déposerai plein de requêtes, je ruerai dans les brancards. J'ai des amis dans les médias et je leur ferai savoir que la police n'a aucune preuve. Je commencerai mon travail de sape contre l'accusation.
— Ce n'est pas beaucoup pour cinq mille dollars. Je peux avoir une autre bière ?

J'hésite un instant. Deux, ce sera la dose limite, du moins dans mon bureau. Je lui donne une autre canette.

— Je vous rends l'argent tout de suite si vous n'êtes pas content, Arch. Comme je vous l'ai dit, je ne suis pas en manque de travail et j'ai plein de clients. Cinq mille dollars de plus ou de moins, ce n'est pas ça qui va changer ma vie.

Il boit une gorgée, plus raisonnable cette fois. J'insiste :

— Vous voulez que je vous rende votre chèque ?

— Non.

— Alors arrêtez de vous plaindre.

Il m'observe fixement et, pour la première fois, je vois dans ses yeux la froideur implacable du tueur. Je connais ce regard.

— Les flics vont me faire la peau, Sebastian. Ils ne peuvent rien prouver, ils n'arrivent pas à mettre la main sur leur bonhomme, et ils ont la pression. S'ils m'arrêtent maintenant, ils savent qu'ils vont avoir affaire à vous, et comme leur dossier est vide, ils ne veulent pas aller au procès. Imaginez un non-lieu après tout ce ramdam ! Pour s'éviter tous ces problèmes, il leur suffit de m'éliminer et comme ça tout le monde est content. Je le sais parce qu'ils me l'ont dit. Pas l'inspecteur Reardon. Ni les huiles. Mais les flics de terrain, ceux qui m'espionnent jour et nuit. Ils surveillent même la caravane quand je dors ! C'est de l'intimidation. Ils me balancent des injures, me menacent. Ils vont me tuer, c'est couru d'avance. Vous les connaissez. Vous savez qu'ils en sont capables.

Il se tait, le temps de prendre une autre goulée.

— C'est un peu gros, lui dis-je. Bien sûr, il y a des pommes pourries, mais je ne les ai jamais vus tuer un suspect juste parce qu'ils n'ont pas de preuves contre lui.

— Je connais un gars qu'ils ont trucidé, un dealer. Ils ont maquillé ça, pour faire croire à une livraison de came qui a mal tourné.

— Vous ne me convaincrez pas, Arch. Laissez tomber.

L'échange

— OK. N'empêche qu'ils sont face à un dilemme : s'ils me mettent une balle dans la tête, ils ne trouveront jamais le corps de la fille.

Mon estomac se serre d'un coup, mais je garde un visage impassible. Par principe, l'accusé clame son innocence. Jamais il ne reconnaît son crime, en tout cas jamais aussi tôt dans une affaire. Pas une fois, je n'ai demandé à un client s'il était coupable – c'est une perte de temps. Et ils ne disent pas la vérité au début. J'opte donc pour l'approche en douceur :

— Vous savez où est le corps ?

— Je voudrais d'abord tirer une chose au clair. Maintenant que vous êtes mon avocat, je peux tout vous dire, c'est ça ? Si j'ai tué dix filles et caché leurs cadavres, que je vous raconte tout dans le détail, vous n'avez pas le droit d'en parler, pas vrai ?

— C'est exact.

— Jamais ?

— La loi prévoit une exception. Une seule. Si je considère que ce que vous me dites sous le sceau du secret va mettre en danger d'autres personnes, alors je suis autorisé à répéter vos confidences aux autorités. Dans tous les autres cas, je suis tenu au silence.

Il sourit, satisfait par ma réponse, et boit une nouvelle lampée.

— Pas de panique. Je n'ai tué personne ! Ni dix filles, ni une seule. Mais je sais où cette Jiliana Kemp est enterrée.

— Et vous savez qui est l'assassin ?

Il marque un silence, lâche un oui, puis se tait à nouveau. Il ne veut pas donner de nom. J'ouvre à nouveau le frigo et prends une bière pour moi. On boit sans rien dire pendant un petit moment. Il épie tous mes mouvements, comme s'il pouvait entendre mon cœur tambouriner dans ma poitrine. Finalement, je parviens à reprendre les rênes :

— D'accord, je ne vous demande rien. Mais il est peut-être important que quelqu'un, moi par exemple, sache où se trouve le corps. Vous n'êtes pas de cet avis ?

— C'est possible. Je vais y réfléchir. Je vous dirai demain. Peut-être. Ou pas.

Je pense à la famille Kemp et au cauchemar qu'ils vivent. À cet instant, je déteste cet homme et je le jetterais bien moi-même en prison, pour ne pas dire plus. Le voir ainsi boire une bière dans mon van... tranquille comme Baptiste, alors que les Kemp souffrent le martyre !

— Quand a-t-elle été tuée ?

— Je ne sais pas trop. Ce n'est pas moi, je le jure. Mais elle n'a pas eu le temps d'accoucher, si c'est ça votre question. Il n'y a pas de bébé à vendre au marché noir.

— Vous en savez beaucoup, à ce que je vois.

— J'en sais beaucoup trop et je risque d'y laisser ma peau. Je pourrais peut-être disparaître, qu'en pensez-vous ?

— Fuir serait la preuve de votre culpabilité. Et ce serait retenu contre vous au tribunal. Je vous le déconseille vivement.

— Vous préférez donc que je reste ici et que je prenne une balle dans la tête ?

— Encore une fois, les flics ne tuent pas les suspects.

Il écrase sa canette entre ses doigts et la pose sur la table.

— Pour l'instant, je n'ai rien d'autre à vous dire. À la prochaine.

— Quand vous voulez. Vous avez mon numéro.

Swanger ouvre la porte et sort. Partner le voit s'éloigner sur le parking. Il regarde autour de lui, cherchant à repérer les flics qui le suivent, puis il entre dans le centre commercial et disparaît.

Partner et moi filons aussitôt à la banque. Le chèque est refusé. J'appelle Swanger pendant une heure. Je l'ai enfin en ligne. Il me présente ses excuses et promet que le chèque sera approvisionné dès demain. Il me mène en bateau, j'en suis convaincu.

10.

À 4 h 33 du matin mon téléphone sonne. Je ne connais pas le numéro. Et ça, c'est toujours un signe de mauvais augure. Je décroche :
— Allô ?
— Sebastian, c'est moi. Arch. Vous avez une minute ?
Sans blague ! La nuit je dors. Qu'est-ce que vous croyez ? Que j'enchaîne les réunions ? Je prends une grande inspiration pour garder mon calme.
— Oui, j'ai une minute à vous accorder. Mais il est 4 heures du mat', ça a intérêt à être important.
— J'ai quitté la ville. Je suis officiellement en cavale. Je leur ai filé entre les doigts et je ne compte pas revenir. Comme ça ils ne m'auront pas.
— C'est une grosse erreur. Vous allez devoir vous trouver un autre avocat.
— C'est vous mon avocat.

L'insoumis

— Le chèque était en bois. Je vous avais prévenu...
— Vous l'avez encore. Vous pourrez l'encaisser aujourd'hui. Je vous jure qu'il passera.

Son débit est rapide et haché. On a l'impression qu'il parle en courant.

— Sebastian, je vais vous dire où est enterrée la fille. Au cas où il m'arrive quelque chose. Je ne suis pas seul, et ça peut toujours mal tourner, vous voyez ce que je veux dire.

— Pas vraiment.

— Je ne peux pas tout vous raconter. C'est compliqué. Il y a plein de types à mes trousses, des flics mais aussi d'autres gars – à côté d'eux les poulets sont des anges.

— C'est moche pour vous. Mais je ne peux rien faire.

— Il y a un panneau sur la nationale, à environ une heure d'ici au sud. Un grand panneau dans un champ de maïs, avec écrit dessus : « Retrouver sa fertilité après une vasectomie. » Ça vous dit quelque chose ?

— Je ne crois pas.

Tous mes signaux d'alerte passent au rouge. Raccroche, idiot ! Raccroche ! Ne lui parle plus jamais ! Mais mon corps ne répond plus.

Il y a de l'excitation dans sa voix, comme s'il savourait l'instant.

— « Retrouver sa fertilité après une vasectomie. Appelez le Dr Woo. Vingt-quatre heures sur vingt-quatre. Numéro vert. Toutes assurances acceptées. » Vous n'avez jamais remarqué ce panneau ? C'est là qu'elle est enterrée, Sebastian, juste dessous, en bordure d'un champ de maïs. Mon père a eu une vasectomie, deux ans avant ma naissance. Je ne sais pas ce qui a merdé, et ma mère était tout étonnée. Peut-être qu'elle voyait quelqu'un de son côté. Alors qui est mon père, hein ? Je pense que je ne le saurai jamais. Bref, les vasectomies m'ont toujours fasciné. Un coup de bistouri ici, un autre là, et vous rentrez chez vous

tranquille, pour tirer à blanc le reste de votre vie. C'est tout simple, non ? Mais les conséquences sont énormes. Vous en avez eu une, vous ? Vous avez fait le grand saut ?
— Non.
— C'est bien ce que je pensais. Vous êtes un homme, un vrai.
— Vous l'avez donc enterrée là ? C'est ça que vous me dites, Arch ?
— Je ne dis rien, Sebastian. Je vous dis juste au revoir et merci de garder le secret. À la prochaine.

11.

Je prends une couverture et m'emmitoufle sur ma petite terrasse. Il fait nuit. Il fait froid. Les rues sont vides et mortes. Dans des moments comme ça, je me demande pourquoi j'ai voulu être avocat et défendre des criminels, pourquoi j'ai choisi de passer ma vie à tenter de protéger des gens qui, pour la plupart, ont commis des actes horribles. Je peux dresser la liste des justifications classiques, mais parfois le cœur n'y est pas. Je pense à l'architecture, mon second choix. Mais je connais aujourd'hui quelques architectes et, eux aussi, ont leurs doutes.

Premier scénario : Swanger dit la vérité. Auquel cas, suis-je tenu à l'éthique et au secret ? Question liminaire :

suis-je réellement son avocat ? Oui et non. On a signé un contrat, certes, mais il l'a rompu en me payant avec un chèque sans provision. Pas de contrat, pas d'avocat. Mais rien n'est jamais aussi tranché. On s'est vus à deux reprises, et durant ces deux entrevues il m'a considéré comme son défenseur. Les deux fois, c'était réellement des rencontres avocat/client. Il m'a demandé des conseils. Et je lui en ai donné. Et il les a suivis pour la plupart. Il a confiance en moi. Quand il m'a dit qu'il savait où se trouvait le corps, il me considérait indubitablement comme son avocat.

Deuxième scénario : d'accord, je suis bel et bien son avocat. Et comme je n'aurai plus jamais de nouvelles de lui, je décide de raconter à la police ce qu'il m'a dit. Ce serait une trahison manifeste envers mon client. De quoi me faire radier du barreau. Mais qui irait se plaindre ? Si Swanger est en cavale, ou mort, quel problème pourrais-je avoir ?

Troisième scénario : ben si, des problèmes en pagaille... Si le corps est bien là où il le prétend et que je révèle l'emplacement à la police, alors ils vont traquer Swanger, le trouver, le poursuivre en justice et le faire condamner, avec sans doute la peine de mort à la clé. Swanger dira alors que c'est de ma faute, et il aura raison. Et je pourrai tirer un trait sur ma carrière.

Quatrième scénario : je ne raconte rien à la police, en aucun cas. Ils ne savent pas que je sais et je ne risque pas de leur dire. Je pense à la famille Kemp, au cauchemar qu'ils vivent, mais je ne peux violer le secret professionnel. Avec un peu de chance, la famille n'en saura jamais rien.

Cinquième scénario : Swanger ment. Il m'a paru bien pressé de me parler. Il joue avec moi et m'entraîne dans quelque stratagème machiavélique qui va mal se terminer. Il savait que le chèque allait être refusé par la banque. Sa pauvre mère n'a jamais eu cinq mille dollars de sa vie. Et lui non plus.

Sixième scénario : il ne ment pas. Je peux refiler l'info discrètement à Nate Spurio, ma taupe chez les flics. Le corps sera alors retrouvé. Swanger sera arrêté, jugé et je ne viendrai pas le défendre au tribunal. Si c'est lui qui a tué la fille, je veux qu'il soit condamné.

J'envisage encore d'autres versions, et tout finit par se mélanger. À 5 h 30 du matin, je me fais un café. Pendant qu'il passe dans la machine, j'installe les quinze billes dans le triangle et casse le paquet avec un coup pas trop appuyé. Le voisin s'est plaint d'entendre claquer des boules à des heures indues, alors je travaille la finesse. Je fais une série en terminant par la 8 dans l'angle, avale une tasse de café et en réussis une autre. J'en commence une troisième, et laisse cette fois la 4 à deux centimètres de la poche Trente-trois billes empochées d'affilée. Pas mal.

Retrouver sa fertilité après une vasectomie ?

12.

La police me suit, mais sans zèle. Selon Partner, ils me filent le train une fois sur deux. Ils étaient furieux quand Arch Swanger m'a rencontré dans le van, mais c'était il y a une semaine. Partner me lâche discrètement chez Ken's Kars, un revendeur de voitures d'occasion dans la partie hispanique de la ville. J'ai défendu Ken, je l'ai sorti de prison, mais lui et moi savons que notre collaboration n'est pas terminée. Il trempe toujours dans des plans pas clairs, pour ne pas dire troubles et, un jour ou l'autre, le SWAT va faire une nouvelle descente avec un mandat d'arrestation.

Pour vingt dollars, en liquide, Ken va me « louer » l'une de ses voitures de son parc miteux, sans me poser de questions. Je fais ça de temps en temps quand je pense être surveillé. Mon van noir est bien trop connu. Le break Subaru qu'il m'a choisi est une véritable épave mais au moins il n'attirera pas l'attention. Je passe quelques minutes avec Ken, on plaisante un peu, puis je prends la route.

Je traverse cette partie délabrée de la ville en gardant un œil dans le rétroviseur. Après bien des tours et détours, je trouve enfin une voie express qui mène à la nationale. Quand je suis sûr que personne ne me suit, je prends au sud. À quatre-vingts kilomètres de la ville, je passe devant le panneau publicitaire du Dr Woo, dressé de l'autre côté de la route. Comme l'a dit Swanger, c'est un grand panneau au bord d'un champ de maïs. À côté du slogan « Retrouver sa fertilité après une vasectomie », il y a en gros plan le joufflu Dr Woo qui regarde passer le flot de voitures remontant au nord. J'emprunte la sortie suivante, fais demi-tour, reviens jusqu'au panneau et me gare à côté. Les véhicules filent derrière moi dans des rugissements de moteurs et les appels d'air des gros camions secouent dangereusement mon break, comme s'il allait s'envoler. Le long de l'accotement, il y a un fossé couvert de mauvaises herbes et de détritus et, derrière, un grillage gagné par les ronces. De l'autre côté, une route de gravillons longe le champ. Le fermier à qui appartient le terrain a délimité un rectangle de terre comme emplacement publicitaire. Au milieu de cette bande, s'élèvent quatre gros poteaux métalliques supportant le panneau. Tout autour, de l'herbe, d'autres immondices, quelques épis de maïs égarés. Au-dessus, le Dr Woo sourit à pleines dents aux conducteurs, sûr de ses prouesses.

C'est bien le dernier type à qui je confierais mes testicules.

Même si je n'ai aucune expérience en la matière, j'imagine que la nuit, ni vu ni connu, on peut emprunter cette route de gravier, creuser un grand trou, y faire tomber un corps, reboucher le tout, et répandre dessus de la poussière et des ordures. Il suffit alors de laisser reposer quelques mois, le temps que les saisons fassent leur œuvre et effacent toutes traces.

Mais pourquoi choisir un endroit aussi près d'une nationale où passent vingt mille voitures par jour ? Aucune idée, mais allez savoir comment raisonne un psychopathe. « Se cacher en pleine lumière », quelque chose comme ça sans doute... Et je suis certain que l'endroit doit être désert à 3 heures du matin.

Je contemple les herbes sous le panneau, songe aux Kemp. C'est à ce moment-là que je maudis le jour où j'ai rencontré Arch Swanger.

13.

Deux jours plus tard, alors que je patiente dans un couloir du vieux palais, je reçois un SMS de Reardon. Il veut me parler. Et c'est urgent. Une heure plus tard, Partner me dépose devant le QG de la police et je me retrouve dans le petit bureau de l'inspecteur croulant sous les dossiers. Ni bonjour, ni remerciement. Mais cela n'a rien d'étonnant.

— Vous avez une minute ? grogne-t-il.

— Je ne serais pas ici sinon.

— Asseyez-vous.

Il n'y a qu'un siège – un fauteuil de cuir couvert de paperasses et de saleté.

— Non merci. Je vais rester debout.

— Comme vous voulez. Vous savez où se trouve Swanger ?

— Pas la moindre idée. Je croyais que vous le suiviez ?

— C'est vrai, mais il nous a filé entre les pattes. Il a disparu voilà une semaine. Depuis rien. Nada.

Il se laisse tomber dans son antique fauteuil et finalement pose les pieds sur son bureau.

— Vous êtes toujours son avocat ?

— Non. Quand il m'a engagé, il m'a donné un chèque en bois. Donc notre contrat est nul et non avenu.

Il lâche un petit rire, un rire faux.

— Ce n'est pourtant pas l'impression que j'ai. Écoutez ça. L'appel est arrivé ici juste après minuit.

Il se penche, appuie sur deux boutons de son vieux répondeur. Après le bip, c'est la voix de Swanger :

L'échange

— « C'est un message pour l'inspecteur Reardon. C'est Arch Swanger à l'appareil. Je suis sur la route et je ne reviendrai pas. Vous me traquez depuis des mois et je n'en peux plus. Ma pauvre mère pète les plombs à cause de votre surveillance et de votre pression. Laissez-la tranquille s'il vous plaît. Elle est totalement innocente, comme moi. Vous savez très bien que je n'ai pas tué cette fille, que je n'ai rien à voir avec tout ça. Je serais le premier à tout raconter si quelqu'un était prêt à m'écouter... mais si je reviens, vous allez me tomber dessus et me jeter en prison. J'ai pourtant des infos, des infos importantes à donner. Par exemple, je sais où elle est. Ça vous intéresse, n'est-ce pas ? »

Il y a un long silence. Je regarde Reardon.

— Attendez. Le meilleur est à venir, m'annonce-t-il.

Swanger tousse deux fois. Quand il recommence à parler sa voix tremble, comme s'il était submergé par l'émotion.

— « Seules trois personnes savent où elle est enterrée. Trois. Moi, le type qui l'a tuée, et mon avocat, Sebastian Rudd. Je l'ai dit à Rudd parce qu'en tant qu'avocat il est tenu au secret. C'est énervant, n'est-ce pas, inspecteur ? Pourquoi un avocat devrait-il cacher une info aussi cruciale ? J'aime bien Rudd, ne vous méprenez pas. Je l'ai engagé pour me défendre. Si, par je ne sais quel miraculeux hasard, vous arrivez à m'attraper, alors je l'appellerai à la rescousse. »

Un autre silence.

— « Faut que je file. À la prochaine. »

Je m'approche du siège et m'assois sur les dossiers qui l'encombrent. Reardon éteint le répondeur et se penche vers moi.

— Cela provient d'un téléphone à carte prépayée, donc intraçable. Nous ignorons où il se trouve.

Je prends une grande inspiration. Ça se bouscule dans ma tête. Pourquoi Swanger a-t-il révélé aux flics que je savais où était le corps ? C'est absurde ! À quoi bon me le dire si c'est pour aller ensuite tout balancer à Reardon ? Ça ne me plaît pas. Mais alors pas du tout. Ce type est un escroc, peut-être même un tueur en série, un psychopathe qui joue avec les gens et se complaît dans ses affabulations. N'empêche, quelles que soient ses motivations, il vient de me pousser du haut d'une falaise, et je tombe dans le vide.

La porte s'ouvre brutalement : entrée en scène de Roy Kemp, père de la victime et directeur adjoint de la police. Il referme le battant derrière lui, fait un pas vers moi. C'est un grand gaillard, un ancien marine avec une mâchoire carrée et des cheveux gris coupés en brosse. Il a les yeux rouges et bouffis, signe d'une année éprouvante. Mais il y a aussi de la haine dans ses prunelles, j'en ai des frissons. Dans l'instant, mon col est trempé de sueur.

Reardon se lève, fait craquer les jointures de ses doigts comme s'il se préparait à me frapper. Il me lance à son tour un regard assassin.

Ne jamais montrer ses faiblesses, ni devant un flic, ni devant un procureur, un juge ou un jury. C'est signer son arrêt de mort. Mais à cet instant, impossible de feindre l'assurance, et encore moins de jouer l'arrogance, qui est pourtant ma botte secrète.

Kemp attaque bille en tête :

— Où est ma fille, Rudd ?

Je me mets debout lentement, lève les bras pour calmer tout le monde.

— Je vais réfléchir à tout ça, d'accord ? Vous me prenez de court. Vous avez eu tout le temps, les gars, pour monter cette embuscade. Laissez-moi quelques heures, OK ?

L'échange

— Je me contrefous du secret professionnel, de l'éthique et de toutes ces conneries, Rudd, insiste Kemp. Vous n'avez pas idée de ce qu'on endure. Onze mois et dix-huit jours d'enfer. Ma femme ne sort plus de son lit. Toute ma famille vole en éclats. On n'en peut plus.

Malgré son air imposant, Roy Kemp est un homme dans la souffrance, un père qui traverse comme un somnambule son pire cauchemar. Il a besoin d'un corps, de funérailles, d'une tombe devant laquelle sa femme et lui puissent s'agenouiller et pleurer leur enfant. L'horreur et cette incertitude doivent être un supplice.

Il se tient entre moi et la porte, me bloquant le passage. Je me demande s'il est prêt à en venir aux mains.

— Monsieur Kemp, vous partez du principe que Swanger dit la vérité, mais rien n'est moins sûr.

— Vous savez où se trouve ma fille ?

— Je sais ce qu'il m'a dit, mais je ne sais pas si c'est la vérité. En fait, j'en doute fortement.

— Alors dites-nous l'endroit. On ira vérifier.

— Ce n'est pas si simple. Je ne peux répéter ce qu'il m'a confié dans le cadre d'une relation avocat/client, vous le savez.

Kemp ferme les yeux. Je baisse la tête, vois ses deux poings serrés. Lentement, il déplie les doigts. Reardon me regarde fixement. Kemp aussi, les paupières mi-closes. Puis il hoche la tête :

— D'accord, Rudd. Vous gagnez cette manche. Mais on vous aura.

Je les comprends. Je suis de leur côté pourtant. Je préférerais tout déballer, leur permettre d'enterrer dignement leur fille et les aider à retrouver Swanger. Je serais le premier à me réjouir s'il était condamné pour meurtre. Malheureusement, cela m'est impossible. Je fais un petit pas vers la porte.

— Maintenant, j'aimerais m'en aller.

Kemp ne bouge pas. Je parviens à passer à côté de lui sans déclencher un pugilat. Au moment où j'attrape la poignée de la porte, j'ai l'impression de sentir un couteau se planter dans mon dos. Mais je survis et réussis à rejoindre le couloir. Jamais je n'ai quitté aussi vite le bâtiment de notre police municipale.

14.

C'est le troisième vendredi du mois, jour du rendez-vous mensuel avec Judith pour boire nos deux verres. Ni l'un ni l'autre n'en avons envie, mais aucun ne veut baisser pavillon ou rendre les armes. Ce serait un aveu de faiblesse, ce qui est inenvisageable, en tout cas entre nous. On se raconte qu'il nous faut préserver une forme de communication parce que nous avons un fils ensemble. Pauvre gosse.

C'est la première fois que je la revois depuis qu'elle m'a traîné devant le juge dans l'espoir de me retirer définitivement mon droit de visite. Avec le ressentiment qui flotte, ce rendez-vous va être encore plus pénible que d'habitude. Pour tout dire, j'espérais qu'elle annulerait. Si elle me provoque, je risque de partir au quart de tour.

J'entre dans le bar en avance et trouve un box. Elle arrive à l'heure, comme à son habitude, mais curieusement elle a l'air contente. Judith n'est pas d'un abord

L'échange

sympathique, et ne sourit pas beaucoup. Tous les avocats connaissent le stress au boulot, d'accord, mais tous ne travaillent pas dans un cabinet avec neuf tigresses prêtes à s'écharper. Ce doit être une vraie cocotte-minute là-bas, et j'imagine qu'à la maison, ça ne doit pas rigoler tous les jours. Plus Starcher grandit, plus il me parle des disputes entre Judith et Ava. Et moi, bien sûr, je lui tire les vers du nez, pour avoir un maximum d'infos.

J'ouvre les débats par du classique :

— Comment s'est passée ta semaine ?

— La routine. Mais toi, apparemment, tu es encore sur un gros coup. Il y a ta photo dans le journal.

La serveuse vient prendre notre commande, toujours la même : chardonnay pour elle, bourbon sour pour moi. Je ne sais pas ce qui la mettait en joie tout à l'heure, mais l'euphorie s'est vite envolée.

— C'est un peu prématuré. Je ne représente plus le type. Il ne pouvait pas payer mes honoraires.

— C'est dommage, ça t'aurait fait de la pub.

— Je m'en ferai autrement.

— Pour ça, je te fais confiance.

— Garde tes piques, s'il te plaît. Je ne suis pas d'humeur. Je prends Starcher demain pour mes trente-six heures. Comme convenu.

— Que comptes-tu faire avec lui ?

— Je dois donc te donner mon programme pour avoir ton accord ?

— Simple curiosité. Visiblement, tu as besoin d'un verre !

On fixe la table en attendant notre commande. Dès que nos alcools arrivent, on s'empresse de boire. À la troisième lampée, je réponds :

— Ma mère est en ville. On va emmener Starcher au centre commercial, comme tous les parents qui n'ont pas la garde de leur enfant. Tous ces gens qu'on voit

s'emmerder ferme devant leur café pendant que leurs mômes font du manège ou jouent dans la piscine à balles. Ensuite, on ira manger une pizza et une glace dans un fast-food – oui, rien que du sucre et du gras ! –, puis on ira voir les clowns faire les idiots et distribuer des ballons. Après ça, on fera un tour sur les quais pour regarder les bateaux. Tu veux savoir autre chose ?
— Tu comptes le garder cette nuit ?
— J'ai droit à un jour et demi avec lui par mois. Cela fait de 9 heures demain matin jusqu'à 21 heures le dimanche soir. Fais le calcul. C'est assez évident.
La serveuse apparaît pour nous demander si tout va bien. On commande une autre tournée, même si nos verres sont encore à moitié pleins. L'année passée, je commençais presque à apprécier ces courts moments avec Judith. Tous les deux nous sommes avocats et de temps en temps on se découvre des terrains d'entente. Je l'ai aimée autrefois, même si je doute que cela ait été réciproque. On a eu un enfant. Je me suis raconté qu'on pouvait tisser une sorte d'amitié, ce qui m'aurait bien convenu parce que j'ai si peu d'amis. Mais aujourd'hui, Judith me sort par les yeux.
On boit en silence, maussades, deux ex qui s'étrangleraient bien mutuellement. C'est elle qui brise la glace :
— Cet Arch Swanger… il est comment ?
On parle de lui quelques minutes, puis du kidnapping, du cauchemar qu'endure la famille Kemp. Elle connaît un avocat qui s'est occupé du petit copain de Jiliana pour une histoire de conduite en état d'ivresse. Cette anecdote est censée détendre l'atmosphère.
En une demi-heure, on a vidé nos verres. Un record. On se quitte sans même prendre la peine de se faire la bise.

L'échange

15.

Chaque mois, il faut trouver une activité pour Starcher. Un véritable défi ! Il m'a déjà dit qu'il en avait assez du centre commercial, du zoo, de la caserne de pompiers, du golf miniature, et du théâtre pour enfants. Ce qui l'amuserait, ce serait de retourner voir des matchs de free-fight, mais cela c'est hors de question. Donc, je lui ai acheté un bateau.

On retrouve ma mère au Landing, un restaurant au milieu du parc de la ville, qui se donne des airs de pavillon du lac de la Belle Époque. On y prend un café pendant que Starcher avale comme un glouton son chocolat chaud. Ma mère s'inquiète de son éducation. Le gosse se tient mal à table et ne dit jamais « s'il vous plaît » ou « merci ». J'ai tenté de redresser le tir mais j'ai échoué lamentablement.

Le bateau est un hors-bord radiotélécommandé avec un moteur qui fait le bruit d'une tronçonneuse lilliputienne. Le lac en question est un bassin circulaire percé en son centre d'une fontaine. Le paradis des modèles réduits, de toutes sortes, et de tous âges. Starcher et moi mettons une demi-heure à nous familiariser avec les boutons de la commande. Quand il a acquis une bonne maîtrise de l'engin, je le laisse piloter seul et vais retrouver ma mère qui s'est installée sur un banc à l'ombre.

Il fait beau, l'air est vif et le ciel bleu. Le parc est noir de monde – des familles se promenant avec des cornets de glace, de jeunes mamans avec leurs grosses poussettes toutes options, des amoureux batifolant dans les feuilles mortes. Et un bon nombre de pères divorcés exerçant leur droit de visite.

Ma mère me parle de tout et de rien, en regardant son petit-fils au loin. Elle habite à deux heures d'ici et n'a pas les infos du coin. Elle n'a pas entendu parler de l'affaire Swanger et je ne risque pas de lui raconter. Elle a des idées très arrêtées et n'approuve guère mes choix de carrière. Mon père, son premier mari, était avocat aussi, mais travaillait dans le secteur immobilier et vivait confortablement. Il est mort quand j'avais dix ans. Son second mari a fait fortune dans les balles de caoutchouc et est décédé prématurément à l'âge de soixante-deux ans. Elle n'a pas osé tenter le sort avec un troisième.

Je vais nous chercher un autre café dans des tasses en carton et nous reprenons notre conversation. Quelques minutes plus tard, Starcher me fait signe de venir. Il me donne la télécommande et m'annonce qu'il veut aller faire pipi. Les toilettes ne sont pas loin, juste de l'autre côté du bassin, dans un bâtiment qui abrite les boutiques de souvenirs et l'administration du parc. Je lui demande s'il a besoin d'aide ; il me retourne un regard noir. C'est vrai qu'il a huit ans et qu'il gagne en assurance. Je l'ai à l'œil alors qu'il s'éloigne et entre dans les toilettes pour hommes. J'éteins le moteur du bateau et j'attends.

Il y a soudain du bruit dans mon dos, des voix, des cris... puis deux coups de feu retentissent. Les gens se mettent à hurler. À cinquante mètres de moi, un jeune Noir traverse le parc en courant, saute par-dessus un banc et disparaît dans les bois, comme s'il avait la mort aux trousses. Et c'est le cas ! Dans son sillage un autre jeune Noir fait irruption, l'air très énervé, un pistolet à la main. Il tire à nouveau. Les gens se plaquent au sol. Autour de moi, tous ces promeneurs qui profitaient tranquillement de la journée rampent par terre, serrent leurs enfants contre eux, détalent tête baissée. C'est un

L'échange

sauve-qui-peut général. On se croirait au cinéma, une scène qu'on a vue cent fois, mais il me faut quelques secondes pour comprendre que c'est la réalité. C'est un vrai pistolet !

Je pense à Starcher. Par chance, il est de l'autre côté du plan d'eau, dans les toilettes, à bonne distance des tirs. Au moment où je me baisse et regarde alentour, un type affolé me rentre dedans. Il me lâche un vague « pardon » en poursuivant sa course.

La proie et le chasseur disparaissent entre les arbres. J'attends. Je n'ose pas bouger. Deux coups de feu claquent encore au loin. Le deuxième gars a peut-être retrouvé le premier... au moins nous n'avons pas été témoins de sa fin funeste. On attend encore, puis on se relève lentement. Mon cœur bat à cent à l'heure. Je scrute les bois comme tout le monde. Le danger semble écarté. Je pousse un long soupir. Les gens échangent des regards, soulagés, mais encore sous le choc. Cela est arrivé pour de vrai ? Deux policiers à bicyclette passent en trombe et foncent vers les bois. Au loin, on entend des sirènes.

Je regarde ma mère sur son banc. Elle est au téléphone, comme si de rien n'était. Starcher est toujours aux toilettes. Je fais un crochet pour poser le bateau et la télécommande à côté d'elle, avant de me diriger vers le bâtiment. Là-bas, des hommes et des garçons entrent et sortent des cabines.

— C'était quoi ce ramdam ? s'enquiert-elle.

— Rien. La routine dans une grande ville, lui réponds-je en m'éloignant.

Starcher n'est pas dans les WC ! Je ressors en toute hâte, regarde partout autour de moi. Je vais chercher ma mère, lui explique que je ne trouve plus Starcher et lui demande d'aller voir s'il n'est pas dans les toilettes pour dames. Pendant de longues minutes, on quadrille elle et moi le secteur, notre angoisse s'amplifiant à chaque seconde. Starcher n'est pas du genre à se sauver. Sitôt fini, il serait revenu au bassin pour jouer avec son bateau. Mon cœur tambourine dans ma poitrine. Je suis trempé de sueur.

Les deux flics à vélo reviennent des bois, sans suspect, et poursuivent leur chemin. Je les arrête et leur dis que mon fils a disparu. Ils passent aussitôt un appel radio. Dans mon affolement, je stoppe d'autres gens pour leur réclamer de l'aide.

Deux autres policiers surgissent sur leur VTT. Tout autour du Landing, c'est l'effervescence. Tout le monde sait qu'un enfant a disparu. La police tente de boucler le parc, d'empêcher quiconque de sortir, mais il y a des dizaines d'accès. Des voitures de patrouille déboulent. Et leurs sirènes ne font qu'accentuer la tension. J'aperçois un type en pull rouge. Je crois l'avoir vu entrer aux toilettes un peu plus tôt. Il me dit, oui, qu'il y est allé, et qu'il y avait bien un gamin aux urinoirs, que tout paraissait normal. Non, il ne l'a pas vu sortir. J'arpente au pas de course les allées qui sillonnent le parc, demandant à tous ceux que je croise s'ils n'auraient pas aperçu un petit garçon de huit ans, l'air perdu. Il portait un jean et un sweat marron. Personne n'a rien remarqué.

Les secondes filent. J'essaie de me calmer. Il est juste parti se promener. Il n'a pas été enlevé. Mais cela ne marche pas. Je suis totalement paniqué.

Cette scène que vous lisez est terrible, mais vous vous dites que ça n'arrive qu'aux autres, pas vrai ?

L'échange

16.

Au bout d'une demi-heure de recherches frénétiques, ma mère est au bord de la syncope. Un infirmier la fait asseoir sur un banc. On me demande de rester avec elle, mais je ne tiens pas en place. Il y a des flics partout. Cette fois, vive la police !

Un jeune type dans un costume sombre se présente. Lynn Colfax. Il est inspecteur au service des enlèvements de mineurs. Faut-il qu'une société soit malade pour qu'un service entier de police soit dédié aux kidnappings d'enfants !

Je lui raconte les derniers événements. Je me tiens exactement à l'endroit où j'étais quand Starcher m'a quitté pour aller aux toilettes, à moins de trente mètres de là. Je l'ai regardé s'en aller. Je ne l'ai pas quitté des yeux jusqu'à ce qu'il soit entré, puis il y a eu les coups de feu. Pas à pas, souvenir après souvenir, on refait la fin du film.

Il n'y a qu'une seule porte aux toilettes pour hommes, et pas de fenêtres. Il semble inconcevable, pour moi comme pour l'inspecteur Colfax, que quelqu'un ait pu attraper un enfant de huit ans et l'emmener sans que personne le remarque. Mais à ce moment-là, chacun autour du Landing était soit pelotonné derrière les bancs, soit couché par terre, terrifié par les tirs. Comme le confirment nombre de témoignages. Apparemment, cet épisode parasite a duré quinze secondes, peut-être vingt. Cela laissait tout le temps à un ravisseur d'agir.

Au bout d'une heure, j'admets enfin que Starcher ne s'est pas égaré. Mais qu'il a été enlevé.

17.

Le meilleur moyen d'expliquer tout ça à Judith, c'est de lui montrer la situation. S'il est arrivé quelque chose à notre fils, elle ne me le pardonnera jamais. Quoi que je fasse, elle dira toujours, puisque je suis un mauvais père et que je manque à tous mes devoirs, que sa disparition est forcement et entièrement de ma faute. D'accord Judith. Tu as gagné. C'est moi le responsable.

Mais cela pourrait être utile qu'elle voie la scène du crime, en particulier avec tous ces flics qui grouillent.

Je regarde fixement mon téléphone portable. Je bugge comme ça un long moment. Enfin, je passe l'appel.

— Qu'est-ce qu'il y a ? lâche-t-elle en décrochant.

Je déglutis et essaie de paraître calme.

— Judith, Starcher a disparu. Je suis au City Park. Au restaurant le Landing, avec sa grand-mère, et avec la police. Il a disparu il y a une heure. Il vaut mieux que tu viennes.

— Quoi ? s'écrie-t-elle.

— Tu as entendu. Starcher a disparu. Je crois qu'il a été enlevé.

Elle crie à nouveau :

— Quoi ? Mais comment ? Tu ne le surveillais pas ?

— Si, je le surveillais. Viens. Je t'expliquerai.

Vingt minutes plus tard, elle dévale l'allée, visiblement bouleversée. Au moment où elle s'approche du Landing, elle remarque les policiers, puis elle me voit moi, ainsi que les rubans jaunes qui interdisent l'accès aux toilettes.

L'échange

Elle s'arrête net, met une main devant sa bouche et fond en larmes. Avec Lynn Colfax, je m'approche pour la réconforter.

Elle serre les dents et demande :

— Qu'est-ce qui s'est passé ?

Elle s'essuie les yeux et je raconte mon histoire. Une fois de plus. Elle ne m'adresse pas une parole. Je suis invisible. Elle n'a pas un regard pour moi. Elle assaille Colfax de questions. Une fois qu'elle a fait le tour, elle prend les rênes. La famille, c'est elle. Elle dit même à l'inspecteur que c'est elle qui a la garde et que tout doit passer par elle. Moi, je suis quantité négligeable, ni plus ni moins qu'un baby-sitter négligent.

Judith a une photo de Starcher dans son téléphone. Colfax l'envoie par mail à son service. L'alerte enlèvement va être lancée. Tous les policiers en ville sont maintenant au courant et à la recherche de Starcher.

18.

On quitte enfin le Landing, quoique à regret. Je préférerais rester là tout l'après-midi, et toute la nuit, juste à attendre que revienne mon petit garçon et qu'il me demande : « Où est mon bateau ? » C'est le dernier endroit où il a vu son père. S'il est perdu, peut-être reviendra-t-il ici ? Je suis comme un somnambule, je vis ce cauchemar éveillé, hagard, en ne réussissant pas à croire que c'est réellement arrivé.

Lynn Colfax a déjà connu ce genre de situation. Le mieux, dit-il, c'est d'aller au poste, dans son bureau, et de parler de la suite. C'est soit une disparition, soit un enlèvement, soit un kidnapping contre rançon, et les trois posent des problèmes différents.

Je dépose ma mère chez moi. Partner va s'occuper d'elle. Elle s'en veut, se reproche de n'avoir pas été assez attentive et elle est choquée parce que cette garce de Judith ne lui a même pas accordé un regard, comme si elle n'existait pas. « Pourquoi as-tu épousé cette femme ? » demande-t-elle. J'y ai été contraint ! Franchement, M'man, ce n'est pas le moment.

Le bureau de Colfax est net et bien rangé. Et le flic a une aura rassurante. Mais c'est sans effet sur nous – Judith et moi, car Ava, la pièce rapportée, n'est pas en ville. Colfax commence par nous raconter une histoire d'enlèvement d'enfant qui s'est bien terminée. Une exception, sans doute. La plupart finissent mal. Je le sais. J'ai eu les rapports entre les mains. Et à chaque heure qui passe, les chances d'une fin heureuse s'amenuisent.

Il demande si on sait qui a pu faire ça. Un suspect nous vient-il à l'esprit ? Un proche, un voisin, un pervers connu dans le quartier ? On secoue la tête. Non, aucune idée. Bien sûr, j'ai pensé à Link Scanlon, mais je ne parviens pas à y croire. Le rapt, ce n'est pas son truc. Tout ce qu'il veut de moi, c'est cent mille dollars en liquide, et cela ne me paraît guère plausible qu'il kidnappe mon fils pour réclamer une rançon. Ce sera beaucoup plus simple pour lui de me casser une jambe cette semaine, et l'autre la semaine suivante.

L'échange

Selon Colfax, il est toujours utile de proposer une récompense contre des informations. Disons cinquante mille dollars pour commencer. Judith, la seule et vraie parente, répond : « C'est d'accord, je paie. » Cela m'étonne qu'elle ait cette somme sur son compte, mais vas-y chérie, fais ta prétentieuse. J'interviens : « Je paie aussi. » On dirait que je joue au poker.

Pour arranger le tout, les parents de Judith débarquent ! Ils étreignent leur fille et tous les trois pleurent de concert. Adossé contre le mur, j'attends que ça passe, au plus loin possible. Ils feignent de ne pas remarquer ma présence. Starcher vit chez ses grands-parents la moitié de son temps. Ils sont donc très attachés à lui. J'essaie de compatir à leur douleur, mais je méprise ces gens depuis si longtemps que leur simple vue m'insupporte. Quand ils ont fini leurs épanchements, ils me demandent ce qui s'est passé et je leur raconte. Colfax donne quelques précisions. Une fois que tout a été dit, évidemment, ils sont convaincus que tout est de ma faute. Ben voyons. Si ça peut vous consoler.

Inutile de rester plus longtemps dans cette pièce. Je prends congé et retourne au City Park. La police est toujours là-bas, à traîner autour du restaurant, à interdire l'accès des toilettes au public. Je leur parle, leur exprime ma gratitude ; ils compatissent. Partner arrive, m'annonce que ma mère a bu deux martinis et que ça l'a beaucoup apaisée. On se sépare et on recommence à arpenter les allées. Le soleil se couche. Les ombres s'étirent. Partner m'apporte une lampe torche et nous poursuivons nos recherches dans l'obscurité.

À 20 heures, j'appelle Judith pour savoir comment elle va. Elle est chez elle, avec ses parents, assise à côté du téléphone. Je lui propose de passer la voir, mais elle refuse. Elle a ses amis et moi, je ferais tache. Sur ce point, elle a raison.

J'explore le parc pendant des heures, fouillant les ombres avec ma lampe, les ponts, les tunnels, les arbres, les rochers. C'est le pire jour de mon existence, et quand il prend fin, je m'assois sur un banc et je pleure enfin.

19.

Avec l'aide d'un whisky et d'un cachet, je parviens à somnoler trois heures sur le canapé avant de me réveiller trempé de sueur. J'ai les yeux grands ouverts mais le cauchemar continue. Je me douche pour tuer le temps et vais voir ma mère. Elle a pris des comprimés aussi. Elle dort comme une masse. À l'aube, je pars à nouveau au parc avec Partner. Où pourrais-je aller ? Attendre à côté du téléphone ? Il est dans ma poche et il sonne à 7 h 03. C'est Lynn Colfax qui veut prendre des nouvelles. Je lui dis que je suis au City Park, à chercher encore. Il a eu quelques appels, mais rien d'utile. Juste quelques junkies attirés par la récompense. Il me demande si j'ai vu les journaux du dimanche. Oui, je sais – c'est en première page.

Partner m'apporte des muffins et du café, et on grignote à une table de pique-nique surplombant un lac. L'hiver, il y a ici plein de gens qui font du patin à glace.

— Et Link ?
— Oui, j'y ai pensé. Mais je n'y crois pas.

L'échange

— Pourquoi ?
— Ce n'est pas son genre.
— Vous avez sans doute raison.

On replonge dans le silence – un trait récurrent de notre relation que j'apprécie. Mais aujourd'hui, j'aimerais quelqu'un à qui parler. On termine de manger et on se sépare à nouveau. Je repasse par les mêmes chemins que la veille, je regarde sous les mêmes ponts, longe les mêmes canaux. J'appelle Judith en milieu de matinée. C'est sa mère qui répond sur son portable. Judith se repose et non, ils n'ont pas de nouvelles. Quand je reviens au Landing, la police a retiré les rubans jaunes et tout est revenu à la normale. Le restaurant grouille de gens, ignorant tous le cauchemar de la veille. Je regarde des gamins s'amuser avec leur bateau dans le bassin. Je me tiens à l'endroit même où j'étais hier quand j'ai vu Starcher pour la dernière fois. Une douleur sourde étreint mes entrailles, me force à bouger.

À la façon dont s'annonce ma vie, Starcher est et sera le seul enfant que j'aurai jamais. Il a été un accident, un enfant non désiré, né en pleine guerre entre ses parents, mais malgré tout, il est devenu un merveilleux petit garçon. Je n'ai pas été vraiment un père, j'ai été exclu de sa vie. Jamais je n'aurais cru qu'une personne pouvait compter autant pour moi. Mais évidemment, aucun parent ne se prépare à ce que son enfant soit enlevé.

Les heures s'écoulent et j'erre dans le parc. Je sursaute quand mon téléphone sonne, mais ce n'est qu'une connaissance qui veut m'assurer de son soutien. Plus tard dans la journée, je suis assis sur un banc, près d'une allée pour joggers. De nulle part, apparaît l'inspecteur Reardon. Il s'assoit à côté de moi. Il porte un costume sous son imper noir de flic.

— Qu'est-ce qui vous amène ?

— Je ne suis que le messager, Rudd. Rien d'autre. Je n'y suis pour rien. Je vous l'assure. Mais votre fils va bien.

Je prends une grande inspiration et me penche en avant, les coudes sur les genoux, totalement désorienté. Je marmonne :

— Quoi ?

Il regarde droit devant lui, comme si je n'étais pas là.

— Votre fils va bien. Ce qu'ils veulent, c'est un échange.

— Un échange ?

— Exactement. Vous me dites où elle est enterrée. Je leur transmets l'info. Et vous récupérez votre fils dès qu'ils ont récupéré leur fille.

Je ne sais pas quoi dire, ni que penser. Mon fils va bien, dieu merci ! Ce sont des flics qui l'ont enlevé. Et ils s'en servent comme moyen de pression sur moi ! Je devrais être furieux, fou de rage, mais tout ce que je ressens, c'est du soulagement. Starcher est vivant !

— Qui ça « ils » ? Vos copains de bureau ?

— Si on veut. Il faut se mettre à la place de Kemp. On l'a mis en congé maladie depuis un mois. Personne ne le sait. Il est désespéré et il agit seul.

— Mais il a beaucoup d'amis, n'est-ce pas ?

— Oui. Kemp est très apprécié. C'est un ancien, trente ans de maison, avec des contacts, plein de relations.

— C'est donc une opération clandestine. Et ils vous envoient comme négociateur ?

— J'ignore où est le petit, je vous le jure. Et je n'aime pas cette situation, pour tout vous dire.

— On est deux. Mais plus rien ne devrait me surprendre venant de vous ! Le kidnapping d'enfant, c'est la nouvelle méthode des flics, c'est ça ?

— C'est bon, Rudd. Ne commencez pas à faire votre grande gueule. Marché conclu ou pas ?

L'échange

— Je dois donc vous répéter ce que m'a dit Arch Swanger sur la fille, sur l'endroit où elle serait enterrée. À supposer que Swanger dise la vérité, que vous trouviez le corps, il va être poursuivi pour assassinat et moi je peux dire adieu à ma carrière d'avocat. Mon fils sera rendu sain et sauf à sa mère, et je pourrai passer plus de temps avec lui. D'un coup, je serai papa à plein temps.
— C'est l'idée.
— Et si je refuse, qu'allez-vous faire à mon fils ? Vous n'allez pas me dire que le directeur adjoint de notre police, avec ses sbires, ferait du mal à un enfant juste pour se venger ?
— Les dés sont entre vos mains, Rudd.

V

LOI À LA CARTE

1.

Je lutte contre la panique. Je me répète que Starcher est sain et sauf, et je finis par l'admettre. Mais tout est si soudain. Partner et moi allons dans un café. Je choisis une table dans un coin de la salle et lui énumère les différents scénarios possibles.

On n'a pas trop le choix. La priorité est la santé et la libération de mon fils. Tout le reste passe au second plan. Si je révèle le secret et que je suis radié du barreau, je survivrai. Je réussirais peut-être dans une autre carrière et je n'aurais plus affaire à d'autres Arch Swanger. Cela pourrait être une chance finalement, sortir du petit monde de la justice, mon ticket d'entrée pour la quête du vrai bonheur.

Je veux serrer dans mes bras mon petit gars.

Dois-je appeler Judith pour la tenir au courant ? J'en discute avec Partner, puis décide que non. Pas tout de suite, du moins. Elle ne va qu'ajouter du stress et compliquer la situation. Plus important encore, elle risque de vendre la mèche, de parler à quelqu'un de Kemp et de ses magouilles. Reardon m'a bien demandé d'être discret.

J'appelle quand même Judith, juste pour avoir des nouvelles. C'est Ava qui répond. Judith est au lit, elle a pris des somnifères et ne va pas bien. Le FBI vient de quitter la maison. Il y a une armada de journalistes devant chez elles. C'est terrible, me dit-elle. Comme si cela ne me faisait rien à moi !

À 19 heures le dimanche, j'appelle Reardon et lui annonce que c'est d'accord.

Il leur faut une heure pour obtenir un mandat. À l'évidence, les flics avaient un juge coopératif en stand-by. À 20 h 30, Partner et moi quittons la ville. Une voiture banalisée ouvre le convoi. Une autre le ferme. Jusque-là, rien d'inhabituel. Mais quand nous arrivons au panneau du Dr Woo, je m'aperçois que les autorités ont sorti le grand jeu : une batterie de projecteurs, deux pelleteuses, une vingtaine d'hommes armés de pelles et de pioches et une escouade de chiens dans leurs cages. Je leur ai dit tout ce que je savais. Ils inspectent le terrain en bordure du champ de maïs. D'autres policiers gardent le bord de la nationale et empêchent les curieux de s'arrêter.

Partner gare le van où on nous l'a ordonné, à une trentaine de mètres du panneau. On coupe le moteur et on observe de loin les flics s'activer. Après la frénésie des premiers instants, la longue attente commence. Ils sondent avec méthode chaque mètre carré de sol. Ils procèdent par quadrillage, passent un à un chaque secteur au peigne fin. Ils ne font pas intervenir les pelleteuses. Dans leurs cages, les chiens sont calmes.

De l'autre côté du panneau, il y a des véhicules noirs garés dans l'ombre. Je suis certain que le directeur adjoint est dans l'un d'eux, à attendre comme nous. Maintenant, je le déteste et lui mettrais bien une balle entre les deux yeux, mais c'est lui qui tient les rênes, lui qui a le pouvoir de libérer mon fils.

Et puis je mesure ce qu'il a enduré. L'horreur, la peur, l'attente, puis la résignation lorsqu'il lui a fallu admettre avec sa femme que leur fille ne reviendrait jamais. Aujourd'hui, il est assis là-bas, à prier pour que ses hommes trouvent quelques os, quelque chose à enterrer. C'est le mieux qu'il puisse espérer. Mes attentes sont beaucoup plus grandes et sans doute plus réalistes.

Arrivé minuit, je maudis une fois de plus Arch Swanger.

2.

Au fil des heures, Partner et moi avons fini par nous endormir. On avait le ventre creux et grand besoin d'un café, mais nous ne voulions pas partir. À 5 h 20, Reardon m'appelle sur mon portable

— On a fait chou blanc. Il n'y a rien, Rudd.
— Je vous ai tout dit. Je vous le jure.
— Je vous crois.
— Merci.
— Vous pouvez partir. Reprenez la nationale vers le sud, vous sortirez à Four Corners. Je vous rappelle dans vingt minutes.

Au moment où nous partons, les enquêteurs rangent leur matériel. Les chiens sont toujours dans leurs cages, endormis. Arch Swanger nous observe sans doute et doit bien rigoler. On se dirige vers le sud. Vingt minutes plus tard, Reardon rappelle.

— Vous voyez la station-service à Four Corners ?

L'insoumis

— Je crois oui.

— Garez-vous du côté des pompes, mais ne prenez pas d'essence. Entrez dans le bâtiment, le resto est sur la droite. Et tout au fond, loin du comptoir, il y a des box. Votre gosse sera là, en train de manger une glace.

— D'accord.

Je manque de dire « merci » ou un truc aussi stupide, comme si je devais leur montrer de la gratitude d'avoir kidnappé mon enfant, de ne pas lui avoir fait de mal et finalement de me le rendre. Mais malgré moi la joie me gagne, le soulagement, l'impatience, ainsi qu'un sentiment étrange, une sorte d'ébahissement : tout ça va peut-être bien se terminer... C'est si rare dans les cas d'enlèvement.

Une minute plus tard, mon téléphone sonne à nouveau. C'est encore Reardon :

— Rudd, il n'y a aucune raison d'en faire tout un ramdam. Inutile de poser des questions, d'alerter la presse, de rameuter les caméras. Fermez votre grande gueule, pour une fois. On va s'occuper des journalistes, leur dire que vous avez récupéré votre fils grâce à un appel anonyme. Notre enquête pour le rapt ne donnera rien. Et ce sera le point final. On est bien sur la même longueur d'onde ?

— Oui. Absolument.

Pour le moment, je suis prêt à accepter tout ce qu'il veut.

— Quelqu'un a enlevé votre gosse, puis en a eu sa claque de ce fils à papa qui doit être aussi chieur que vous, et a décidé de s'en débarrasser en le lâchant dans une station-service. Voilà la version officielle. C'est compris, Rudd ?

— Cinq sur cinq, parviens-je à ânonner en me mordant la langue pour ne pas lui dire ses quatre vérités.

Loi à la carte

La station-service est un îlot de lumière, encombré de semi-remorques rangés en carré. On se gare à côté des pompes et je me rends dans le bâtiment. Partner reste dans le van pour repérer d'éventuels observateurs. C'est l'heure du petit déjeuner et c'est le coup de feu au restaurant. Il flotte dans l'air une odeur de friture. Le comptoir est pris d'assaut par des camionneurs XXL dévorant leurs pancakes et leurs saucisses. Derrière, j'aperçois les box, j'en passe un, deux, trois. Et il est là, dans le quatrième, tout seul, mon petit Starcher ! Il me lance un grand sourire derrière sa coupe de glace au chocolat.

Je lui fais un bisou sur le haut du crâne, lui ébouriffe les cheveux et m'assois en face de lui.

— Ça va ?

Il hausse les épaules.

— Ça va.

— Quelqu'un t'a fait du mal ?

Il secoue la tête.

— Dis-le-moi, Starcher. Quelqu'un t'a fait du mal de quelque manière que ce soit ?

— Non. Ils ont été très gentils.

— Qui ça ? Qui était avec toi depuis que tu as quitté le parc samedi ?

— Nancy et Joe.

Une serveuse passe à notre table. Je commande un café et des œufs brouillés. Je lui demande :

— Qui a amené le petit ici ?

La fille lance un regard circulaire dans la salle.

— Je ne sais pas. Une femme. Elle était là, il y a cinq minutes. Elle a dit que le gosse voulait une glace. Elle a dû partir. Vous allez devoir payer la glace.

— Avec plaisir. Il y a des caméras de surveillance dans le restaurant ?

Elle désigne les baies vitrées.

— Dehors, oui. Mais pas ici. Il y a un problème ?

— Non. Aucun. Merci.

Dès qu'elle s'en va, je me tourne vers Starcher :

— Qui t'a emmené ici ?

— Nancy.

Il enfourne un gros morceau de glace.

— Starcher, s'il te plaît. Pose cette cuillère et écoute-moi. Je veux que tu me racontes ce qui s'est passé quand tu étais dans les toilettes du parc. Tu jouais avec ton bateau, tu as eu envie de faire pipi et tu es allé aux WC. Raconte-moi la suite.

Il plante lentement sa cuillère dans sa glace et l'y laisse.

— Eh ben, d'un coup quelqu'un, un monsieur très grand, m'a attrapé. J'ai cru que c'était un policier parce qu'il portait un uniforme.

— Il avait un pistolet ?

— Je ne crois pas. Il m'a mis dans un camion qui était garé juste derrière les WC. Il y avait un autre monsieur au volant et il roulait drôlement vite ! Ils m'ont dit qu'ils m'emmenaient à l'hôpital parce qu'il était arrivé quelque chose à mamie. Ils disaient que tu serais là-bas. Et puis on a roulé, et roulé, et on s'est retrouvés en pleine campagne. Et c'est là qu'ils m'ont laissé avec Nancy et Joe. Les deux monsieurs sont partis et Nancy m'a dit que mamie allait bien et que tu allais venir me chercher.

— D'accord. Ça, c'était samedi matin. Qu'as-tu fait le reste de la journée, et toute la journée d'hier, dimanche ?

— J'ai regardé la télévision, des vieux films, des trucs comme ça. On a joué aussi au backgammon. On a fait plein de parties.

— Au backgammon ?

— Ouais ! Nancy m'a demandé à quel jeu je voulais jouer et je lui ai dit le backgammon. Ils ne connaissaient pas ce jeu, alors Joe est parti en acheter un, un pas cher. Je leur ai appris les règles, et je leur ai mis la pâtée.

— Ils ont donc été gentils avec toi ?
— Oui, très gentils. Ils n'arrêtaient pas de me dire que tu étais coincé à l'hôpital et que c'est pour ça que tu ne venais pas.

Partner entre à son tour dans le restaurant. Il est soulagé de voir Starcher et tapote la tête du gamin. Je lui demande de trouver le directeur de la station et de localiser les caméras de surveillance. Il faut lui dire que le FBI aura besoin des enregistrements et qu'il doit en prendre grand soin.

Mes œufs arrivent. Je demande à Starcher s'il a faim. Non. Il s'est goinfré de pizzas et de glaces ces deux derniers jours. Ils disaient oui à tout ce qu'il voulait.

3.

Puisque je n'ai jamais été invité chez Judith et Ava, je préfère ne pas le ramener là-bas. Aucune envie d'en rajouter dans le mélodrame et l'hystérie. Quand je suis à une demi-heure du centre-ville, j'appelle mon ex pour lui annoncer que son fils est sain et sauf. Il est là, assis sur mes genoux, et on arrive. Sous le choc, elle ne peut pas articuler un mot, alors je lui passe Starcher.

— Salut, M'man.

Et j'imagine qu'elle doit fondre en larmes. Je lui laisse quelques minutes, puis je reprends le téléphone et lui explique que j'ai reçu un coup de fil où on m'annonçait que je pouvais récupérer le gosse à la station-service. Non, on ne lui a pas fait de mal, sinon par excès de gras et de sucre.

On se gare sur le parking derrière son cabinet. Il n'est que 7 h 30 et il est encore désert. On attend. C'est le calme avant la tempête. La Jaguar noire arrive et s'arrête dans un crissement de gomme. Je sors avec Starcher. Judith se précipite vers le petit. Elle le serre dans ses bras, le soulève, le presse. Et derrière, les autres sont là. Ses parents, Ava... toute la bande. Ils embrassent tour à tour le gosse. Tout le monde pleure, s'épanche. Je déteste ces gens. Je vais trouver Starcher, lui ébouriffe les cheveux à nouveau, et lui dis :

— À bientôt, gamin.

Il est un peu étourdi par tant d'effusions et ne répond pas. J'annonce à Judith que j'ai besoin de lui parler en privé. Une fois seuls, je lui dis :

— J'aimerais qu'on se retrouve ici avec le FBI plus tard dans la matinée. Ça te va ? L'histoire est un peu plus compliquée que ça. Tu vas voir.

— Non, je veux savoir tout de suite !

— Je te raconterai quand je jugerai que c'est le bon moment, et ce sera en présence du FBI. Si tu n'y vois pas d'inconvénient.

Elle déteste ne pas avoir le contrôle de la situation. Elle prend une profonde inspiration.

— Entendu, lâche-t-elle entre ses dents serrées.

Je m'éloigne, sans accorder un regard à ses parents et remonte dans le van. Au moment où nous quittons le parking, j'observe Starcher et me demande quand je le reverrai.

4.

À 9 heures, je suis au tribunal pour une audience préliminaire. La nouvelle s'est propagée, grâce aux fuites orchestrées par la police. Tout le monde sait que mon fils a été restitué à ses parents. Le juge m'accorde un ajournement et je quitte à la hâte le palais de justice. Je suis copain avec quelques avocats et ils veulent tous me parler, me dire qu'ils sont heureux pour moi. Mais je ne suis pas d'humeur.

Fango m'attend dans le couloir, comme la fois dernière, il y a trois semaines. Je continue à marcher, et refuse de le regarder.

— Dites donc, Rudd, Link s'impatiente pour le fric. Je lui ai raconté pour votre fils et tout. Il vous transmet toute sa sympathie.

— Dites à Link de s'occuper de ses affaires.

— C'est ce qu'il fait, et vous êtes justement l'un de ses problèmes.

— Je suis le premier à le regretter, dis-je en pressant le pas.

Il tente de suivre, cherche quelque chose d'intelligent à dire et commet une erreur :

— Votre fils, après tout, n'est peut-être pas si en sécurité que ça...

Je me retourne et lui balance une droite qui atterrit pile au menton. Il ne l'a pas vue venir. Sa tête part en arrière. C'est si violent que j'entends des os craquer quelque part. L'espace d'un instant, je crains de lui avoir cassé le cou.

Mais son cou n'a rien. Il s'est déjà fait frapper plein de fois, comme en témoignent ses cicatrices.

Fango tombe à la renverse et se retrouve étalé au sol, séché. Un magnifique KO. Le geste parfait qu'on ne réussit qu'une fois dans une vie ! J'ai très envie de lui donner quelques coups de pied pour la forme, mais je surprends un mouvement à la périphérie de mon champ de vision. Une autre brute rapplique et plonge la main dans sa poche. Il va sortir une arme. Quelqu'un crie derrière moi.

Mais le deuxième type s'écroule au sol aussi lourdement que Fango. Partner vient de lui assener un coup avec sa matraque télescopique, une arme destinée exactement à ce genre d'occasion. Repliée, elle ne mesure que quinze centimètres, mais une fois ouverte elle atteint les quarante-cinq centimètres et est pourvue d'une boule métallique à son extrémité. On peut aisément fracasser un crâne, et c'est d'ailleurs le but recherché. Je demande à Partner de me donner son arme et de filer. Un garde arrive et regarde les deux malfrats étendus. Je lui tends ma carte du barreau et dis :

— Je suis Sebastian Rudd, avocat. Ces deux connards m'ont sauté dessus.

Une petite foule se rassemble. Fango est le premier à se réveiller. Il marmonne, se frotte la mâchoire, essaie de se lever mais découvre qu'il ne tient pas sur ses jambes. Finalement, le garde l'aide à se mettre debout. Encore sonné, il veut s'en aller. Un flic le fait asseoir sur un banc pendant qu'un infirmier s'occupe de son pote. Enfin, l'autre se réveille, avec une grosse bosse sur la tête. On lui donne de la glace et on l'installe sur le même banc que Fango. Je me plante devant eux et les regarde fixement. Eux aussi me regardent. L'infirmier me tend un sac de glace pour ma main droite.

C'est quasiment la routine pour ces deux brutes et ils ne vont pas porter plainte. Il faudrait remplir des papiers, répondre à des questions, et avoir les flics sur le dos. Ils travaillent pour Link Scanlon et resteront des tombes. Tout ce qu'ils veulent, c'est quitter le bâtiment, retrouver la rue, là où c'est eux qui dictent les règles.

J'annonce à la police que, moi non plus, je ne veux pas déposer plainte. Au moment où je m'en vais, je glisse à Fango :

— Dites à Link que si vous tentez encore une fois de m'approcher, je vais trouver le FBI.

Fango a un grognement de dédain, comme s'il allait me cracher dessus.

5.

Je n'en ai pas fini avec le FBI... Il y a des jours comme ça ! Un peu après 11 heures, je franchis les portes du cabinet où travaille Judith. La standardiste bavarde avec une assistante juridique. Elles me font un grand sourire et me congratulent. Il me faut un petit temps pour comprendre que je suis le héros du jour. Une avocate passe la tête à la porte de son bureau et me félicite à son tour. L'ambiance est joyeuse. Pourquoi pas au fond ? Starcher a été libéré et est de nouveau en sécurité chez lui, là où est sa place. On était tous horrifiés, choqués, assommés.

On se préparait à ce que ce cauchemar se termine en tragédie. Et finalement, il y a eu un happy end.

Judith m'attend dans une jolie salle de réunion en compagnie de deux agents du FBI, Beatty et Agnew. Mon cinquième métacarpien côté droit est tout enflé et douloureux, mais je parviens à leur serrer la main sans rien laisser paraître. Je salue Judith d'un mouvement de tête, non, je ne veux pas de café, et demande des nouvelles de Starcher. Il va bien. Tout baigne.

Beatty, celui qui parle, explique que Judith a appelé le FBI samedi en fin d'après-midi, mais qu'ils n'avaient pas ouvert officiellement d'enquête. Agnew, celui qui prend les notes, griffonne dans un carnet et hoche la tête. Oui, oui, ce que dit Beatty est la stricte vérité. Le FBI ne s'occupe pas des kidnappings sauf si la police locale fait appel à eux, ou s'il y a la preuve que la victime a été transportée dans un autre État. Il continue un petit moment son laïus, pompeux et plein d'arrogance. Je le laisse profiter du moment.

— Bien, conclut enfin Beatty en se tournant vers moi. Vous vouliez donc nous voir ?

— Exact, réponds-je. Je sais précisément qui a enlevé Starcher, et pourquoi.

Agnew se fige, son stylo en suspens. Tout le monde me regarde. Judith fronce les sourcils.

— Je t'écoute.

Alors je lui raconte. Tout.

6.

L'état de grâce est fini ! Dès que j'en suis à la moitié de mon récit, toute la joie de Judith est envolée. Quand elle comprend que l'enlèvement de Starcher est lié à l'une de mes affaires à scandales, toute sa gestuelle change. Je vois son cerveau tourner à plein régime. Ça y est, elle tient enfin la preuve patente que je suis un danger pour Starcher ! Elle va déposer une nouvelle requête cet après-midi même, j'en suis sûr.

J'évite son regard, mais les ondes négatives qu'elle envoie sont palpables.

À la fin de mon récit, l'agent Beatty est bouche bée. Agnew a noirci tout son carnet de ses pattes de mouche.

— Je comprends pourquoi votre police n'a pas voulu que l'on s'en mêle, soupire Beatty.

Agnew lâche un grognement en signe d'assentiment.

— Comment comptes-tu le prouver ? s'exclame Judith.

— Je n'ai pas dit que je pouvais le prouver. Une preuve sera difficile à établir, pour ne pas dire impossible. On voit peut-être Nancy sur les caméras de surveillance de la station-service, accompagnant le gamin au restaurant, mais il y a fort à parier qu'elle était déguisée. Je ne pense pas non plus que Starcher puisse identifier l'homme qui l'a enlevé. On n'a donc pas grand-chose. Tu as une idée ?

— C'est carrément tiré par les cheveux ton histoire de flics qui kidnappent un enfant.

— Tu ne me crois pas, c'est ça ?

En vérité, elle veut me croire. Elle ne demande même que ça... parce que si mon histoire est vraie, elle pourra l'utiliser contre moi devant le juge des affaires familiales.

Elle ne répond pas à ma question. Je me tourne vers Beatty :
— Et maintenant ? On fait quoi ?
— Je ne sais pas trop. On va d'abord en parler avec notre supérieur. Une chose après l'autre.
— J'ai rendez-vous cet après-midi avec un enquêteur de la police, pour faire une déposition. Ils joueront les pros, me poseront plein de questions, mais cela n'ira nulle part. Ils vont clore le dossier et tout le monde se contentera de cette fin heureuse.
— Vous voudriez que l'on ouvre une enquête ?
Je me tourne vers Judith :
— On devrait peut-être en discuter tous les deux d'abord. Je suis assez tenté de poursuivre Kemp. Et toi ?
— Il faut qu'on parle, rétorque-t-elle.
Beatty et Agnew se lèvent pour nous laisser. Nous les remercions et Judith les raccompagne à la porte d'entrée.
— Je ne sais pas quoi faire, me dit-elle à son retour dans la salle de réunion. Je suis un peu prise de court.
— On ne peut pas laisser la police faire ça, Judith.
— Oui, mais tu as déjà bien trop de problèmes avec eux. Si Kemp est prêt à kidnapper un enfant, il est capable de tout. Voilà pourquoi je n'aime pas quand Starcher est avec toi !
Que répliquer à ça ?
— Tu crois que Swanger a tué cette fille ? demande-t-elle.
— Oui. Et sans doute d'autres.
— Génial ! Ça fait un taré de plus qui veut te faire la peau ! Tu es un nid à emmerdes, Sebastian. Et quelqu'un va finir par être blessé. J'espère juste que ce ne sera pas mon enfant. On a eu de la chance aujourd'hui, mais peut-être pas demain.
On toque à la porte.
— Entrez, répond Judith.

La standardiste nous apprend qu'il y a un journaliste à la porte avec un cameraman. Deux autres ont déjà appelé.

— Débarrassez-vous d'eux, ordonne Judith.

Elle me lance un regard noir : regarde ce que tu as fait !

On décide de s'accorder quelques heures de réflexion avant de prendre une décision. En attendant, je vais annuler mon rendez-vous avec l'officier de police. Cette enquête est un pur simulacre. Au moment de partir, je lui dis que je suis désolé, mais elle ne veut pas entendre mes excuses.

Je sors en catimini par la porte de derrière.

7.

Les journalistes me cherchent, mais j'en ai assez d'être au-devant de la scène. Il y a d'autres gens qui veulent me mettre la main dessus : Link et ses sbires évidemment, Roy Kemp – quand il va apprendre que j'ai parlé au FBI –, et peut-être même Arch Swanger, qui ne doit pas être content que je sois allé tout raconter à la police. Je m'attends d'ailleurs à recevoir un coup de fil de sa part d'un moment à l'autre.

Partner me dépose chez Ken's Kars et je repars à bord d'une vieille Mazda ayant trois cent mille kilomètres au compteur. Aucun avocat, même le plus fauché, ne s'afficherait au volant d'une telle épave. J'en connais un qui avait une Maserati en leasing alors qu'il était en faillite.

Je passe le reste de la journée caché dans mon appartement, à travailler sur deux affaires. Vers 17 heures, j'appelle Judith pour prendre des nouvelles de Starcher. Il va bien, dit-elle, et la presse est partie. Je regarde les infos locales : « le sauvetage miraculeux » fait l'ouverture du JT. Ils diffusent de vieilles images de moi sortant du QG de la police et laissent entendre que j'ai risqué ma vie pour sauver mon fils. Ces idiots ont mordu à l'hameçon des flics. Un scoop chasse l'autre.

N'ayant dormi que six heures ces trois derniers jours, je m'effondre sur le canapé et dors comme une masse. Peu après 22 heures, mon téléphone sonne. Je regarde qui appelle et décroche aussitôt. C'est Naomi Tarrant, l'institutrice de Starcher, le canon sur lequel je fantasme depuis des mois. Je l'ai invitée plusieurs fois à dîner et ai essuyé autant de « non ». Mais ces refus se faisaient chaque fois plus doux. Je n'ai ni le talent ni la patience pour le rituel amoureux – la traque, les rencontres « fortuites », les rendez-vous arrangés, les petits cadeaux, les coups de fil surprises, les recommandations des amis, les *chats* à n'en plus finir. Et je n'ai pas plus l'énergie d'aller sur Internet pour mentir à mon sujet et baratiner des inconnues. Et il y a la peur, aussi. La peur d'être marqué à vie par la Bérézina qu'a été mon union avec Judith. Comment quelqu'un qu'on a tant aimé peut-il se révéler aussi exécrable ?

Naomi veut prendre des nouvelles de Starcher. À la bonne heure ! Je lui raconte que personne ne lui a fait de mal. Il ne saisira jamais ce qui s'est réellement passé et personne n'ira le lui dire. En vérité, il a été chouchouté pendant deux jours par deux personnes qu'il considère comme des amis. Il sera à l'école demain et il n'a pas besoin d'une attention particulière. Mais je suis certain que sa mère va arriver avec une liste de recommandations longue comme le bras. On ne la changera pas.

— Oui, c'est une vraie garce, réplique Naomi, baissant soudain la garde.

Cette remarque me prend de court. Et à la fois me réjouit. On passe quelques minutes à dire du mal de Judith et d'Ava. Et nous tombons d'accord : Ava est une parfaite cruche. Cela fait des années que je ne me suis pas autant amusé.

Et sans crier gare, elle me dit :

— Dînons ensemble.

Ah, l'aura du héros ! Le pouvoir de la célébrité ! Les médias laissent entendre que j'ai risqué ma vie pour sauver celle de mon fils et toutes les femmes se jettent à mon cou.

On pose quelques règles. Le rendez-vous doit rester secret. L'école n'interdit pas formellement les professeurs célibataires de fréquenter des parents célibataires, mais ils n'apprécieraient pas. À quoi bon se créer des problèmes ? Si Judith l'apprend, elle sortira encore une plainte ou quelque réclamation de son chapeau.

On se retrouve dans un tex-mex miteux le lendemain soir. C'est elle qui a choisi l'endroit. Puisque personne ne parle anglais dans ce resto, on ne craint pas les oreilles indiscrètes. Naomi a trente-trois ans et sort d'un divorce. Pas d'enfants, ni de casseroles. Elle commence par me raconter la journée de Starcher à l'école. Comme prévu, Judith est arrivée tôt avec ses instructions. Tout s'est bien passé. Personne n'a parlé à Starcher de ce qui lui est arrivé. Naomi et son assistante ont gardé un œil sur lui et, pour autant qu'elles puissent en juger, ses camarades ne lui ont rien dit non plus. Son attitude était parfaitement normale. Comme d'habitude. Judith est venue le chercher et a submergé Naomi de questions, mais ça aussi c'était comme d'habitude.

— Combien de temps êtes-vous restés mariés ? me demande-t-elle avec des yeux ronds.

— Sur le papier un peu moins de deux ans. Dans les faits, on a vécu ensemble seulement cinq mois. C'était un enfer. J'ai essayé de tenir bon jusqu'à la naissance de Starcher, et c'est là que j'ai découvert qu'elle voyait quelqu'un d'autre – Gwyneth, une fille. Je suis parti. Starcher est né, et depuis c'est la guerre. Ce mariage a été une grosse erreur, mais elle était enceinte.

— Je ne l'ai jamais vue sourire.

— Oh, elle doit sourire une fois par mois.

Les margaritas arrivent dans de grands verres cerclés de sel. On les attaque aussitôt. On parle un peu de son mariage à elle, puis on aborde des sujets plus joyeux. Elle a eu pas mal d'aventures. Elle est très sollicitée et je comprends pourquoi. Elle a un regard hypnotique, presque envoûtant. On pourrait rester des heures à admirer ses grands yeux noisette.

Moi, je n'ai pas eu grand monde. Pas le temps. Trop de travail. Et tout le tralala. Les excuses classiques. Elle semble fascinée par mon métier – les affaires dont personne ne veut, la notoriété, les bandits que je défends. On commande des enchiladas et je continue à parler. Et bientôt je m'aperçois qu'elle suit la règle numéro un pour se rendre sympathique : faire parler l'autre. Alors je freine des deux pieds et lui pose des questions sur sa famille, ses études, les autres métiers qu'elle a exercés.

Je commande une autre margarita. Elle n'a bu que la moitié de son verre. Et on se raconte à tour de rôle des anecdotes de notre passé. On nous sert nos plats. Elle n'y prête quasiment pas attention. À en juger par sa silhouette, elle a un appétit d'oiseau. Je ne sais pas à quand remonte ma dernière nuit de sexe, et plus on parle, plus le sujet m'intéresse. Quand on a fini nos boissons et notre assiette, je brûle de me jeter sur elle.

Mais Naomi Tarrant n'est pas une impulsive. Il faudra du temps. On est mardi. Je lui demande donc si elle est libre le mercredi. Non. Impossible.

— Vous savez ce qui me ferait plaisir ? me dit-elle.

Quoi ? Dites-le-moi vite !

— Ça va peut-être vous paraître curieux, mais j'aimerais beaucoup voir un match de free-fight.

— Un combat en cage ? Vous êtes sûre ?

Je n'en reviens pas.

— C'est sans danger ? me demande-t-elle.

Elle fait allusion à l'émeute le soir où Starcher était avec moi. Un événement qui avait failli tourner au désastre.

— S'il n'y a pas de bagarre générale, c'est totalement sécure. Très bonne idée.

En vérité, parmi les hordes de fanatiques qui hurlent et réclament du sang à chaque combat, plus de la moitié sont des femmes.

On se cale ça pour ce vendredi. Je suis ravi, parce qu'il y a un autre jeune gars prometteur que je veux voir combattre. Son manager m'a contacté. Ils ont besoin d'un soutien financier.

8.

Évidemment, Doug Renfro ne va pas bien depuis que sa femme a été tuée par le SWAT. Le procès au civil est programmé dans deux mois et Doug n'est pas impatient d'y être. Il a eu son moment devant les juges, et il n'a aucune envie de remettre le couvert.

Je le retrouve dans une cafétéria déserte. Son apparence me surprend. Il a perdu beaucoup de poids, beaucoup trop. Son visage est pâle, creusé, on lit dans ses yeux la douleur et la confusion d'un homme seul et vaincu.

Il croque une chips sans conviction.

— J'ai mis la maison en vente, m'annonce-t-il. Je ne peux pas rester ici. Trop de souvenirs. Je la vois dans la cuisine. Je la sens dans le lit à côté de moi. J'entends son rire au téléphone. Je respire l'odeur de sa lotion hydratante. Elle est partout, Sebastian. Elle ne partira pas. Et le pire, je revis tout le temps ces dernières secondes, la fusillade, les cris, et tout ce sang. Je m'en veux, je me dis que c'est à cause de moi que ça a tourné à l'horreur. Souvent, en pleine nuit, je pars dormir dans un motel. Je paye soixante dollars la chambre pour fixer le plafond jusqu'au matin.

— Je compatis, Doug. Mais en aucun cas, c'est de votre faute.

— Peut-être. Mais c'est plus fort que moi. Et maintenant, je déteste cette ville. Chaque fois que je vois un flic, ou un pompier, un éboueur, je maudis cette ville et les fous qui la dirigent. Je ne veux plus donner d'argent à cet État. Donc, je m'en vais.

Loi à la carte

— Et vos enfants ?
— Je les verrai quand je voudrai. Ils ont leur propre vie à vivre. Maintenant, il faut que je pense à moi, et cela signifie prendre un nouveau départ. Ailleurs.
— Où ça ? Vous avez une idée ?
— Je change d'avis tous les jours. Pour l'instant, c'est la Nouvelle-Zélande. Je veux aller le plus loin possible. Je renoncerai sans doute à ma nationalité. Je n'aurai donc pas d'impôts à payer ici. Je suis un vieil homme en colère, Sebastian. Il faut que je déménage.
— Et le procès au civil ?
— Il n'y aura pas de procès. Je veux que vous trouviez un accord à l'amiable le plus tôt possible. La ville ne peut être condamnée qu'à un million. Ils seront d'accord pour payer, non ?
— Je suppose. Je n'ai pas encore négocié avec eux, mais c'est sûr qu'ils préfèrent éviter un procès.
— Vous pensez qu'on peut avoir plus d'un million ?
— Possible.
Il avale lentement une gorgée de thé et me regarde.
— Comment ?
— Je sais des choses peu ragoûtantes sur notre police. Des trucs qui puent vraiment. Le chantage, l'extorsion de fonds... voilà à quoi je pense.
— Ça me plaît bien, dit-il avec un sourire. (Son premier et son dernier.) Vous pouvez faire ça vite ? Je veux m'en aller d'ici. J'en ai marre de ce pays.
— Je vais voir ce que je peux faire.

9.

Mon téléphone sonne vers minuit. Un coup de fil que j'aurais préféré ne jamais avoir. 00 h 02. C'est Partner. Je décroche.
— Salut, patron, dit-il d'une voix faible. Ils ont essayé de me tuer.
— Ça va ?
— Pas vraiment. J'ai des brûlures partout mais je vais m'en sortir. Je suis à l'hôpital. Celui des bonnes sœurs. Il faut qu'on parle.

Je sangle mon holster d'épaule avec mon Glock 19, enfile mon pardessus, visse mon chapeau sur la tête et fonce au parking récupérer ma vieille Mazda. Dix minutes plus tard j'entre aux urgences de l'hôpital de la ville et dis bonjour à Juke Sadler, l'un des avocats les plus sordides de la région. Juke rôde dans les salles de soins chassant le client. Tel un vautour, il surveille les couloirs, à la recherche de familles trop angoissées pour avoir les idées claires. On le voit souvent déjeuner ou dîner dans les cafétérias des centres hospitaliers, distribuant sa carte à tous les éclopés autour de lui. L'an passé, il s'est bagarré avec le chauffeur d'une dépanneuse qui rackettait la famille d'un gars qui venait d'avoir un accident de voiture. Les deux ont été arrêtés mais seul Juke a eu droit à sa photo dans le journal. Depuis longtemps, le barreau veut le radier, mais Juke parvient chaque fois à s'en sortir.

— Ton gars est au bout du couloir, m'annonce-t-il en tenue rose, déguisé en retraité qui fait du bénévolat.

Ils l'ont déjà arrêté une fois avec ce déguisement, mais il continue. On l'a attrapé aussi avec un col romain et une veste noire, se faisant passer pour un prêtre. Juke est un rapace sans complexe, mais j'admire ce gars. Il opère dans l'ombre, dans les eaux troubles de la loi, et nous avons ça en commun. Partner est en blouse, assis sur une table d'examen, le bras droit recouvert de bandages.

— Vas-y. Raconte.

Il sortait d'un fast-food, ouvert vingt-quatre heures sur vingt-quatre, avec deux menus, un pour sa mère, un pour lui. Il est monté dans le van, a passé la marche arrière, et tout a explosé. Une bombe. Sans doute à essence. Arrimée au réservoir et déclenchée à distance par quelqu'un à bord d'une voiture garée à proximité. Partner est parvenu à s'extraire de la carcasse en flammes et a vu le van se transformer en brasier. Rapidement, il y a eu des flics et des pompiers partout, tout le monde était sur les dents. Dans la panique, il a perdu son téléphone. Un infirmier lui a découpé la manche de sa veste et l'a fait monter dans une ambulance. Au moment où ils allaient partir pour les urgences, quelqu'un a retrouvé son portable.

— Désolé, patron.

— Ce n'est pas de ta faute. Comme tu le sais, le van est bien assuré, précisément pour ce genre de problèmes. On en trouvera un autre.

— Justement, j'ai réfléchi à cette question, annonce-t-il dans une grimace de douleur.

— Ah oui ?

— On devrait peut-être choisir quelque chose de moins voyant, de moins facile à repérer. L'autre jour, j'étais sur la voie express, et j'ai vu passer une camionnette de livraison de fleurs. Un modèle courant, tout blanc, de la même taille que le van. Et je me suis dit : « Voilà ce qu'il nous faut. Personne ne remarque un utilitaire blanc avec un sigle et un numéro de téléphone inscrit sur les côtés. » Et c'est la vérité. Il faut passer sous les radars, patron, nous fondre dans la masse.

— Et qu'est-ce qu'on va peindre dessus ?

— Je ne sais pas. Un truc inventé. « Livraisons Louis » ? « Fred le fleuriste ». « Mike Maçonnerie ». Peu importe. Il faut juste passer inaperçus.

— Je ne suis pas sûr que mes clients apprécieraient de monter dans une camionnette anodine avec un faux nom écrit dessus. Mes clients ont un certain standing.

Partner lâche un rire. Le dernier client à avoir pris place dans le van est Arch Swanger, probablement un tueur en série. Un jeune médecin apparaît et se faufile sans un mot entre nous deux. Il examine les bandages et demande finalement comment se sent Partner.

— Je veux rentrer chez moi, répond-il. Je ne veux pas passer la nuit ici.

Le médecin est d'accord. Il lui donne un lot de bandes, quelques tablettes d'antalgiques, et disparaît. Partner enfile son pantalon qui a réchappé aux flammes, ses chaussettes, ses chaussures, et sort de la chambre avec une couverture jetée sur les épaules. On quitte l'hôpital et on file au fast-food.

Il est près de 2 heures du matin. Une voiture de police est toujours sur place. Des rubans jaunes délimitent un périmètre de sécurité autour de l'épave du van. Mais il n'y a rien à voir, hormis des restes fumants et carbonisés.

— Attends-moi là, dis-je à Partner.

Je sors de voiture et me dirige vers le lieu de l'explosion. Avant même que j'atteigne le cordon de sécurité, un flic vient à ma rencontre.

— Stop ! ordonne-t-il. C'est une scène de crime.

— Que s'est-il passé ?

— Je n'ai pas le droit de le dire. L'enquête est en cours. Reculez.

— Je ne touche à rien.
— J'ai dit reculez, d'accord ?
Je sors ma carte de visite et la lui mets sous le nez.
— Ce van est à moi. Une bombe incendiaire a été fixée sur le réservoir. C'est une tentative de meurtre. Vous voulez bien demander à vos collègues chargés de l'enquête de m'appeler demain matin ?
Il regarde ma carte, mais ne trouve rien à dire.
Je retourne à la voiture et m'assois. Je reste quelques minutes silencieux. Finalement, je demande à Partner :
— Tu veux du poulet ?
— Non. Je n'ai pas très faim.
— Je vais aller prendre un café. Ça te dit ?
— D'accord.
Je sors de la voiture et marche vers le restaurant. Il n'y a pas de clients. La salle est vide. Pourquoi ouvrir toute la nuit, sept jours sur sept, pour vendre du poulet ? Quelqu'un, quelque part, doit avoir la réponse... Une fille noire avec des anneaux dans les narines est avachie devant la caisse.
— Deux cafés, s'il vous plaît, dis-je.
Visiblement, je l'emmerde, mais elle daigne néanmoins bouger.
— Deux quarante ! lâche-t-elle en attrapant la cafetière qui doit traîner là depuis des heures.
Pendant qu'elle remplit les deux tasses au comptoir, je lance la conversation :
— Le van, dehors, il était à moi.
— Il va moins bien marcher.
— Je ne vous le fais pas dire. Vous l'avez vu sauter ?
— Non. Je ne regardais pas. Mais j'ai entendu le bruit.
— Je suis sûr que vous ou l'une de vos collègues a filmé ça sur son portable, non ?
Elle hoche la tête d'un air entendu.
— Et vous avez donné la vidéo à la police ?

Elle a un sourire.

— Nous, on donne rien à la police.

— Cent dollars si vous m'envoyez cette vidéo, ça vous dit ? Et ça reste entre nous, évidemment.

Elle sort son téléphone de la poche de son jean.

— Filez-moi votre mail et le fric.

On conclut notre marché. Au moment de sortir, je demande :

— Il y a des caméras de surveillance dehors ?

— Non. La police a déjà posé la question. Le proprio est trop radin pour ça.

Une fois dans la voiture, Partner et moi regardons la vidéo sur mon portable. On voit juste le van qui n'est plus qu'une boule de feu. Deux camions de pompiers arrivent sur place. Il leur faut un petit moment pour éteindre les flammes. La vidéo dure quatorze minutes. Les images sont intéressantes parce qu'il s'agit de mon van, mais elles ne révèlent rien que nous ne sachions déjà. Quand l'écran redevient blanc, Partner demande :

— Qui a fait ça ?

— À mon avis, c'est Link. On a boxé deux de ses sbires lundi. Œil pour œil. Tous les coups sont permis, à présent.

— Vous croyez que Link est revenu au pays ?

— Cela m'étonnerait. Ce serait trop risqué. Mais je parie qu'il n'est pas très loin. Le Mexique, les Caraïbes, un endroit comme ça.

Je démarre et on s'en va. Jamais Partner n'a autant parlé. Je n'en reviens pas. Le fait d'avoir échappé à une explosion lui a délié la langue. Je vois qu'il a mal, mais il ne voudra jamais l'admettre.

— Vous avez un plan ? me demande-t-il.

— Oui. Va trouver Miguel Zapate, le frère de Tadeo. Maintenant que sa reconversion dans le free-fight est à l'eau, je suis certain qu'il est revenu à ses anciens trafics.

Loi à la carte

Dis à Miguel que j'ai besoin de protection, que je défends son petit frère gratuitement, juste parce que je l'aime bien, sans même espérer être payé. Explique-lui que j'ai sur le dos les pitbulls de Link Scanlon, qu'il y en a un qui s'appelle Fango, même si je doute fortement que ce soit son vrai nom.

— On l'appelle Tubby. Tubby Fango. Mais son vrai prénom c'est Danny.

— Impressionnant. Et l'autre, celui que tu as assommé ?

— Razor. Razor Robilio. Mais en vrai c'est Arthur.

— Tubby et Razor. (Je secoue la tête.) Quand as-tu fait ces recherches ?

— Après notre altercation lundi. J'ai décidé de fouiner un peu. Ce n'était pas très compliqué en fait.

— C'est quand même du beau boulot. Bref, donne ces noms à Miguel. Qu'il les contacte et leur dise de nous lâcher.

Miguel et son équipe vendent de la coke, un secteur d'activité que Link devait superviser il y a trente ans. Il y a peu de chance que Tubby et Razor connaissent Miguel, mais on ne sait jamais. Il y a parfois de drôles de connexions dans la fange.

— Dis bien à Miguel que je ne veux pas de sang. Juste de l'intimidation. C'est clair ?

— OK, patron.

Nous sommes arrivés dans les cités. Les rues sont sombres et désertes. Si je mets le nez dehors, si je m'avise de montrer ma tête blanche, tout un tas de types vont rappliquer. J'ai commis cette erreur une fois, mais, heureusement, Partner était avec moi.

Je me gare devant son bâtiment.

— J'imagine que Miss Luella t'attend ?

Il acquiesce.

— Je l'ai appelée. Je lui ai dit que c'est juste une égratignure. Ça va aller.
— Tu veux que je monte ?
— Inutile. Il est quasiment 3 heures du matin. Allez donc dormir.
— Appelle-moi si tu as besoin de quoi que ce soit.
— OK. On achète un nouveau van demain ?
— C'est un peu tôt. Je dois régler la paperasse avec les flics et l'assurance.
— J'ai besoin d'un moyen de locomotion. Ça vous embête si je cherche sur Internet ?
— Vas-y. Et fais attention à toi.
— Bonne nuit, patron.

10.

Puisque la simple vue de Judith m'est pénible, et que c'est sans doute réciproque, nous convenons de régler la situation par téléphone. On commence par le plus agréable : Starcher. Il va bien. Pas de séquelles, pas de dommages. Il ne parle même pas du week-end. Une fois évoqué l'état psychologique de notre fils, nous passons aux affaires épineuses.

Judith a décidé de ne pas demander au FBI d'enquêter sur Roy Kemp et le kidnapping. Elle a ses raisons et elles se tiennent. La vie est agréable. Starcher va bien.

Si Kemp et ses amis sont prêts à kidnapper un enfant pour avoir des informations, ce sera quoi la prochaine étape ? Laissons-les tranquilles. D'autant plus qu'il va être difficile de prouver que Kemp a manigancé tout ça. Et dans quelle mesure peut-on faire confiance au FBI ? Vont-ils réellement enquêter sur un haut responsable de la police d'une grande ville ? En outre, Judith est débordée. Et n'a aucune envie qu'un procès vienne parasiter son travail. Pourquoi rajouter du stress à une existence déjà stressante ?

Judith est une combattante, une tueuse qui n'a pas froid aux yeux. Mais c'est également une fine tacticienne. Elle a appris à éviter les dangers inutiles et leurs chausse-trapes. Si elle lance les hostilités contre Kemp, personne ne sait ce qui peut se produire. On a affaire à un type déterminé qui n'a plus les idées claires. Il peut donc y avoir des représailles.

À sa grande surprise, je ne discute pas. On tombe d'accord rapidement. C'est si rare entre nous.

11.

Notre maire en est à son troisième mandat. Il a un nom qui en impose, L. Woodrow Sullivan III, mais pour le public et les électeurs, c'est Woody, un type sympathique, copain avec tout le monde, prêt à promettre n'importe quoi pour se rallier une voix de plus. En privé, toutefois, c'est un homme caustique, amer, qui boit trop et en a marre de son job. Il ne peut pas rendre son tablier parce qu'il n'a pas de point de chute. Il est obligé de se représenter l'année prochaine, et pour l'instant il paraît bien isolé. Il n'a que quinze pour cent d'opinions favorables, ce qui pousserait à la démission n'importe quel politicien ayant un tant soit peu d'honneur, mais Woody n'est pas du genre à s'avouer vaincu. Je leur ai imposé cette réunion. Mais il compte bien tirer son épingle du jeu.

Le troisième homme est Moss Morgan, l'avocat de la ville. On a fait notre droit ensemble. On se méprisait déjà à la fac et les choses ne se sont pas arrangées depuis. Il était le rédacteur en chef de la revue juridique du barreau, et une carrière dorée s'offrait à lui dans un grand cabinet qui avait implosé et il avait dû repartir du bas de l'échelle.

Woody & Moss. On dirait une marque pour du matériel de chasse !

On se retrouve dans le bureau du maire, une pièce magnifique au sommet de l'hôtel de ville, avec des baies vitrées sur trois côtés. Une secrétaire nous apporte le café dans un service en argent et nous prenons place autour de la petite table de réunion installée dans un angle. On échange les politesses d'usage, on fait bonne figure. Pur simulacre.

Dans mon dossier en vue du procès au civil, j'ai fait savoir que je comptais convoquer ces deux-là sur le banc des témoins. Cette menace plane au-dessus de leurs têtes comme un cumulo-nimbus, rendant caduque toute bienséance.

— On est ici pour parler d'un accord, c'est bien ça ? lâche Woody avec brusquerie.

— Exact, réponds-je en sortant des papiers de ma mallette. J'ai une proposition, qui risque d'être un peu longue. Mon client, Doug Renfro, préfère que l'on trouve un accord à l'amiable. Il veut reprendre le cours de sa vie, du moins ce qu'il en reste.

— On vous écoute, réplique Woody d'un ton sec.

— Parfait. D'abord, les huit policiers qui ont tué Kitty Renfro doivent être mis dehors. Ils sont simplement suspendus depuis le meurtre, et...

— Vous pourriez vous abstenir d'employer le mot « meurtre », intervient Woody.

— Il n'y a aucune charge contre eux, renchérit Moss.

— Nous ne sommes pas au tribunal. Et je peux utiliser le mot « meurtre » si ça me chante. Je ne vois d'ailleurs pas d'autre terme qui puisse décrire ce que vos gars du SWAT ont fait. C'était un meurtre. Point barre. Que ces brutes soient encore en exercice et touchent leur salaire, ça fait tache. Ils doivent s'en aller. Voilà le premier point. Le deuxième : le chef de la police doit partir aussi. C'est un incompétent notoire qui n'aurait jamais dû accéder à ce poste. Il dirige un service corrompu. C'est un idiot. Si vous ne me croyez pas, demandez donc ce qu'en pensent vos électeurs. D'après le dernier sondage, quatre-vingts pour cent des habitants de cette ville veulent qu'on le mette à la porte.

Les deux hommes hochent la tête d'un air sentencieux, mais évitent mon regard. Tout ce que je dis, on a pu le lire en première page du *Chronicle*. Le conseil municipal a voté la radiation du chef de la police par trois voix contre une. Mais le maire ne veut pas le limoger.

Les raisons sont à la fois simples et compliquées. Si les huit petits Rambo et leur chef sont virés avant le procès, ils deviendront sans doute des témoins à charge contre la ville. Le mieux est de rester unis contre la famille Renfro.

Je précise donc :

— Si on trouve un accord à l'amiable, plus rien ne vous empêchera de les renvoyer chez eux.
— Inutile de vous rappeler, intervient Moss, que les dommages sont limités à un million.
— Inutile, effectivement. Nous acceptons le million en dédommagement, et vous licenciez ces huit crétins et leur chef.
— C'est d'accord ! s'exclame Woody en tapant du poing sur sa table. Autre chose ?

Même si un million de dollars n'est pas grand-chose pour eux, l'idée d'un autre procès leur fait froid dans le dos. Lors du premier au pénal, j'ai décrit par le menu les exactions de notre police, et le *Chronicle* s'en est fait l'écho une semaine durant. Le maire, le chef de la police, l'avocat de la ville, et le conseil municipal s'étaient enfermés dans un bunker le temps que l'orage passe. La ville ne peut pas se permettre d'être à nouveau ridiculisée dans un autre procès à sensation.

— Oui. Autre chose, monsieur le maire. Je veux plus d'argent.

Les deux hommes me regardent statufiés. Lentement la peur se lit dans leurs yeux.

— Comme vous le savez, poursuis-je, mon petit garçon a été kidnappé samedi dernier. Cela a été un vrai cauchemar, mais ça s'est bien terminé. Ce que vous ignorez en revanche, c'est que les ravisseurs sont des policiers de la ville.

Le visage de Woody se décompose. Il devient tout pâle. Moss, l'ancien marine, veille en toute circonstance à garder une posture toute militaire, mais cette fois, ses épaules s'affaissent. Il pousse un long soupir, tandis que le maire se mordille un ongle. Ils échangent un rapide regard – deux regards terrifiés.

D'un geste théâtral, je lâche un document sur la table, hors de leur portée.

— C'est ma déposition, en dix pages, faite sous serment et signée de ma main, dans laquelle je décris le kidnapping de mon fils, une opération orchestrée par le directeur adjoint de la police, Roy Kemp, afin de me contraindre à divulguer le lieu où est enterré le corps de sa fille. Arch Swanger n'a jamais été mon client, contrairement à ce que vous pensez, mais il m'a effectivement dit où le cadavre était censé être enfoui. Quand j'ai refusé de donner cette information aux flics, mon fils a été enlevé. Je me suis couché, j'ai dit tout ce que je savais à l'inspecteur Reardon, et ils sont partis fouiller l'endroit le dimanche dans la nuit. Il n'y avait rien. Le corps n'était pas là. Kemp a alors relâché mon fils. Maintenant, il veut que j'oublie tout ça, que je passe l'éponge comme si rien ne s'était produit. Je suis en contact avec le FBI. Vous trouvez que l'affaire Renfro vous fait du tort ? Vous n'avez encore rien vu ! Attendez que nos concitoyens découvrent à quel point la police de notre ville est pourrie.

— Vous pouvez le prouver ? s'enquiert Moss d'une voix blanche.

Je tapote ma liasse de feuillets.

— Tout est là. Il y a l'enregistrement des caméras de surveillance à la station-service où j'ai récupéré mon fils. Il a pu identifier l'un de ses ravisseurs, un flic. Le FBI enquête et remonte la piste.

Ce n'est pas la vérité exacte, bien sûr, mais ils ne peuvent le savoir. Dans toutes les guerres, la vérité est la première victime. Je sors un autre document de ma mallette et le place à côté de ma déposition.

— Et ça, c'est une ébauche du procès que je compte intenter contre la municipalité pour le kidnapping. Kemp, comme vous le savez, a été mis en congé maladie. Mais il a toujours son poste, toujours son salaire. Je vais le poursuivre, lui et tout le département de la police, et également la ville, pour enlèvement et séquestration d'enfant. Ça va faire la une des journaux cette fois dans tout le pays !

— Vous voulez qu'on vire Kemp aussi ? demande Moss.

— Qu'il reste ou parte, je m'en fiche. C'est un type bien, un bon flic. C'est juste un père désespéré qui vit un cauchemar. Laissons-le tranquille.

— C'est trop aimable à vous ! marmonne Woody.

— Je ne vois pas le rapport avec notre accord, insiste Moss.

— Ah non ? Le voici : je renonce au recours en justice, je passe l'éponge, et je reprends mon existence comme si de rien n'était, quoique en surveillant dorénavant de près mon fils. Mais je veux un autre million pour Renfro.

Le maire se frotte les yeux, Moss s'effondre un peu plus sur son siège. Pendant une minute, ils sont saisis, et ne savent que répondre.

— Putain de merde, lâche finalement Woody.

— C'est du chantage ! s'exclame Moss.

— Absolument. Mais sur l'échelle des péchés, ce n'est pas très haut. Au sommet, il y a le meurtre, et juste en dessous le kidnapping d'enfants. Vous voulez vraiment jouer avec moi à celui qui pisse le plus loin ?

Le maire tente de reprendre contenance :

— Et où pourrait-on trouver un autre million sans que la presse l'apprenne ?

— Vous avez déjà déplacé des fonds, monsieur le maire. Vous avez été pris la main dans le sac à deux reprises. Cela vous a fait une mauvaise pub. Mais vous savez comment procéder.

— Je n'ai rien fait de mal.

— Je ne suis pas journaliste, alors laissez tomber. Votre budget cette année est de six cents millions. Vous avez des réserves pour les mauvais jours, des fonds secrets, des caisses noires pour tout un tas de choses. Vous trouverez un moyen. Le mieux serait d'avoir l'aval du conseil municipal et de transférer l'argent sur un compte offshore.

Woody lâche un rire, un rire nerveux.

— L'aval du conseil ? Et vous imaginez que rien ne va fuiter ?

— C'est votre problème, pas le mien. Mon travail est d'obtenir une somme décente pour mon client. Deux millions, ce n'est pas assez, mais on s'en contentera.

Moss se lève. Il a l'air sonné. Il marche vers les baies vitrées et regarde au-dehors. Il s'étire, se met à arpenter la pièce de long en large. Woody semble comprendre enfin que le ciel va lui tomber sur la tête.

— D'accord, Rudd. Combien de temps avons-nous ?

— Pas beaucoup.

Moss intervient :

— Laissez-nous quelques semaines pour enquêter de notre côté. Vous débarquez ici, vous nous lâchez cette bombe, et nous devrions vous croire sur parole ? Il y a plein de zones d'ombre qu'il nous faut éclaircir.

— Certes, mais qui dit plus d'investigations, dit plus de fuites. Et à quoi bon ? Vous allez appeler Kemp et lui demander s'il a kidnappé mon fils. Vous pensez qu'il va vous le dire ?... Vous pouvez creuser pendant des mois à la recherche de la vérité, elle vous échappera encore et toujours. Et je ne suis pas d'humeur à attendre.

Je pousse vers Woody ma déposition et mon recours en justice. Je me lève, saisis ma mallette.

— Voilà le marché. Nous sommes vendredi. Vous avez le week-end. Je reviendrai lundi matin à 10 heures pour finaliser. Si tout n'est pas réglé, je file au *Chronicle* avec ces papiers. Imaginez l'article, les dégâts. Les gros titres dans les JT nationaux, vingt-quatre heures sur vingt-quatre.

Woody pâlit à nouveau.

— Mais je dois être à Washington lundi, bredouille-t-il.

— Annulez. Dites que vous avez la grippe. 10 heures, lundi. Au revoir, messieurs.

Et je m'en vais.

12.

Naomi n'est pas très fan de ma Mazda de location. Pendant que nous roulons vers le palais des sports en centre-ville, je lui explique ce qui s'est passé avec mon autre véhicule. Elle n'en revient pas que ce genre d'individus puissent se balader impunément en ville. Ils ont fixé une bombe incendiaire à mon réservoir et tenté de tuer mon coéquipier ! Quand la police va-t-elle attraper ces gens et les traîner en justice ? Elle a du mal à comprendre que 1. la police n'est pas très motivée pour les arrêter parce qu'ils ne me portent pas dans leur cœur, et 2. que la police n'attrape jamais ce genre de gars parce qu'ils ne laissent pas d'indices derrière eux.

Elle finit par me demander si elle est en sécurité avec moi. Quand je lui annonce que j'ai un Glock caché sous mon aisselle gauche, elle pousse un long soupir et regarde ailleurs. Ça devrait pourtant la rassurer.

Loi à la carte

Par honnêteté, je lui raconte ce qui est arrivé à mon ancien bureau, la bombe, l'incendie... non, là non plus, la police n'a jamais retrouvé les coupables. Cette fois, c'étaient peut-être bien eux les auteurs. Ou alors un dealer.

— Pas étonnant que vous ayez des problèmes avec les femmes, lâche-t-elle.

Et elle a raison. La plupart d'entre elles ont pris peur et ont bifurqué vers des hommes plus tranquilles. Il y a toutefois une lueur dans les yeux de Naomi. Elle semble apprécier cette présence de danger. Après tout, c'est elle qui a voulu aller voir un combat de free-fight.

Grâce à quelques relations, je nous ai obtenu des places près de la cage, au troisième rang. J'achète deux grandes bières et on s'installe pour regarder la foule. À l'inverse du cinéma, du théâtre, de l'opéra, des concerts classiques, et même du basketball, les fans ici arrivent en braillant, et bon nombre sont déjà saouls. Il y a encore du monde. Environ deux ou trois mille personnes. Une fois de plus, je m'émerveille de la popularité de ce sport. Je pense aussi à Tadeo, un gosse doué qui moisit en ce moment en prison alors qu'il serait la tête d'affiche un soir comme celui-là. Son procès est imminent. Il espère toujours un miracle, que je le fasse sortir de là, libre comme l'air. Je raconte à Naomi, avec force détails, le jour, pas si lointain, où Tadeo a attaqué l'arbitre et l'émeute qui s'est ensuivie. Starcher a trouvé ça rigolo et rêve de revenir ici.

Elle juge que c'est une mauvaise idée.

Un entraîneur me reconnaît et vient bavarder. Son poulain joute en super-welters. Il est dans le deuxième combat et a gagné six matchs d'affilée. Tout en me parlant, il n'arrive pas à détacher son regard de Naomi. Parce qu'elle est canon, et bien habillée, tout le monde la mate.

Le gars pense que son gamin a un bel avenir et ils ont besoin de soutien. Et comme je passe pour un grand avocat plein aux as, du moins ici, on croit que je peux faire des champions. Je lui dis qu'il faut voir, qu'il me laisse regarder son protégé combattre un match ou deux et on fera un point plus tard. Puis il me parle de Tadeo en secouant la tête avec fatalisme. Quel gâchis.

Quand la salle est pleine, les lumières s'éteignent et le public devient hystérique. Les deux premiers combattants entrent dans la cage et le speaker les présente à la foule.

— Vous les connaissez, ces deux-là ? demande Naomi, excitée comme une puce.

— Oui. C'est juste deux hargneux. Sans grand talent. De vulgaires bagarreurs de rue.

La cloche tinte. Le pugilat commence, et ma petite instit, perchée sur le bord de son siège, se met à hurler avec les autres.

13.

À minuit, on va manger une pizza. On se retrouve dans un box, assis tout près l'un de l'autre. Il y a des contacts, nos mains se touchent. Une attraction mutuelle. Enfin, j'espère vraiment que c'est mutuel. Elle grignote une tranche de pepperoni et parle du clou de la soirée : un combat sanglant de poids lourds qui s'est terminé par un gros étranglement. Le perdant est resté au tapis un long moment. Puis elle revient au kidnapping. Elle veut me tirer les vers du nez. Je lui réponds que le FBI enquête et que je ne peux pas raconter grand-chose.

Y a-t-il eu une demande de rançon ? Je n'ai pas le droit de le dire. Un suspect ? Pas que je sache. Qu'est-ce que le gamin faisait dans cette station-service ? Il mangeait une glace. J'aimerais lui donner tous les détails mais il est trop tôt. Plus tard peut-être, quand tout sera terminé.

— Ça va être compliqué d'avoir une relation si vous avez une arme sur vous, m'annonce-t-elle alors que je la ramène chez elle.

— Je ne la porterai plus. Mais elle ne sera jamais très loin.

— Je ne suis pas sûre d'aimer ça.

Elle ne dit plus rien jusqu'à ce que je me gare devant son appartement.

— J'ai passé une très bonne soirée.

— Moi aussi.

Je l'accompagne à sa porte et lui demande quand on pourra se revoir.

Elle me fait une bise et me répond :

— Demain soir. 19 heures. Ici. Il y a un film que je voudrais voir.

14.

Partner me récupère dans un autre véhicule de location, une camionnette U-Haul flambant neuve, avec écrit « 19,95 $ par jour – kilométrage illimité » en lettres vert et orange sur chaque côté. J'ai un moment d'arrêt avant de monter à bord.

— Joli, dis-je.

— Je savais que vous aimeriez, répond-il dans un sourire.

Ses bandages sont cachés sous ses vêtements. On ne voit aucune de ses plaies. Il est trop fier pour admettre qu'il a mal ou pour montrer ses blessures.

— Autant que je m'y habitue. La compagnie d'assurances traîne des pieds. Et ça va prendre des mois pour customiser un autre van.

On se faufile dans la circulation, comme deux livreurs lambda. Il s'arrête devant l'hôtel de ville et se gare à une place interdite. Un fourgon de location avec des couleurs aussi criardes, ça va attirer tous les flics du coin.

— J'ai parlé avec Miguel, m'annonce-t-il.

J'allais ouvrir la portière. Je m'arrête net, la main sur la poignée.

— Comment ça s'est passé ?

— Bien. Je lui ai expliqué la situation, que les gars de Link vous mettaient la pression et que vous aviez besoin de protection. Il a dit que lui et son équipe allaient s'en occuper, que c'est la moindre des choses qu'ils peuvent faire pour vous, ce genre de politesse. J'ai bien insisté en disant qu'il fallait que personne ne soit blessé, qu'il s'agissait juste d'aller voir Tubby et Razor en amis, histoire qu'ils captent le message.

— Tu en penses quoi ?

— Ça va probablement marcher. Link n'a plus beaucoup de petites mains en ce moment, pour des raisons évidentes. Le gros des troupes s'est fait la malle. Je doute que ces deux gars aient envie d'avoir des problèmes avec un gang de Salvadoriens.

— On verra. Je reviens dans une demi-heure, déclaré-je en descendant de cabine.

Woody a annulé son voyage à Washington et m'attend dans son bureau, en compagnie de Moss. Ils ont l'air d'avoir passé un mauvais week-end. On est lundi, et j'ai bien l'intention de leur pourrir le reste de la semaine. Il n'y a ni serrage de mains, ni politesses d'usage, pas même la proposition d'un café.

Pour faire monter la tension d'un cran, j'attaque :

— Alors, les gars, c'est d'accord ? Oui ou non ? Je veux une réponse maintenant et si ce n'est pas celle que j'attends, je me tire et file au *Chronicle*. Verdoliak, votre journaliste préféré, m'attend à son bureau, le crayon à la main.

Woody baisse la tête.

— C'est bon. On est d'accord.

Moss fait glisser vers moi un document.

— Ce sont les termes de l'accord à l'amiable. La compagnie d'assurances versera le premier million dès maintenant. La ville donnera cinq cent mille dollars cette année fiscale, et pareil l'année prochaine. Nous avons une réserve pour les litiges, mais il nous faut couper le paiement en deux. On ne peut pas faire mieux.

— Ça ira. Et quid du chef de la police et de l'équipe du SWAT ? Quand est-ce qu'ils sautent ?

— Demain matin, répond Moss. Et ce n'est pas porté dans ce document.

— Je ne signe pas tant qu'ils ne sont pas mis dehors. Pourquoi attendre ? Je ne vois pas ce qu'il y a de compliqué à se débarrasser de ces types. C'est ce que veut toute la ville.

— Et nous aussi, rétorque le maire. On ne veut plus les voir, non plus. Sur ce point, vous pouvez nous faire confiance !

Je lève les yeux au ciel au mot « confiance ». Je ramasse le document et le lis lentement. Un téléphone sonne sur le grand bureau du maire mais il ignore l'appel.

— Pas une parole d'excuse ? La femme de mon client a été tuée par vos hommes, lui, il a été blessé, puis traîné en justice comme un criminel, il a risqué la prison, vous lui avez fait vivre un enfer, et rien ? Pas un regret ? Je ne signe pas ça.

— Putain de merde ! lâche Woody en se levant d'un bond.

Moss se frotte les yeux, comme s'il était sur le point de pleurer. Les secondes s'écoulent, puis une minute entière, dans un grand silence. Finalement je me tourne vers le maire :

— Vous pourriez vous comporter en homme. Faire ce qu'il faut. Organisez donc une conférence de presse, comme vous le faites à la moindre occasion, et présentez des excuses publiques à la famille Renfro. Dites que vous avez conclu un accord et qu'il n'y aura pas de procès au civil. Expliquez qu'après une enquête approfondie, il est établi que le SWAT a enfreint dans cette opération toutes les règles et procédures de sécurité et que ces huit policiers ont été licenciés pour faute grave, sans délai. Et que le chef de la police part avec eux.

— Je n'ai nul besoin de vos conseils en ce qui concerne ma communication, réplique Woody, tentant de sauver les apparences.

— Ah oui ?

Je brûle de m'en aller en claquant la porte, mais je ne veux pas perdre l'argent.

— D'accord, d'accord, lâche Moss. On va corriger ça et écrire quelques mots pour la famille.

— Merci pour eux. On se revoit demain, après la conférence de presse.

15.

Je retrouve Doug Renfro dans un coffee shop près de chez lui. Je lui détaille l'accord. Il est très content d'avoir deux millions. Mes honoraires, contractuellement, sont de vingt-cinq pour cent, mais je vais les réduire à dix pour cent. Ce geste de ma part le surprend et, au début, il refuse. Personnellement, j'aimerais lui laisser tout l'argent, mais j'ai des frais. Après avoir donné leur part à Harry & Harry, je récupérerai environ cent vingt mille dollars net, ce qui est peu au vu du temps que j'ai passé sur l'affaire, mais ce n'est pas si mal.

Alors qu'il avale une gorgée de café, ses doigts se mettent à trembler, ses yeux à briller. Il repose sa tasse et se pince l'arête du nez.

— Kitty me manque tellement. C'est elle que je veux, dit-il d'une voix chevrotante.

L'insoumis

— Je suis désolé, Doug. Pour ça, je ne peux rien faire.
— Pourquoi ont-ils fait ça ? Pourquoi ? C'était si violent, si aveugle. Défoncer les portes, tirer sur tout ce qui bouge comme des crétins – et se tromper de maison ! Pourquoi, Sebastian ?

Je secoue la tête. Que faire d'autre ?

— Je vais me tirer d'ici, c'est décidé. Adieu tout le monde. Je déteste cette ville, et les clowns qui la dirigent. Et maintenant que ces huit flics se retrouvent dehors, lâchés dans les rues, je ne me sens pas en sécurité. Ils vont vouloir se venger. À votre place, je me méfierais aussi.

— Croyez-moi, ça ne quitte pas mes pensées. Mais ce n'est pas la première fois que je les énerve. Ça fait longtemps qu'ils ne me portent pas dans leur cœur.

— Vous êtes un sacré avocat, Sebastian. J'avais des doutes au début. La façon dont vous vous êtes incrusté alors que j'étais encore à l'hôpital. Je me disais : qui c'est ce type ? D'autres avocats sont venus me trouver pour récupérer l'affaire, vous savez. Des rapaces qui écument les hostos. Mais je les ai envoyés bouler. J'ai bien fait. Vous avez été génial au procès. Magnifique. Vous méritez plus.

— Merci, Doug. C'est gentil. Mais dix pour cent c'est assez, croyez-moi.

— Quinze pour cent, alors ? Ça, c'est décent. S'il vous plaît.

— Si vous y tenez.

— Oui, j'y tiens. Ma maison a été vendue hier, pour une coquette somme. On signe dans deux semaines. Je compte aller en Espagne.

— La semaine dernière c'était la Nouvelle-Zélande.

— Le monde est vaste. Je devrais aller partout, vivre dans les trains pendant un an ou deux. Tout voir. Je regrette juste que Kitty ne puisse être avec moi. Cette femme était globe-trotter dans l'âme.

— Vous devriez toucher l'argent assez vite. Je vous revois dans quelques jours et on partagera.

16.

Je suis la conférence de presse à la télévision. Apparemment, durant ces dernières heures, le maire a calculé que faire amende honorable pouvait rapporter plus de voix que de rester droit dans ses bottes. Il se tient derrière le pupitre et, pour la première fois depuis longtemps, il n'y a personne derrière lui. Il est tout seul : pas un conseiller municipal pour faire bonne figure devant les caméras, pas de flic en uniforme au garde-à-vous, pas d'avocat à la mine austère, le visage tout froncé comme s'il avait une crise d'hémorroïdes.

Woody explique au petit groupe de journalistes que la ville a trouvé un arrangement avec la famille Renfro. Il n'y aura pas de procès au civil. Le cauchemar est terminé. Les termes de l'accord sont confidentiels, bien sûr. Il présente ses profonds regrets pour ce qui est arrivé à cette famille. Il y a eu des erreurs à l'évidence – aucune de son fait –, et il a décidé de prendre des mesures drastiques et d'en terminer avec cette tragédie. Le chef de la police est démis de ses fonctions, décision à effet immédiat. Il est responsable des agissements de ses hommes. Les huit membres de l'équipe du SWAT sont également limogés. Leur comportement ne saurait être toléré. Il y aura des enquêtes, des sanctions, et blablabla...

Il termine son laïus en présentant à nouveau ses excuses. Par moments, on le croirait presque sur le point de pleurer. Il a un certain talent. Il pourrait bien gagner quelques voix. Mais cela ne suffira pas pour sa réélection, tout le monde le sait.

C'était courageux quand même, Woody.

Et maintenant, comme si ma vie n'était pas assez compliquée comme ça, il y a désormais huit flics dehors qui maudissent mon nom et rêvent de vengeance.

L'argent arrive vite. Doug et moi faisons nos comptes. Puis je le regarde monter dans le taxi qui l'emmène à l'aéroport. C'est la dernière image que je garde de lui. Il ne sait pas trop où il va aller. Il avisera sur place. Allez savoir, peut-être qu'il regardera le panneau des destinations et lancera une fléchette ?

Je l'envie presque.

17.

Tadeo veut que je passe le voir au moins une fois par semaine. Cela ne me dérange pas. La plupart du temps, on parle de son procès imminent et de la vie difficile en

Loi à la carte

prison. Il n'y a pas de salle de gym ni d'endroit où faire des exercices. Il aura tout ça quand il ne sera plus en préventive mais dans un pénitencier à purger sa peine. Nous évitons toutefois le sujet. Ça l'agace de perdre sa forme physique. Il fait mille pompes et tractions par jour et me paraît toujours aussi affûté. La nourriture est infâme. Il dit qu'il perd du poids. Ce qui l'amène, évidemment, à discuter de la catégorie dans laquelle il combattra à sa sortie. Plus il reste en prison, plus ses compagnons de cellule y vont de leurs conseils juridiques... et plus Tadeo se berce d'illusions. Il est convaincu qu'il peut se mettre le jury dans la poche, plaider l'accès de folie, et s'en sortir. Pour la énième fois, je lui explique que le procès va être difficile à gagner parce que les jurés auront vu les images au moins cinq fois chacun.

Il commence aussi à avoir des doutes à mon égard. À deux reprises, il parle de prendre un autre avocat. Ce ne sera pas le cas parce qu'il devrait alors payer de gros honoraires pour avoir quelqu'un d'autre, mais c'est quand même agaçant. Il commence à se comporter comme tous les prévenus, en particulier ceux qui viennent de la rue. Il se méfie de la justice, et donc de moi, parce que je suis blanc et que je fais partie du système. Il est convaincu d'être innocent et poursuivi à tort. Il sait qu'il peut convaincre le jury si on lui donne sa chance. Et moi, son avocat, il me suffit de faire quelques tours de passe-passe au tribunal, comme on voit à la télé, et il ressortira libre comme l'air. Je ne veux pas me disputer avec lui, mais j'essaie de lui ouvrir les yeux.

Après une demi-heure, on se dit au revoir et je suis bien content de pouvoir m'en aller. Alors que je me dirige vers la sortie, l'inspecteur Reardon surgit de nulle part et me rentre quasiment dedans.

— Tiens donc, Rudd ! Je vous cherchais justement.

Jamais, je ne l'ai vu ici. Cette rencontre n'est pas fortuite.
— Ah oui ? Bonjour.
— Vous avez une minute ? me répond-il en désignant un coin à l'écart des autres avocats et geôliers.
— Bien sûr.
Je n'ai aucune envie de bavarder avec Reardon, mais il n'est pas là pour rien. À tous les coups, il veut me rappeler que notre directeur adjoint de la police, Roy Kemp, tient à ce que cette histoire de kidnapping reste entre nous. Une fois loin de toutes oreilles indiscrètes, il déclare :
— J'ai appris que vous avez eu quelques frictions avec deux gars de Link Scanlon au tribunal la semaine dernière. Des témoins vous ont vu les assommer. Paf ! séchés d'un coup ! Dommage que vous ne leur ayez pas tiré une balle dans la tête. J'aurais bien voulu voir ça. Je n'en reviens pas que vous ayez eu le cran de frapper ces deux brutes.
— Qu'est-ce qui vous amène ?
— De toute évidence, Scanlon voulait vous faire passer un message, vous dire qu'il attendait quelque chose de vous, sans doute de l'argent. On sait à peu près où il est. Mais on n'arrive pas à le coincer. On a de bonnes raisons de croire qu'il est fauché et qu'il a envoyé ces deux gus vous faire les poches. Apparemment, vous n'aimez pas ça. Ils ont insisté, et vous les avez étendus devant tout le monde en plein palais de justice. Pas mal.
— Qu'est-ce qui vous amène ?
— Vous savez qui sont ces deux types ? Vous connaissez leurs noms ?
Mon instinct me dit de jouer l'abruti.
— Il y en a un qui s'appelle Tubby. Tubby tout court. L'autre, je ne sais pas. Je peux vous poser une question ?
— Bien sûr.

— Vous êtes à la criminelle. Pourquoi ma petite altercation avec ces gars vous intéresse-t-elle ?

— Parce que je suis à la criminelle.

Il ouvre un dossier et me montre une photo 15 × 20 en couleur de deux corps sur un tas d'ordures. Ils gisent sur le ventre, les poignets attachés dans le dos. Leur nuque est pleine de sang.

— On les a trouvés tout raides dans la décharge municipale, enveloppés dans un vieux tapis. Le bulldozer voulait aplanir une bosse et Tubby et Razor ont roulé sous sa pelle. Tubby s'appelle Danny Fango. Il est à droite. À gauche, c'est Razor, Arthur Robilio de son vrai nom.

Il sort une autre photo grand format. Les deux corps ont été déplacés. Ils reposent sur le dos, côte à côte. On distingue la chaussure noire d'un flic en haut du cadre, à côté du crâne en charpie du brave Tubby. On leur a tranché la gorge.

— Ils ont chacun eu droit à deux balles dans la tête. Plus une entaille d'une oreille à l'autre. Le truc classique. Pour l'instant on n'a rien. Pas d'empreintes, pas de balles, pas de traces. Sans doute un règlement de compte. Ce n'est pas une grande perte pour la société.

Mon estomac se serre. Une boule acide monte dans ma gorge. J'ai soudain envie de vomir, j'ai le vertige comme si j'allais m'évanouir. Je détourne les yeux pour ne plus voir ces photos, secoue la tête de dégoût, et essaie de prendre, si c'est humainement possible, un air détaché. Je tente un haussement d'épaules.

— Et alors, Reardon ? Vous pensez que j'ai fait éliminer ces gars parce qu'on a eu des mots au tribunal ?

— Je ne sais pas trop quoi penser pour le moment. Mais j'ai ces deux zigotos à la morgue et personne ne sait rien. En revanche, ce que je sais, moi, c'est que vous êtes la dernière personne à vous être battu avec eux. Vous

semblez aimer les coups vicieux. Vous avez peut-être des amis dans la rue. Et une chose en entraînant une autre...
— Ben voyons. Même vous, vous n'y croyez pas. Ça ne tient pas debout. Trouvez-vous un autre suspect, Reardon, au lieu de perdre votre temps avec moi. Je ne tue personne. Je défends ceux qui tuent.
— C'est du pareil au même, si vous voulez mon avis. Je vais continuer à chercher.
Il s'en va et je file aux toilettes. Je ferme la porte, m'assois sur le couvercle de la cuvette. Ça ne peut pas être vrai !

18.

On gare la camionnette U-Haul sur le parking d'un drive-in et on commande des sodas à la mignonne en roller. Ni Partner ni moi n'avons faim. La serveuse revient avec nos boissons et Partner baisse la vitre manuellement – à l'ancienne. Il avale une longue gorgée en regardant droit devant lui.
— Non, patron, j'ai été super clair. Faites-leur peur, j'ai dit, mais ne les touchez pas. Personne ne doit être blessé.
— Ils ne sont pas blessés.
— Patron, tout est possible. Ça peut toujours partir en vrille. Supposons que Miguel et ses gars aient retrouvé

la trace de Tubby et Razor et soient allés les trouver. Ils les menacent, mais ça ne produit pas l'effet escompté. Les menaces, c'est justement leur fonds de commerce à ces deux-là. Ils n'apprécient pas qu'on vienne leur remonter les bretelles et ils le font savoir. Miguel ne peut pas perdre la face. Le ton monte, il y a d'autres menaces, et finalement ça dérape. Il suffit d'un coup de poing pour déclencher une bagarre, et tôt ou tard quelqu'un sort un flingue, un couteau...

— Je veux que tu ailles parler à Miguel.
— À quoi bon ? Il ne dira jamais ce qui s'est passé. Jamais.

Je tire sur ma paille et me force à avaler une gorgée. On est dans la merde. Totalement coincés.

— On part du principe que c'est Miguel, dis-je après un long silence. Mais on se trompe peut-être. Tubby et Razor ont passé leur temps à casser des bras et des jambes, ils sont peut-être tombés sur plus fort qu'eux cette fois ?
— Peut-être.

Il ne paraît guère convaincu.

19.

À 3 h 37, mon téléphone vibre et me tire du sommeil. Je me redresse. « Appel inconnu. » Le pire. À contrecœur, je décroche.

L'insoumis

— Allô ?

J'aurais reconnu cette voix entre toutes.

— Rudd ?

— Oui. C'est moi. Qui est à l'appareil ?

— Swanger, votre ancien client. Arch Swanger.

— J'espérais ne plus jamais avoir de nouvelles de vous.

— Moi aussi je vous aurais bien oublié, mais il faut qu'on parle. Malheureusement, comme on ne peut pas vous faire confiance et que vous êtes du genre à trahir vos clients, votre téléphone doit être sur écoute Les flics entendent tout, je parie !

— Pas du tout.

— Vous mentez.

— Si vous voulez. Dans ce cas raccrochez et ne rappelez pas.

— Ce n'est pas aussi simple. J'ai des choses à vous dire. La fille est vivante et des choses terribles vont se produire.

— Je m'en fiche.

— Il y a une pharmacie de nuit au coin de Preston et de la 15e. Allez acheter de la crème après rasage. Derrière un flacon de Gillette Menthol, vous trouverez un petit téléphone noir, un modèle à carte prépayée. Prenez-le mais réglez vos articles. Ce n'est pas le moment de se faire coffrer pour vol à l'étalage. Appelez le numéro qui sera affiché à l'écran. Ce sera moi. J'attends une demi-heure, après je quitte la ville. C'est compris ?

— Non. Je ne marche pas cette fois, Swanger.

— La fille est vivante et vous pouvez la sauver. Tout comme vous avez sauvé votre fils. Cette fois vous serez un vrai héros. Sinon, elle mourra dans l'année. À vous de voir.

— Pourquoi vous croirais-je ?

— Parce que je sais la vérité. Parfois je mens, d'accord, mais je sais ce qui se passe avec cette fille. Et ce n'est pas joli joli. Allez Rudd, jouez le jeu. N'appelez pas votre gorille et ne prenez pas votre camionnette ridicule. Sérieusement, quel avocat se baladerait dans un van U-Haul ?

La ligne est coupée. Je me rallonge, les yeux rivés au plafond. Arch Swanger est en cavale. Il est l'ennemi numéro un des flics – Link Scanlon étant le numéro deux. Comment peut-il savoir que depuis deux jours je circule dans ce van de location ? Et comment a-t-il pu acheter un téléphone et le cacher dans le rayon d'une pharmacie ?

Vingt minutes plus tard, je me gare devant et j'attends que deux clodos daignent s'éloigner de la porte d'entrée. C'est une partie de la ville plutôt déserte et on se demande pourquoi cette chaîne de pharmacie a choisi ce quartier pour y installer une officine de nuit. J'entre. Il n'y a personne, hormis le caissier qui feuillette un journal people. Je trouve la crème à raser et le téléphone, que je glisse rapidement dans ma poche. Je vais payer à la caisse l'after-shave et pendant que je repars en voiture, je compose le numéro.

Swanger décroche :

— Continuez à rouler.

— Je vais où ?

— Jusqu'à moi. Je veux vous avoir devant moi et vous demander, les yeux dans les yeux, pourquoi vous avez dit aux flics où était enterrée la fille.

— Je n'ai peut-être pas envie d'en parler ?

— C'est ce qu'on verra.

— Pourquoi vous avez menti, Swanger ?

— C'était un test, pour savoir si je pouvais vous faire confiance. La réponse est non, c'est clair. Je veux savoir pourquoi.

— Et moi, je veux savoir pourquoi vous ne me fichez pas la paix !

L'insoumis

— Parce que j'ai besoin d'un avocat, c'est aussi simple que ça. Qu'est-ce que je suis censé faire ? Prendre l'ascenseur jusqu'au quarantième étage d'un gratte-ciel et me confier à un type en costume qui me va prendre mille dollars de l'heure ? Ou alors appeler l'un de ces charognards qui traquent les faillites ou les accidents de voitures ? J'ai besoin d'un vrai combattant des rues, un vrai salopard qui connaît les coups bas. Et ce type-là, c'est vous.

— Non. Vous vous trompez.

— Sortez à White Bluff et roulez vers l'est sur trois kilomètres. Vous allez trouver un fast-food ouvert la nuit. Leur pub dit qu'ils font des doubles hamburgers avec du vrai Velveeta comme fromage. Miam ! Vous allez y entrer et vous installer. Je ne vous quitterai pas des yeux. Je veux être sûr que vous serez seul et que personne ne vous suit. Quand j'entrerai, vous ne me reconnaîtrez pas au début.

— Je ne viendrai pas à poil, Swanger. J'ai un permis pour ça. Et je sais m'en servir. Alors pas de coup tordu, d'accord ?

— Aucun risque, je le jure.

— Vous pouvez jurer tout ce que vous voulez, je ne crois plus un mot de vous.

— On est deux.

20.

La ventilation est HS ou inexistante. L'air est étouffant, avec une odeur de frites et de graillon. Je commande un café et m'installe à une table au milieu de la salle. J'attends dix minutes. Dans un box, deux jeunes complètement saouls rigolent et parlent, la bouche pleine. Dans un coin un couple de vieux obèses se goinfre de hamburgers comme s'ils allaient mourir demain. La grande idée commerciale de la maison, c'est que leur *happy hours* est entre minuit et 6 heures du matin. Ça et le Velveeta.

Un livreur UPS en tenue marron entre et se dirige vers le comptoir. Il achète un soda, un cornet de frites et vient s'asseoir à ma table. Derrière ses lunettes rondes, je reconnais enfin Swanger.

— Je suis content que vous soyez venu, chuchote-t-il d'une voix à peine audible.

— Tout le plaisir est pour moi. Joli déguisement.

— Ça fait le job. Voilà la situation : Jiliana Kemp est bien vivante, mais je suis sûr à l'heure qu'il est qu'elle préférerait être morte. Elle a eu son bébé il y a quelques mois. Ils l'ont vendu pour cinquante mille dollars, dans la fourchette haute. À ce qu'on m'a dit, les prix c'est entre vingt-cinq et cinquante mille, pour un petit caucasien de bonne souche. Plus ils sont basanés, moins ils sont chers.

— Qui ça « ils » ?

— Je vais y venir. En ce moment elle fait le tapin et du striptease dans une boîte à près de mille cinq cents kilomètres d'ici. En gros, c'est une esclave, elle est la propriété de sales types qui la gardent accro à l'héroïne.

L'insoumis

C'est pour ça qu'elle ne s'en va pas et qu'elle leur obéit. J'imagine que vous n'avez jamais eu à vous occuper d'affaires de trafic humain ?
— Non.
— Ne me demandez pas comment je me retrouve là-dedans. C'est une longue et triste histoire.
— Pour tout vous dire, je n'en ai rien à faire. J'aimerais bien aider cette fille, mais je ne veux pas mettre mon nez dans ce bourbier. Vous avez dit qu'il vous fallait un avocat.

Il pioche une frite, l'examine comme si c'était du poison, et l'enfonce lentement dans sa bouche. Il me regarde fixement derrière ses fausses lunettes.
— Elle va travailler dans des clubs encore un peu, puis ils vont décider de l'engrosser à nouveau. Ils vont la faire tourner entre eux et quand elle sera enceinte, ils la sèvreront et l'enfermeront. Le bébé doit être en bonne santé, c'est important. Ils ont comme ça huit ou dix filles dans leur cheptel, blanches pour la plupart, mais il y a quelques Noires, toutes de ce pays.
— Et toutes kidnappées ?
— Bien sûr. Vous imaginez quoi ? Qu'elles se sont portées volontaires ?
— Je ne sais pas quoi penser de tout ça.

J'espère qu'il ment, mais un pressentiment me dit que c'est la vérité. Dans l'un ou l'autre cas, c'est si abject que je secoue la tête de dégoût. Je revois Roy Kemp et sa femme à la télévision suppliant les ravisseurs de leur rendre leur fille.
— C'est vraiment tragique. Mais, un, je ne peux plus croire un traître mot sortant de votre bouche. Deux, vous disiez avoir besoin d'un avocat. Alors, allez au fait.
— Pourquoi êtes-vous allé tout raconter aux flics ?
— Parce qu'ils ont kidnappé mon fils et m'ont forcé à leur révéler ce que vous m'aviez dit.

Loi à la carte

Swanger apprécie l'histoire et a un sourire de jubilation.

— Ah oui ? Les flics ont kidnappé votre gosse ?

— Absolument. J'ai cédé. Je leur ai tout raconté et ils ont foncé sur la zone, ont passé la nuit à creuser, et quand ils se sont rendu compte qu'il n'y avait rien, ils m'ont rendu mon fils.

Il enfourne trois frites dans sa bouche et les mâchouille lentement, comme si c'était du chewing-gum.

— J'étais dans les bois. Aux premières loges. C'était marrant de voir tous ces blaireaux avec leurs pelles et leurs pioches. Mais je vous en ai voulu à mort de leur avoir dit mon secret.

— Vous êtes un vrai malade. Pourquoi m'avez-vous fait venir ?

— Parce que j'ai besoin d'argent. La vie est pénible en cavale. Vous n'imaginez pas comme c'est compliqué de gagner un peu de fric et j'en ai ma claque. La récompense est de cent cinquante mille dollars. Les billets sont quelque part dans une boîte à chaussures chez les flics. Je me dis que si je rends la fille à sa famille je pourrais palper un peu.

Je ne sais pas pourquoi je suis choqué. Je devrais pourtant m'attendre à tout avec ce dingue. Je prends une profonde inspiration.

— Résumons les faits. Vous avez enlevé cette fille il y a un an. Les braves gens de cette ville se sont cotisés pour réunir cet argent. Aujourd'hui, vous, le kidnappeur, vous proposez de rendre la fille, et pour cet acte de grande générosité, vous pensez mériter une part de la récompense – une somme destinée à aider la police à résoudre le crime dont vous êtes vous-même l'auteur ? C'est bien ça, Swanger ?

— Je ne vois pas où est le problème. C'est du gagnant-gagnant. Ils ont la fille, et moi j'ai le fric.

— On est plus dans le mode « rançon ».

— Appelez ça comme vous voulez. Je m'en fous. Il me faut du blé. Et un avocat rusé comme vous doit pouvoir m'arranger le coup.

Je me lève d'un bond. C'en est trop !

— Une balle dans la tête, voilà ce qu'il vous faut !

— Où allez-vous ?

— Chez moi. Et si vous vous avisez de me contacter à nouveau, j'appelle les flics.

— Pour ça, je vous crois sur parole !

Visiblement, on a élevé la voix car les deux jeunes soiffards nous regardent avec des yeux ronds. Je tourne les talons et sors du restaurant. Il me rattrape dehors et m'agrippe par l'épaule.

— Vous pensez que je mens pour cette fille, c'est ça ?

Je plonge la main sous mon aisselle et en sors le Glock. Je le repousse et recule d'un pas. Il se fige en voyant l'arme.

— Je ne sais pas si vous mentez, Swanger, et je m'en contrefous. Vous êtes malade. Et je suis sûr que vous allez mourir d'une mort horrible. Maintenant, foutez-moi la paix !

Il se détend et sourit.

— Vous connaissez Lamont, une petite bourgade dans le Missouri ? Il y a peu de chances. Un trou paumé de mille habitants, à une heure au nord de Columbia. Il y a trois jours, une fille de vingt ans, une prénommée Heather, a disparu. Tout le patelin est en émoi. Tout le monde participe aux recherches. Ils ratissent les bois, fouillent chaque buisson. Pas la moindre trace. Elle va bien en fait – enfin, disons qu'elle est en vie. Elle est enfermée dans le même entrepôt que Jiliana Kemp, à Chicago, à subir le même traitement. Vérifiez sur Internet. Il y a un petit article dans le journal de Columbia de ce matin. Juste une autre fille disparue, celle-là à huit cents kilomètres d'ici. Ces gars font dans le trafic à grande échelle, croyez-moi.

Malgré moi, mes doigts se crispent sur la crosse. Je brûle de lui envoyer deux balles dans le crâne.

VI

LE MARCHÉ

1.

Lundi commence la sélection des jurés pour le procès Tadeo Zapate. Cela va être un beau cirque parce que la presse est dans les starting-blocks. La salle d'audience va être prise d'assaut. La vidéo sur YouTube où l'on voit Tadeo démolir Sean King, l'arbitre, totalise soixante millions de vues. Les justiciers sans peur des JT la passent en boucle depuis hier soir. Les mêmes images, les mêmes commentaires stupides, les mêmes faces consternées, les mêmes dodelinements de tête, comme si on avait là l'inconcevable avec un grand I. Tout le monde a son opinion sur l'affaire, et ils ne doivent pas être nombreux à être du côté de mon client. À trois reprises, j'ai demandé à ce que le procès soit organisé dans une autre ville, et les trois fois ma requête a été déboutée. Deux cents jurés potentiels sont convoqués ce lundi, et j'ai hâte de voir combien vont prétendre n'être pas au courant de l'affaire.

Pour l'instant, on est vendredi, autour de minuit, et je suis étendu nu sous les draps à côté de la belle Naomi Tarrant. Elle dort, la respiration lente et profonde, totalement coupée du monde. Notre seconde séance a commencé vers 22 heures, après bière et pizza. Et même si ça a duré moins d'une demi-heure, c'était parfaitement réjouissant et libérateur. Pour elle comme pour moi, ça a été plutôt morne plaine de ce côté-là ces derniers temps et on a du retard à rattraper. Je ne sais pas où nous mènera cette relation naissante, et je suis toujours sur la défensive – une séquelle sans doute indélébile de mon expérience avec Judith – mais pour l'heure, j'aime beaucoup cette fille et j'aimerais la voir le plus souvent possible, nue ou pas.

J'aimerais aussi pouvoir dormir à poings fermés comme ça. Elle est partie loin et moi je suis allongé ici, parfaitement réveillé, mais pas excité – ce qui serait pourtant normal – avec des pensées plein la tête mais aucune portant sur le sexe : le procès de lundi, Swanger et son histoire, les corps ensanglantés de Tubby et Razor, enveloppés dans un tapis et jetés dans une décharge, sans doute l'œuvre de Miguel Zapate et de son gang de dealers. Je pense à l'inspecteur Reardon. Un frisson me parcourt la colonne. Les flics désormais me suspectent et se disent que j'ai quelque chose à voir avec ces meurtres. Je pense aussi à Link. Va-t-il me laisser tranquille, maintenant qu'il sait que d'un claquement de doigts je peux faire massacrer ses hommes ?

Tant de pensées, tant de problèmes. Je suis tenté de sortir du lit pour aller boire un verre, mais il n'y a pas une goutte d'alcool chez Naomi. Elle boit très peu, mange sain et fait du yoga quatre fois par semaine pour garder ses jolies formes. Je ne veux pas la réveiller. Alors je reste allongé et regarde son dos, sa peau douce et parfaite, le creux délicieux de ses reins, ses jolies fesses, les plus jolies fesses de la terre. Elle a trente-trois ans, sort d'un divorce avec un connard avec qui elle a passé sept ans, n'a pas d'enfant et ne semble pas obsédée par la maternité. Elle ne parle pas beaucoup de son passé mais je sais qu'elle a souffert. Son premier amour était son petit ami à la fac. Il a été tué par un chauffard un

Le marché

mois avant leur mariage. Les yeux brillants, elle m'a dit qu'elle n'aimerait jamais autant un autre homme.

Ça tombe bien. Je ne cherche pas vraiment l'amour.

Je n'arrive pas à chasser Jiliana Kemp de mon esprit. C'est, ou c'était, une belle fille, comme ma compagne cette nuit, et il y a de grandes chances qu'elle soit vivante et endure un calvaire. Arch Swanger est un psychopathe, sans doute un sociopathe, et préfère en toute chose le mensonge à la vérité. Mais il n'a pas menti pour Heather Farris, vingt ans, résidant à Lamont, dans le Missouri. Elle travaillait de nuit dans une supérette et avait soudain disparu sans laisser de traces. Ils ratissent toujours les environs. Ils ont fait venir les chiens et offrent une récompense, mais pour l'instant, rien. Comment Swanger est-il au courant de cette disparition ? Certes, il aurait pu voir les infos locales. Mais ce n'est guère vraisemblable. Je suis allé sur Internet aussitôt. J'ai trouvé l'article et suivi l'avancée des recherches dans le journal de Columbia. Lamont est à huit cents kilomètres d'ici et, malheureusement, c'est juste une fille qui a disparu dans une petite ville. Le cas d'Heather n'a pas été repris dans les journaux nationaux.

Et si Swanger disait la vérité ? Et si Jiliana Kemp et Heather Harris étaient deux filles parmi la dizaine d'autres qui ont été kidnappées pour travailler dans un réseau de trafic sexuel ? Des esclaves contraintes à faire des stripteases et des passes avec des clients, qu'on engrosse pour revendre leurs bébés, qu'on rend accro à l'héroïne ? Le fait que je sois au courant, que je puisse avoir le moindre doute, fait de moi un complice de cette infamie. Je ne suis pas l'avocat de Swanger. Je l'ai dit clairement. J'ai senti une montée d'adrénaline quand j'ai pris mon Glock. J'ai été très tenté de mettre fin à son existence misérable. Aucune considération éthique ne me contraint au silence ou à la confidentialité, pas avec une ordure comme lui. Et même si la déontologie avait encore droit de cité, je tirerais un trait dessus sans hésitation si ça pouvait sauver quelques-unes de ces malheureuses.

J'ai cessé de me soucier de l'éthique depuis longtemps. Dans mon monde, mes ennemis sont sans scrupules. Être gentil, c'est signer mon arrêt de mort.

Il est à présent 1 heure du matin et je suis toujours aussi réveillé. Naomi roule sur le côté et tend sa jambe dans ma direction. Je caresse doucement sa cuisse – comment un corps peut-il être aussi doux ? Elle gémit, comme si du tréfonds du sommeil elle appréciait ce contact. Je m'efforce de ne pas bouger et je ferme les yeux.

Mes dernières pensées vont à Jiliana Kemp et à ses sœurs d'infortune, les nouvelles esclaves de notre époque.

2.

Partner et moi passons une grande partie du samedi au sous-sol chez Harry & Harry. Nous épluchons les fiches signalétiques des jurés ainsi que les rapports que Cliff, un consultant en jury, a compilés sur chacun d'eux, pour la modique somme de trente mille dollars. Pour l'instant, préparer la défense de Tadeo m'a coûté soixante-dix mille dollars – payés de ma poche,

Le marché

évidemment. Il y aura d'autres frais. Mais j'ai tiré un trait sur mes honoraires. Il n'a pas un dollar devant lui et Miguel et sa bande n'ont pas montré un grand entrain à me dédommager. Ils doivent se dire que j'ai gagné suffisamment de fric jusqu'ici grâce à Tadeo. Et aussi qu'en éliminant Tubby et Razor de la circulation, ils ont payé leur dette. Un échange de bons procédés, en quelque sorte.

Selon Cliff, la défense de Tadeo Zapate ne va pas être une partie de plaisir. Avec son cabinet, il a fait ses recherches habituelles : 1. prendre un panel de mille personnes dans cette ville et leur demander leur avis sur le procès. 2. mener une enquête sur les deux cents jurés potentiels. 3. visionner tout ce qui s'est dit à la télévision concernant le passage à tabac de l'arbitre sur le ring. Trente et un pour cent des sondés ont entendu parler de l'affaire – un chiffre record – et pour leur immense majorité, ils jugent qu'il faut une condamnation. Dix-huit pour cent ont vu la vidéo. Dans les affaires de meurtre, même les plus sensationnelles, il est rare de trouver plus de dix pour cent de gens qui sont au courant des faits.

À l'inverse des autres consultants, Cliff est connu pour son franc-parler. C'est pour cette raison que je fais appel à lui. Sa conclusion : les chances d'obtenir un acquittement sont infimes. Celles pour que Tadeo écope du maximum sont énormes. Trouvez un accord. Plaidez coupable pour réduire la peine. Et sauve qui peut !

Quand j'ai lu son rapport, je l'ai immédiatement appelé.

— Allez, Cliff. Je vous paie un max et tout ce que vous trouvez à dire, c'est « sauve qui peut » ?

— Vous préférez « tous aux abris » ? me rétorque Cliff, avec son ironie coutumière. Votre client est grillé et le jury va le clouer au pilori.

Cliff sera dans la salle d'audience lundi pour observer chaque juré et prendre des notes. J'adore les caméras, être sur le devant de la scène, mais cette fois, je m'en passerais bien.

3.

À 16 heures, Partner et moi montons à bord de mon nouveau van qui vient d'être aménagé – un Ford, avec, à l'intérieur, tout ce qu'il faut pour faire un luxueux bureau – et nous roulons vers l'université. À la demande de Partner, j'ai accepté de le rendre moins voyant. On a renoncé au noir trop ostentatoire pour un bronze passe-partout. Et sur les flancs, en petites lettres, c'est écrit : « Entreprise Smith », une coquetterie à laquelle Partner tenait beaucoup. Il est convaincu qu'on se fondra mieux dans le flot, qu'on sera moins repérables par les flics, par Link, par mes autres clients, et par tous les autres méchants, présents ou futurs, qui croiseront notre chemin.

Il me dépose devant le complexe aquatique du campus et s'en va trouver une place sur le parking. J'entre dans le bâtiment. J'entends des cris et des clameurs au loin. Je trouve la piscine et envoie un SMS à Moss Korgan. Un essaim de marmots bourdonne autour du bassin. Il y a une compétition de natation. La moitié des bancs

Le marché

sont pris, occupés par des parents bruyants. Il y a un 100 mètres brasse en cours et des fillettes font écumer les huit couloirs.

Moss répond : « À droite. Troisième section. Tout en haut. »

Je lève la tête et ne vois personne sur les derniers gradins, mais je suis certain qu'il m'observe. Je porte une veste de cuir, j'ai caché mes longs cheveux sous le col. Pour le reste, j'arbore un jean et une casquette bleu et orange des Mets. Ce n'est pas mon milieu, et je ne risque guère d'être reconnu, mais je préfère ne pas tenter le diable. La semaine dernière Partner et moi mangions un sandwich dans un café quand un abruti s'est pointé et m'a annoncé que, selon lui, mon petit champion méritait de moisir en prison pour le restant de ses jours. Je l'ai remercié pour cette analyse pertinente et lui ai demandé de nous laisser. Il m'a alors traité de vendu. Partner s'est levé et l'autre s'est barré.

Au moment où je monte les marches, une bouffée de chlore m'assaille les narines. Starcher a laissé entendre une fois qu'il aimerait bien faire de la natation, mais l'une de ses deux mères lui a dit que c'était trop dangereux à cause de tous les produits chimiques qu'ils mettent dans l'eau. Elles devraient enfermer ce pauvre gamin dans une bulle stérile, comme ça elles seraient tranquilles.

Je reste seul un moment, à l'écart, et regarde la fin de la course dans le bassin. Les parents hurlent, tapent des pieds, font un raffut de tous les diables, puis tout s'arrête. Le silence revient dès que leur progéniture a fini sa longueur. Les gosses sortent de l'eau, leurs mères leur tendent des serviettes et y vont de leurs conseils. De là où je suis, les gosses semblent avoir dix ans.

Moss émerge d'un groupe de parents de l'autre côté de la piscine et lentement se dirige vers mes gradins.

L'insoumis

Il grimpe l'escalier et s'assoit à deux places de moi. Sa posture en dit long : il voudrait être ailleurs et préférerait encore parler à un tueur en série.

— Ça a intérêt à être important, Rudd, annonce-t-il sans me regarder.

— Je vous souhaite aussi le bonjour, Moss. C'est qui votre gosse ?

Question idiote. Ils sont au moins mille à grouiller autour du bassin.

— Celle-là là-bas, répond-il avec un mouvement du menton.

Il se fout de moi, mais je l'ai bien cherché.

— Elle a douze ans, reprend-il. Dans la catégorie nage libre. Elle ne sera pas à l'eau avant une demi-heure. On peut en finir ?

— J'ai un autre marché à vous proposer, mais il est encore plus compliqué que le premier.

— C'est ce que vous avez dit au téléphone. J'ai failli vous raccrocher au nez, mais vous avez parlé de Jiliana Kemp. Allez-y.

— Swanger m'a retrouvé. On s'est revus. Il dit savoir où elle est. Elle aurait accouché, son bébé aurait été vendu par des trafiquants qui la fournissent en héroïne et l'utilisent comme esclave sexuelle.

— Swanger est un menteur patenté.

— Certes, mais tout n'est pas faux cette fois.

— Pourquoi vous a-t-il contacté ?

— Il a besoin d'aide et, évidemment, il a besoin d'argent. Il risque de me contacter à nouveau, auquel cas, je pourrais mettre la police sur sa piste. Cette piste nous mènera ou pas à Jiliana Kemp, je n'en sais rien. Il n'y a aucun moyen d'être sûr de quoi que ce soit, mais pour le moment on n'a rien de mieux.

— Vous allez à nouveau trahir votre client ?

Le marché

— Ce n'est pas mon client. J'ai été très clair là-dessus. Il s'imagine peut-être qu'il l'est, mais c'est son problème. Peu importe ce qu'il pense ou pas.

Il y a un coup de trompe et huit garçons plongent dans l'eau. Dans l'instant, les parents se mettent à brailler, comme si les gamins pouvaient les entendre. À part « Allez ! Allez ! », je ne vois pas ce qu'on peut crier à un marmot dans une piscine en plein cent mètres. On les regarde faire leur demi-tour au bout de la ligne.

— Qu'est-ce que vous voulez ? demande Moss.

— Lundi commence le procès avec mon combattant de free-fight. Je veux un meilleur accord. Je veux plaider coupable avec la garantie qu'il ne fera que cinq ans et qu'il sera incarcéré à la prison du comté, où les conditions de vie sont moins difficiles. Là où il y a une belle salle de gym. Le gamin pourra rester en forme, faire dix-huit mois, être libéré sur parole et, à vingt-quatre ans disons, il aura encore un avenir sur le ring. Sinon, il va écoper de quinze ans dans un pénitencier hyper-dur et va en ressortir en brute épaisse prête à tous les crimes.

Moss lève les yeux au ciel, pousse un long soupir, comme s'il avait affaire à l'idiot du village.

Enfin, dans un grand effort pour rester courtois, il répond :

— Nous n'avons aucun pouvoir sur l'accusation. Vous le savez.

— Mancini est payé par la mairie et accrédité par le conseil municipal, tout comme vous. Et comme notre chef de la police par intérim. Et comme Roy Kemp, qui est toujours en arrêt maladie. On doit pouvoir trouver un moyen, non ?

— Mancini n'écoutera pas Woody. Il le déteste.

— Tout le monde déteste Woody, et il déteste tout le monde en retour. Et pourtant, il a été réélu trois fois.

Je vais vous dire comment lui présenter la chose... vous m'écoutez ?

Il ne m'avait pas encore accordé un regard. Cette fois, il tourne fugacement la tête vers moi puis croise les bras, les yeux rivés sur le bassin. C'est le signal pour moi de commencer.

— J'ai besoin de vous, Moss. De votre collaboration. Supposons que je puisse mener les flics jusqu'à Swanger, supposons que Swanger puisse nous mener jusqu'à Jiliana Kemp... Qui se trouve quelque part à Chicago, au fait. Si la fille peut être sauvée, vous imaginez la suite... notre maire bien-aimé, l'honorable L. Woodrow Sullivan Troisième du nom, tiendra la première conférence de presse. Imaginez la scène. Vous savez comme Woody aime les caméras. Ce sera son heure de gloire. Il sera dans son plus beau costume, tout sourires, avec une rangée de flics derrière lui, l'air grave mais heureux, parce que la fille aura été sauvée. Woody annoncera la bonne nouvelle comme si lui l'avait retrouvée, lui le faiseur de miracles. Une heure plus tard, on aura droit en exclu à la famille Kemp enfin réunie, avec Woody au premier plan bien sûr. C'est un maître ès communication. Ce sera quasiment un sacre en direct !

Le visage de Moss s'adoucit un peu, alors qu'il se représente le tableau. Il veut chasser cette image de son esprit, m'envoyer paître, mais l'occasion est trop belle. Comme de coutume, il manque de repartie et se contente de lâcher :

— Vous êtes fou.

Pas de quoi me déstabiliser. Je poursuis :

— Puisque nous cherchons la vérité, et que nous n'en sommes plus à une supputation près, supposons que Swanger ne mente pas. Jiliana Kemp est donc l'une des nombreuses filles enlevées et vendues comme objet sexuel. Presque que des Blanches. Si ce réseau est

Le marché

démantelé, les trafiquants attrapés, alors l'affaire aura un grand retentissement, dans tout le pays d'une côte à l'autre. Woody aura eu une part non négligeable dans ce succès. En tout cas, il sera le héros de la ville.

— Mancini ne marchera jamais.

— Alors débarrassez-vous de lui. Tout de suite. Convoquez-le et forcez-le à démissionner. Le maire a ce pouvoir dans notre démocratie locale. Remplacez-le par un de vos lèche-culs. Vous en avez des centaines à dispo.

— Disons plutôt quinze.

— D'accord. Et sur ces quinze procureurs maison, je suis certain que vous et Woody pouvez en trouver un ayant un peu d'ambition, qui fera ce que vous lui direz en échange du grand fauteuil de chef. Allez, Moss, ce n'est pas si compliqué.

Il se penche, les coudes sur les genoux. J'entends les pensées qui se bousculent dans sa tête. La clameur s'évanouit. La foule se tait alors que la course se termine. Les nageurs suivants se mettent en place. Par chance, je n'ai jamais été contraint d'assister à une rencontre de natation, mais cela paraît un supplice qui n'en finit pas. Je remercie les mères de Starcher et leur aversion pour le chlore.

Moss a encore besoin d'un coup de pouce, alors j'insiste :

— Woody en a le pouvoir. Il peut faire ça.

— Pourquoi doit-on passer un marché avec vous ? Pourquoi ne faites-vous pas simplement votre devoir de citoyen ? Coopérer tout simplement ? Si vous croyez Swanger, et s'il n'est pas votre client, allez donc aider les flics. On parle d'une jeune fille innocente, merde !

— Parce que ça ne marche pas comme ça, réponds-je du tac au tac. (Même si je perds le sommeil à me demander ce que je dois faire ou non.) J'ai un client à défendre, un client tout ce qu'il y a de coupable, comme la plupart, et je cherche un moyen de l'aider. J'ai rarement des clients ayant un bel avenir devant eux, mais ce gamin est un cas à part. Il peut devenir riche, et sortir toute sa famille du ghetto.

— Un ghetto ici c'est toujours mieux que là d'où ils viennent, lâche-t-il, en regrettant aussitôt ses paroles.

Faisant preuve de sagesse pour une fois, je ne relève pas. On regarde un groupe de garçons plus âgés monter sur les plots de départ et s'élancer au coup de trompe.

— Ce n'est pas tout, dis-je.

— Tiens donc ? Un marché à tiroirs. Quelle surprise !

— Il y a un mois, les flics ont trouvé deux corps dans la décharge. Deux petites frappes qui travaillent pour Link Scanlon. Il se trouve que je suis considéré comme suspect. Je ne sais pas à quel point c'est sérieux, mais je préférerais qu'on me laisse tranquille.

— Je croyais que Scanlon était votre client ?

— Il l'était, mais quand il s'est fait la belle disons qu'il n'était pas très satisfait de mes services. Il a envoyé ses deux hommes de main pour me réclamer de l'argent.

— Qui les a tués ?

— Je n'en sais rien, mais ce n'est pas moi. Sérieusement, vous me voyez prendre un tel risque ?

— Ce serait votre genre.

Je lâche un rire.

— Ben voyons ! Ces types sont des brutes assermentées, avec des ennemis à tous les coins de rue. Je ne sais pas qui leur a réglé leur compte, mais la liste des prétendants est longue comme le bras.

— Résumons la situation : 1. vous voulez que le maire demande à Mancini d'être cool avec votre champion de free-fight pour qu'il puisse continuer à faire carrière sur le ring. 2. vous voulez que la police vous oublie pour les meurtres des hommes de main de Scanlon. Et 3. ... c'était quoi au fait ?

Le marché

— Le meilleur. Swanger et l'argent.
— Ah oui ! Et en retour, si le maire se mouille, vous aiderez la police à retrouver Swanger qui dit peut-être la vérité et qui peut nous conduire à la fille. C'est bien ça, Rudd ?
— Dans les grandes lignes, oui.
— Quel merdier !

Je le regarde descendre les marches, contourner la piscine. De l'autre côté du bassin, il grimpe quatre rangs et retrouve sa place à côté de sa femme. Je l'observe un long moment. Pas une seule fois, il ne jette un coup d'œil dans ma direction.

4.

C pour le Catfish Cave. C'est à dix kilomètres à l'est de la ville, dans une banlieue pourrie, des cités dortoirs construites il y a soixante ans avec des matériaux destinés à durer cinquante. Le restaurant propose un buffet de poissons et de légumes, désormais transformé en champ de bataille calciné mais qui était conservé immaculé dans les congélateurs depuis des mois, voire des années. Pour seulement dix dollars, les clients peuvent s'empiffrer pendant des heures sans limites. Ils remplissent leurs assiettes comme s'ils n'avaient pas mangé depuis des lustres et font descendre le tout avec des jerricanes de thé glacé. Pour des raisons obscures, personne ne commande de l'alcool. Visiblement, on ne vient pas ici pour la boisson. Au bout du bar désert, dans l'ombre, c'est là mon lieu de rendez-vous avec Nate Spurio.

La dernière fois que nous nous sommes rencontrés, c'était au point B, l'un des deux Bagel Shop. La fois d'avant, c'était au point A, au Arby's, le roi du rosbif, dans une autre banlieue. La carrière de Nate s'est arrêtée voilà dix ans. On ne peut le mettre à la porte, ni, évidemment, lui donner une promotion. Mais si jamais on le voit boire un verre avec moi hors de ses heures de travail, il se retrouvera illico à faire la circulation devant les écoles. La vérité, c'est que Nate est un flic trop honnête pour la police de cette ville.

Son patron est le capitaine Truitt, un type bien qui est très proche de Roy Kemp. Si j'ai un message à faire passer à Kemp, le chemin commence ici en prenant un verre avec Nate. Je lui raconte tout. Il a du mal à croire que Jiliana Kemp puisse être encore en vie. Moi non plus, je ne sais que penser. Swanger est un menteur patenté. Mais qu'a-t-on à perdre ? Swanger sait quelque chose, alors que nos enquêteurs ne savent rien. Plus nous parlons et buvons, plus Nate est convaincu que la police peut faire pression sur le maire et sur Max Mancini. L'ancien chef de la police était un abruti à qui l'on doit les égarements de nos forces de l'ordre, mais Roy Kemp a encore le respect de ses collègues. Sauver sa fille vaut bien toutes les remises de peine du pays.

Il y a néanmoins peu de chances de la retrouver. J'insiste sur ce point. D'abord, j'ignore si je peux contacter Swanger, ou s'il voudra me revoir. La dernière fois, j'ai failli lui tirer dessus. J'ai encore le téléphone à carte prépayée mais je ne m'en suis pas servi depuis notre dernière rencontre. S'il ne fonctionne plus, ou si Swanger ne répond pas, alors on sera coincés. Et même si je le rencontre et que la police parvient à le suivre, les chances qu'il les conduise au club de striptease à Chicago sont minces. Infimes, même.

Nate est d'ordinaire aussi expressif qu'un moine, mais cette fois, il ne peut cacher son excitation. Quand nous quittons le Catfish Cave, il m'annonce qu'il file chez le capitaine Truitt. Il va lui expliquer la situation. Truitt appellera Kemp pour lui dire qu'il y a un accord possible. C'est loin d'être une piste fiable, mais il s'agit de sa fille. Il sera prêt à tenter le coup. Je lui répète qu'il faut faire vite. Le procès commence demain.

5.

Tard le dimanche soir, Partner et moi allons à la prison pour notre dernier entretien avant le procès. Après une demi-heure de négociations avec les gardiens, je suis enfin autorisé à voir Tadeo.

Le gamin m'inquiète. Depuis qu'il est en cellule, il a été abreuvé de conseils par ses codétenus, et il est convaincu d'être une vedette. À cause de la vidéo, il a reçu un tas de courrier, presque uniquement des admirateurs. Il est persuadé qu'il va ressortir libre après le procès, adulé de tous, prêt à reprendre sa brillante carrière. J'ai tenté de lui ouvrir les yeux, de lui expliquer que ces gens ne sont pas ceux qui seront dans le box des jurés. Ces personnes qui lui écrivent ne représentent qu'une petite frange de la population. Il a même reçu des demandes en mariage ! Les jurés seront des citoyens inscrits sur les listes électorales et peu d'entre eux ont de la sympathie pour les combats de free-fight.

Encore une fois, je lui transmets la dernière offre du ministère public : quinze ans s'il plaide coupable pour meurtre. Il ricane. Il ne me demande pas mon avis et je ne lui dis pas non plus ce que j'en pense. Il a rejeté tant de fois cette offre qu'il est inutile d'épiloguer. En revanche, il a suivi mon conseil en ce qui concerne son apparence. C'est déjà ça. Il s'est rasé, coupé les cheveux. Je lui ai apporté une veste bleue, avec une chemise blanche et une cravate. Des affaires que sa mère a trouvées dans un dépôt-vente. Dans son cou, sous l'oreille, il a un tatouage d'une inspiration douteuse, et il sera en partie visible sous son col. La plupart de mes clients ont des tatouages, je suis habitué à gérer le problème. Le mieux, toujours, c'est de les cacher. Dans le cas de Tadeo, toutefois, je suis battu, car tout le jury les aura vus dans la vidéo où il est torse nu. Et il y en a une multitude !

À l'évidence, quand un gars décide de faire du free-fight, son premier réflexe, c'est d'aller chez le tatoueur.

Un fossé s'est creusé entre nous ces derniers temps. Il pense qu'il va sortir libre, moi qu'il va aller en prison. Mon pessimisme, à ses yeux, prouve non seulement que je doute de lui mais également de mes propres compétences. Ce qui m'embête vraiment, c'est son obstination à vouloir témoigner. Il s'imagine pouvoir s'installer dans le fauteuil et convaincre le jury. 1. que Sean King lui a volé la victoire, 2. qu'il a été pris d'un coup de folie et qu'il ne se souvient plus de rien, et 3. qu'il regrette son geste. Après avoir tout expliqué au jury, il présentera en public ses excuses auprès de la famille King. Alors tout sera pour le mieux et les jurés se montreront cléments.

Le marché

J'ai tenté de lui décrire ce qu'il va endurer quand il sera interrogé par Max Mancini. Mais, comme de coutume, il ne mesure pas ce qui peut se produire dans la frénésie d'un procès. Même moi, parfois, je suis dépassé.

Aucun de mes avertissements ne porte. Il a tutoyé la gloire dans la cage, il a entrevu sa route pavée d'or. L'argent, le renom, l'adulation, les femmes, une grande maison pour sa mère et sa famille. Tout ça sera bientôt lui.

6.

Je n'arrive jamais à dormir la veille d'un procès. Mon cerveau est en ébullition et je consacre mon temps à vérifier que je me rappelle bien tout – les détails d'organisation, les faits, les choses que je dois faire. Mon estomac est noué par l'anxiété, j'ai les nerfs en pelote. Il faut pourtant que je me repose. C'est important de paraître frais et dispos devant les jurés, parfaitement détendu, mais j'aurai malheureusement la même tête que tous les jours : les traits tirés, les joues creusées, les yeux rouges. Je bois un café avant que l'aube ne se lève et, comme de coutume, je me demande pourquoi je fais ça. Pourquoi est-ce que je m'inflige ce supplice ? J'ai un cousin neurochirurgien à Boston. Souvent, je pense à lui dans ces moments-là. Son monde n'est pas sans stress, quand il doit charcuter un cerveau. Les risques sont énormes. Comment gère-t-il cette pression ? L'inquiétude, le trac, voire la diarrhée, la nausée... On se voit rarement. Je ne lui ai jamais posé la question. Mais il pratique en petit comité, pas devant un public. S'il commet une erreur, il la passe sous silence. Il ne risque pas la curée. Et il gagne un million de dollars par an !

À bien des égards, un avocat au tribunal est comme un acteur sur scène. Son texte n'est pas toujours écrit et c'est ce qui complique l'exercice. Il faut savoir réagir, saisir la balle au bond, trouver la bonne formule, savoir quand attaquer et quand faire le dos rond, quand prendre les rênes, quand suivre le mouvement, quand montrer de la colère ou rester stoïque. Et malgré tout, il faut convaincre, persuader, parce qu'au final, la seule chose qui importe, c'est le vote des jurés.

De guerre lasse, je tire un trait sur le sommeil et vais à ma table de billard. Je me prépare un triangle et casse le paquet d'un coup pas trop appuyé. J'empoche toutes les billes et termine par la 8.

J'ai toute une collection de costumes marron. J'en choisis un pour l'audience à venir. Je porte du marron non parce que j'aime la couleur mais parce que ça me distingue des autres. Avocats, banquiers, directeurs, politiciens, tous sont en bleu marine ou en gris sombre. Les chemises sont soit blanches, soit bleu clair ; les cravates, dans les tons rouges. Par principe donc, jamais je n'arbore ces couleurs. Et à la place de chaussures noires, aujourd'hui je vais porter des santiags en peau d'autruche. Elles se marient mal avec mon costume, mais peu importe. J'étends ma tenue sur le lit et vais prendre une longue douche. En peignoir, j'arpente le salon en récitant en sourdine ma présentation de l'affaire. Je prépare une autre partie. Je casse le paquet, rate les trois premiers coups, et arrête les frais.

Le marché

7.

À 9 heures, la salle d'audience est pleine. C'est le moment de découvrir les deux cents jurés potentiels et de les sélectionner. Et comme il n'y a que trois cents places dans le tribunal, ça bouchonne pas mal quand une horde de spectateurs et de journalistes se présentent aux portes.

Max Mancini a choisi son plus beau costume, un bleu roi, et des souliers vernis. Il lance de grands sourires au personnel du palais. Devant autant de public, il est même gentil avec moi. On bavarde un peu pendant que les huissiers gèrent la foule.

— Vous proposez toujours quinze ans ?

— Absolument, répond-il tout miel en regardant son auditoire.

À l'évidence, il n'est pas encore au courant de l'accord possible. Ou alors il sait et Max a été fidèle à lui-même : il a envoyé paître Woody, Moss, et tout le monde. Ce procès est son moment de gloire, l'apogée de sa carrière. Il a devant lui une foule admirative. Et une meute de journalistes ! Comment renoncer à ça ?

Cette semaine, c'est Son Honneur Janet Fabineau qui préside, surnommée intra muros Go Slow Fabineau. C'est une jeune juge, encore un peu verte, mais qui mûrit à vue d'œil sur son fauteuil. Comme elle a peur de commettre des bourdes, elle préfère prendre son temps. En un mot, elle est lente – dans son élocution, dans ses réflexions, dans ses décisions. Et elle exige que les avocats, les procureurs comme les témoins s'expriment, en toute circonstance, de façon parfaitement distincte et intelligible. Elle prétend que c'est par égard pour les petites mains qui doivent consigner toutes nos paroles, mais en fait c'est pour Son Honneur parce qu'elle n'est pas une flèche. Tout le monde le sait !

Le greffier apparaît et annonce que la juge veut nous voir dans son bureau. On s'exécute et on s'installe à une grande table vermoulue, avec moi d'un côté, et Mancini et son larbin de l'autre. Fabineau est en bout de table, occupée à couper consciencieusement une pomme dans un bol en plastique. Il paraît qu'elle continue son régime et son programme de gym, mais je ne vois guère de progrès. Par chance, elle ne nous propose pas un quartier.

— Vous avez des requêtes à me soumettre avant l'audience ? demande-t-elle en mastiquant sous notre nez.

Mancini secoue la tête. Je l'imite et ajoute, juste par provocation :

— À quoi bon ?

J'en ai déposé des dizaines et elles ont toutes été rejetées.

Elle ne réagit pas à ma petite pique, avale sa bouchée en grimaçant, boit une gorgée d'un liquide jaunâtre comme de l'urine.

— Un accord peut-être ?

— Nous proposons toujours quinze ans de réclusion pour meurtre, répond Mancini.

— Et mon client refuse toujours. Désolé.

— Ce n'est pas une mauvaise offre, réplique-t-elle me lançant une pique à son tour. Que va plaider votre client ?

— Je l'ignore, Votre Honneur. Il se considère innocent. Il changera peut-être d'avis dans un jour ou deux, mais pour l'heure, il a hâte que son procès commence.

— Parfait. Sur ce point, nous allons exaucer son souhait !

Le marché

Nous parlons de menus problèmes le temps que les huissiers enregistrent les jurés potentiels et règlent les détails de procédure. Enfin, à 10 h 30, le greffier nous annonce que tout est prêt. Nous retournons dans la salle. Je m'installe à côté de Tadeo. Cela me fait tout drôle de le voir en veston cravate. On parle à voix basse, je lui assure que tout se passe bien, exactement comme prévu, pour l'instant du moins. Derrière nous, les jurés potentiels l'observent, se demandant quel crime horrible le prévenu a commis.

Sur ordre du greffier, tout le monde se lève à l'entrée de la juge Fabineau, sa silhouette massive dissimulée par sa large robe noire. Les juges passent le plus clair de leur temps seuls à leur bureau, croulant sous des montagnes de dossiers. Ils adorent donc les salles d'audience pleines à craquer. C'est leur bol d'air frais. Ils sont les maîtres des lieux et aiment l'admiration qu'on leur porte alors. Certains cherchent à épater la galerie et je suis curieux de voir comment Fabineau va se comporter devant une telle foule. Elle souhaite la bienvenue à tout le monde et commence à expliquer pourquoi nous sommes là. Évidemment, elle s'attarde un peu trop longtemps sur le sujet. Enfin, elle demande à Tadeo de se mettre debout et de se tourner vers le public. Il obéit, esquisse un sourire comme je le lui ai demandé, et se rassoit. La juge nous présente tour à tour Mancini et moi. Je reste sobre : je me lève et salue l'assemblée d'un mouvement de tête. Mancini, lui, bondit de sa chaise, sourit à pleines dents et écarte les bras comme un évangéliste accueillant ses ouailles. Il est d'une suffisance écœurante.

Les jurés ont été numérotés. Fabineau demande aux numéros cent un à cent quatre-vingt-dix-huit de quitter le tribunal. Ils devront rappeler le greffe à 13 heures – on leur dira alors si on a besoin d'eux. La moitié des personnes convoquées se lèvent et s'en vont, certaines d'un pas pressé, d'autres toutes contentes de cette aubaine. Sur un côté de la salle, les huissiers réinstallent le reste des appelés, par rangée de dix, et nous découvrons le visage de nos futurs jurés. Ce remaniement dure une heure. Tadeo me souffle à l'oreille qu'il s'ennuie. Je lui demande s'il préfère rester en prison. Non, surtout pas ! me répond-il.

On élimine du panel les plus de soixante-cinq ans et ceux qui sont venus avec un certificat médical. Ils sont désormais quatre-vingt-douze, prêts à être interrogés. Fabineau lève la séance pour le déjeuner et nous sommes invités à revenir pour 14 heures. Tadeo veut savoir s'il peut manger dans un restaurant pour avoir enfin un repas décent. Je souris et lui dis que c'est impossible. Il est raccompagné en cellule.

Pendant que je discute avec Cliff, mon consultant en jury, un huissier s'approche de moi.

— Vous êtes bien monsieur Rudd ?

J'acquiesce et il me tend une liasse de papiers. Cela vient des affaires familiales. Une audience en urgence a été demandée pour mettre fin à mes droits de visite. Je lâche un juron, et vais m'asseoir à l'écart dans le box des jurés. Quelle salope ! Justement aujourd'hui. Tout ça pour m'emmerder. Je lis la notification et mes épaules s'affaissent. Hier, dimanche, c'était mon jour de garde avec Starcher ! Mes douze heures – 8 h 00-20 h 00 –, un accord verbal entre Judith et moi. Mais trop accaparé par le procès, j'ai bien sûr oublié mon rendez-vous avec le gamin. Dans l'esprit tordu de Judith, c'est la preuve manifeste que je suis un mauvais père, que je dois être totalement banni de la vie de mon fils. Et elle a réclamé une audience en urgence, comme si Starcher était en grand danger ! C'est la quatrième fois qu'elle me fait le coup en trois ans. Le score est pour l'instant de trois

Le marché

à zéro, pour moi ! Mais elle est prête à se prendre un quatre zéro. Je ne sais pas ce qu'elle veut prouver.

Je prends au distributeur un de leurs « sandwichs frais », un machin industriel tout juste décongelé, et file au service des affaires familiales. Cette bouffe sous plastique rend bien des services, quoi qu'on en dise. Carla, une employée du greffe que j'ai draguée autrefois, sort le dossier et nous le parcourons ensemble, côte à côte, nos têtes se touchant presque. Quand je l'ai approchée il y a deux ans, elle m'a répondu qu'elle était déjà « dans une relation », sans m'en dire plus. Le sous-texte, c'était : « Non merci. Suis pas intéressée. » Ça ne m'a pas affecté outre mesure. Je me suis pris tant de râteaux dans ma vie que c'est plutôt quand une femme me dit « peut-être » que je suis déstabilisé. Bref, Carla doit en avoir fini avec cette « relation » parce qu'elle minaude un max et est tout sourires avec moi – comme quasiment toutes les secrétaires, standardistes et assistantes entassées dans ces bureaux vétustes. Pour peu qu'on soit hétéro, célibataire, pas trop mal habillé et pas trop fauché, un avocat ici aura les yeux doux des femmes seules, et aussi de quelques mariées. Si je jouais le jeu, si j'avais le temps et la patience, je pourrais en culbuter un bon nombre. Carla, toutefois, a bien grossi ces derniers mois et elle ne me paraît plus aussi appétissante qu'avant.

— Vous passez avec le juge Leef, annonce-t-elle.
— Le même que la dernière fois ? Il est encore vivant ?
— Votre ex est une coriace.
— C'est un euphémisme.
— On la voit de temps en temps. Elle n'est pas très causante.

Je remercie Carla et m'en vais.
— Appelez-moi un de ces quatre, me lance-t-elle.

J'ai envie de lui dire : « Va déjà à la salle de gym pendant six mois, et on en reparlera ! » Mais comme je suis un gentleman, je lui réponds :
— Promis.

Le juge Stanley Leef a, lors de notre dernière entrevue, bloqué Judith dans ses velléités de me retirer mes droits parentaux. Il en avait plus qu'assez de ses attaques à répétition et il m'a donné raison. Un coup d'épée dans l'eau. Un de plus. Le fait que nous allons avoir affaire à nouveau au juge Leef en dit long sur l'intégrité de Judith, et sur sa naïveté... Dans mon monde, si l'enjeu est important – et priver un parent respectable de son droit de visite est un enjeu important, non ? – je suis prêt à tout pour mettre toutes les chances de mon côté, quitte à récuser le juge si celui-ci ne me convient pas, à déposer plainte auprès de la commission d'éthique pour en avoir un autre, ou encore, ma botte secrète, à graisser la patte d'un employé du greffe.

Judith ne songera jamais à ce genre de pratiques. Elle accepte donc, sans broncher, le juge qu'on lui assigne. Elle se fiche, en fait, de gagner ou de perdre, peu importe que ce soit tel ou tel juge. Son seul but, c'est d'user et d'abuser du système judiciaire pour me harceler. Peu importe l'argent que cela coûte. Comme des sanctions éventuelles à son encontre. Elle arpente cet étage du vieux palais tous les jours. Elle est sur son terrain.

Je trouve un banc, lis sa requête en terminant mon sandwich.

Le marché

8.

Pour la séance de l'après-midi, nous plaçons les chaises de l'autre côté de nos tables pour être en face des jurés. Ils nous regardent comme si on était des extraterrestres. À la demande de Fabineau – car chaque juge est libre d'organiser la sélection des jurés comme il l'entend – les numéros un à quarante sont installés aux quatre premiers rangs et, parmi ceux-ci, nous allons devoir trouver nos douze élus. Nous les observons donc attentivement pendant que Son Honneur discourt sur l'importance civique d'être juré.

Sur ces quarante, il y a vingt-cinq Blancs, huit Noirs, cinq Hispaniques, une jeune femme du Viêtnam, et une autre d'Inde. Vingt-deux femmes, dix-huit hommes. Grâce à Cliff et son équipe, je connais leurs noms, leurs adresses, leur travail, leur situation maritale, leurs pratiques religieuses, leurs antécédents avec la justice, s'ils ont des dettes, s'ils ont été condamnés pour des crimes ou des délits. Pour la plupart, j'ai les photos de leurs maisons ou appartements.

Cela ne va pas être facile de faire un choix. Tous les avocats veulent avoir des jurés afro-américains. Une croyance gravée dans le marbre veut que les Noirs aient plus de compassion pour l'accusé et soient toujours plus critiques à l'égard de la police et des institutions. Mais cela ne marchera pas aujourd'hui. La victime, Sean King, est un Noir, ayant une bonne situation, une femme, et trois charmants bambins. Pour arrondir ses fins de mois, il faisait l'arbitre pour des matchs de boxe ou de free-fight.

Quand Fabineau, enfin, en a fini avec ses digressions, elle demande au panel s'ils ont eu vent des circonstances de la mort de Sean King. Sur les quatre-vingt-douze, près d'un quart lève la main – ce qui est énorme. Elle leur ordonne de se mettre debout pour que nous puissions prendre leurs noms. Je lance un regard à Mancini et secoue la tête. C'est une première et, à mon avis, la preuve patente que le procès doit se tenir ailleurs. Mais Mancini continue de sourire. Je note les vingt-deux noms.

Pour éviter que les réponses des uns influencent celles des autres, Go Slow Fabineau décide de les interroger séparément. Nous retournons dans les quartiers du juge et nous reprenons place à la même table.

La jurée numéro trois arrive. Son nom est Liza Parnell et elle vend des billets d'avion pour une compagnie régionale. Mariée, deux enfants, trente-quatre ans. Le mari est un commercial dans le ciment. Mancini et moi sortons le grand numéro de charme pour nous mettre dans la poche ce juré potentiel. Son Honneur s'occupe des questions. Ni Liza ni son mari ne sont fans de free-fight. Elle trouve ce sport répugnant, mais elle se souvient de l'émeute. Toutes les chaînes de télé en ont parlé et elle a vu la vidéo de Tadeo tabassant l'arbitre. Elle et son mari ont discuté de l'incident. Ils ont même prié à l'église pour le rétablissement de Sean King, et ont été très affligés en apprenant son décès. Elle aurait du mal donc à être impartiale. Plus on veut savoir sa position sur cette affaire, plus elle s'aperçoit qu'elle est déjà convaincue que Tadeo est coupable. « Il l'a tué », répète-t-elle.

Mancini lui pose quelques questions du même genre. Quand c'est à mon tour, je ne perds pas de temps. Liza doit être virée vite fait. Pour l'heure, on lui demande de

Le marché

retourner à sa place au premier rang et de ne parler à personne.

La jurée numéro onze est mère de deux ados. Les deux amateurs de free-fight. Et ils ont passé des heures à discuter de Tadeo et de Sean King. Non, elle n'a pas vu la vidéo, bien que ses garçons l'aient suppliée de la visionner. Elle sait toutefois tout de l'affaire et reconnaît avoir déjà un avis. Mancini et moi l'interrogeons poliment mais nous ne parvenons pas à en savoir plus. Elle aussi sera remerciée.

L'après-midi s'écoule au fil des entretiens. Les vingt-deux jurés, sans exception, en savent bien trop. Deux d'entre eux prétendent pouvoir mettre de côté leur opinion première et juger en toute impartialité. J'en doute fortement, mais je suis l'avocat de la défense, alors par réflexe, je me méfie. À la fin de la journée, après que nous avons entendu les vingt-deux jurés potentiels, je demande à nouveau à ce que le procès ait lieu ailleurs. Nous avons la preuve irréfutable que trop de gens de cette ville connaissent cette affaire.

Go Slow m'écoute et semble, en son for intérieur, être de mon avis, du moins au vu de sa réponse :

— Je rejette votre requête pour l'instant, monsieur Rudd. Avançons et voyons comment ça va se passer demain matin.

9.

Après l'audience, Partner me conduit à l'entrepôt où Harry & Harry mènent leurs affaires. Je vois Harry Gross et nous nous occupons de la dernière plainte de Judith. Il va préparer une réponse, similaire aux trois précédentes qui figurent déjà dans le dossier. Je la signerai et la déposerai demain.

Partner et moi nous rendons ensuite au sous-sol, où Cliff et son équipe sont déjà à pied d'œuvre. Sur les quatre premiers rangs, les numéros un à quarante, nous avons interrogé neuf personnes cet après-midi. Et je pense que ces neuf-là vont être récusés pour motif valable. Chaque camp a droit à quatre veto, quatre récusations automatiques sans avoir à donner de justification. Cela fait un total de huit. Mais il n'y a pas de limite au nombre de récusations motivées. L'astuce, la ruse, l'art, c'est de lire dans l'esprit des jurés et de déterminer sur lesquels exercer son veto. Je n'ai que quatre cartouches, comme l'accusation et la moindre erreur de jugement peut être fatale. Non seulement je dois décider qui garder et qui renvoyer chez lui, mais aussi jouer à cache-cache avec Mancini. Qui va-t-il éjecter ? Sans doute les Hispaniques.

Puisque je ne peux espérer un acquittement, je vais faire de l'antijeu, trouver un jury qui ne parviendra pas à s'entendre. Il me faut donc trouver un ou deux jurés susceptibles d'avoir de l'empathie pour Tadeo.

Pendant des heures, en mangeant de mauvais sushis accompagnés de thé vert, nous disséquons un à un chaque juré potentiel.

Le marché

10.

Aucun coup de fil au milieu de la nuit. Aucune nouvelle de Arch Swanger, ni de Nate Spurio. Pas un mot de Moss Korgan. À l'évidence, ma superbe proposition n'est pas allée très loin. Lorsque le soleil se lève, je suis à mon ordinateur, à répondre à mes e-mails. Je décide d'en envoyer un à Judith : « Pourquoi cette guerre ? Pourquoi continues-tu ? Tu as perdu tant de batailles et tu vas encore perdre celle-ci. Tout ça ne mène à rien, sinon à montrer ton entêtement ridicule. Pense à Starcher, et pas seulement à toi. » Sa réponse sera impitoyable, je le sais, un chef-d'œuvre de méchanceté.

Partner me dépose dans un centre commercial en banlieue. La seule boutique ouverte est un bagel shop où il est autorisé de fumer, même si la loi l'interdit. Le propriétaire est un vieux Grec rongé par un cancer du poumon. Son neveu est un cadre de la mairie et les inspecteurs du travail ne viennent jamais faire de contrôles ici. L'endroit propose des expressos, de vrais yogourts, des bagels et des nuages bleus de fumée de cigarette, comme au bon vieux temps où il était courant dans les restaurants de manger tout en inhalant du goudron et autres poisons en suspension. Avec le recul, on se demande comment on a pu supporter ça pendant aussi longtemps. Nate Spurio grille ses deux paquets par jour et adore cet endroit. Je prends une grande inspiration sur le trottoir et pousse, en apnée, les portes de l'établissement. Nate est installé à une table, avec un café et le journal devant lui, une Salem toute neuve plantée

au coin de la bouche. Il me désigne une chaise et écarte son journal.
— Un café ? me demande-t-il.
— Non merci. J'ai eu mon quota.
— Comment ça va ?
— La vie en général ou le procès ?
Il lâche un grognement, et s'efforce de sourire.
— Depuis quand parlons-nous de la vie en général ?
— C'est vrai. Rien de nouveau du côté de Mancini. Je ne sais pas si on lui a évoqué notre accord. En tout cas, il fait comme si de rien n'était. Il continue à me proposer quinze ans.
— Ils le travaillent au corps, mais c'est une tête de con.
Pour l'instant, il est sur le devant de la scène et il adore ça.
— Donc Roy Kemp fait pression ?
— Ce n'est rien de le dire ! Il appuie sur tous les leviers possibles. Il est hystérique. On le comprend. Et il t'a dans le nez parce qu'il pense que tu fais de la rétention d'informations.
— Dis-lui que c'est réciproque parce qu'il a kidnappé mon fils, mais ça n'a rien de personnel. S'il peut coincer le maire, et que le maire coince Mancini, tout s'arrangera.
— C'est en cours.
— Tant mieux. Mais ça urge. On choisit en ce moment le jury. Après ce que j'ai vu et entendu aujourd'hui, mon gars est très mal parti.
— Oui, c'est ce qu'on m'a dit.
— On risque de commencer à appeler les témoins dès demain, et ils ne sont pas si nombreux. Tout pourrait être plié vendredi. Il faut qu'on concrétise cet accord très vite. Cinq ans, dans la prison du comté, avec liberté conditionnelle à la clé. C'est bien clair, Nate ? Tout le monde a bien reçu le message ?

Le marché

— Cinq sur cinq. Ce n'est pas si compliqué.
— Alors dis-leur de se bouger le cul ! Mon gars va se faire démonter par le jury.

Il tire sur sa cigarette, emplit ses poumons.

— Tu es joignable cette nuit ?
— Qu'est-ce que tu crois ? Que je vais partir en balade ?
— On aura sûrement besoin de parler.
— Quand tu veux. Mais là, je dois filer. Le procès reprend aujourd'hui et il faut vite que je sache quels jurés je peux acheter.
— On va dire que je n'ai rien entendu. Mais venant de toi rien ne me surprend.
— À plus, Nate.
— C'était un plaisir.
— Tu devrais arrêter de fumer.
— Occupe-toi de tes affaires. À chacun ses problèmes.

11.

Go Slow est en retard. D'un côté, pourquoi se presserait-elle ? Elle est la juge et la fête ne peut pas commencer sans elle. En revanche, ce procès est un grand moment dans sa carrière. À sa place je ne voudrais pas en perdre une miette. Mais cela fait un bail que j'ai cessé d'essayer de comprendre les magistrats.

On attend une bonne heure quand, sans autre information, le greffier nous annonce l'arrivée de la cour. Son Honneur se laisse tomber sur son fauteuil, comme si elle était déjà épuisée, et nous autorise à nous rasseoir. Pas une excuse. Pas une explication. Elle se lance dans des remarques préliminaires, rien que du prévisible, du rabâché, et quand elle a tout récité, elle se tourne vers l'accusation :

— Maître Mancini, vous pouvez examiner le panel pour le compte du ministère public.

Max bondit sur ses jambes, et se met à marcher de long en large derrière la rambarde d'acajou qui nous sépare des spectateurs. Avec quatre-vingt-douze jurés potentiels d'un côté et au moins autant de journalistes de l'autre, la salle d'audience est encore une fois pleine à craquer. Il y a même des personnes debout adossées contre le mur du fond. Max a rarement autant de public. Il commence par un long monologue ridicule pour dire à l'assemblée comme il est fier de représenter en ce lieu les bonnes gens de notre ville. Il sent sur ses épaules peser tout le poids de sa mission. C'est un honneur pour lui, un devoir, une obligation. C'est encore beaucoup de choses... et au bout de quelques minutes, je vois plusieurs jurés qui se renfrognent, l'air de dire : « Qui c'est ce clown ? »

Je le laisse parler de lui bien trop longtemps, puis je me lève et me tourne vers Go Slow d'un air las :

— Madame la juge, peut-on en venir au fait ?

— Maître Mancini, avez-vous des questions à poser au panel ?

— Bien sûr, Votre Honneur, réplique-t-il. Je ne pensais pas que nous étions si pressés.

— Il n'y a pas d'urgence, mais je n'ai aucune envie de perdre du temps, répond la juge.

Le marché

Une magnifique réponse de la part de quelqu'un qui a eu une heure de retard ce matin !

Max commence par les questions bateau sur les antécédents des futurs jurés. Ont-ils déjà fait partie d'un jury ? Connaissent-ils le système judiciaire ? Ont-ils quelque rancœur contre la police, ou les forces de l'ordre en général ? C'est une perte de temps parce que les gens dans ces circonstances disent rarement ce qu'ils pensent. En revanche, ça me donne à moi tout le loisir d'observer les prétendants. Tadeo noircit des pages de notes, comme je le lui ai demandé. Je prends des notes aussi, mais je m'intéresse surtout à décrypter leur langage corporel. Cliff et son associé sont dans l'autre aile, et épient, comme moi, leur moindre geste ou mimique. J'ai l'impression de connaître tous ces gens, en particulier les quarante premiers.

Max leur demande si l'un ou plusieurs d'entre eux ont été poursuivis en justice. Une question habituelle, mais qui n'a aucun intérêt. C'est un procès au pénal, pas au civil. Sur les quatre-vingt-douze, une quinzaine admet avoir eu des démêlés avec la justice dans le passé. Je parie qu'il y en a une bonne quinzaine de plus mais qui se garde bien de le dire. On est aux États-Unis. Qui n'a pas déjà été poursuivi en justice dans ce pays ? Max semble tout excité en voyant toutes ces mains levées, comme s'il avait devant lui autant de secrets croustillants. Il veut savoir si cette expérience dans notre système judiciaire risque d'influencer leur jugement sur cette affaire.

Mais non, Max. Tout le monde adore être traîné devant les tribunaux ! Et on n'en garde évidemment aucune rancœur contre le système ! Mais il continue à brasser de l'air avec ses questions qui ne vont nulle part.

Juste pour l'agacer, je me lève et dis :

— Votre Honneur, pouvez-vous rappeler à monsieur le procureur que nous sommes dans une affaire criminelle, pas au civil ?

— Je le sais bien ! grogne Mancini. (Il me lance un regard noir.) Je sais ce que je fais.

— Poursuivez, maître Mancini, répond la juge. Et vous maître Rudd, asseyez-vous.

Max ravale sa colère. Il passe la vitesse supérieure et attaque des sujets plus sensibles. Quelqu'un parmi eux ou leurs proches auraient-ils été condamnés pour un acte de violence ? Il est désolé, dit-il, de poser des questions aussi personnelles, mais il ne peut faire autrement. Oui, c'est ça, que tous lui pardonnent ! Dans les rangs du fond, la jurée quatre-vingt-un lève lentement la main.

Mme Emma Huffinghouse. Une Blanche. Cinquante-six ans, dispatcheuse dans une société de transport de fret. Son fils de vingt-sept ans purge une peine de douze ans pour violation de domicile sous l'emprise de stupéfiants. Dès que Max voit cette main levée, il agite les bras de façon théâtrale :

— Non, non, je ne veux savoir aucun détail, je vous en prie. J'ai conscience que ce sont des affaires très privées et très douloureuses. Ma seule question est : diriez-vous que notre système judiciaire a traité votre affaire de façon satisfaisante ?

Sérieux, Max ? On ne fait pas une enquête de satisfaction !

Mme Huffinghouse se met lentement debout et répond :

— Je pense que mon fils a été traité avec équité par la justice.

Max est à deux doigts de sauter par-dessus la barrière pour aller la prendre dans ses bras. Soyez bénie, ma chère ! Soyez bénie ! Quel beau compliment pour les forces du bien ! Dommage, Max, qu'elle ne serve à rien. Jamais nous n'irons jusqu'au numéro quatre-vingt-un.

Le marché

Le juré quarante-sept se fait connaître, se lève, et annonce que son frère est en prison pour coups et blessures et qu'à l'inverse de Mme Huffinghouse, lui, Mark Wattburg, ne garde pas un grand souvenir de notre système judiciaire.

Mais Max le remercie chaleureusement. Quelqu'un d'autre ? Aucune main ne s'agite dans les rangs des jurés. Il y en a trois de plus en réalité, et apparemment Max ne le sait pas. Cela prouve que mon équipe a fait de meilleures recherches que lui – et aussi que ces trois-là ne sont pas très francs du collier.

Max poursuit. Les heures tournent. Il aborde un terrain miné : celui des victimes. Avez-vous été victime de violences ? Vous, ou un membre de votre famille, ou un ami proche ? Plusieurs mains se lèvent. Max accomplit du bon boulot et parvient à tirer de ces gens des informations utiles. Une première dans cette matinée.

À midi, Son Honneur, sans doute épuisée par tout ce temps passé assise dans son fauteuil, annonce une pause d'une heure et demie. Elle doit être impatiente d'aller manger sa pomme Tadeo veut rester dans la salle pour le déjeuner. J'en fais la demande à son gardien, qui, contre toute attente, accepte. Partner file à l'épicerie au bas de la rue, et revient avec des sandwichs et des chips.

Tout en mangeant, on parle à voix basse. Ni les gardes, ni les huissiers ne peuvent nous entendre. Il n'y a personne d'autre dans la salle d'audience. La solennité de ces préliminaires, ainsi que la présence de cette foule, ont fait leur œuvre et Tadeo a perdu de sa morgue. Il a vu tous ces regards braqués sur lui, tous ces gens qui, pour douze d'entre eux, vont bientôt décider de son sort. Non, ils ne sont pas comme lui, ce ne sont pas ses frères.

— J'ai l'impression qu'ils ne m'aiment pas trop, me dit-il doucement.

Sans blague ?

12.

Max termine aux alentours de 15 heures et me donne la main. À présent, j'en sais beaucoup sur ces gens et je serais prêt à lancer la sélection. Mais c'est la première fois que je peux leur parler directement, et c'est l'occasion de préparer le terrain sur lequel, je l'espère, une relation de confiance entre eux et moi pourra s'édifier. J'ai observé leurs visages pendant l'intervention de Mancini. Nombre d'entre eux l'ont trouvé obséquieux, voire un peu niais. J'ai beaucoup de défauts et de mauvaises habitudes, mais lécher les bottes des jurés ne fait pas partie de la liste. Je ne les remercie pas d'être là – ils ont été convoqués, ils n'avaient pas le choix. Je ne leur dis pas qu'ils participent à une grande œuvre. Je n'en fais pas des tonnes sur l'efficacité de notre système judiciaire.

Au lieu de ça, je leur parle de la présomption d'innocence. Je leur demande de se poser cette question : ont-ils déjà un avis sur l'affaire ? Pensent-ils que mon client est coupable de quelque chose ou qu'il n'a rien à faire ici ? Ne levez pas la main, hochez simplement la tête si vous croyez que mon client est coupable. C'est humain. C'est notre société qui veut ça. Il y a un crime, une arrestation, on voit le suspect à la télévision, et on est tous soulagés que la police ait attrapé le méchant. Et le tour est joué. L'affaire est résolue. Les méchants sont sous les verrous. Pas une voix aujourd'hui ne s'élève pour dire stop, attendez, il est présumé innocent et il a droit à un procès équitable ! Tout le monde veut une condamnation.

Le marché

— Posez vos questions, maître Rudd..., me rappelle à l'ordre Go Slow dans le micro.

Je l'ignore, désigne Tadeo et demande si, à cet instant « t », en toute honnêteté, ils pensent que mon client est complètement innocent.

Bien sûr, personne ne répond parce qu'aucun futur juré ne dira qu'il s'est déjà fait son idée sur l'affaire.

Je parle ensuite de l'établissement des charges. C'est une question épineuse et cruciale qui mérite qu'on s'y attarde. Finalement Max craque. Il se lève, brandissant les bras au ciel d'agacement :

— Votre Honneur, il n'interroge pas le panel. Il leur fait un cours de droit !

— Je suis d'accord. Maître Rudd, soit vous avez des questions à poser, soit vous vous rasseyez, lance Go Slow.

— Je vous remercie, madame la juge, réponds-je en petit con que je suis.

Je regarde les trois premiers rangs.

— Tadeo n'est pas obligé de témoigner, il n'est pas obligé d'appeler quelque témoin que ce soit. Pourquoi ? Parce que c'est à l'accusation de prouver sa culpabilité. Supposons qu'il ne monte pas dans le box des témoins. Cela changera-t-il quelque chose pour vous ? Penserez-vous qu'il a quelque chose à cacher ?

J'utilise tout le temps cet argument et j'ai rarement une réponse. Mais aujourd'hui, le juré numéro dix-sept veut dire quelque chose. Il s'appelle Bobby Morris, trente-six ans, Blanc, tailleur de pierre. Il lève la main et je lui donne la parole d'un signe de tête.

— Si je suis sélectionné dans ce jury, je trouve qu'il devrait témoigner. Je veux entendre ce qu'il a à dire.

— Je vous remercie infiniment, monsieur Morris. Quelqu'un d'autre ?

Maintenant qu'il y a eu un premier, d'autres mains se lèvent. Je les questionne tour à tour gentiment. Comme je l'espérais, l'échange devient une discussion à bâtons rompus à mesure que leurs inhibitions tombent. Je passe pour un type sympathique avec qui on peut parler, un gars droit dans ses bottes qui a un certain sens de l'humour.

Quand on en a terminé, Son Honneur annonce que nous allons choisir notre jury aujourd'hui même. Elle nous laisse un quart d'heure pour potasser nos notes.

13.

Voici la réponse de Judith à mon e-mail : « Starcher est encore bouleversé. Comme père, tu es en dessous de tout ! On se voit devant le juge. »

Je suis tenté de répliquer, mais à quoi bon ? Partner et moi quittons le palais de justice. Il fait nuit, il est 19 heures passées et la journée a été longue. On s'arrête dans un bar pour prendre une bière et un sandwich.

Neuf Blancs, un Noir, un Hispanique, un Vietnamien. Voilà notre jury. C'est si frais que j'ai besoin de parler d'eux. Partner, comme à son habitude, écoute sans faire de commentaires. Il a suivi quasiment tous les débats ces deux jours et il sent bien ce jury.

Je m'arrête à deux bières, même si j'en prendrais bien quelques autres... À 21 heures, Partner me dépose au Arby's et je commande un soda en attendant que Nate

Le marché

fasse son entrée. Il arrive enfin, commande des beignets d'oignons et s'excuse d'être en retard.

— Comment se passe le procès ?

— On a sélectionné notre jury cet après-midi. Les présentations commencent demain matin, puis Mancini appellera ses témoins. Cela devrait aller vite. On a un accord ?

Il enfourne un gros beignet et le mâchouille, tout en regardant autour de lui. Le fast-food est désert. En grimaçant, il avale sa grosse bouchée.

— Ouais. Woody a vu Mancini il y a deux heures. Il lui a annoncé qu'il était viré, qu'il était remplacé par un fantoche qui demandera, dès demain matin, l'annulation du procès pour vice de procédure. Mancini a fait aussitôt machine arrière et accepte de jouer le jeu. Il veut te voir avec la juge demain matin à 8 h 30.

— Avec la juge ?

— Exact. Il semblerait que Janet Fabineau et Woody aient des liens, d'amitié ou autres, je ne sais pas. En tout cas Woody a tenu à la mettre dans la confidence. Elle est donc de la partie. Elle va accepter le marché, et condamner ton gars à cinq ans dans la prison du comté en recommandant une libération conditionnelle au plus vite. Exactement ce que tu voulais.

— Génial. Et les types de Link ?

— Cette enquête est dans l'impasse. Aucun souci à se faire.

Il tire sur sa paille et pioche un autre beignet.

— Maintenant, à toi de jouer.

— Lors de notre dernière rencontre, Swanger m'a donné ses instructions grâce à un téléphone portable qu'il avait caché dans le rayon d'une pharmacie. J'ai toujours ce téléphone. Il est dans mon van. Je ne m'en suis pas servi depuis. Je ne sais donc pas s'il fonctionne encore. Mais si je parviens à joindre Swanger, je vais lui

proposer une autre rencontre. Je dois encore lui donner de l'argent.
— Combien ?
— Je propose cinquante mille, en petites coupures. Il n'est pas stupide.
— Cinquante mille ?
— C'est le tiers de la récompense. Il doit être sacrément fauché en ce moment. Si on lui donne moins, ça risque de coincer. L'année dernière, vous avez confisqué quatre millions de dollars, avec la bénédiction de nos législateurs. Vous avez l'argent, Nate, et Roy Kemp est prêt à tout pour récupérer sa fille.
— Ça va, ça va ! Je passerai le message. Je ne peux pas faire mieux.

Je le laisse avec ses beignets d'oignons et me dépêche de rejoindre le van. Dès que Partner démarre, je prends le téléphone et compose le numéro. Pas de réponse. Une heure plus tard, j'essaie de nouveau. Toujours rien.

14.

Avec la fatigue, les deux bières et deux bourbons sour, je m'écroule devant la télévision. Je me réveille dans mon fauteuil, toujours en costume cravate, et en chaussettes. Mon téléphone sonne, « numéro inconnu ». Il est 1 h 40 du matin. Tant pis si je suis dans le coaltar. Je décroche.

Le marché

— Vous avez cherché à me joindre ? me demande Swanger.

— En fait, oui, réponds-je en abaissant le repose-pieds. Je me lève d'un bond. J'ai un peu le tournis, mon cerveau a besoin de sucre.

— Où êtes-vous ?

— Question stupide. Encore une idiotie de ce genre et je raccroche.

— Arch... il y a peut-être un accord possible. Si ce que vous m'avez dit est vrai... mais c'est compliqué parce que tout le monde pense que vous mentez comme vous respirez.

— Je n'ai pas appelé pour me faire insulter.

— Évidemment. Vous avez appelé pour récupérer l'argent. Je pense pouvoir conclure un marché, jouer l'intermédiaire, sans prendre de commission cela va de soi. Je ne suis pas votre avocat, alors je ne vous enverrai pas la note !

— Très drôle. Vous n'êtes pas mon avocat parce que je ne peux pas vous faire confiance.

— C'est vrai. La prochaine fois que vous enlevez une fille, embauchez donc quelqu'un d'autre ! Vous voulez le fric, oui ou non ? À vous de voir. Moi, je m'en contrefous.

Il y a un court silence. Il fait ses calculs.

— Combien vous êtes prêts à mettre ?

— Vingt-cinq mille maintenant pour nous dire où est la fille. S'ils la trouvent, vous aurez vingt-cinq de plus.

— Ce n'est que le tiers de la récompense. C'est vous qui prenez le reste ?

— Pas un dollar ! Comme je vous l'ai dit, je ne touche rien. Je me demande bien pourquoi je me retrouve embringué dans cette affaire.

Il y a un autre silence. Il réfléchit à une contreproposition.

— Je n'aime pas cet accord. Je ne verrai jamais les autres vingt-cinq mille.

Et nous, nous ne verrons jamais la fille ! Mais je m'abstiens de le dire.

— Des gens qui vous abattraient à vue vont vous donner vingt-cinq mille dollars. C'est bien plus que ce que vous avez gagné l'année dernière avec un travail honnête.

— Le travail honnête, ce n'est pas mon truc. Ni le vôtre. C'est bien pour ça que vous êtes avocat.

— Ah Ah Ah. Très drôle. Vous voulez qu'on trouve un accord, oui ou non ? Si c'est non, je lâche l'affaire. J'ai d'autres chats à fouetter.

— Cinquante mille. En liquide. Cinquante mille et je vous dis où elle est, à vous seul. Si c'est un piège, si je flaire le moindre flic dans les parages, je passe un coup de fil et vous pourrez dire adieu à votre fille. Compris ?

— C'est très clair. Je ne promets rien pour l'argent, mais je passerai le mot à mon contact.

— Dépêchez-vous, ma patience a des limites.

— Allons, vous trouverez la force d'attendre. Il y a trop d'argent en jeu. Vous croyez berner qui ?

Il a raccroché. Adieu le sommeil.

15.

Trois heures plus tard, je m'arrête devant une épicerie de nuit pour acheter une bouteille d'eau. Quand j'en sors, un flic en civil m'accoste.

Le marché

— C'est vous, Rudd ?

Puisque c'est moi, il me remet un sac en papier contenant une boîte à cigares.

— Cinquante mille, grogne-t-il. En billets de cent.

— Ça ira.

Que suis-je censé répondre ? « Merci » ?

Je quitte la ville, seul. Swanger, il y a une heure, m'a demandé de ne pas emmener mon « gorille » et de conduire moi-même. Il ne voulait pas que je prenne mon beau van flambant neuf. Je lui ai expliqué que je n'avais que ce véhicule et que je n'avais pas le temps d'aller en louer un. Il faudra qu'il s'en contente.

J'essaie d'oublier que ce type m'a constamment surveillé. Il sait quand Partner et moi avons commencé à nous balader avec notre camionnette U-Haul. Et aujourd'hui il sait que j'ai un nouveau van. Comment peut-il être au courant de tout ça ? Il est donc si souvent en ville ? Et la police ne l'a pas repéré ? Sans doute va-t-il disparaître totalement sitôt qu'il aura eu l'argent. Ce qui sera une bonne nouvelle pour tout le monde.

Suivant ses instructions, je l'appelle au moment où je quitte la ville par la nationale, direction le sud. Ses consignes sont précises : « Roulez sur 25 km jusqu'à la sortie 184, prenez la Route 63 à l'est jusqu'à la ville de Jobes. » Pendant que je conduis, je pense à mon procès qui va démarrer dans quelques heures. À moins que... Si la juge Fabineau est réellement de mèche, alors il peut se passer n'importe quoi aujourd'hui. Tout est possible.

J'ignore combien ils sont à me suivre, mais ils doivent être nombreux. Je n'ai pas posé la question – pas eu le temps –, mais il est évident que Roy Kemp et ses hommes ont lâché les chiens. Il y a deux micros dans le van et une balise GPS dans le pare-chocs arrière. J'ai accepté qu'ils mettent mon téléphone portable sur écoute, mais juste pour quelques heures. Une escouade doit déjà foncer sur Jobes, j'en suis sûr. Et je ne serais pas étonné qu'il y ait un hélicoptère ou deux au-dessus de moi. Je n'ai pas peur. Swanger n'a aucune raison de s'attaquer à moi. Mais je suis néanmoins tendu.

L'argent, en petites coupures, est intraçable. La police se fiche de perdre l'argent, elle veut récupérer la fille. Ils savent aussi que Swanger n'est pas idiot et qu'il ne se laissera pas duper.

Jobes est une bourgade de trois mille habitants. Quand je dépasse une station Shell à l'entrée de la ville, j'appelle de nouveau Swanger, comme prévu.

— Restez en ligne, ordonne-t-il. Tournez à gauche juste après le lavage voiture.

Je m'exécute et me retrouve dans une rue sombre flanquée de vieilles maisons.

— Vous avez bien les cinquante mille dollars ?
— Absolument.
— Prenez à droite et traversez la voie ferrée.

J'obtempère.

— Ensuite la première rue à droite. Elle n'a pas de nom. Arrêtez-vous au panneau stop. Et attendez.

Quand je m'arrête, une silhouette sort de l'ombre et attrape la poignée côté passager. Je déverrouille la porte et Swanger s'engouffre dans l'habitacle. Il tend le doigt vers la gauche :

— Allez par là, tranquillement. On reprend la nationale.
— Bonjour à vous aussi !

Il porte un large bandana noir qui lui couvre les sourcils et les oreilles. Le reste de sa tenue est noir également, du foulard jusqu'aux Rangers. J'ai envie de lui demander où il est garé, mais il ne me le dira pas.

— Où est le fric ?

Je désigne du menton le sac derrière moi. Il l'ouvre, sort la boîte à cigares. À l'aide d'une petite lampe torche, il compte les billets.

Le marché

— Prenez à droite, annonce-t-il en continuant à vérifier les liasses.

Quand nous sortons de la ville, je l'entends lâcher un soupir de satisfaction. Il me fait un grand sourire.

— Tout est là.
— Vous doutiez de moi ?
— Évidemment ! J'ai toutes les raisons de me méfier. (Il désigne la station Shell.) Vous voulez une bière ?
— Non. Je bois rarement de la bière à 5 h 30 du matin.
— C'est la meilleure heure ! Arrêtez-vous.

Il descend du van sans l'argent. Il prend son temps, choisit un paquet de chips pour accompagner son pack de six. Et revient tranquillement vers le van, comme si tout allait pour le mieux dans le meilleur des mondes. Quand je redémarre, il ouvre le sachet.

— Où va-t-on ?

Je n'arrive plus à cacher mon irritation.

— On reprend la nationale, direction le sud. Ce van sent trop le neuf. Je préférais l'ancien.

Il enfourne une poignée de chips et fait passer le tout d'une lampée de bière.

— Vous m'en voyez désolé. Et ne mettez pas des miettes partout. Partner est très à cheval sur la propreté.
— Partner ? Il s'appelle comme ça votre gorille ?
— Vous le savez très bien.

On reprend la Route 63, toujours plongée dans l'obscurité et déserte. Pas la moindre lueur à l'horizon. Je continue à surveiller discrètement les alentours, craignant de remarquer qu'on nous suit. Mais les flics sont trop futés pour ça. Ils doivent être loin derrière, ou au-dessus, ou en planque sur la nationale. Qu'est-ce que j'en sais ? Je ne suis qu'avocat !

Swanger sort un petit téléphone de la poche de sa chemise et l'agite sous mon nez.

— N'oubliez pas ce que je vous ai dit. Si je vois un seul flic, si je renifle leur présence, ou si j'entends quoi que ce soit de bizarre, il me suffit de passer un appel, et quelque part, bien loin d'ici, il va arriver des choses horribles. C'est bien compris ?

— Reçu cinq sur cinq. C'est où, Arch ? Revenons aux fondamentaux : où, quand, comment ? Vous avez l'argent. À vous de remplir votre part du contrat. Où est la fille et comment peut-on la récupérer ?

Il vide sa première canette, fait claquer sa langue de satisfaction, et pioche une nouvelle poignée de chips. Pendant quelques kilomètres, il reste muet comme une carpe. Puis il ouvre une autre bière. Arrivés à la bretelle d'accès, il annonce :

— Prenez la nationale au sud.

La circulation sur la voie qui remonte au nord est dense. Les premiers banlieusards qui se rendent à leur travail en ville. Vers le sud, en revanche, il n'y a personne. Je regarde Swanger. Il a son petit sourire arrogant. J'ai envie de le baffer.

— J'attends, Arch...

Il avale une autre lampée et se redresse sur le siège.

— Les filles ne sont plus à Chicago. Ils les ont emmenées à Atlanta. Ils bougent pas mal, tous les quatre ou cinq mois. Ils exploitent une ville à fond, mais au bout d'un moment, les gens se mettent à parler, les flics commencent à rôder, alors ils mettent les voiles, et vont monter un salon ailleurs. C'est toujours difficile de rester sous les radars quand on offre des filles pour pas cher.

— Si vous le dites. Jiliana Kemp est toujours vivante ?

— Oh oui ! Elle est même très active, mais contre son gré, bien entendu.

— Et elle est à Atlanta ?

— Dans le secteur, oui.

Le marché

— C'est une grande ville. On n'a pas le temps de jouer aux devinettes. Si vous avez une adresse, il faut me la donner. C'est notre marché.

Il prend une profonde inspiration, puis une gorgée de bière tout aussi longue.

— Ils sont dans un grand centre commercial où il y a beaucoup de monde, plein de voitures et de gens qui vont et viennent. L'Atlas Physical Therapy, officiellement c'est un centre de kinésithérapie, mais c'est un bordel déguisé. Pas de numéro dans l'annuaire. Des thérapeutes de garde, sur rendez-vous uniquement. Tout nouveau client doit être parrainé par un ancien, comme ça le directeur du centre sait à qui il a affaire. On se gare sur le parking du centre commercial, on va manger une glace au Baskin-Robbins par exemple, on se promène dans les allées puis on file à l'Atlas. Un type en blouse blanche est à l'accueil. Il se montre très courtois, mais dessous, il est armé. Il se fait passer pour un kiné, et effectivement, les os cassés c'est son rayon. Il prend l'argent, disons trois cents dollars en liquide, et vous conduit dans une des chambres. Il désigne une porte. On entre. Dans la pièce il y a un petit lit et une fille, jeune, jolie, et quasiment nue. Vous avez droit à vingt minutes avec elle. Et vous ressortez par une autre porte et personne ne sait ce que vous avez fait. Les filles travaillent tout l'après-midi – elles ont la matinée de libre parce qu'elles finissent tard. Après l'Atlas, on vient les chercher pour les emmener dans les diverses boîtes de striptease du secteur, où elles dansent et tout le tralala. À minuit, on les ramène dans des appartements où on les enferme pour la nuit.

— Qui sont ces gens ?

— Des trafiquants, de sales types vraiment. Cela se passe à plusieurs niveaux : gang, réseau, cartel. Une machine bien huilée. Pour la plupart, ils ont des liens avec l'Europe de l'Est, mais il y a des gars du cru aussi. Ils violent les filles, les gardent dans un état de terreur et de confusion les rendent accros à l'héroïne. Les gens dans ce pays n'imaginent pas qu'il puisse y avoir du trafic humain dans leur ville, mais c'est bel et bien le cas. Il y en a partout ! Leurs proies de prédilection sont des gamines qui ont fugué, des filles avec des familles à problème qui cherchent à s'enfuir. C'est à gerber. Vraiment.

Je m'apprête à lui dire qu'il n'est pas tout blanc, qu'il a eu sa part dans ce travail qui l'écœure tant, mais cela ne sert à rien. Mieux vaut ne pas se le mettre à dos.

— Il y a combien de filles en ce moment ?

— C'est difficile à dire. Ils les séparent, modifient les groupes, les déplacent. Quelques-unes ont disparu pour de bon.

Je ne veux pas en savoir plus. Seule une ordure voulant faire carrière dans ce trafic voudrait plus de détails.

Il désigne un panneau.

— Prenez cette sortie et remontez au nord.

— Où allons-nous, Arch ?

— Vous allez le savoir. Patience.

— Et l'adresse ?

— Si j'étais les flics, voilà ce que je ferais, déclare-t-il avec une soudaine autorité dans la voix. Je surveillerais les lieux, l'Atlas, et je choperais un micheton au moment où il sort, tout requinqué par sa séance. Il s'agira d'un courtier d'assurances, ou d'un gars comme ça, un pauvre type qui n'a pas ce qu'il faut chez lui et qui s'est amouraché d'une des filles – parce qu'on peut demander à avoir une fille en particulier mais ce n'est pas automatique. La maison ne garantit rien. Ou alors ce sera un petit avocat comme vous, courant les estropiés pour grappiller quelques dollars, et pour trois cents biftons il aura sa petite récompense.

— Et donc ?

Le marché

— Donc, les flics attrapent le quidam, ils lui foutent bien la pression et en deux coups de cuillère à pot il se met à table. Il leur dit tout, en particulier la topographie des lieux. Ils lui font peur, le pauvre gars pleure tout ce qu'il peut, puis les flics le laissent partir. Les flics auront déjà un mandat. Il leur suffit de lancer une équipe du SWAT, et c'est le happy end. Les filles sont sauvées. Les trafiquants arrêtés, en flagrant délit, et si les flics jouent bien le coup ils peuvent en faire cracher un. Il suffit qu'un seul balance et c'est tout le réseau qui tombe. Il y a peut-être des centaines de filles et des dizaines de trafiquants. Le coup de filet peut être énorme. Et tout ça, grâce à nous deux.

— C'est ça, Swanger, on est dans la même équipe.

Je sors, passe au-dessus de la nationale et la reprends direction nord. Tous ceux qui observent mon van doivent se demander ce qui se passe. Mon passager ouvre une autre canette, sa troisième. Il a vidé le paquet de chips, et je suis sûr qu'il y a des miettes partout. J'accélère jusqu'à cent dix kilomètres à l'heure et redemande :

— Donnez-moi l'adresse, Arch.

— C'est à Vista View, une banlieue à quinze kilomètres à l'ouest d'Atlanta. Le centre commercial s'appelle West Ivy. L'Atlas Physical Therapy est juste à côté de la laverie automatique. Les filles arrivent vers 13 heures.

— Et Jiliana Kemp fait partie du groupe ?

— J'ai déjà répondu à cette question. Pourquoi je vous dirais tout ça si elle n'y était pas ? Mais les flics ont intérêt à se dépêcher. Ces gars peuvent plier bagage en quelques minutes.

J'ai l'info que je voulais. Je ne dis donc plus rien. Sans trop savoir pourquoi, je demande :

— Je peux avoir une bière ?

L'espace d'un instant, ça l'agace, comme s'il lui fallait les six pour lui seul, mais il sourit et me tend une canette.

16.

Quelques kilomètres plus loin, après un long et agréable silence, Swanger me fait un signe.

— C'est ici. Notre Dr Woo, le magicien des vasectomies. Que de souvenirs, pas vrai ?

— Une longue nuit. À les regarder creuser pour rien. Pourquoi avez-vous fait ça ?

— Pourquoi suis-je ce que je suis ? Pourquoi j'ai enlevé cette fille ? Pourquoi je l'ai maltraitée ? Pourquoi je l'ai vendue ? Elle n'est pas la première, vous le saviez ?

— Au point où j'en suis, plus rien ne me surprend. J'espère juste qu'elle sera la dernière.

Il secoue la tête, l'air affligé.

— Un doux rêve. Garez-vous sur le bas-côté.

Je freine. Le van s'arrête dans un soubresaut dans le halo de lumière du panneau du Dr Woo. Swanger attrape le sac avec l'argent, abandonne sa bière, et tire la poignée de la portière.

— Vous direz à ces abrutis de flics qu'ils ne me trouveront jamais.

Le marché

Il saute de l'habitacle, claque la porte, gagne les hautes herbes et escalade la clôture. Il passe courbé sous le panneau publicitaire, entre les gros poteaux, et disparaît dans le champ de maïs. C'est la dernière image que je garde de lui.

Par sécurité, je repars et roule sur un kilomètre avant de m'arrêter pour appeler les flics. Ils sont au courant. Depuis ces quatre dernières heures, ils ont entendu tout ce qui s'est dit dans le van. Je n'ai donc pas grand-chose à ajouter. À mon avis, ce serait une erreur de tenter de serrer Swanger avant que le raid ne soit lancé à Atlanta. Ils semblent d'accord. Je ne vois aucune activité dans le champ de maïs, ni aux alentours du panneau.

Sur le chemin du retour, mon téléphone sonne. C'est Max Mancini.

— Bonjour, monsieur le procureur.

— Je viens de parler avec Fabineau. Elle est malade. Une sorte d'intoxication alimentaire. Il n'y aura pas d'audience aujourd'hui.

— Oh, la pauvre…

— Je sais que vous êtes déçu. Allez vous reposer, nous discuterons plus tard.

— D'accord. Nous avons des choses à nous dire ?

— Absolument. Et bravo, Rudd. C'est du beau boulot.

— Rien n'est fait.

Je vais chercher Partner chez lui et nous allons prendre un bon petit déjeuner dans une cafétéria. Je lui raconte les événements des sept dernières heures. Comme à son habitude, il écoute et parle peu. Il faudrait que je m'allonge et dorme quelques heures, mais je suis trop tendu. J'essaie de tuer le temps au palais. Je suis si préoccupé par le raid à Atlanta que je ne peux me concentrer sur quoi que ce soit.

D'ordinaire, je serais plongé dans la préparation du procès de Tadeo, mais il y a de fortes chances qu'il n'ait jamais lieu. J'ai respecté ma part du marché. Qu'ils sauvent ou non Jiliana Kemp, ils doivent honorer leur parole. Un joli petit accord. Mon client plaide coupable et il pourra remonter sur le ring, et dans pas très longtemps. Mais je me méfie de tout le monde en ce moment... Si le raid ne donne rien, tout peut tomber à l'eau. Max Mancini, Moss Korgan, Go Slow Fabineau, et les huiles de la police risquent de se réunir et décider d'un commun accord : « Que Rudd et son client aillent se faire mettre ! »

17.

À 14 heures, côté est, le parking du centre commercial de West Ivy grouille d'agents fédéraux, tous dans une variété de vêtements civils et de véhicules banalisés. Ceux qui ont de l'armement lourd sont en planque dans des fourgons.

Le pigeon a quarante et un ans. Un vendeur de voitures nommé Ben Brown. Marié, père de quatre enfants, une jolie maison pas très loin. Après sa séance de kiné, il quitte l'Atlas par une porte dérobée, rejoint son véhicule, un modèle de démonstration. On le laisse rouler un kilomètre avant qu'un flic de la police locale ne l'arrête. Ben tout d'abord s'agace. Non, il est sûr de ne pas avoir dépassé la vitesse autorisée ! Mais quand il

Le marché

voit piler devant lui un Suburban noir, il sent les ennuis arriver. Deux agents du FBI se présentent et l'emmènent à l'arrière de leur SUV. Il est en état d'arrestation pour recours à des services sexuels tarifés. On lui annonce qu'il va être condamné pour violation d'une pléiade de lois fédérales. L'Atlas, lui apprend-on, est le maillon d'un vaste réseau de prostitution. C'est pourquoi le FBI est sur le coup. Ben voit sa vie défiler devant ses yeux. Les larmes lui viennent malgré lui. Il explique aux agents spéciaux qu'il a une femme et quatre enfants. Mais les flics ne se laissent pas émouvoir. C'est la prison qui l'attend. Plusieurs années.

Les agents, toutefois, sont prêts à négocier. S'il leur raconte tout, ils le laisseront remonter dans sa voiture et s'en aller libre comme l'air. D'un côté, une petite voix dit à Ben qu'il peut ne rien dire et demander à avoir un avocat. De l'autre, il a très envie de jouer le jeu et de sauver sa peau sans faire de vagues.

Il se met à parler. C'est sa quatrième ou cinquième visite à l'Atlas. Il a toujours une fille différente – c'est ce qu'il aime bien ici, la variété. Trois cents dollars la passe. Pas de trace, évidemment. Il a été recommandé par un ami de la concession. Tout est sous le manteau. Oui, il a parrainé deux autres potes. C'est comme ça que ça fonctionne. Pour des raisons de sécurité. Et de confidentialité. À l'intérieur, il y a un petit hall d'accueil, avec toujours le même type à la réception. Travis. Il porte une blouse blanche, et tente de se faire passer pour un kinésithérapeute. De l'autre côté de la porte il y a six ou huit pièces, toutes les mêmes – un lit, une chaise, une fille à poil. Cela se passe très vite. C'est comme un sex-shop en drive-in. Sitôt entré, sitôt ressorti. Ce n'est pas comme l'autre fois à Las Vegas, quand la fille est restée avec lui et qu'ils ont passé la soirée à manger des chocolats et à boire du champagne !

Les agents du FBI ne décrochent pas un sourire. « Il y a d'autres hommes à l'intérieur ? »

Oui, peut-être. Une fois, il y avait un autre type. Tout est très propre et nickel, à l'exception des murs qui sont trop fins. On entend tout ce qui se passe à côté. Les filles ? Oui, bien sûr. Il y a une Tiffany, une Brittany, et une Amber, mais ce ne doit pas être leur vrai nom.

On dit à Ben de partir et de ne plus recommencer. Il s'en va sans demander son reste, impatient de prévenir ses amis de ne plus s'approcher de l'Atlas.

Le raid intervient quelques instants plus tard. Toutes les sorties étant bloquées par des flics en armes, il n'y a ni résistance, ni tentative de fuite. Trois hommes sont menottés et embarqués. Six filles, dont Jiliana Kemp, sont sauvées et placées en lieu sûr. Un peu avant 15 heures, Jiliana appelle ses parents, en sanglotant. Elle a été enlevée treize mois plus tôt. Elle a donné naissance à son enfant en captivité. Elle ne sait pas ce qu'ils ont fait du bébé.

Sous la pression des fédéraux, l'un des trois suspects craque et déballe tout ce qu'il sait. Il donne des noms, puis des adresses, et toutes les infos qu'il a. Dans les heures qui suivent, le maillage s'affine. Les agents du FBI dans des dizaines d'autres villes cessent leurs affaires courantes pour assembler les pièces du puzzle.

Un ami du maire, un banquier, met son jet à disposition. À 19 heures le même jour – à une heure où, d'ordinaire, sa journée à l'Atlas prend fin et que débute sa soirée dans une boîte de striptease – Jiliana Kemp se retrouve dans un avion qui la ramène chez elle, avec un steward aux petits soins. Elle va pleurer durant tout le voyage.

Le marché

18.

Une fois encore, Arch Swanger passe entre les mailles du filet. Il a disparu des radars quand il est entré dans le champ de maïs. La police espérait pouvoir l'attraper, mais comme on leur a dit d'attendre la fin du raid pour intervenir, ils ont perdu sa trace. Il est évident qu'il avait un complice. Entre l'endroit où je l'ai récupéré, au panneau stop à Jobes, et le panneau du Dr Woo, il y a soixante kilomètres. Quelqu'un devait l'attendre avec une voiture.

Je pense que je n'aurai plus jamais de nouvelles de lui.

19.

Le soir, Partner et moi allons annoncer la superbe nouvelle à Tadeo. On lui offre le meilleur des accords. Une peine ultra légère, une prison plus facile à vivre, et la garantie d'une liberté conditionnelle sous peu. Il pourrait être de retour dans la cage d'ici deux ans avec une aura toute neuve d'ex-taulard et sera devenu une célébrité grâce à la vidéo sur YouTube. Savoir qu'il va revenir sur le circuit me met en joie, je dois le reconnaître.

Tout fier de moi, je lui explique tout. Ou presque. Je passe sous silence l'épisode Swanger, et mets en avant mes talents de négociateur. On ne me la fait pas à moi, le grand Sebastian Rudd ! Je suis la terreur des tribunaux !

Tadeo n'est pas si impressionné que ça. Et sa réponse est non. Pas question.

J'insiste. Il ne peut pas refuser. C'est trop dangereux. Il risque, sinon, de passer dix ans en prison, un minimum, et dans une prison très dure. Je lui présente un accord si génial que même la juge n'en revient pas. Réveille-toi, bonhomme ! Mais il n'en démord pas : c'est non.

Je suis sonné, abasourdi.

Il est assis sur sa chaise, les bras croisés sur sa poitrine, un petit con qui dit non, non, non. Il ne veut pas d'accord. Il ne veut pas plaider coupable. Pas question. Il a vu ses jurés et, malgré ses premiers doutes, il est de nouveau certain de pouvoir les rallier à sa cause. Il veut aller dans le box des témoins et leur dire sa version de l'histoire. Il est sûr de lui, têtu, et agacé que je lui demande de plaider coupable. Je garde mon calme, insiste sur les éléments du dossier : les chefs d'accusation, les preuves, la vidéo, la fragilité du témoignage de nos experts, la composition du jury, le jeu de massacre qui l'attend quand il va être sous le feu de Mancini, la perspective d'au moins une décennie en prison, et j'en passe. Mais rien n'y fait. Il est innocent. Un brave gars qui, par accident, a tué un arbitre à mains nues. C'est la faute à pas de chance, voilà ce qu'il va expliquer au jury ! Et il sortira libre, et alors il sera temps de remettre les pendules à l'heure. Il changera de manager et d'avocat. Il prétend que je le poignarde dans le dos. Cela me met en pétard, je lui dis qu'il est devenu totalement crétin. Je veux savoir qui en cellule lui raconte ces inepties.

Le marché

Le ton monte et au bout d'une heure je m'en vais en claquant la porte.

Je pensais pouvoir dormir ce soir, mais je suis bon pour une insomnie.

20.

À 5 heures le jeudi matin, je bois un café fort en lisant le *Chronicle* en ligne. On ne parle que du sauvetage de Jiliana Kemp. La grande photo de l'article est conforme à ce que j'avais imaginé : le maire Woody sur l'estrade dans toute sa gloire, avec Roy Kemp, et derrière lui un mur d'uniformes bleus. Jiliana n'est pas sur le cliché mais il y a une photo plus petite où on la voit à sa descente d'avion. Avec sa casquette de baseball, ses grandes lunettes de soleil et son col remonté, on ne distingue pas grand-chose. Mais elle a l'air d'aller bien. Elle va se reposer chez ses parents, entourée de sa famille et de ses amis, nous dit-on. Sur plusieurs pages, on nous parle de ce réseau d'esclaves sexuelles ; l'enquête du FBI est toujours en cours, évidemment. Il y a des arrestations dans tout le pays. Pour l'instant, vingt-cinq filles ont été libérées. Il y a eu une fusillade à Denver mais pas de blessés graves.

Heureusement, personne ne dit que Jiliana est accro à l'héroïne, ni ne parle du bébé disparu. Elle n'est plus prisonnière. Mais le calvaire n'est pas fini. Sans doute devrais-je éprouver une certaine satisfaction d'avoir contribué à l'issue heureuse de tout ça, mais je n'y arrive pas. J'ai échangé de l'information pour le bien de mon client. C'est tout. Et mon client, entre-temps, est devenu stupide et ne veut pas accepter cet accord.

J'attends qu'il soit 7 heures du matin pour envoyer un SMS à Max Mancini et au juge Fabineau : « Après une longue discussion, mon client refuse de plaider coupable et d'accepter le marché proposé par le ministère public. J'ai tenté de le faire revenir sur sa décision, mais en vain. Il semble donc que nous aurons un procès, quand l'état de santé de madame la juge le permettra. Désolé. SR. »

Mancini répond : « Parfait. La partie reprend. À bientôt. »

Bien sûr, il est tout content de revenir sur scène. De son côté, Go Slow Fabineau s'est vite remise car elle m'écrit : « Entendu. *The show must go on.* RDV dans mon bureau à 8 h 30 au palais. Je préviens mon équipe. »

21.

Les joueurs se retrouvent dans la salle d'audience comme si rien ne s'était passé la veille, du moins rien qui puisse affecter le procès. Quelques-uns savent – moi, le procureur, la juge, Partner – mais c'est tout. À voix

Le marché

basse, je pose à nouveau la question à Tadeo. Non, il n'a pas changé d'avis. Il pense pouvoir gagner ce procès.

On se retire dans le bureau de la juge pour un briefing matinal. Pour me couvrir, j'annonce que je veux qu'on prenne la déposition de mon client, qu'il soit établi officiellement que c'est lui qui a refusé l'accord. Un gardien amène Tadeo, sans menottes ni liens. Il sourit. Il est très poli. On lui fait prêter serment. Il confirme qu'il est en pleine possession de ses moyens et qu'il sait ce qu'il se passe. Fabineau demande à Mancini de rappeler les termes de l'accord : le ministère public propose cinq ans de prison si le prévenu plaide coupable pour meurtre. Son Honneur dit qu'elle ne peut garantir le choix de l'établissement pénitentiaire, mais qu'il y a de fortes chances que M. Zapate purge sa peine dans la prison du comté, qui se trouve à seulement dix kilomètres d'ici, quasiment au bout de la rue. De plus, même si les mises en liberté conditionnelle ne sont pas de son ressort, elle peut donner un avis favorable pour que son cas soit examiné au plus vite.

A-t-il bien compris ? Oui. Il a compris, et continue de dire qu'il ne veut pas plaider coupable.

Pour que cela apparaisse dans le dossier, je répète une fois de plus que je lui conseille d'accepter cet accord. Il répond qu'il a bien entendu mon conseil, mais qu'il ne va pas le suivre. La conversation prend une tournure officieuse et la greffière éteint sa machine. La juge croise les doigts comme une vieille institutrice de maternelle, et d'un ton sentencieux elle dit à Tadeo qu'elle n'a jamais vu un accord aussi favorable pour un prévenu poursuivi pour meurtre. En d'autres termes : mon garçon, tu es un idiot de refuser.

Mais Tadeo reste inflexible.

Puis Max lui explique que de toute sa carrière de procureur, il n'a jamais fait preuve d'autant de mansuétude.

C'est vraiment une proposition miraculeuse. Un an et demi de détention, avec accès à la salle de sport, et vous pourrez remonter sur le ring.

Mais Tadeo ne veut rien savoir. Il secoue la tête.

22.

Les jurés s'installent et jettent des regards tous azimuts, l'air inquiet. Il y a de l'excitation dans l'air maintenant que cette affaire est sur le point d'être jugée. Pour ma part, j'ai comme d'habitude un nœud au ventre. Le premier jour est toujours le plus pénible. À mesure que les heures passent, la routine s'installe et mon trac se dissipe. Et pourtant, je préférerais avoir envie de vomir. Un vieil avocat m'a dit que le jour où je me présenterai devant un jury sans peur, c'est qu'il sera temps pour moi de raccrocher les gants.

Max se lève d'un air décidé et vient se planter devant le box des jurés. Il leur adresse son plus beau sourire et leur souhaite le bonjour. Désolé pour l'ajournement d'hier. Une fois encore il leur dit son nom, Max Mancini, premier procureur de la ville.

C'est une affaire très grave parce qu'il y a eu mort d'homme. Sean King était un brave homme, il avait une famille aimante, c'était un travailleur courageux qui gagnait quelques dollars supplémentaires en officiant comme arbitre. Il n'y a aucun doute concernant les circonstances de sa mort, et aucun non plus quant à l'identité de son meurtrier. L'accusé, assis à cette table, va tenter de semer le doute dans vos esprits, de vous convaincre que la loi fait des exceptions pour des gens ayant, momentanément, ou de façon permanente, perdu la raison. Sottises !

Il se répète un peu sans ses notes. On m'a raconté qu'il s'est parfois mis dans des situations délicates en se lançant ainsi sans filet. Les avocats les plus doués font croire qu'ils improvisent leur plaidoirie, alors qu'ils ont répété durant des heures. Max n'est pas de ceux-là, mais il n'est pas le pire des procureurs. Finement, il promet aux jurés qu'ils vont voir bientôt la célèbre vidéo. Il les fait attendre. Il aurait pu la leur montrer tout de suite, dès l'ouverture du procès. Go Slow était d'accord. Mais il préfère les appâter. C'est bien joué.

Son laïus d'introduction est court, parce que l'affaire est déjà gagnée. D'instinct, je me lève et annonce à Son Honneur que je ferai ma présentation au moment où la défense appellera ses témoins. C'est une option légale. Max poursuit donc et appelle son premier témoin : la veuve, Mme Berverly King. C'est une jolie femme, habillée comme pour la messe, et terrifiée de monter dans le box des témoins. Max lui pose les questions habituelles pour s'attirer la sympathie du jury et en quelques minutes elle est en larmes. Ce genre de témoignage ne dit rien de la culpabilité ou de l'innocence du prévenu. Son objet est de montrer que la victime est bien décédée et qu'elle laisse derrière elle une famille éplorée. Sean était un compagnon fidèle, un père dévoué, un travailleur qui faisait vivre les siens, un bon mari et un fils aimant. Entre deux sanglots, on nous dresse le portrait du disparu et comme toujours c'est poignant. Les jurés déglutissent, certains lancent des regards vers Tadeo.

C'est pour ça que je lui ai dit de ne jamais regarder le jury, de rester tranquille sur sa chaise et de prendre des notes non-stop dans son calepin ! Ne secoue pas la tête, ne montre aucune réaction ni émotion. À chaque instant, il y aura au moins deux jurés qui t'observeront.

Je ne demande pas à interroger Mme King. On la remercie et elle va reprendre sa place aux côtés de ses trois enfants. Un tableau de famille parfait, à l'intention expresse des jurés.

Le témoin suivant est le Dr Glover, un médecin légiste et un habitué des salles d'audience. Au cours de ma carrière, le Dr Glover et moi avons souvent bataillé devant un jury. Y compris ici même. Il a fait l'autopsie de Sean King le lendemain de son décès et a réalisé des photos de son travail, étape par étape. Un mois plus tôt, Mancini et moi en sommes presque venus aux mains à cause de ces photos. D'ordinaire, ces clichés cliniques ne sont pas admis en audience. Trop gores, trop choquants. Max, cependant, a convaincu Go Slow d'en accepter trois, parmi les moins horribles, comme pièces à conviction. Sur la première, on voit Sean King allongé sur la table d'autopsie, nu à l'exception d'une serviette blanche jetée sur ses hanches. La deuxième est un gros plan de son visage, en plongée. La troisième, une vue de son crâne rasé, tourné sur la droite pour montrer les œdèmes autour de plusieurs entailles profondes. La vingtaine d'autres que Go Slow a sagement écartées étaient insoutenables. Aucun juge sain d'esprit n'aurait accepté qu'un jury voie le découpage à la scie du haut de la calotte, des détails des parties endommagées du cortex. Et la dernière, le cerveau entier sorti de la boîte crânienne et posé sur la table d'autopsie.

Les trois photos jugées recevables sont donc projetées sur un grand écran mural. Mancini, avec l'aide du médecin, les passe en revue une à une. Le décès est dû à des

Le marché

lésions cérébrales suite à des coups répétés au visage. Combien de coups ? Il se trouve que nous avons la vidéo pour nous le dire ! Encore un joli exploit, Max : introduire ces images pendant que l'expert médical est dans le fauteuil des témoins. Les lumières baissent et sur l'écran nous assistons de nouveau au drame : les deux combattants sont au centre du ring, chacun sûr de la victoire. Sean King lève le bras de Crush, qui semble surpris. Les épaules de Tadeo s'effondrent. Et soudain, il frappe Crush, un vilain geste, asséné par le côté, imparable. Avant que Sean King n'ait le temps de réagir, Tadeo lui envoie une droite au nez, suivie d'une gauche. Sean King est projeté contre la paroi de la cage, et s'effondre le long du grillage, KO. Et Tadeo fond sur lui comme une bête furieuse et le roue de coups.

— Vingt-deux impacts à la tête, explique le Dr Glover aux jurés, qui sont ébahis devant une telle sauvagerie.

Sous leurs yeux, ils voient un homme en parfaite santé littéralement tabassé à mort.

Et mon idiot de client pense qu'il peut s'en sortir !

Norberto se précipite dans la cage, s'empare de Tadeo et arrête le massacre. Sean King ne bouge plus, sa tête repose sur sa poitrine, le visage en sang. Crush est toujours dans les pommes. D'autres personnes entrent dans le champ de la caméra, ajoutant à la confusion de la scène. Derrière, dans les gradins, la bagarre générale éclate et l'écran devient noir.

Les médecins ont tout tenté pour réduire les œdèmes cérébraux, mais en vain. Sean King est mort cinq jours plus tard sans être sorti du coma. Une image réalisée au scanner est alors projetée. Ce sont les contusions cérébrales, nous explique le Dr Glover. Un autre cliché, ce sont les hémorragies dans les deux hémisphères. Un autre encore, le grand hématome sous-dural. Cela fait des années que ce médecin détaille des causes de décès devant des jurys et il connaît son affaire. Il prend son temps, explique tout, et évite d'employer des termes scientifiques. C'est sans doute la prestation la plus facile qu'il ait réalisée puisque la vidéo est là pour étayer ses propos. Sean King était en parfaite santé quand il est entré dans la cage. Il en est ressorti sur une civière et tout le monde sait pourquoi.

Croiser le fer avec un vrai expert devant un jury est souvent risqué. Généralement l'avocat perd à la fois le duel et sa crédibilité. Avec des faits si évidents, je n'ai plus beaucoup de crédibilité. Mais je ne veux pas perdre le peu qui me reste. Je me lève et déclare :

— Je n'ai pas de questions.

Quand je me rassois, Tadeo me souffle à l'oreille :

— Qu'est-ce que vous foutez ! Il faut leur rentrer dedans !

— Tais-toi, d'accord.

J'en ai plus qu'assez de son arrogance. Visiblement, il ne me fait plus confiance. Et ça ne risque pas de s'arranger.

23.

L'après-midi, alors qu'il y a une suspension de séance, je reçois un SMS de Miguel Zapate. Il était dans la salle toute la matinée, avec la famille et quelques proches

Le marché

massés au dernier rang, pour ne pas se faire remarquer. On se retrouve dans le couloir et on sort du palais de justice. Norberto, l'ancien manager de l'équipe Zapate, nous rejoint. Partner suit à distance. Je m'assure qu'ils ont bien compris que Tadeo a refusé un très bon accord. Il pourrait être dehors dans dix-huit mois et reprendre les combats.

Mais ils ont mieux encore. Le juré numéro dix est un dénommé Esteban Suarez, trente-huit ans, chauffeur de poids lourds pour une société agroalimentaire. Il y a quinze ans, il a émigré légalement du Mexique. Miguel a un ami qui le connaît.

Je cache ma surprise. Nous abordons des eaux troubles. On s'enfonce dans une rue étroite, flanquée de hauts immeubles qui occultent les rayons du soleil.

— Comment a-t-il fait sa connaissance ?

Miguel appartient à la rue, il est le chef d'un petit gang spécialisé dans le trafic de cocaïne – c'est un marché juteux, mais la grande partie des profits leur passe sous le nez. Dans la chaîne de distribution, Miguel et ses gars sont coincés au milieu, avec peu d'espace pour grandir. C'est dans cette niche que Tadeo se trouvait quand je l'ai rencontré il y a deux ans.

Miguel hausse les épaules.

— Mon ami connaît beaucoup de monde.

— Je n'en doute pas. Et quand a-t-il rencontré M. Suarez ? Ces dernières vingt-quatre heures ?

— Peu importe. Ce qui compte, c'est qu'on peut passer un marché avec Suarez, et il n'est pas trop cher.

— Acheter un juré peut te mener dans la même cellule que ton frère.

— Aucun risque, señor. Pour dix mille, Suarez bloque le jury, et nous obtient peut-être même un acquittement.

Je m'arrête et regarde ce petit voyou. Qu'est-ce qu'il y connaît ?

— Tu crois qu'un jury va laisser sortir ton frère ? Tu te mets le doigt dans l'œil. Cela n'arrivera pas.

— D'accord. Alors on se contentera de bloquer le jury. Vous avez dit que si le jury n'arrive pas à se mettre d'accord sur un verdict, et que ça bloque une seconde fois, le procureur lâche l'affaire.

Je me remets à marcher, à pas lents parce que je ne sais pas où l'on va. Partner ferme la marche, cinquante mètres derrière.

— Très bien, allez donc graisser la patte à un juré, mais je ne veux pas être mêlé à ça.

— OK, señor, donnez-moi le fric et je m'en occupe.

— C'est donc de ça qu'il s'agit ? Tu veux l'argent.

— Oui, señor. Nous n'avons pas une telle somme.

— Moi non plus, en particulier après les frais que j'ai eus pour défendre ton frère. J'ai lâché trente mille dollars pour un consultant en jury et vingt mille pour un psy, plus vingt mille encore en dépenses diverses. Je te rappelle que dans mon métier, je suis censé être payé par mon client. Et que le client doit se charger de tous les frais annexes. C'est dans ce sens que ça se passe, pas dans l'autre.

— C'est pour ça que vous ne vous battez pas ?

Je m'arrête encore et le foudroie du regard.

— Au contraire. Je fais tout ce que je peux mais les faits sont là. Qu'est-ce que tu crois ? Que je peux tirer Tadeo d'affaire par un tour de passe-passe ? Tu es complètement à côté de la plaque. C'est impossible. Va donc expliquer ça à ta tête de mule de frère.

— Il nous faut ces dix mille. Et tout de suite.

— Je ne les ai pas. C'est comme ça.

— Alors on veut un autre avocat.

— C'est trop tard.

Le marché

24.

D pour le Donut House. Après une autre nuit sans sommeil, je retrouve Nate Spurio dans une cafétéria près de l'université. Pour le petit déjeuner, il a choisi deux beignets fourrés à la confiture. Je n'ai pas faim. Je prends juste un café qui a du mal à passer. Après quelques politesses d'usage, j'abrège la conversation :

— Nate, je suis un peu pressé ces jours-ci. Qu'est-ce qui t'amène ?

— C'est le procès qui te stresse ?

— Oui.

— On dit que ça va être un massacre.

— Cela se présente mal. C'est toi qui m'as appelé. Il y a du nouveau ?

— Pas grand-chose. Je dois te dire merci de la part de Roy Kemp et de sa famille. La fille est en cure de désintox. Elle est en vrac, évidemment, mais au moins elle est en sécurité et avec les siens. Ces pauvres gens pensaient qu'elle était morte. Et maintenant, elle est là. Ils vont tout faire pour la sortir de cette merde. Et ils ont peut-être une piste pour le bébé. Ça continue à s'agiter dans tout le pays. Il y a eu d'autres arrestations la nuit dernière, de nouvelles filles délivrées. Ils ont eu un tuyau concernant la vente du bébé, et tout le monde est sur le pont.

Je hoche la tête, bois une gorgée.

— Tant mieux.

— Oui, c'est bien. Et Roy Kemp t'est très reconnaissant de lui avoir ramené sa fille. Il voulait que tu le saches. C'est grâce à toi que tout cela a été possible.

— Kemp a kidnappé mon fils.
— Passe l'éponge.
— Sa fille a été kidnappée. Il est bien placé pour savoir ce que ça fait. J'en ai rien à cirer de sa reconnaissance. Il a de la chance que j'aie annulé l'enquête du FBI. Il devrait être en prison à l'heure qu'il est.
— C'est bon. Tout finit bien, grâce à toi.
— Je n'y suis pour rien, et ça me va très bien. Dis à Kemp d'aller se faire foutre.
— D'accord. Au fait, ils ont une piste pour Swanger. Cette nuit, par un barman de Racine dans le Wisconsin.
— Génial. On peut se voir la semaine prochaine pour boire une bière plus tranquillement ? J'ai un peu la tête ailleurs en ce moment.
— Je comprends.

25.

Je retrouve Partner et Cliff vendredi matin, dans le couloir, avant que le procès ne reprenne. Désormais le travail de Cliff consiste à s'asseoir en divers endroits de la salle pour observer les jurés. Son analyse après la séance de la veille ne me surprend pas : les jurés n'ont aucune sympathie pour Tadeo et leur décision est déjà prise. Acceptez l'accord tant qu'il est sur la table, répète-t-il. Je lui parle de ma conversation avec Miguel hier.

Le marché

Réponse de Cliff : « Si vous avez la possibilité d'acheter un juré, il faut sauter sur l'occase. »

Au moment où le jury prend place dans le box, je surprends un regard d'Esteban Suarez. Je comptais l'observer discrètement, comme je le fais pour tous les jurés durant un procès, mais il me regarde d'un air niais, comme s'il s'attendait à ce que je lui tende une enveloppe. Quel crétin ! Quelqu'un est donc entré en contact avec lui, c'est évident. Mais il est tout aussi évident qu'on ne peut pas lui faire confiance. On a l'impression qu'il compte déjà les billets.

La juge Fabineau nous dit bonjour et nous souhaite la bienvenue. Comme de coutume, elle demande aux jurés s'ils ont fait l'objet de pressions. Quelque personne sans scrupules les aurait-elle approchés ? Je surveille Suarez du coin de l'œil. Il me regarde, cet idiot. Tout le monde va le voir !

Mancini se lève.

— Votre Honneur, le ministère public en a terminé. Nous appellerons peut-être d'autres témoins pour réfuter éventuellement les arguments de la défense, mais pour l'heure nous nous arrêtons là.

Ce n'est pas une surprise que Max me redonne la main. Il n'a appelé que deux témoins mais c'est amplement suffisant. Encore une fois, la vidéo est là, et Max a raison. Les images sont plus éloquentes que tout ce qu'il pourrait dire. Il a établi les causes du décès et a désigné le coupable. Il a fait le boulot.

Je me dirige vers le jury, je les regarde tour à tour – à l'exception de Suarez – et commence à énoncer l'évidence. Mon client a tué Sean King. Il n'y a pas préméditation à son geste, aucune réflexion préalable. Il l'a frappé à vingt-deux reprises. Et Tadeo ne s'en souvient pas. Dans le quart d'heure avant qu'il n'attaque Sean King, Tadeo avait reçu à la tête et au visage trente-sept coups assenés par Bo Fraley, alias Crush. Trente-sept coups. Il n'était pas KO, mais il était cérébralement bien atteint. Il ne se souvient quasiment de rien après le deuxième round, une fois que Crush lui a donné un coup de genou dans la mâchoire. Nous allons vous montrer le combat dans son intégralité, mesdames et messieurs les jurés, on comptera ensemble les trente-sept coups à la tête, et nous vous prouverons que Tadeo ne savait plus ce qu'il faisait quand il a agressé l'arbitre.

Je fais court parce qu'il n'y a pas grand-chose à dire. Je les remercie de leur attention et regagne ma place.

Mon premier témoin est Oscar Moreno, l'entraîneur de Tadeo, l'homme qui a remarqué pour la première fois le potentiel du jeune Tadeo quand il n'avait que seize ans. Oscar a environ mon âge, c'est le plus vieux de la bande, et ça fait un bail qu'il est dans le circuit. Il traîne dans un club où s'entraînent des Hispaniques et propose de s'occuper des meilleurs. Coup de chance, il a un casier judiciaire vierge, ce qui est crucial pour témoigner. Une condamnation ne s'efface pas. Les jurés n'aiment pas que d'anciens criminels viennent prêter serment devant eux.

Avec Oscar, je retrace les événements qui ont conduit jusqu'au combat de ce soir fatidique. J'essaie de susciter de la compassion dans le jury. Tadeo est un pauvre gosse dans une famille sans le sou. Sa seule chance dans la vie, elle s'est trouvée dans la cage. Nous arrivons finalement au combat et on demande de baisser les lumières dans la salle. Au premier visionnage, on regarde la rencontre dans la continuité. Dans la pénombre, j'observe les jurés. Les femmes sont dégoûtées par ce sport brutal. Les hommes, eux, sont hypnotisés. Au second visionnage, j'arrête l'enregistrement à chaque coup que Tadeo reçoit au visage. En vérité, la plupart sont inoffensifs et Crush, d'ailleurs, n'a pas marqué beaucoup de points. Mais pour les jurés, qui n'y connaissent rien, chaque

Le marché

coup dans la face, en particulier quand moi ou Oscar en exagérons la portée, est une frappe quasi létale. Lentement, méthodiquement, nous les comptons. Avec nos analyses et nos commentaires outranciers, on se demande comment Tadeo peut être encore debout. Alors qu'il reste une minute vingt dans la deuxième reprise, Crush parvient à placer un coup de genou dans la tête de Tadeo. L'impact est puissant, d'accord, mais il en faut plus pour le déstabiliser. Oscar et moi, toutefois, en faisons une telle description qu'on a l'impression que le cerveau de mon champion vient d'être réduit en bouillie.

J'arrête la vidéo après le second round, et par un jeu de questions/réponses savamment orchestrées je fais dresser à Oscar un portrait apocalyptique de son combattant avant la troisième reprise : il avait le regard vague. Il ne s'exprimait plus que par des grognements. Aucune phrase intelligible. Il ne répondait plus aux questions que Norberto et Oscar lui posaient. Les deux hommes étaient à deux doigts de demander l'arrêt du combat.

J'aurais bien fait monter Norberto dans le box des témoins pour authentifier ces mensonges mais il a deux condamnations à son compteur et Mancini l'aurait discrédité devant le jury.

On passe évidemment sous silence le fait que j'étais dans l'équipe des soigneurs ce soir-là. Je portais une veste jaune canari « Tadeo Zapate » et tentais de me rendre utile. Mais c'était juste de la figuration. J'ai tout raconté à Max et à Go Slow et leur ai assuré que je n'ai rien vu ni entendu d'important. J'étais juste spectateur. Je ne peux en aucune manière être considéré comme témoin. Max et Go Slow savent que je suis ici par amitié pour ce gamin, pas pour l'argent.

On visionne la troisième reprise et continuons à compter les coups. Oscar certifie qu'à la fin du combat Tadeo pensait qu'il y avait encore un round à faire. Il n'avait plus les idées claires, il était KO debout. Quand Norberto et Oscar se sont rués sur lui pour l'empêcher de continuer à frapper Sean King, Tadeo était comme un animal enragé. Il ne savait plus où il était, et pas pourquoi on le ceinturait comme ça. Trente minutes plus tard, alors qu'il se changeait dans les vestiaires devant les policiers qui attendaient de l'embarquer, il a commencé à reprendre ses esprits. Il ne comprenait pas ce que faisait là la police. Il voulait savoir qui avait gagné le match.

Globalement, Oscar et moi avons fait du bon boulot. Peut-être sommes-nous parvenus à semer le doute. Malheureusement, au premier coup d'œil, on voit bien sur les images que le combat était équilibré. Tadeo reçoit autant de coups qu'il en donne.

Mancini n'obtient rien pendant le contre-interrogatoire. Oscar s'en tient aux faits qu'il a inventés. Il était là, dans le coin, à parler à son boxeur, et s'il dit que le gamin avait pris trop de coups, c'est que c'est le cas. Max ne peut prouver le contraire.

Notre témoin suivant est le Dr Taslman, mon psychiatre à la retraite qui œuvre aujourd'hui en expert des tribunaux. Il porte un costume noir, une chemise blanche impeccable, un nœud papillon rouge, et avec ses lunettes en corne de buffle et ses longs cheveux gris, il a l'air incroyablement intelligent. Je l'interroge sur ses qualifications et le présente comme une sommité de la psychiatrie. Max ne fait pas d'objections.

Je demande ensuite au Dr Taslman de nous expliquer, en termes profanes, ce qu'est une « altération des facultés volitives », une forme de démence que notre État a jugée juridiquement recevable dix ans plus tôt. Il me lance un sourire, puis contemple les jurés comme un vieux professeur discourant devant ses étudiants.

Le marché

— Cela signifie simplement qu'un individu sain d'esprit fait quelque chose de mal, qu'il sait que c'est mal mais qu'au moment des faits, son état psychique est si fragile ou si détérioré qu'il ne peut s'empêcher de faire cette chose. C'est plus fort que lui, une pulsion irrésistible, et c'est ainsi qu'il commet un crime.

Il a regardé le combat à de nombreuses reprises, ainsi que ce qui s'est passé après. Il a rencontré plusieurs fois le prévenu. Lors de leur premier entretien, Tadeo lui a dit qu'il ne se rappelait plus avoir attaqué Sean King. Cela a été le black-out quasiment dès le deuxième round. Toutefois, durant une séance ultérieure, quelques souvenirs lui sont revenus. Par exemple, il a évoqué la mimique narquoise de Crush au moment où l'arbitre a levé son bras pour le désigner vainqueur. Il s'est souvenu aussi de la foule huant la décision de l'arbitre. Et de son frère Miguel qui lui criait quelque chose. Mais il ne se rappelle toujours pas avoir attaqué l'arbitre. Indépendamment de ce dont il se souvient ou non, il est évident que l'émotion l'a aveuglé et qu'il n'a eu d'autre choix que de frapper. On lui avait volé la victoire et le responsable de cette spoliation était Sean King.

Oui, selon le Dr Taslman, Tadeo a été si choqué qu'il n'a pu se contrôler. Oui, légalement, il s'agit d'un coup de folie, et il ne peut être tenu responsable de ses actes au moment des faits.

Il y a un autre facteur à prendre en cause, un élément tout à fait singulier qui rend ce cas unique : Tadeo se trouvait dans une cage, un lieu destiné au combat. Il venait de passer neuf minutes à échanger des coups avec son adversaire. C'est ainsi qu'il gagne sa vie, en frappant des gens. Pour lui, à cet instant crucial, cela lui a paru normal de régler son problème avec quelques coups de poing de plus. Quand on replace les faits dans leur contexte, et dans cet environnement très spécifique, il n'avait pas d'autre façon de résoudre cette crise.

Quand j'en ai terminé avec Taslman, Go Slow lève la séance pour le déjeuner.

26.

Je fais un saut aux affaires familiales pour consulter le registre du tribunal. Comme prévu, le vieux juge Leef a refusé l'audition en urgence que réclamait Judith. La rencontre aura lieu dans quatre semaines. Il déclare également que mes droits de garde demeurent inchangés. Prends ça dans ta face, chérie !

Cliff, Partner et moi, allons déjeuner dans un restaurant à quelques pâtés de maisons du palais de justice. On trouve une table à l'écart pour avaler sur le pouce un sandwich. La matinée n'aurait pu se passer mieux pour nous. Nous sommes tous les trois agréablement surpris. Oscar a été parfait. En particulier quand il a dit que Tadeo était KO debout. Il a convaincu tous les jurés. Heureusement qu'il n'y avait aucun connaisseur de free-fight dans le jury, sinon cela aurait été plus compliqué de leur faire avaler ça. Pour vingt mille dollars, j'attendais de Taslman qu'il fasse une belle prestation et il a été à la hauteur de mes attentes. Cliff pense que les jurés se posent des questions, que les graines du doute

Le marché

ont été semées. Mais un acquittement demeure impossible. Reste le blocage. Un jury qui ne parvient pas à se décider sur un verdict. C'est notre seule option. L'après-midi risque d'être long. Cela va être au tour de Mancini d'interroger notre expert.

De retour en audience, Mancini attaque bille en tête :

— Docteur Taslman, à quel moment diriez-vous que le prévenu n'a plus été légalement responsable de ses actes ?

— Il n'y a pas toujours un début et une fin très net. À l'évidence, M. Zapate est devenu furieux quand les juges ont décidé d'accorder la victoire à son adversaire.

— Avant ce moment, diriez-vous qu'il était déjà dément ?

— C'est une question complexe. Il y a de fortes chances pour que M. Zapate ait été mentalement ébranlé par les dernières minutes du combat. C'est assez courant. Mais il est impossible de savoir s'il avait encore les idées claires avant que la décision des arbitres ne soit annoncée. En tout cas, il a basculé très vite.

— Combien de temps est-il resté dans cet état de démence ?

— C'est impossible à dire.

— Selon vous, quand l'accusé s'est retourné contre Sean King et lui a donné le premier coup, était-ce une agression ?

— Oui.

— Un acte répréhensible donc ?

— Oui.

— Mais excusable, dites-vous, parce que vous jugez le prévenu irresponsable de ses actes ?

— Oui.

— Vous avez visionné la vidéo. Plusieurs fois. Il est patent que Sean King ne tente à aucun moment de se défendre une fois qu'il s'écroule au pied du grillage.

— C'est ce qu'il semble.
— Vous voulez revoir les images pour en être convaincu ?
— Non. C'est inutile.
— Donc après seulement deux coups, Sean King est à terre, KO, incapable de se protéger, vous êtes bien d'accord ?
— C'est ce qu'il semble, oui.
— Dix coups de poing plus tard, son visage est en sang, et quasiment réduit en bouillie. Il ne peut pas se protéger. Le prévenu l'a frappé douze fois dans la zone des yeux et du front. À cet instant, docteur, diriez-vous que M. Zapate n'était toujours pas responsable de ses actes ?
— Il ne pouvait se maîtriser, donc la réponse est oui.
Mancini se tourne vers la juge.
— Très bien. Je voudrais que l'on passe à nouveau la vidéo.
Encore une fois, les lumières diminuent dans la salle et tous les regards se tournent vers le grand écran. Max lance l'enregistrement au ralenti et compte les coups : « Un ! Deux ! Ça y est, il est à terre. Trois ! Quatre ! Cinq ! »
Je regarde les jurés. Ils en ont sûrement assez de voir ces images, mais leur effet hypnotique est toujours aussi puissant.
Max stoppe la vidéo après le douzième coup et demande :
— Si je vous suis bien, docteur, vous nous dites, à moi et aux membres de ce jury, que nous voyons un homme qui a conscience de faire quelque chose de mal, de commettre un acte répréhensible, mais qu'il ne peut pas, physiquement ou mentalement, s'en empêcher. C'est bien ça ?
Le ton de Max est ironique, mêlant l'incrédulité et la moquerie. Et c'est très efficace. Ce qu'on voit tous, c'est

Le marché

un gars pas content passant à tabac un autre gars. Pas un type ayant perdu l'esprit.

— Exactement, répond le Dr Taslman sans se démonter.

— Treize, quatorze, quinze... Max compte lentement et s'arrête à vingt.

— Et maintenant, docteur ? Il est toujours fou ? En proie à une pulsion irrésistible ?

— Absolument.

Vingt et un, vingt-deux, et Norberto se jette sur Tadeo pour arrêter le massacre.

— Et là ? Maintenant qu'ils l'ont ceinturé et mis un terme à cet assaut ? À quel moment, selon vous, ce garçon a-t-il retrouvé ses facultés mentales ?

— C'est difficile à dire.

— Une minute plus tard ? Une heure plus tard ?

— C'est difficile à dire.

— Parce qu'en réalité vous n'en savez rien, n'est-ce pas ? Selon vous, l'état de démence est comme un interrupteur que l'on enclenche ou pas. C'est plutôt pratique pour le prévenu.

— Ce n'est pas ce que j'ai dit.

Max appuie sur un bouton et l'écran s'escamote. La lumière revient dans la salle. Toute l'assistance pousse un soupir. Max chuchote quelques mots à l'un de ses assistants et prend un autre carnet de notes. Il s'installe au pupitre, se tourne vers le témoin et demande :

— Et s'il l'avait frappé trente fois, docteur Taslman ? Vous diriez toujours qu'il n'était pas légalement responsable de ses actes ?

— Dans les mêmes circonstances ? Oui, absolument.

— Et quarante fois ? Quarante coups au visage alors que la victime est inconsciente ? Il ne serait toujours pas responsable ?

— Absolument.

— L'accusé, visiblement, n'avait aucune intention de s'arrêter après vingt-deux coups. Et s'il en avait donné cent ? Vous parleriez encore de pulsion irrésistible ?

Avec cette réplique, Taslman mérite dix fois son argent :

— Plus il y a de coups, plus cela prouve qu'on a affaire à un esprit dérangé.

27.

C'est vendredi après-midi et ce procès ne sera pas terminé aujourd'hui. Comme tous les juges, Go Slow aime bien profiter du week-end. Elle répète aux jurés que tout contact avec l'une ou l'autre des parties leur est formellement interdit et lève la séance. Tandis que le jury quitte le box, Esteban Suarez me regarde à nouveau. Comme s'il attendait toujours de recevoir son enveloppe. C'est bizarre.

Je passe quelques minutes avec Tadeo, pour faire le point de la semaine. Il veut toujours témoigner. Ce sera sans doute pour lundi matin. Je lui promets de passer dimanche à la prison pour peaufiner son témoignage. Je lui répète : c'est toujours une mauvaise idée de faire monter le prévenu dans le box des témoins. On l'emmène, menottes aux poings. Je parle un peu à sa mère et à sa famille, je réponds à leurs questions. Je n'ai pas grand espoir pour la suite, mais je ne le leur montre pas.

Le marché

Miguel me suit quand je sors de la salle d'audience et me rattrape dans le couloir. Quand il est certain que personne ne peut nous entendre, il m'annonce :

— Suarez attend. Le marché est conclu. Il va prendre l'argent.

— Dix mille ?

— Si, señor.

— Alors fonce, Miguel, mais laisse-moi en dehors de ça. Je ne veux pas soudoyer un juré.

— Dans ce cas, je vais devoir vous demander un prêt, señor.

— Oublie. Je ne prête pas d'argent à mes clients et, d'une manière générale, je ne prête jamais à qui ne peut me rendre. Sur ce coup, tu es tout seul.

— Mais on s'est occupés des deux autres ordures pour vous.

Je m'arrête et le regarde fixement. C'est la première fois qu'il fait allusion aux gars de Link – Tubby et Razor.

Lentement, en articulant chaque mot, je lui réponds :

— Pour info, Miguel, sache que je ne sais rien. Si tu les as éliminés, tu l'as fait de ton propre chef.

Il esquisse un sourire et secoue la tête.

— Non, señor, on l'a fait pour vous. (Il désigne Partner du menton.) Il a demandé un service. On l'a rendu. Maintenant, il est temps de renvoyer l'ascenseur.

Je prends une longue inspiration et contemple les vitraux crasseux, payés par les contribuables un siècle plus tôt. Il a raison. Deux brutes abattues, cela vaut bien dix mille dollars, du moins au cours en vigueur dans la rue. Il y a eu un hiatus dans la communication. Je n'ai jamais demandé à ce qu'ils tuent ces deux gars. Mais comme leur élimination m'a bien rendu service, peut-être effectivement leur suis-je redevable.

Suarez a sans doute un micro sur lui, et peut-être même une caméra. Si on découvre que c'est moi qui

ai donné l'argent, je suis radié du barreau et bon pour la prison. J'ai failli plusieurs fois me retrouver derrière les barreaux, et je préfère de loin la vie de l'autre côté.
J'ai une boule dans la gorge.
— Je suis désolé, Miguel. Ce sera sans moi.
Je me retourne, mais il m'attrape le bras. Je me dégage alors que déjà Partner s'approche.
— Vous allez le regretter, señor.
— C'est une menace ?
— Non, une promesse.

28.

Il y a des combats ce soir, mais j'ai vu assez de sang cette semaine. J'ai besoin d'un autre sport pour la soirée. Folâtrer avec la charmante Naomi Tarrant est le choix tout indiqué. Nous nous voyons toujours en secret. Pour être sûrs que personne ne la reconnaisse, nous choisissons des bars sombres et des restaurants miteux. Mais ce soir, nous essayons un endroit plus avenant, un restaurant Thaï à l'est de la ville. Comme c'est très loin de l'école de Naomi, nous sommes certains de n'y faire aucune mauvaise rencontre.
Mauvaise pioche ! Naomi la voit en premier. Et comme cela lui paraît incroyable, elle me demande de vérifier. Ce n'est pas facile parce que je ne veux pas me faire

Le marché

remarquer. L'éclairage dans le restaurant est plutôt tamisé et il y a tout un tas de niches et de recoins. C'est un lieu parfait pour manger discrètement avec quelqu'un. Quand Naomi est revenue des toilettes, elle a aperçu trois alcôves au fond d'une autre salle. Et dans l'une d'elles, assises côte à côte, en pleine discussion, il y a Judith en compagnie d'une femme. Pas Ava, sa compagne actuelle, mais une autre fille. Un rideau de perles protège en partie la niche et bloque la vue, mais elle est certaine que c'est Judith. En toute logique, si elles étaient des amies, ou des collègues de travail, elles se seraient assises l'une en face de l'autre. Mais ces deux-là se sont installées épaule contre épaule, enfermées dans leur bulle.

Je fais mine de vouloir me rendre aux toilettes et me cache derrière une rangée de plantes artificielles pour pouvoir observer la zone. Je reviens à notre table et confirme. C'est bien elle.

Je songe un moment à quitter le restaurant pour éviter une confrontation embarrassante. Il ne faut pas que Judith nous voie. Et je suis sûr qu'elle non plus ne veut pas être vue.

Je pourrais demander à Naomi d'aller m'attendre dans la voiture, pendant que j'interromps leur rendez-vous galant. Ce serait vraiment amusant de la voir se décomposer et tenter de mentir. Je lui demanderais des nouvelles d'Ava, j'insisterais pour qu'elle lui passe le bonjour et tout le tralala.

Je pense aux conséquences pour Starcher. Il est la première victime de notre petite guerre. Ses mères ne sont pas mariées, cela ne pose peut-être aucun problème que l'une ou l'autre aille voir ailleurs. Je ne sais rien de leurs règles, évidemment ! Mais je doute fort qu'elles aient, entre elles, ce genre de relation libre. Et si Ava l'apprend, cela voudra dire plus de cris et de fureur, plus de souffrance pour Starcher. Et plus de munitions pour moi.

Et si j'appelais Partner pour qu'il file Judith et fasse quelques photos ?

Pendant que je suis plongé dans ces réflexions et sirote mon bourbon sour, Judith apparaît à l'entrée de notre salle et met le cap droit sur notre table. À l'arrière-plan, je vois sa copine quitter précipitamment le restaurant, en jetant un petit regard à Judith, un regard qui dit tout.

— Tiens tiens, quelle surprise ! lance-t-elle avec un sourire de tueuse. Vous ici !

Il n'est pas question que je la laisse intimider Naomi, qui est temporairement saisie.

— C'est une surprise pour nous aussi. Tu es seule ?

— Oui. Je suis juste passée prendre un plat à emporter.

— Ah oui ? Et la fille ? Qui est-ce ?

— Quelle fille ?

— Celle qui était avec toi dans le box. Une blonde qui est visiblement ta petite nouvelle. Celle qui vient de sortir en courant du resto. Ava est au courant ?

— Oh... cette fille. C'est juste une amie. L'école autorise ses professeurs à sortir avec les parents d'élèves ?

— C'est mal vu, mais pas interdit, réplique Naomi d'un ton glacial.

Je continue à attaquer :

— Alors comme ça, Ava te laisse voir d'autres filles ?

— Ce n'est pas ça du tout. C'est juste une amie.

— Alors pourquoi tu as menti ? Pourquoi nous avoir dit que tu étais seule et que tu venais chercher à manger ?

Elle ignore ma question et fixe Naomi du regard.

— Je pense que je vais en parler au directeur de l'école.

— Vas-y, réponds-je. Et moi je vais en parler à Ava. C'est elle qui garde Starcher pendant que tu batifoles ?

Le marché

— Je ne batifole pas, et ce que je fais avec mon fils ne te regarde pas. Tu as raté ton rendez-vous le week-end dernier.

Un petit Thaïlandais arrive et demande avec un grand sourire :

— Tout se passe bien ?

— Oui. Cette dame allait partir, dis-je. (Je me tourne vers Judith :) Si tu veux bien nous laisser, maintenant. On aimerait commander.

— On se voit au tribunal, siffle-t-elle avant de tourner les talons.

Je la regarde s'en aller, sans emporter le moindre plat. Le Thaï s'esquive, toujours souriant. On vide nos verres et on ouvre enfin nos menus.

— Personne n'en saura rien, dis-je après un moment. Elle ne dira rien à l'école, elle sait sinon que je raconterai tout à Ava.

— Tu le ferais vraiment ?

— Sans l'ombre d'une hésitation. C'est la guerre entre nous, Naomi, et tous les coups sont permis. Même les plus bas.

— Tu te bats pour avoir la garde de Starcher ?

— Non. Comme père, je laisse à désirer. Mais je veux rester dans sa vie. Va savoir ? Un jour peut-être, lui et moi on pourrait être amis ?

Je passe la nuit chez elle et on fait la grasse matinée le samedi. On est tous les deux épuisés. On se réveille avec le clapotis de la pluie sur les vitres. Au programme, omelette et petit déjeuner au lit.

29.

Le dernier témoin de la défense est le prévenu en personne. Avant que je ne l'appelle à la barre le lundi matin, je donne au juge et au procureur une lettre que j'ai écrite à l'intention de Tadeo Zapate. Dans celle-ci, je l'informe par écrit qu'il va témoigner contre l'avis de son avocat. La veille, je l'ai interrogé pendant deux heures pour le mettre en condition, et il est persuadé d'être prêt.

Il jure de dire toute la vérité, rien que la vérité, et lance un grand sourire aux jurés. Dans l'instant, il découvre qu'être face à un jury de tribunal est très intimidant. Tous le regardent fixement, se demandant ce qu'il va bien pouvoir dire pour se disculper. La greffière pose les doigts sur son clavier. Elle va noter toutes ses paroles. La juge a les sourcils froncés, prête à intervenir. Le procureur aussi est dans les starting-blocks. La mère de Tadeo est assise tout au fond de la salle, blême d'angoisse. Le gamin prend une grande inspiration pour se donner courage.

Pour commencer, je lui pose des questions sur son passé : sa famille, ses études, son travail, son casier judiciaire – vierge –, sa carrière de boxeur, et ses succès en free-fight. Le jury, comme toute l'assistance, en a assez de cette vidéo. Je m'abstiens donc de la projeter une nouvelle fois. Suivant à la lettre notre scénario, je le fais ensuite parler du combat. Il ne s'en sort pas trop mal. Il évoque tous les coups qu'il a reçus. Lui et moi savons que Crush ne l'a pas touché sérieusement, mais les jurés, tous néophytes, ne peuvent s'en rendre compte. Il explique qu'il ne se souvient plus de la fin du combat, mais qu'il revoit, comme dans un brouillard, le bras de son adversaire qui se lève en signe de victoire – une victoire qu'il ne mérite pas. Oui, il a pété un plomb, même s'il ne se rappelle pas tout. Il a été submergé par un sentiment d'injustice. Sa carrière était finie, on venait de lui voler son avenir. Il se rappelle l'arbitre désignant Crush vainqueur, puis c'est le trou noir. Quand la mémoire lui revient, il est dans le vestiaire et deux policiers le surveillent. Il leur demande qui a gagné le combat et l'un des deux répond : « Quel combat ? » Ils lui passent les menottes et lui expliquent qu'il est en état d'arrestation pour violences volontaires. Il n'en revient pas. Comment est-ce possible ? Que s'est-il passé ? Une fois arrivé à la prison, un autre policier lui dit que Sean King est dans un état critique. Alors il se met à pleurer.

Encore aujourd'hui, il a du mal à réaliser. C'est un cauchemar. Sa voix chevrote un peu, il essuie quelque chose dans son œil gauche. Il n'est pas très bon acteur.

Dès que je retourne à ma place, Max se lève d'un bond et lance sa première question :

— Dites-moi, monsieur Zapate, combien de fois êtes-vous devenu fou dans votre vie ?

C'est une très bonne introduction, une belle attaque avec juste ce qu'il faut de sarcasme.

Il entreprend de ridiculiser Tadeo. À quand remonte votre premier coup de folie ? Combien de temps cela a-t-il duré ? Est-ce que quelqu'un a été blessé ? Et chaque fois que vous perdez ainsi la raison, c'est le trou noir ? Vous avez consulté un psychiatre ? Non ? Pourquoi donc ? Depuis que vous avez attaqué Sean King, avez-vous été examiné par un médecin, un qui ne soit pas impliqué dans ce procès ? Il y a des antécédents de maladies mentales dans votre famille ?

Après une demi-heure de pilonnage, la notion de « folie » ne veut plus rien dire. C'est juste une vaste blague.

Tadeo a du mal à cacher son agacement. Mancini se fiche quasiment de lui. Les jurés semblent amusés.

Max lui parle ensuite de son passé de boxeur amateur. Vingt-quatre victoires, sept défaites.

— Corrigez-moi si je me trompe, poursuit Mancini, mais il y a cinq ans quand vous aviez dix-sept ans et que vous participiez au championnat régional des Golden Gloves, vous avez perdu aux points contre un dénommé Corliss Beane. C'est exact ?

— Oui.

— Un combat difficile, n'est-ce pas ?

— Oui.

— Qu'avez-vous pensé de la décision des arbitres ?

— Je ne l'ai pas aimée. Pour moi, ils avaient tort, j'avais gagné le match.

— Êtes-vous là aussi devenu fou ?

— Non.

— Avez-vous connu aussi ce trou noir ?

— Non.

— Avez-vous manifesté votre frustration à l'égard de cette décision ?

— Je ne crois pas.

— Vous en êtes sûr ou vous avez encore perdu la mémoire ce jour-là ?

— Je m'en souviens.

— Pendant que vous étiez sur le ring, avez-vous frappé quelqu'un ?

Tadeo me lance un regard inquiet qui en dit long, mais il se défend :

— Non, je n'ai frappé personne.

Le marché

Mancini pousse un long soupir, secoue la tête comme s'il détestait ce qu'il s'apprêtait à faire, et se tourne vers Go Slow :

— Votre Honneur, j'ai un autre extrait vidéo qui pourrait être utile dans le cas présent. Il s'agit de la fin de ce combat, il y a cinq ans, contre Corliss Beane.

Je me lève d'un bond.

— Votre Honneur, je ne connais pas cette pièce ! Elle ne m'a pas été présentée.

Max a la parade toute prête parce qu'il a monté cette embuscade depuis des semaines.

— Votre Honneur, réplique-t-il avec assurance, cette pièce n'a pas été présentée à la défense parce que rien ne nous y oblige. Ce n'est en aucun cas une pièce à conviction concernant la culpabilité du prévenu. Conformément à l'article 92-F, nous n'avons pas à la fournir à la défense. Cette vidéo sert simplement à dénoncer la véracité d'un témoignage.

Je suis coincé.

— Puis-je au moins visionner ces images avant le jury ?

— Votre demande est justifiée, répond Go Slow. La séance est levée pour un quart d'heure.

Dans le bureau de Fabineau, on regarde tous les trois l'extrait : Tadeo et Corliss Beane sont au milieu du ring. L'arbitre lève le bras de Beane pour le désigner vainqueur ; Tadeo tourne le dos à l'arbitre et s'en va rejoindre son coin, en criant quelque chose, visiblement pas content ; puis il se met à marcher de long en large sur le ring en tapant du pied, s'énervant de plus en plus. Il s'approche des cordes, va insulter un à un les juges, bouscule au passage Corliss Beane, qui est sur son petit nuage, tout heureux d'avoir gagné. Il y a beaucoup de monde sur le ring et les esprits commencent à s'échauffer. L'arbitre se place entre les deux combattants mais

Tadeo le pousse. L'arbitre, qui est un grand gaillard, pousse à son tour Tadeo. L'espace d'un instant, on est au bord de la bagarre générale, mais quelqu'un attrape Tadeo et le fait sortir du ring. Le garçon est furieux. Il hurle, donne des coups de pied.

Encore une fois, les images ne mentent pas. Tadeo passe pour un mauvais perdant, un sale gosse, un type dangereux qui se fiche des conséquences de ses gestes.

— C'est effectivement édifiant, déclare Go Slow.

30.

J'observe les jurés pendant qu'ils visionnent la vidéo. Plusieurs secouent la tête. Quand les lumières se rallument, Max reprend ses questions ironiques et achève sa proie. Tadeo n'a plus aucune crédibilité. Je ne peux rien pour lui. C'est irrattrapable.

La défense n'a donc rien à ajouter. Mancini appelle un nouveau témoin à charge, un psy nommé Wafer. Il travaille dans un service de psychiatrie et ses références sont inattaquables. Il a fait une partie de ses études dans le coin et parle avec notre accent. Il n'a pas le charisme ni l'aura d'un Taslman, mais il est efficace. Il a regardé les vidéos, toutes, et il a passé six heures avec le prévenu, plus que Taslman.

Le marché

Je bataille avec Wafer jusqu'à midi, mais marque peu de points. Au moment de la pause déjeuner, Mancini vient me trouver.

— Je peux parler à votre client ?
— Lui parler de quoi ?
— De l'accord, évidemment.
— Faites donc.

On s'approche de la table de la défense où est assis Tadeo. Max se penche vers lui et lui dit à voix basse :

— Écoute petit, je propose toujours cinq ans. Ce qui veut dire en fait dix-huit mois. Pour meurtre. Si tu t'obstines à refuser, c'est que tu es vraiment fou. Parce que c'est de vingt ans ferme que tu risques d'écoper.

Tadeo le snobe. Il esquisse un sourire et secoue la tête. Non.

Il est sûr de son coup parce que Miguel a trouvé l'argent et a donné l'enveloppe à Suarez. Mais cela, je l'apprendrai trop tard.

31.

Après le déjeuner, on se retrouve dans le bureau de la juge. Go Slow a devant elle une assiette en plastique contenant des carottes râpées et du céleri, comme si on interrompait son repas. Tout ça c'est du flan !

— Monsieur Rudd, demande-t-elle, qu'en est-il de la réduction de peine ? J'ai cru comprendre que la proposition tient toujours.

Je hausse les épaules.

— Oui, madame la juge, j'en ai discuté avec mon client. Et M. Mancini aussi. Mais le gamin ne veut rien entendre.

— Tout à fait entre nous, reprend-elle, maintenant que j'ai pris connaissance des pièces du dossier, je penche personnellement pour une sentence beaucoup plus longue. Je ne crois pas à cette histoire de coup de folie, ni le jury. C'était juste une attaque sauvage et il savait très bien ce qu'il faisait. Je considère que vingt ans est une peine appropriée.

— Puis-je passer le mot à mon client ? À titre officieux, bien sûr.

— Je vous en prie.

Elle tapisse son céleri de sel, et se tourne vers Mancini :

— C'est quoi la suite ?

— Il me reste encore un témoin à présenter, répond Max. Le Dr Levondowski, mais je ne pense pas qu'on ait réellement besoin de lui. Qu'en pensez-vous ?

Go Slow croque un morceau.

— C'est à vous de décider, mais oui, le jury est prêt. (*scrotch ! scrotch !*) Monsieur Rudd ?

— Vous me demandez mon avis ?

— Pourquoi pas ? renchérit Max. Mettez-vous à ma place et faites votre choix.

— Eh bien, Levondowski va simplement répéter ce qu'a dit Wafer. J'ai déjà eu affaire à lui, et il n'est pas mauvais, mais à mon avis Wafer fait un bien meilleur expert. À votre place, je ne toucherais à rien.

— Je pense que vous avez raison, réplique Max. On va s'arrêter là.

Le marché

Une vraie équipe !

Pendant le réquisitoire de Mancini, j'observe Esteban Suarez, qui est abîmé dans la contemplation de ses orteils. Il s'est replié dans sa bulle, et n'entend plus rien de ce qui se dit. Quelque chose a changé chez lui. Je me demande si Miguel est parvenu à s'assurer de sa coopération – avec de l'argent, sinon avec des menaces et de l'intimidation. Il a peut-être promis de le payer en cocaïne ?

Max fait un bon résumé de l'affaire. Et il a l'élégance de ne pas rediffuser la vidéo. Il démontre que Tadeo n'avait peut-être pas prévu d'attaquer Sean King ni de le tuer, mais qu'il comptait lui infliger de sérieuses blessures. Il ne voulait pas le blesser mortellement, mais c'est ce qu'il a fait. Il aurait pu lui balancer un coup de poing ou deux et s'arrêter. Il aurait été poursuivi pour coups et blessures, mais pas pour meurtre. Mais non ! Il a frappé à vingt-deux reprises, vingt-deux frappes à la tête, sur un homme à terre incapable de se défendre. Des coups administrés par un combattant aguerri dont l'objectif est de faire sortir tous ses adversaires sur une civière. En ce sens, il a parfaitement réussi. Sean King a quitté le ring inconscient, et ne s'est jamais réveillé.

Max ne s'étend pas trop longtemps, ce qui est pourtant le péché mignon des procureurs. Il a le jury avec lui, il le sait. Tout le monde le sait, sauf peut-être mon client.

Je commence ma plaidoirie en disant que Tadeo Zapate n'est pas un meurtrier. Il vient de la rue, il a eu son lot de violence, il a même perdu un frère dans une guerre entre gangs. Il a vu tout ça et il ne veut pas en être. C'est pour cela que son casier est vierge. Aucune violence en dehors du ring. Je marche de long en large devant les jurés, je les regarde tous, un à un, tentant d'avoir un contact avec chacun d'eux. Suarez paraît mal à l'aise, prêt à se cacher dans un trou de souris.

J'essaie surtout d'attirer leur sympathie, et n'insiste pas trop sur cette histoire de folie. Je demande au jury de le déclarer non coupable – tout au moins de ne pas le déclarer coupable de meurtre. Quand je retourne m'asseoir à la table de la défense, Tadeo a déplacé sa chaise pour se trouver le plus loin possible de moi.

La juge Fabineau donne ses consignes aux jurés et ils se retirent à 15 heures pour délibérer.

L'attente commence. Je demande à un gardien si Tadeo peut voir sa famille pendant l'absence du jury. Il s'entretient avec des collègues et accepte de mauvaise grâce. Tadeo passe la barrière qui sépare la cour du public et s'installe au premier rang. Sa mère, une sœur, et quelques nièces et neveux se rassemblent autour de lui et tout le monde pleure. Mme Zapate n'a pas touché son fils depuis plusieurs mois et elle n'arrive pas à le lâcher.

Je quitte la salle d'audience, trouve Partner, et vais boire un café avec lui.

32.

À 17 h 15, les jurés reviennent dans la salle. Pas un ne sourit. Le président du jury donne le verdict à un huissier, qui le remet à la juge. Elle en prend connaissance, très lentement, puis demande au prévenu de se

Le marché

lever. Je me lève avec lui. Elle s'éclaircit la gorge et lit à haute voix cette fois : « Nous, jurés, déclarons le prévenu coupable de meurtre sur la personne de Sean King. »

Tadeo émet un gémissement étouffé et baisse la tête. Quelqu'un dans le clan Zapate a un hoquet de stupeur. On se rassied, tandis que la juge interroge les jurés. Un à un, ils le déclarent coupable, à l'unanimité. Elle les remercie, leur dit qu'ils ont fait du bon travail, qu'ils recevront leur chèque de dédommagement par la poste et les libère. Quand ils sont tous partis, elle donne le calendrier pour le dépôt des requêtes, et annonce la date où la peine sera prononcée, d'ici un mois. Je note tout ça et ignore mon client. Il me rend la pareille et s'essuie les yeux dans son coin. Les gardiens l'entourent et lui passent les menottes. Il s'en va sans me dire un mot.

La salle se vide, la famille Zapate sort lentement. Miguel soutient sa mère, qui est terrassée de chagrin. Une fois dans le couloir, devant la meute de journalistes et de cameramen, trois flics attrapent Miguel et lui annoncent qu'il est en état d'arrestation.

Pour entrave à l'exercice de la justice, corruption et subornation de juré. Suarez, de toute évidence, portait des mouchards.

33.

Puisque j'ai perdu le procès, j'évite les journalistes. Mon téléphone ne cesse de sonner. Je l'éteins donc. Partner et moi allons dans un bar tranquille panser nos blessures. Je vide quasiment toute ma pinte avant de pouvoir échanger un mot. C'est lui qui ouvre les débats :
— Dites, patron, vous n'étiez pas loin de graisser la patte de Suarez, pas vrai ?
— J'ai été tenté.
— Je le savais ! Je l'ai senti.
— Mais il y avait quelque chose de louche. En plus, Mancini a joué franc jeu, sans magouilles. Quand les gentils commencent à tricher, je suis bien obligé de suivre le mouvement. Mais Mancini a été réglo. On a eu affaire à un procès propre, ce qui n'est pas si courant.

Je vide ma pinte et en commande une autre. Partner n'a bu que deux lampées de la sienne. Miss Luella n'aime pas que son fils boive et a le nez fin.
— Et Miguel ? Que va-t-il lui arriver ? demande-t-il.
— Il va rejoindre son frère en prison pour un petit moment.
— Vous allez le défendre ?
— Oh non. Les Zapate et moi, c'est fini !
— Vous pensez qu'il va tout balancer pour les gars de Link ?
— C'est peu probable. Il a assez d'ennuis comme ça. Avoir deux meurtres sur le dos n'arrangera rien.

On commande une barquette de frites en guise de dîner.

Après avoir quitté le bar, je garde le van et dépose Partner devant son immeuble. On est lundi et Naomi est

Le marché

occupée à corriger ses contrôles. « Je compte sur toi pour que Starcher ait un A », je lui dis. « Comme toujours ! » badine-t-elle. J'ai besoin de câlins ce soir mais elle n'a pas le temps. Je rentre finalement chez moi. L'appartement est vide et froid. J'enfile un jean et me rends au Rack, où je m'envoie une bière, fume un cigare et joue au billard pendant deux heures, tout seul. À 22 heures, je consulte ma messagerie. Tous les Zapate en ville me cherchent : la mère, la tante, une sœur, sans compter Tadeo et Miguel en direct live de la prison. Ils ont tous besoin de moi. J'en ai ma claque de ces gens, mais je sais qu'ils ne vont pas me lâcher.

Deux journalistes m'ont appelé. Mancini veut boire un verre avec moi. Pourquoi donc ? En quel honneur ?

Et j'ai un message de Arch Swanger. « Tous mes regrets pour votre défaite. » Comment est-il au courant ?

Il faut que je quitte la ville. À minuit, je charge dans le van quelques affaires, mes clubs de golf et une caisse de bourbon. Je tire à pile ou face. Nord ou sud ? C'est le nord. Je roule pendant deux heures avant de m'écrouler de sommeil. Je m'arrête dans un motel, paye quarante dollars la chambre. Demain, à midi, je ne sais pas où, je serai sur un parcours de golf. Enfin seul.

Cette fois, je ne suis pas sûr de revenir.

IMPRESSION RÉALISÉE PAR
CPI FIRMIN DIDOT
EN MARS 2016
POUR LE COMPTE DES
ÉDITIONS JCLATTÈS 17, RUE JACOB 75006 PARIS

JC Lattès s'engage pour l'environnement en réduisant l'empreinte carbone de ses livres. Celle de cet exemplaire est de : 485 g éq. CO_2
Rendez-vous sur
www.jclattes-durable.fr

PAPIER À BASE DE FIBRES CERTIFIÉES

N° d'édition : 01. – N° d'impression : 134185
Dépôt légal : avril 2016
Imprimé en France